KB268970

修訂新版

한대의 문인과 시

漢代의 文人과 詩

金學主 著

明文堂

〔上左〕 한대(漢代)의 유자(儒者 : 左)와 귀부인(貴婦人 : 右) 상상복원도(想像復元圖) 유자의 관(冠)은 진현관(進賢冠)이라고 하며 높이는 앞쪽이 약 16cm, 뒤쪽은 6cm. 관에는 앞쪽에 직량(直梁)이란 것이 달려 있는데 고관대작은 3개, 유생(儒生)은 1개였다. 귀부인의 복장은 장사(長沙)의 마왕퇴한묘(馬王堆漢墓)를 대표로 하여 상당히 복원시킬 수 있는 소재가 있는데 특히 머리 모양에 특징이 있다.

〔上右〕 《사기(史記)》를 쓴 사마천(司馬遷)의 묘(墓) 섬서성 한성현(韓城縣)에 있다.

〔下〕 돈황한간(敦煌漢簡) 돈황한간이란 '돈황'에서 발견한 한(漢)나라 시대의 목간(木簡)을 가리킨다. 아직 종이가 발명되지 않았던 서한(西漢) 때에는 이런 목간 또는 죽간(竹簡)이나 비단에 글을 썼었다. 영국 학자 스타인(A. Stein)이 1906년도부터 2차에 걸쳐 '돈황한간'을 출토했다.

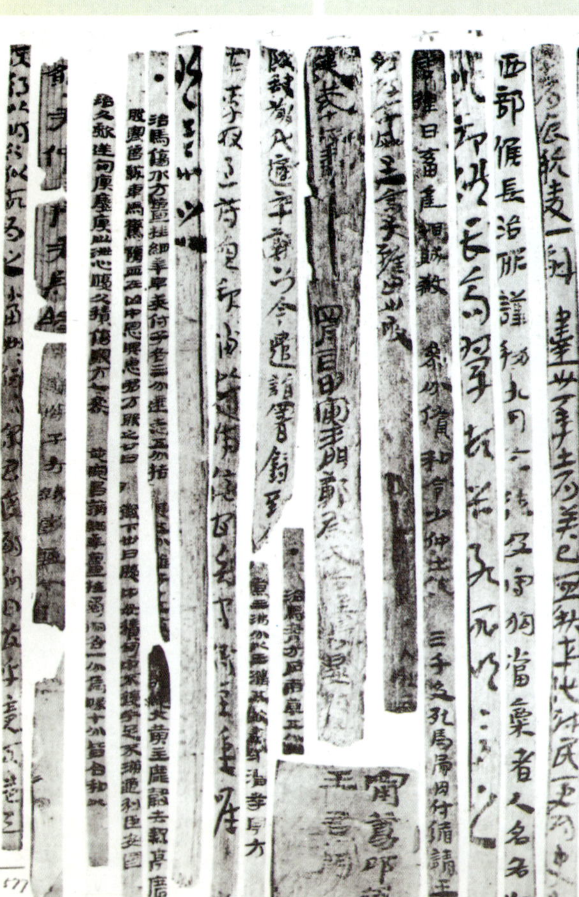

〔上〕 **편종**(編鐘) **발굴 정경**(情景) 편종이란 크고 작은 종들을 여러 개 짜 맞추어 놓은 악기로서 옛날 귀족들의 연회나 제사 때 음악을 연주하는 주요 도구인데 그 발굴 장면이다.

〔中〕 **증후을묘**(曾侯乙墓) **출토 편종** 지금까지 발굴된 편종 중 제일 큰 규모의 것. 높이 153.4cm, 무게 203.6kg인 최대의 것에서부터 높이 20.4cm, 무게 2.4kg인 최소의 것까지 도합 65개의 종으로 이루어졌으며 각 종에는 세밀한 장식이 되어 있다.

〔下〕 **편종의 연주 광경** 편종을 연주하는 정경을 그린 화상석(畫像石 : 탁본).

〔上左〕 **한무제상**(漢武帝像) 55년간이란 긴 세월에 걸친 무제의 치세는 명(明)과 암(暗)이 엇갈리는 기간이었다. 한대(漢代)의 정치·경제상 사회 변화의 시기로는 일통기(一統期) 초기에 해당한다.

〔上右〕 **적**(笛)**과 비파**(琵琶)**의 합주**(合奏) 당대(唐代)의 풍속이다.

〔下〕 **무릉**(茂陵)**과 이부인**(李夫人)**의 묘**(墓) 무제(왼쪽)의 능인 무릉과 총희(寵姬) 이부인의 묘(墓)이다.

머 리 말

   여러 해를 두고 《시경(詩經)》을 비롯한 선진문학(先秦文學)을 대학에서 강의해 오면서 언제나 중국 고대 문학에 관한 중요한 문제들이 모두 한대(漢代)로 집약(集約)되어옴을 절실히 느끼게 되었다. 그것은 선진(先秦)의 문헌(文獻)이라 하더라도 실상은 거의 모두가 한대에 우리가 지금 보는 형대의 텍스트로 획정되었기 때문이다.

   그것은 한편 경학(經學)을 비롯한 중국의 전통학문(傳統學問)이 본격적으로는 한대로부터 시작되고 있다는 생각을 갖게 되었음을 뜻하기도 한다. 중국문학을 공부하는 사람으로서 한대문학(漢代文學)에 관심을 갖게 된 동기는 바로 여기에 있다.

   그러나 한대에 관한 자료들을 읽고 정리하면서 두어 편의 논문도 발표하였으나 본격적으로 한대문학에 달려들 기회를 좀처럼 얻을 수가 없었다. 다행히도 지난 1년 동안 미국 Princeton 대학의 초청으로 안정된 여건 속에서 오랫동안 마음속에 품어온 연구과제에 달려들 기회를 얻었다.

   더욱이 그곳 Gest Library의 훌륭한 장서들과 그곳 여러 교수들의 호의와 협조는 이 책자를 이루는 데 원동력이 되었다. 지면을 빌어 Princeton 대학, 특히 Dept. of East Asian Studies의 여러 교수들 및 Gest Library 직원들께 감사드린다.

   이 책자의 제목은 '한대시연구(漢代詩研究)'라 했지만 사실은 그 연구의 서설(序說)이나 같은 성격의 것이다. 새로운 입장에서 중국 전통문학의 바탕을 올바로 모색(摸索)하려는 의기를 잃지는 않았지만,

아직도 미숙한지라 잘못된 점이 많을 줄 안다. 게다가 초고(草稿)를 정리할 겨를도 없이 책으로 인쇄해야 할 사정에 몰리어 소홀까지 덧보태어졌다. 선배와 독자 여러분의 가르침을 간절히 빈다.

甲寅年 11月 10日
金學主 씀

수정본 서문

이 책은 필자의 학위논문 《한대시(漢代詩) 연구》(1975, 서울 光文社 刊)의 수정본이다. 한대는 중국 전통문학이 본격적으로 발전하기 시작한 시대여서 한대의 문학은 중국 전통문학의 기반이 되고 있다. 따라서 중국 전통문학의 특징을 올바로 파악하기 위하여는 무엇보다도 그 발전의 중심을 이루어 온 시를 바탕으로 한 한대문학을 올바로 이해하지 않으면 안된다고 생각하고 오랫동안 연구해온 성과가 이 책이다.

그러나 책에 한자와 한문을 그대로 쓰고 있어서 일반사람들은 읽기가 쉽지 않았다. 이에 한자를 모두 한글로 바꾸고, 한글만으로는 알기 힘든 사람 이름이나 지명 또는 특수한 한자말 같은 것은 모두 괄호 안에 넣었다. 그리고 뜻이 바뀌지 않는 범위 안에서 어려운 한자말들을 쉬운 우리말로 바꾸기도 하였다.

본문에 논거(論據)나 참고(參考)를 위하여 인용된 한문으로 씌어진 작품이나 전적의 글들은 모두 번역문을 덧붙이었다. 이 방면에 관심을 지닌 일반 사람들이 쉽게 읽을 수 있도록 하기 위함이다.

학위논문이기 때문에 글의 내용이나 논문의 뼈대에는 되도록 손을 대지 않기로 하였다. 그러나 박사학위를 얻은 뒤에도 한대문학에 관하여 여러 가지 면에서 견해의 차이가 생겼으므로 내용에 있어서도 약간의 수정은 피할 수가 없었다. 예를 들면 《초사(楚辭)》의 작자로 알려진 굴원(屈原)의 실존여부에 대하여도 그 당시엔 회의를 품은 정도였으나 지금 와서는 완전히 부정론자로 바뀌어 있어, 자신도 모르게 그런 방향으로 수정이 가해졌다.

이 책이 완성된 뒤의 한대문학에 관한 연구성과는《한대의 문학과 부(賦)》(2002, 明文堂 刊)에 모아져 있고, 《악부시선(樂府詩選)》(2002, 明文堂 刊)은 앞의 두 책을 이루면서 부수적으로 얻어진 성과를 정리한 것이다. 이 세 가지 책은 명문당에서 거의 동시에 출간될 것 같다. 함께 참조하며 읽으면 더 큰 도움이 될 것으로 믿는다.

끝으로 어려운 여건에도 불구하고 양서의 출판에 정성을 다하는 명문당 사장 김동구씨와 여러 직원들의 노고에 감사를 드린다.

2002년 2월
김 학 주   인헌서실에서

차　례

제2장 한대 운문(韻文)의 성격

서　론(序論)

1

　　중국 역사상 한대(漢代)는 중국문학은 말할 것도 없고 중국문화 전반에 걸쳐 가장 중요한 의의를 지닌 시대였다고 할 수 있다. 그것은 한대에 이룩된 중앙집권적(中央集權的)인 봉건왕국이 형성시킨 중국문화가 그 뒤로 2천년을 두고 청(淸)대에 이르기까지도 원칙적인 큰 변화없이 그대로 지속 또는 발전되었기 때문이다.

　　한대에 앞서 전국(戰國) 말엽의 혼란을 통일하여 중앙집권의 왕국을 건설한 것은 진시황(秦始皇)이었지만, 진(秦)나라는 10여년밖에 왕국을 유지하지 못하였기 때문에 중앙집권적인 여러 가지 제도들을 마련해 놓았음에도 불구하고 그 시대를 특징지을 만한 문화를 형성시킬 겨를이 없었다. 중국적인 봉건왕국(封建王國)을 특징지을 문화의 형성은 진(秦)을 뒤이은 한(漢)에 기대할 수밖에 없었던 것이다.

　　실은 중국이란 나라의 정치적·문화적 특징뿐만이 아니라 그 나라의 지리적인 판도의 형성에까지도 한대는 중요한 작용을 하였다. 전국시대 이전까지만 해도 한족(漢族)의 활동무대는 황하 유역을 중심으로 한 중원(中原)이라 불리던 지역에 국한되어 있었다. 중국의 남부지역은 말할 것도 없고 동북(東北)·몽고(蒙古)·신강(新疆)·서장

(西藏) 등을 포함하는 광대한 지역에 대하여 한인들이 자기네 영토로
서 확신을 갖게 된 것은 기원전 200년 무렵부터 기원후 200년 무렵
에 이르는 한(漢)왕조의 안정된 장기간의 통일국가 유지에서 출발하
고 있는 것이다.

　이렇게 본다면 세계사상 독특한 지위를 차지하는 중국이란 중세적
(中世的) 봉건국가(封建國家)[1]는 한대에서 비롯되어 수많은 왕조의
교체에도 불구하고 2천 년을 두고 청(淸)대에 이르기까지 지속되었다
고 말할 수 있을 것이다.

　그렇지만 중국의 역사 또는 문화가 한대에서 비롯된다고 말하는 것
은 아니다. 이미 선진(先秦)시대에도 중국의 독특한 정치제도와 문화
가 있었다. 한대는 이러한 이전의 제도와 문화를 계승하여 새로운 봉
건왕국(封建王國)에 알맞는 제도와 문화를 발전시킴으로써 이후 2천
년을 특징지을 중국적인 제도와 문화의 터전을 이룩하였다는 것이다.

　정치적으로는 주(周)대의 봉건제를 개진하여 새로운 중앙집권적인
제도를 이룩함으로써 왕권을 절대화하고, 유가(儒家)나 도가(道家)
같은 사상들도 새로운 정치적·사회적 현실을 설명할 수 있는 전과는
크게 달라진 성격의 것으로 발전시켰다.[2] 중국학술의 기본이 되는 유

-----

1) 封建國家 또는 封建社會에 대한 개념은 學者에 따라 크게 다르다. 兩周 시대부
　　터를 봉건사회로 보는 학자들(呂振羽 ; 〈中國社會史綱〉, 剪伯贊 ; 〈中國史綱〉,
　　范文瀾 ; 〈中國通史簡編〉, 王玉哲 ; 〈中國上古史綱〉)이 있는가 하면, 한대를 노
　　예사회라 주장하는 학자들(王思治·杜文凱·王汝豐 ; 〈關於兩漢社會性質問題的
　　探討〉〈1955, 歷史研究〉)도 있다. 이것은 사회를 상부구조와 하부구조 어느 편
　　입장에서 보느냐에 따라 달라지는 결론일 것이다. 그러나 여기서는 중세적
　　봉건사회가 한대에서 시작된다고 본 郭沫若 등의 견해(〈奴隸制時代〉 1954)를 따
　　랐다. 呂振羽 같은 이도 양주시대는 '초기봉건사회'라 하여 한대 이후와 구분하고
　　있다.
2) 儒學을 보면 공자와 관계없는 陰陽五行說이 도입되고, 忠孝 등 덕목의 해설도
　　이전과는 크게 달라진다. 공자는 '효'를 사람의 본성에 입각한 자연스럽고 올바른

가의 경전을 비롯한 모든 이전의 전적들의 텍스트가 한대에 이르러 확정되고, 이에 따른 경학(經學)·사학(史學) 등의 학문이 새로운 방향으로 전개되는 것이다.

이것은 사회 문화 전반에 걸친 현상이었으므로 그 중에서 문학만이 예외가 될 수는 없을 것이다. 한대 이전에도 이미 주(周)대의 민가(民歌)와 왕실의 시가들을 모아놓은 《시경(詩經)》이 있었고, 전국시대에는 굴원(屈原)이란 작가가 나와 〈이소(離騷)〉를 비롯한 여러 편의 초가체(楚歌體)의 시들을 지은 것으로 알려지고 있다. 이밖에도 훌륭한 시가(詩歌)와 산문(散文)들이 많았지만, 한대에 이르러서야 이후 2천년을 두고 중국문학사를 지배할 전통의 바탕이 형성되었다고 보는 것이다.

이러한 논리 아래 이 책에서는 한대문학, 특히 한대의 문인과 시의 특징을 모색해 보려는 것이다. 한대의 문학이 이후 2천년을 두고 중국 문학이 보여준 작품들의 성격과 방향을 결정한 것이라면, 한대의 문인과 시의 연구는 중국 전통 문학 전체의 연구와 이해를 위하여 무엇보다도 중요한 과제가 될 것이다. 중국에 있어서는 시가 전통문학의 중심을 이룬다 해도 과언이 아니므로 한대의 문인과 시의 연구가 바로 중국 전통문학의 연구와 이해의 기초가 된다고 하는 것이다.

여기에서 사용하는 '한대시'라는 말은 한대의 부(賦)를 비롯하여 악부시(樂府詩)·고시(古詩) 등을 총칭하는 넓은 뜻의 말이다. 부(賦)를 산문(散文)으로 분류하는 중국학자들과는 입장이 다르다. 중국 전통문학의 바탕으로서의 한대시 연구가 주제이므로 이것은 필연적인

것으로 강조하고, '충'도 충실 또는 성실의 개념에서 해설한 데 비하여, 한대에는 '충효'가 군신·부자간의 의무적인 무조건의 윤리로 발전한다. 한대의 方士를 비롯한 道家的인 사상가들 사이에 유행한 不老長生이나 神仙思想도 老子나 莊子의 사상과는 관계없는 것이다.

것이다.

2

한대의 시가(詩歌)들은 중국 문학사상 초보적인 단계를 크게 벗어나지 못했고, 완전한 문단의 형성 아래 지어진 것들도 아니지만 그 내용이나 형식은 어느 시대의 시들보다도 다양하다. 《시경(詩經)》계통의 시가들이 있는가 하면 《초사(楚辭)》계통의 사부(辭賦)들이 있고, 초가체(楚歌體)의 시가들과 함께 새로이 한대에 생겨난 고시(古詩)들도 있다. 시구(詩句)에 있어서도 삼·사·오·륙·칠언을 비롯하여 자유형에 이르는 갖가지 형식이 모두 시도된 끝에 후한(後漢) 말엽에 이르러서는 중국의 시형을 대표하는 오언으로 점차 집약(集約)되어 갔다.

문장의 형식미를 추구하려는 유미주의적(唯美主義的)인 경향이 있었는가 하면, 문학을 통하여 사회를 대변하고 세상에 공헌하려는 풍간(諷諫) 의식도 뚜렷하였고, 《시경(詩經)》에서 시작된 서정(抒情)뿐만이 아니라 사회생활의 일반을 그대로 그려내려는 서사적(敍事的)인 노력도 뚜렷이 드러나고 있다. 또 봉건지배계급을 대표하는 귀족적인 작품들이 있고 반면 일반백성들의 애환(哀歡)을 그려낸 평민적인 작품들도 있다.

이처럼 한대시의 형식과 내용이 어느 시대의 그것들보다도 다양하다는 것은 한대시가 중국 문학사상 차지하는 중요한 지위를 또 다른 면에서 설명해주는 것이다. 그것은 중국의 전통문학 연구에 있어 어떤 내용이나 형식에 관한 것을 막론하고 한대시의 연구가 문제를 푸는 실마리가 됨을 뜻하기 때문이다. 다시 말하면 후대 중국 시들이 보여주는 형식 또는 내용상의 여러 가지 특징들은 모두 한대에 그토록 성격지워지기 시작했다고 할 수 있는 것이다.

3

그러나 지금까지 나와 있는 여러 가지 중국문학사들을 보면 한대시는 그 중요성에 비추어 가볍게 다루어지고 있다. 그것은 문학사가들이 거의 모두 이 시대 문학활동의 결과인 작품만을 놓고, 그 작품과 작가의 문학적인 평가만을 중시하였기 때문일 것이다. 문학의 사적 연구는 그 결과의 평가 못지 않게, 문학행위의 기초가 되는 전대 문학의 수용태도나 수용방법 등에서부터 시작하여, 문학행위의 정치적·사회적 또는 사상적인 배경과 문학 행위자의 성격, 문학 행위의 방법, 후대문학과의 관련 등이 광범하게 다루어져야만 할 것이다.

지금 우리 눈으로 보는 문학작품의 평가만으로는 그 문학작품이 지니는 역사적인 의의나 시대적인 가치를 올바로 파악할 수 없을 것이기 때문이다. 이러한 점들을 고려한다면 한대시는 중국문학사에 있어 좀더 역점이 주어지는 부분이 되어야만 할 것이다.

위에서 '문학행위'라는 용어를 쓴 이유는 중국문학, 특히 한대문학에 있어서는 작가와 그의 작품 못지 않게 그것들의 독자(讀者)·전달자(傳達者)·감상자(鑑賞者) 등이 다같이 중요하므로, 문학연구에 문집의 편찬, 작품의 전달, 문학의 사회 여건 등과 관계되는 문제들을 다 포함시키고자 하기 때문이다. 한대의 문학은 작가의 사상이나 의식 못지 않게 작품을 읽는 사람들의 의식이 작품의 성격을 크게 좌우하였고, 뒤에 그 작품을 기록하고 전달하는 사람들은 다시 자신의 의식을 바탕으로 그 작품을 정리하는 경향이 심하였다.

다시 말하면 한대의 작품들 속에는 작가의 창작의식 못지 않게 그것을 읽는 사람들 또는 사회의 문학의식이 크게 작용하고 있고, 또 그렇게 일단 창작된 작품이라 하더라도 뒤에 다시 그것을 전달하는 사람들이나 그것을 읽는 사람들에 의하여 그때마다 내용과 형식상의 변질이 가해져 있는 것이다. 그 때문에 한대의 시뿐만 아니라 수많은 옛 산문들까지도 유명(有名) 또는 무명(無名)의 작자들의 작품에 많은 이동(異同)이 생기어 이른바 교감학(校勘學)이란 특수 분야의 학문이 생겨났을 정도이다.

따라서 한대의 문학작품들 속에는 작가 못지 않게 독자와 평자·전달자·편자 등의 의식이 복합적으로 도사려 있는 것이다. 따라서 특히 한대문학의 경우, 작가와 작품 중심의 문학연구가 얼마나 타당치 못한 방법인가를 쉽사리 알 수 있게 될 것이다.

4

한대의 문학행위가 작자뿐만이 아니라 독자·평자·전달자·편자 등의 복합적인 행위였다는 것은, 그것이 다른 어떤 시대나 다른 어떤 나라의 문학보다도 정치·사회·경제 등과 밀접한 관계가 있었음을 의미하기도 한다. 따라서 한대 문학의 사적인 연구는 정치사·경제사·사회사 또는 문화사 등 여러 측면으로부터 복합적인 검토가 가해져야만 할 것이다.

이상과 같은 관점에서 이 책에서는 한대시의 특징을 모색(摸索)하는 방법으로 한대의 정치·사회·경제 및 문화적인 배경 등을 언제나 염두에 두었고, 작자 이외의 여러 가지 문학행위자들의 성격에 언제나 관심을 기울이려고 노력하였다. 그러나 이러한 연구계획은 한 사람이 일시에 수행하기에는 과중한 부담이어서 대체로 아래와 같은 몇 가지 사항을 바탕으로 한 기초적인 탐색에 만족하는 수밖에 없었다.

　　첫째 ; 정치·경제·사회·문화 등 외부적인 여건들이 한대 사람들의 문학의식 형성에 어떤 영향을 끼쳤는가?

　　둘째 ; 한대 사람들의 문학의식의 특징은 무엇인가?

　　셋째 ; 한대의 위에서 지적한 외부적인 여건이나 독자·평자들의 의식이 작가들의 문학 창작행위에 어떻게 영향을 미쳤고, 또 어떤 관계에 있는가?

　　넷째 ; 작품이 창작된 이후의 전자나 편자들은 또 어떤 의식과 태도로 우리에게 그 작품들을 전해 주고 있는가?

　　다섯째 ; 이러한 여건들 속에 한대의 시는 중국 문학사상 어떤 의의를 지니고 있는가?

다만 여기에서는 이 중에서도 극히 제한된 한대시의 몇 가지 문제밖에 다루지 못하고 있다는 아쉬움을 고백하지 않을 수 없다. 그러나 이와 같은 방법이 한대문학은 물론 중국문학사 전반에 걸친 올바른 이해를 위한 재검토를 가능케 할 것이라는 기대를 지니고 있다.

제1장 〈국풍(國風)〉과 〈이소(離騷)〉의 주석을 통해 본 한대 사람들의 시의식

제1절 한대(漢代) 사람들의 시의식의 문학사적 의의

이른바 춘추전국(春秋戰國)시대라 불리는 시기의 제자(諸子)들에 의한 화려한 중국사상의 전개는 주(周)왕조의 봉건제도의 붕괴라는 정치사회상의 변혁과 깊은 관계가 있다. 그것은 또 이 시기의 사상가들을 봉건제도의 긍정(肯定)과 부정(否定)이란 두 가지 전혀 다른 조류로 크게 나누어 볼 수 있음을 뜻하기도 한다. 전자에 속하는 것으로 유가(儒家)와 법가(法家)를 대표로 들 수 있다면, 후자에 속하는 것으로 도가(道家)와 묵가(墨家)를 대표로 들 수 있을 것이다.

그러나 똑같은 긍정이나 부정이라 하더라도 그 내용이나 성격상엔 큰 차이가 있다. 유가(儒家)가 재래의 권력의 지배관계를 기초로 하는 봉건제도를 도덕으로 개선하려 한 데 비하여, 법가(法家)는 인위적인 제도를 강화함으로써 강력하고 빈틈없는 권력의 지배관계와 빈틈없는 사회 체제를 발전시키려 한 것이다. 부정하는 측에 있어서도 도가(道家)가 무위자연으로 모든 제도를 부정한 데 비하여 묵가(墨家)는 일종의 사회계약설(社會契約說)로써 봉건사회의 계급제도를 부정하고 겸애(兼愛)와 근검(勤儉)을 주장하며 그 권력관계를 종교적인 의미의 지배로 존재케 하려 하였다.

그러나 법가의 술수(術數)를 이용한 진시황(秦始皇, B.C. 246~
B.C. 210 재위)이 천하를 통일하자 형세는 일변하였다. 진(秦)은 법
가사상을 바탕으로 오히려 봉건제도를 부정한 위에 군현제(郡縣制)를
통하여 강력한 중앙집권제(中央集權制)를 추진하였다. 그들은 모든
제도와 사회의 획일화(劃一化)를 목표로 사상의 통일까지도 강력히
밀고 나갔다. 유명한 분서갱유(焚書坑儒) 같은 폭정(暴政)도 이러한
법가적인 사상통일정책이 빚은 사건의 일단에 불과했다. 가혹하리만
큼 엄격한 진나라의 획일정책은 결국 인심에 적합한 것이 못되어 얼
마 안가 그것은 오히려 패망의 원인이 되고 만다.

진나라를 이어 통일국가를 계승한 한은 사회와 민심을 잘 살피어
처음에는 매우 관대한 정책을 행하였다. 진나라의 모든 제도를 거의
그대로 계승하면서도 비인도적인 획일정책을 늦추고 심지어는 자제
(子弟)와 공신(功臣)들을 분봉(分封)까지 하여 옛날의 봉건제도를 다
시 회복시키려는 듯이 보이기도 하였다. 따라서 사상적으로는 법가뿐
만이 아니라 도가(道家) 사상도 크게 유행하여 일시는 무력통일 뒤
에 군신 모두가 무위휴식(無爲休息)하려는 듯한 경향을 보이기까지
하였다.[1]

그러나 무제(武帝, B.C. 140~B.C. 88 재위)에 이르자 종전의 방
임정책(放任政策)을 버리고 하나하나 통일정책을 진행시키면서 중앙
집권(中央集權)의 방향으로 제도를 바꾸어 나갔다. 위관(衛綰)·동중

---

[1] 賈誼 〈服鳥賦〉(《史記》卷84), 陸賈 《新語》, 劉安 《淮南子》 등 및 《史記》와 《漢
書》의 曹參·陳平·文帝 등에 관한 기록 참조.
'蕭何爲法, 講若畫一, 曹參代之, 守而勿失 載其淸靖, 民以寧壹.'
'(陳平)少時家貧, 好讀書, 治黃帝老子之術.'
'孝文卽位, 存司議, 欲定儀禮. 孝文好道家之學, 以爲繁禮飾貌, 無益於治, 躬化
謂何耳, 故罷去之.'(《史記》禮書)

서(董仲舒) 등의 건언(建言)에 의한 사상통일도 그러한 정책시행의 하나였다. 다만 무제(武帝)는 통일정책의 기반으로서 법가(法家) 사상을 채용하지 않고 유가(儒家) 사상을 채용하였다. 이 뒤로 관리 등용의 학문으로서도 유학(儒學)만이 인정되었고 기타의 사상들은 모두 배척당하였다.2)

이로부터 유학은 청(淸) 말에 이르기까지 2천년의 역사를 두고 정통적인 학문으로 중국사에 군림하게 되는 것이다. 앞 서론에서 지적했듯이 이 뒤로 2천년을 두고 정치체제로서는 중앙집권적인 봉건주의가 계속 유지되고, 동질(同質)의 문화와 국가 또는 세계의식이 계속 유지되는 것도 실은 이 무제(武帝)에 의하여 진행된 통일정책에 바탕을 두고 있는 것이다.

이러한 획일주의(劃一主義)적인 경향은 문학사에 있어서도 두드러진다. 중국문학사를 보면 이 뒤로 도가(道家)적인 문예관이 유행한 시기도 있었고, 개성적인 작품을 시도한 작가도 가끔 나왔지만, 그것은 중국문학의 전통에는 별로 큰 영향을 끼치지 못하고 있다. 2천년을 두고 거의 같은 성질의 문학이 같은 방향의 목표를 추구한 유례(類例)는 다른 나라의 경우 찾아볼 수 없는 것이다. 따라서 한대 사람들이 어떤 의식을 가지고 옛사람들이 남긴 문학작품들을 정리하고 해석했느냐 하는 문제는 한대문학의 특질뿐만이 아니라 중국문학의 본질을 이해하는 데 있어서도 매우 중요한 문제가 될 것이다.

여기서는 그러한 중요한 연구의 첫걸음으로 《시경(詩經)》의 〈국풍(國風)〉과 《초사(楚辭)》의 〈이소(離騷)〉의 해석을 통한 초보적인

---

2) 武帝가 百家들을 물치리고 儒學을 내세운 것은 董仲舒의 對策에 바탕을 둔 것이다.《漢書》卷56 董仲舒傳 ; '今師異道, 人異論, 百家殊方, 指意不同, 是以上亡以持一統 ; 法制數變, 下不知所守. 臣愚以爲諸不在六藝之科, 孔子之術者, 皆絶其道, 不使並進.'

한대 사람들의 문학의식 탐구를 시도하려는 것이다. 여기서 〈국풍〉과 〈이소〉를 택한 것은 중국문학사를 통하여 시가 그 전통의 중심을 이루어 왔고, 그 시원은 〈국풍〉으로 대표되는 《시경》과 〈이소〉로 대표되는 《초사》에서 발하고 있기 때문이다.

제2절 한대(漢代)의 시학(詩學)

《한서(漢書)》 권30 예문지(藝文志)를 보면 《시경(詩經)》에 관하여는 '《시경》 28권, 노(魯)·제(齊)·한(韓) 삼가(家), 《노고(魯故)》 25권, 《노설(魯說)》 28권, 《제후씨고(齊后氏故)》 20권, 《제손씨고(齊孫氏故)》 27권, 《제후씨전(齊后氏傳)》 39권, 《제손씨전(齊孫氏傳)》 28권, 《제잡기(齊雜記)》 18권, 《한고(韓故)》 36권, 《한내전(韓內傳)》 4권, 《한외전(韓外傳)》 6권, 《한설(韓說)》 41권, 《모시(毛詩)》 29권, 《모시고훈전(毛詩故訓傳)》 30권, 범시육가(凡詩六家) 416권'이 기재되어 있다.

여기에서 사가시(四家詩)를 육가(六家)라 한 것은 제시(齊詩)를 후씨(后氏)·손씨(孫氏)·잡기(雜記)의 삼가로 구분하였기 때문이라 보는 것이 보통이다. 이들 중 노(魯)·제(齊)·한(韓) 삼가(三家)는 금문(今文)에 속하는 것이고, 모시(毛詩)는 고문(古文)에 속하는 것인데, 모두 진(秦)대 분서(焚書) 이후 한대에 나온 새로운 《시경》의 판본을 바탕으로 한 그에 대한 해석이다.

노시(魯詩)는 노(魯)나라 사람 신배공(申培公)[3]이 전하고, 제시(齊

---

3) 《漢書》 卷88 儒林傳 ; '申公, 魯人也. 少與楚元王交, 俱事齊人浮丘伯, 受詩. 漢興, 高祖過魯, 申公以弟子從師, 入見于魯南宮. 呂太后時, ······弟子自遠方至受業者千餘人, 申公獨以詩經爲訓故以敎, 亡傳, 疑者則闕弗傳, ······武帝初則位,

詩)는 제(齊)나라 사람 원고생(轅固生)4)이 전하고, 한시(韓詩)는 연(燕)나라 사람 한영(韓嬰)5)이 전한 것인데, 이들 금문(今文)은 한(漢) 초부터 학관(學官)에 올라 크게 유행하면서 수많은 박사(博士)들을 내고 있다. 이들과 이들 제자들은 《시경》을 통하여 배출된 무제(武帝)의 오경표장(五經表章) 정책의 산물이라 할 수 있다.

그러나 동한(東漢)에 이르러는 〈모시(毛詩)〉가 삼가시(三家詩)를 제치고 성행하게 된다. 서한(西漢) 시대에는 〈모시〉는 사학(私學)으로 겨우 명맥이나 유지해왔던 것 같다. 〈모시〉는 조(趙)나라 사람 모공(毛公)6)이 전했다는데, 삼가(三家)들이 《시경》의 해석을 통하여 이록(利祿)을 다투는 사이 〈모시〉는 착실히 의리(義理)의 추구에 일관한 것이 후세 〈모시〉가 성행케 된 원인일 것이다.

왕망(王莽) 시대에 진협(陳俠)이 강학대부(講學大夫)가 된 이후로 동한(東漢)에서는 가규(賈逵, 30~101)·마융(馬融, 79~166)·정현(鄭玄, 127~200) 등 〈모시〉를 공부한 대학자들이 나와 삼가시(三家詩)는 완전히 〈모시〉에 압도당하게 된다. 특히 〈모전(毛傳)〉을 해설한 정현(鄭玄)의 전(箋)이 나오면서 〈삼가시〉는 명맥조차 유지할 길이 없게 된다. 이 때문에 현재의 우리들에게 〈삼가시〉가 아닌 〈모전〉이 《시경》의 정통적인 해설서로 전해지게 된 것이다.

노시(魯詩)는 서진(西晋) 때 없어졌고, 제시(齊詩)는 위대(魏代)에 이미 없어졌으며, 《수서(隋書)》 경적지(經籍志)에는 한시(韓詩) 중 《설씨장구(薛氏章句)》 22권·《한후포한시익요(韓侯苞韓詩翼要)》 10

……見上, 上問治亂之事.'

4) 《漢書》卷88 儒林傳 ;'轅固, 齊人也. 以治詩, 孝景時爲博士, 與黃生爭於上前.'

5) 《漢書》卷88 儒林傳 ;'韓嬰, 燕人也. 孝文時爲博士, 景帝時至常山太傅. 嬰推詩人之意, 而作內外傳數萬言, 其語頗與齊魯間殊, 然歸一也.'

6) 《漢書》卷88 儒林傳 ;'毛公, 趙人也. 治詩爲河間獻王博士, 授同國貫長卿. 長卿授解延年. 延年爲阿武令, 授徐敖. 敖授九江陳俠, 爲王莽講學大夫.……'

권・《한시외전(韓詩外傳)》10권만이 저록되고, 지금은 그중 《한시외전》만이 전해진다.

고문(古文)인 〈모시〉는 자하(子夏)로부터 전수되었다고 하지만[7] 역시 금문(今文)이나 마찬가지로 한대 이후 완성된 경전임에 틀림없다. 서한(西漢)대의 수수관계(授受關係)를 따져보면 금문의 전수가 더욱 분명하므로 오히려 금문경전이 더 오래된 것일 가능성조차도 있다. 어떻든 이것들은 한대라는 시대의 특수한 요청에 의하여 생겨나 발전한 것임이 틀림없다.

다만 당(唐) 초 공영달(孔穎達, 574~648)의 《시경정의(詩經正義)》가 〈모전(毛傳)〉과 〈정전(鄭箋)〉을 기초로 하여 강력한 경전 해석의 통일을 이룩한 이래로 우리에게는 이 전전(傳箋)만이 완전한 형태로 전해지고 있으므로 한대인의 시의식은 이것을 주로 하여 탐색하는 수밖에 없겠다. 한편 이 전전(傳箋)만이 후대에까지 정통적인 《시경》 해설로서 존재하였다는 것은 이것이 한대로부터 비롯된 중앙집권적 봉건사회의 요청에 가장 잘 영합될 수 있었기 때문일 것이니, 본 연구를 위하여는 가장 좋은 자료가 될 것이다.

물론 삼가시와 〈모시〉에 대한 학문적인 가치평가는 학자들의 입장에 따라 크게 다르다. 예를 들면 정초(鄭樵, 1104~1162) 같은 학자는 〈모시〉가 뛰어난 것이라 주장했고, 위원(魏源, 1794~1856) 같은 이는 〈삼가시〉를 앞에 내세우고 있다.[8] 지금 와서 어느 편이 더 훌륭

---

7) 《漢書》藝文志.

8) 鄭樵 《詩辨妄》; ‘齊魯燕趙四詩, 土音不同, 訓詁亦異. 故孔穎達曰 ; 三家之詩, 字與毛詩異者, 動以百數. 及證之他書, 三家之學, 非徒字異, 亦倂與文義俱異矣. 當武帝時, 毛詩始出, 自以源流出於子夏. 其書貫穿先秦古書. 惟河間獻王好古, 博見異書, 深知其精. 時齊魯韓三家, 皆列於學官, 獨毛詩不得立. 中興後, 謝曼卿・衛宏・賈逵・馬融・鄭衆・康成之徒, 皆宗毛詩, 學者翕然稱之.’

　魏源 《詩古微》; ‘齊詩先采蘋而後草蟲, 與儀禮合. 小雅四始五際次第, 與樂章

한지는 비교할 자료가 완전하지 않은 이상 확실히 단언하기 곤란하다. 그러나 〈삼가시〉에는 오제(五際)·육정(六情) 같은 괴상한 위서(緯書)의 설(說)과 잡설(雜說)들이 많이 혼입되어 있고, 동한(東漢) 이후 대학자들이 〈모시〉를 위주로 한 것을 보면 적어도 중국의 봉건사회에서의 시의 개념은 〈모시〉 쪽이 더 뚜렷이 드러내 보여주고 있다 할 것이다.

제3절 〈모전(毛傳)〉·〈정전(鄭箋)〉의 〈국풍〉 해석 방향

1. 〈모전〉·〈정전〉의 시개념

〈모전〉과 〈정전〉은 이미 한나라 말엽에도 그 내용을 비판하고 나선 이들이 있었고9) 당(唐)대 공영달(孔穎達)의 《정의(正義)》가 나와 정설이 통일된 뒤로도 송대(宋代) 이후로는 강력한 반항을 겪었다. 구양수(歐陽修, 1007~1072)의 《모시본의(毛詩本義)》, 소철(蘇轍, 1039~1112)의 《시집전(詩集傳)》, 남송(南宋) 정초(鄭樵)의 《시변망(詩辨妄)》, 주희(朱熹, 1130~1200)의 《시집전(詩集傳)》 등이 그

合. 魯韓詩說碩人·二子乘舟·載馳·黃鳥, 與左氏合. 說抑, 及昊天有成命, 與國語合. 說騶虞, 樂官備與射義合. 說凱風·小弁, 與孟子合. 其不合諸書者安在? 而毛詩則動與牴牾, 其合諸書又安在?'

《漢書》卷75 翼奉傳;'詩有五際.''故詩之爲學, 性情而已. 五性不相害, 六情更興廢. 觀性以歷, 觀情以律.'

9) 魏나라 王肅은 《毛詩注》二卷·《毛詩義駁》三卷·《毛詩奏事》一卷·《毛詩問難》二卷(見 《隋書》 經籍志, 今逸) 등을 지어 鄭玄의 箋을 攻擊하였다.

대표적인 것들이며, 한때 주희(朱熹)의 《집전(集傳)》은 《정의(正義)》를 대신하여 관학(官學)으로 군림하기도 하였다.

그리고 이후의 시학(詩學)은 청(淸)대에 이르기까지 더욱 복잡한 양상을 보여준다. 그러나 사실은 모두가 〈모전〉과 〈정전〉을 근거로 한 시학의 다기화(多岐化)라고 볼 수 있는 것으로서, 주희의 《시집전》조차도 한대설시(漢代說詩)에 대한 반발에도 불구하고 〈모전〉·〈정전〉의 시 해설 방향을 완전히 벗어나지 못한 것이다. 〈모전〉·〈정전〉 시 해설 방향의 완전 탈피는 청말(淸末)에 이르러 비로소 발견된다.

그것은 금석문(金石文) 등에 대한 새로운 지식과 서양 문화 전입으로 인한 과학적인 연구방법으로 비로소 가능해진 것이었다. 따라서 〈모전〉과 〈정전〉은 한대 이후 2천년을 두고 중국의 시학을 지배해 왔다고 보아도 과언이 아니다.

우선 〈모시〉를 보면 대서(大序)와 소서(小序)로 구분되는 시 전체와 시 한편 한편을 해설한 이른바 시서(詩序)10)라는 게 있다. 이 〈시서〉의 작자에 대하여는 학자들에 따라 설이 구구하지만,11) 적어도 한대에 지금의 형태로 완성된 것이라고 보는 게 옳을 것이다. 물론 〈시서〉에는 선진(先秦)의 자료들도 동원되고 있겠지만, 그것은 한대 학자들의 《시경》 해설을 대표하는 것이라고 단정하여도 좋을 것이다.

---

10) 詩序는 본시 一篇으로 大小의 구분이 없었다고 주장하는 이도 있고(陸德明 《經典釋文》·孔穎達 《毛詩正義》), 全詩의 通論으로서의 大序와 各 詩의 大義를 分論한 小序가 구분되어 있었다고 하는 이(陸德明 《經典釋文》 所引 舊說, 朱熹 《詩序辨說》)가 있다. 그러나 今本에도 關雎篇의 序와 大序가 섞여 있어 그 구분에 약간의 혼란이 있다.

11) 鄭玄 《詩譜》 ; ‘大序爲子夏作, 小序爲子夏毛公合作.’
　　王肅 《家語》 注 ; ‘子夏所序詩, 卽今毛詩序.’
　　《後漢書》 儒林傳 ; ‘詩序爲衛宏作.’
　　《隋書》 經籍志 ; ‘子夏所創, 毛公及衛宏潤益.’

왜냐하면 그것은 어떤 사람에 의하여 어떤 형식으로 쓰여진 것이든 간에, 〈모시〉·〈정전〉으로 형성된 《시경》 해설의 기초가 되고 있기 때문이다. 그러므로 여기에선 대서(大序)를 한대 사람들의 시의식의 기본 이론이라 보고 우선 〈대서〉[12)]에 표현된 시의 개념부터 살펴보기로 한다.

우선 대서에서는 첫머리에서 '시라는 것은 뜻이 나아가는 것이다(詩者, 志之所之也).'라고 시를 정의하고 있다. 이것은 선진 문헌에서부터 한대에 이르는 중국 고대인의 시의 기초적인 개념이다.[13)] 약간 다른 방향의 해설을 기도한 경우도 있기는 하지만[14)] 모두 '시란 사람들의 뜻을 표현한 것'이란 생각을 벗어나는 게 아니며, 다만 시와 음악과의 관계를 서로 다른 각도에서 설명한 것에 불과하다. 일찍부터 시를 존중하고 발전시킨 중국인들이 시에 대하여 이 정도의 모호한 개념 밖에 정의하지 않고 있다는 것은 놀라운 일이다.

뒤이어 '마음속에 있으면 뜻이지만, 그것이 말로 표현되면 시가 된다.(在心爲志, 發言爲詩)'라고 뜻[志]과' 시(詩)의 관계를 덧붙여 설명

---

12) 이곳에서는 朱熹의 〈詩序辨說〉을 따라 '詩者, 志之所之也'라는 구절부터 '是謂四始, 詩之至也'에 이르기까지를 大序, 그 나머지 앞뒤 부분은 小序라 보기로 한다.

13) 《尙書》 虞書 ; '詩言志.'
   《荀子》 儒效 ; '詩者, 志之所之.'
   《禮記》 學記 ; '詩言其志.'

14) 孔穎達 《正義》 引 《詩緯》 云 ; '詩者, 持也.'
   《禮記》 內則 ; '詩負之.' 注 ; '詩之言承也.'
   《儀禮》 特牲 饋食禮 ; '詩懷之' 注 ; '詩, 思也.'
   《荀子》 勸學 ; '詩, 弦歌諷諭之聲也,' 又 '詩者, 中聲之所止也.'
   《楚辭》 大招 ; '投詩賦只' 王逸注 ; '詩者, 中聲之所止也.'
   《北堂書鈔》 引 鄭玄 〈六藝論〉 ; '詩謂五方之歌謠.'
   《廣雅》 釋言 ; '詩所以合意, 歌所以詠詩也.'
   陸機 〈文賦〉 ; '詩緣情而綺靡' 李善注 ; '詩謂樂章.'

하고 있지만, 역시 시에 있어서 뜻이 무엇이냐 하는 문제는 불분명한 채로 있다. 사람의 마음에 담기어 있는 것이 뜻이라면, 거기에는 사람의 모든 사상과 감정이 다 포함될 것이다. 마음속에 있는 뜻을 언어로 표현하면 시가 된다는 해설은 너무나 기초적 논리라 할 것이다.

〈대서〉의 작자는 이처럼 시의 정의는 문학 이전의 단계로 버려둔 채, 음악의 가사로서의 시의 발생을 간단히 설명한15) 다음, 바로 시의 효용의 설명으로 넘어간다. 여기서는 음악과 무용과 시와의 구분을 분명히 하지 않은 채 음악과 시의 정치 교화에 미치는 효용이 강조되고 있다.

치세(治世)의 음악은 평안하고도 즐겁고 그 정치는 조화되며, 난세(亂世)의 음악은 원망스러우면서도 노엽고 그 정치는 괴리(乖離)되며, 망하는 나라의 음악은 슬프면서도 애틋하고 그 백성들은 곤궁해진다. 그러므로 정치의 득실(得失)을 바로잡고, 천지를 움직이고, 귀신을 감동시키는 데에는 시보다 더 좋은 것이 없다. 선왕(先王)들은 이것으로써 부부 사이를 다스리고, 효도와 공경을 이룩하고, 인륜(人倫)을 두터이 하고, 교화(敎化)를 아름답게 하고, 풍속을 훌륭하게 이끌었다.16)

이처럼 시가 사회를 가장 잘 대변해 주고 또 정치 교화의 용구로서 가장 효과적인 것이 된다는 이론은, 《시경》의 경전화 또는 한대 봉건

---

15) '情動於中而形於言, 言之不足, 故嗟歎之 ; 嗟歎之不足, 故永歌之 ; 永歌之不足, 不知手之舞之, 足之蹈之也. 情發於聲, 聲成文, 謂之音.'

16) '治世之音, 安以樂, 其政和 ; 亂世之音, 怨以怒, 其政乖 ; 亡國之音, 哀以思, 其民困. 故正得失, 動天地, 感鬼神, 莫近於詩. 先王以是經夫婦, 成孝敬, 厚人倫, 美敎化, 移風俗.'

전제(封建專制)의 합리화를 위한 기초 작업인 것이다. 〈시서〉에서
'그러므로 일국(一國)의 일은 일인(一人)의 근본에 연관된다.'[17]고 한
것을 공영달(孔穎達)은 그 '일인'을 '작시자(作詩者)'라 해석하고 있
지만[18] 한대의 학자들은 일인의 궁극인 군주(君主)를 생각하였을 것
이다.[19]

이 뒤로 계속되는 〈시서〉의 관념적인 시론의 체계화 시도는,《시
경》에서 일종의 오묘한 원리를 추출함으로써《시경》을 봉건 지배의
원리서(原理書)의 하나로 높여 주려는 의도에서 출발한 것일 게다.
앞에 인용한 대목에 이어 보이는 '육의(六義)'만 해도 그렇다.

〈대서〉에서는 '첫째는 풍(風), 둘째는 부(賦), 셋째는 비(比), 넷째
는 흥(興), 다섯째는 아(雅), 여섯째는 송(頌)'이라 설명하고 있는데,
이것은《주관(周官)》에 근거한 것이다. 정현(鄭玄)은《주례(周禮)》의
이 대목 주(注)에서 이 '육의'를 다음과 같이 설명하고 있다.

풍(風)이란 현성(賢聖)들이 도(道)를 닦는 교화(教化)를 말한다.
부(賦)란 포직(鋪直)한다는 말로서 지금의 정교(政教)의 선악(善
惡)을 펴내는 것이다. 비(比)는 지금의 잘못을 보고도 감히 치는
말을 하지 못하므로 비슷한 종류의 것을 들어 그것을 표현하는 것
이다. 흥(興)은 지금의 아름다움을 보고서 아첨한다고 여기지 않도
록 선(善)한 일을 들어 깨우치고 권하는 것이다. 아(雅)는 바르다는
것이다. 지금의 올바른 것을 표현함으로써 후세의 법도가 되게 하
려는 것이다. 송(頌)이란 말은 송(誦)의 뜻이며 용(容)의 뜻이다.
지금의 덕(德)을 읊어서 그것을 넓히고 아름답게 하는 것이다.[20]

---

17) '是以 一國之事, 繫一人之本.'
18) 《毛詩正義》;'一人, 作詩之人. …… 一人言之, 一國皆悅.'
19) 《毛詩序》;'然則關雎麟趾之化, 王者之風, 故繫之周公.'

이것은 《시경》을 중국의 봉건사회의 정치원리로 해석하려는 노력을 바탕으로 한 해설이다. 정현(鄭玄)이 이처럼 '시의 육의'를 정치에 관련된 덕교(德教)의 원리의 하나로 풀이하고 있지만, 그 내용을 따져보면 실은 이 중 풍(風)·아(雅)·송(頌)은 《시경》의 내용의 분류이고,21) 부(賦)·비(比)·흥(興)은 시의 표현방법을 뜻하는 것이어서,22) 이것들은 '육의'라고 한데 묶는 것조차가 우스운 일이다. 그럼에도 불구하고 한대 이후로 청말(淸末)에 이르기까지 이 '육의'를 시의 덕교(德教) 원리로 이해하려는 노력이 끊임없이 계속되었다.

다시 〈대서〉의 끝머리를 보면 '이것을 〈사시〉라고 하는데 시의 지극함인 것이다(是謂四始, 詩之至也).'고 하는 구절이 보인다. 이것이 유명한 사시설(四始說)의 근거인데, 〈사시〉가 무엇이고 어떤 의의를 지닌 것이냐 하는 것은 옛날부터 설이 구구하다. 〈모시〉의 해설을 한 정현(鄭玄)은 '시(始)란 것은 왕도(王道) 흥쇠(興衰)의 소유(所由)'라고 알쏭달쏭한 말을 하였고, 공영달(孔穎達)은 소(疏)에서 '풍(風)·소아(小雅)·대아(大雅)·송(頌)'의 네 가지를 뜻한다고 하고 있다.

그러나 〈사시〉의 앞머리에서 '〈관저〉는 후비의 덕을 노래한 것이며 〈풍〉의 시인 것이다(關雎, 后妃之德也, 風之始也).'고 하고 있으니, 〈대서〉에서도 노시(魯詩)나 마찬가지로23) 국풍(國風)의 첫머리 시인 관저(關雎), 소아(小雅)의 첫머리 시인 녹명(鹿鳴), 대아(大雅)

---

20) 《周禮》春官 太師注 ; '風言賢聖治道之遺化. 賦之言鋪直, 鋪陳今之政教善惡. 比見今之失, 不敢斥言, 取比類以言之. 興見今之美, 嫌於媚諛, 取善事以喩勸之. 雅, 正也. 言今之正者, 以爲後世法. 頌之言誦也, 容也. 誦今之德, 廣以美之.'

21) 대체로 風은 國風이라고도 부르며 중국 각 지방의 民謠, 雅는 궁중의 행사에 쓰여지던 노래, 頌은 宗廟에서 제사지낼 때 조상들의 德을 頌揚하는 노래이다.

22) 여러 學者들의 說을 綜合하면 賦는 文章의 直叙法, 比는 比喩法, 興은 隱喩 또는 作者의 聯想作用의 表現이라 말할 수 있다.

23) 王先謙 《詩三家義集疏》, 司馬遷도 《史記》에서 魯詩說을 따르고 있다.

의 첫머리 시인 문왕(文王), 송(頌)의 첫머리 시인 청묘(淸廟)를 뜻한 것인 듯하다.

어떻든 청말에 이르기까지 피석서(皮錫瑞)가 〈사시〉는 '공자가 정한 것'이라 주장하며 오묘한 시의 해설을 여러 가지로 시도하고 있지만24) 역시 모두 시 자체와는 관계없는 이론이다. 다음 《한시외전(韓詩外傳)》 권5에 보이는 자하(子夏)와 공자(孔子)의 문답은 무엇보다도 이 사시설의 성격을 잘 설명해 줄 것 같다.

자하(子夏)가 여쭈었다. "관저(關雎)를 어째서 국풍(國風)의 시(始)로 삼았습니까?"

공자가 말하였다. "관저란 지극한 것이다. 관저의 작자는 우러러서는 하늘을 본뜨고 굽어서는 땅을 본떴으니, 극히 오묘하고도 고원(高遠)하게 덕(德)이 갈무려진 바가 되었고, 어지러이 들끓듯이 도(道)가 행하여지는 바가 되어, 신룡(神龍)이 변화하는 것처럼 아름답고 성대한 무늬가 된 것이다. 위대하다! 관저의 도란 만물의 근원이 되는 것이며 모든 생물의 생명이 걸려 있는 것이니, 그것이 행하여지면 하수(河水)와 낙수(洛水)에서 도서(圖書)가 나오게 되고, 기린(麒麟)과 봉황(鳳凰)이 교외에 나타나게 된다. 관저의 도를 따르지 않는다면 관저에 표현된 일들이 어떻게 지극하게 될 수가 있겠는가? 육경(六經)의 책론(策論)이 모두 다급한 현실을 위해 이론이 귀착되고 있는데, 대체로 관저의 이론을 따른 것이니 관저에 표현된 일들이란 위대한 것이다. 성실하고 성대하여 동서남북으로부터 순종해오지 않는 자가 없게 되는 것이다. 그대는 힘써 공부하고 잘 생각하라. 천지 사이의 인류 생존의 도리와 왕도(王道)의 원

---

24) 《經學通論》 二 詩經.

리가 이것에서 벗어나지 않는다.”

자하가 한숨지으며 말하였다.

“위대합니다. 관저란 곧 천지의 기초가 되는 것이군요!”25)

시가 이토록 위대하게 해석되면서부터 중국시는 문학작품으로서보다도 제왕의 덕치(德治) 용구로서의 기능을 존중하려는 경향이 끝내 그들의 시의식 속에 지워지지 않게 되는 것이다.

실상 유가에서 내세우는 덕치주의(德治主義)란 궁극에 가서는 무정부상태를 예상해야 하고, 군권(君權)의 부정 또는 개인의 군권으로부터의 이탈까지 생각하지 않으면 안될 것이다. 왜냐하면 덕화(德化)란 법령에 의한 규제를 비롯한 모든 인위적인 시정(施政)의 해소(解消)를 의미하는 것이기 때문이다.

그래서 한대의 군주와 그 주변의 신하들은 군주의 전제를 합리화하고 그 전권(專權)에 권위를 부여하기 위하여, 이토록 《시경》까지도 덕치의 원리로서 논리화시키며 그 해석을 오묘하고 복잡하게 만들었던 것 같다. 한초 동중서(董仲舒, B.C. 179?~B.C. 93?)가 덕치론을 내세우는 한편, 절대적인 왕권(王權)과 대일통(大一統)을 내용으로 하는 개제론(改制論)을 주장했던 것26)도 결국 이러한 시의 해설과 부

---

25) 子夏問曰 ; ‘關雎何以爲國風始也?’
    孔子曰 ; ‘關雎至矣乎! 夫關雎之人, 仰則天, 俯則地, 幽幽冥冥, 德之所藏, 紛紛
    沸沸, 道之所行, 如神龍變化, 斐斐文章. 大哉! 關雎之道也, 萬物之所繫, 羣生之
    所懸命也, 河洛出圖書, 麟鳳翔乎郊, 不由關雎之道, 則關雎之事, 將奚由至矣哉!
    夫六經之策, 皆歸論汲汲, 蓋取之乎關雎, 關雎之事大矣哉! 馮馮翊翊, 自東自西,
    自南自北, 無思不服. 子其勉强之, 思服之. 天地之間, 生民之屬, 王道之原, 不外
    此矣.’
    子夏喟然嘆曰 ; ‘大哉! 關雎乃天地之基也.’
26) 董仲舒《春秋繁露》第23 ; ‘春秋曰 ; 王正月. 傳曰 ; 王者孰謂? 謂文王也. 曷爲先

합하는 것이다.

그들은 덕치와 상극(相剋)이 되는 전권(專權)을 천리(天理) 또는 자연의 원리로 해석하고, 《시경》의 이러한 해설과 이론을 그것을 증명할 고래(古來)의 근거로 삼았던 것이다. 이밖에 제시(齊詩)의 '사시설(四始說)',27) 금문가(今文家)들이 많이 얘기한 '오제육정설(五際六情說)'28) 같은 것은 더욱 황당무계한 이론이다.

또 〈시서〉를 보면 '왕도(王道)가 쇠하고, 예의가 무너지고, 정교(政敎)가 일실(逸失)되고, 나라의 정치가 달라지고, 집안의 습속이 괴상해짐에 이르러 변풍(變風) 변아(變雅)가 생겨났다.'29)고 주장하고 있다. 정현(鄭玄)은 〈시보서(詩譜序)〉에서 문왕(文王)·무왕(武王) 시대의 작품인 국풍(國風)의 주남(周南)·소남(召南), 아(雅)의 녹명(鹿鳴)·문왕(文王) 등과 성왕(成王) 때 주공(周公)이 제례작악(制禮作樂)하여서 생겨난 송(頌)을 시의 정경(正經)이라 하고, 그 뒤 의왕(懿王) 때의 제풍(齊風), 이왕(夷王) 때의 위풍(衛風) 이하 주말(周末)에 이르는 기간에 나온 나머지 시들은 변시(變詩 : 변풍·변아)라 주장한다. 이러한 정변(正變)의 논란은 이후 청대에 이르기까지 계속되는데, 정현의 이론은 시의 제작연대에 있어서조차도 문제가 됨은 물론이다.

言王而後言正月? 王正月也. 何以謂之王正月? 曰 ; 王者必受命而後王. 王者必改正朔, 易服色, 制禮樂, 一統於天下.'

27) 《詩緯汎歷樞》 '大明在亥, 水始也 ; 四牡在寅, 木始也 ; 嘉魚在巳, 火始也 ; 鴻鴈在申, 金始也.'(《孔疏》 引)

28) 《春秋緯演孔圖》 ; '詩含五際六情者. 鄭以汎歷樞云 ; 午亥之際爲革命, 卯酉之際爲改正. 辰在天門, 出入候聽. 卯天保也, 酉祈父也. 午采芑也, 亥大明也. 然則亥爲革命, 一際也. 亥又爲天門, 出入候聽, 二際也. 卯爲陰陽交際, 三際也. 午爲陽謝陰興, 四際也. 酉爲陰盛陽微, 五際也. 其六情者, 則春秋云, 喜怒哀樂好惡, 是也.'(《孔疏》 引)

29) '至于王道衰, 禮義廢, 政敎失, 國異政, 家殊俗, 而變風變雅作矣.'

그러면 이처럼 시의 이해 자체와는 무관한 정변설(正變說)을 시론에 도입한 이유는 무엇일까? 그것은 《시경》의 시들을 정교(政敎)의 원리가 담겨있는 이론으로 해석하려다 보니, 아무래도 그 속에 들어 있는 그들의 도덕론과 위배되는 연애 시나 세상을 원망하는 시들을 어찌 할 수 없었기 때문이었다. 호적(胡適, 1891~1962)은 이러한 한대 사람들의 《시경》 해석 경향을 '《시경》의 경전화(經典化)'30)라고 말하였다.

우선 〈시서〉에서는 국풍의 경전화의 출발로서 풍(風)을 다음과 같이 설명하고 있다.

> 풍이란 바람(風)31)의 뜻이요, 교화(敎化)의 뜻이다. 바람이 불듯이 함으로써 그들을 움직이고 교화함으로써 그들을 변화시키는 것이다.
>
> 임금은 풍자(諷刺)함으로써 백성들을 교화하고, 백성들은 풍자함으로써 임금을 자극하는 것이다. 문장을 위주로 하여 간접적으로 간(諫)하기 때문에 말하는 사람은 죄가 없게 되고, 그것을 듣는 사람은 훈계로 삼기에 족하다. 그러므로 풍이라 말하는 것이다.32)

이처럼 〈풍〉을 풍토(風土)나 풍요(風謠)의 풍과 같은 간단한 뜻으로 보지 않고, 치자(治者)와 피치자(被治者)가 교화 또는 풍간(諷諫)의 수단으로 주고받은 정교(政敎)의 용구를 뜻하는 것으로 해석한 것

---

30) 胡適 《談談詩經》(1925年 9月 武昌大學에서의 演說文 ; 《胡適論學近著 第一集》).

31) 이 風은 '바람' '바람부는 듯하다'의 뜻으로 해석해도 되나, 뒤의 대목과 같이 '諷' 또는 '諷刺하다'의 뜻으로 해석하는 편이 좋을런지도 모른다.

32) '風, 風也, 敎也. 風以動之, 敎以化之.'
　　'上以風化下, 下以風刺上, 主文而譎諫, 言之者無罪, 聞之者足以戒, 故曰風.'

은 〈국풍〉의 시 해석의 방향을 뜻하는 것이다. 〈모시서〉에서 치자의 〈풍〉을 풍화(風化), 피치자의 〈풍〉을 풍자(風刺)라 설명한 것은 그 뜻이 더욱 분명하다.

그리고 정현의 《전(箋)》은 다시 이 〈모전〉을 바탕으로 하여 《시경》을 해설한 것이다. 정현의 〈전〉이 나왔기 때문에 후세에는 〈모전〉만이 전해지게 되었다고도 할 수 있다. 따라서 〈정전〉의 시 개념은 이 〈모전〉을 따르고 있는 것이다.

2. 〈모전〉·〈정전〉의 〈국풍〉 해설

그러면 이제 한대 학자들이 풍시(風詩)로써 존중하는 《시경》 첫머리의 관저(關雎) 시로부터 어떻게 해석하고 있는가 보기로 하자.

구욱구욱 물수리는
황하(黃河) 섬에서 울고 있는데,
아리따운 훌륭한 아가씨
군자(君子)의 좋은 배필일세.
(關關雎鳩, 在河之洲. 窈窕淑女, 君子好逑.)

들쑥날쑥 마름풀을
이리저리 찾아 뜯네.
아리따운 훌륭한 아가씨를
자나깨나 구하는데,
구하여도 얻지 못해
자나깨나 그리노라니,
그리움은 끝없어

이리 뒤척 저리 뒤척.
(參差荇菜, 左右流之. 窈窕淑女, 寤寐求之.
求之不得, 寤寐思服. 悠哉悠哉, 輾轉反側.)

들쑥날쑥 마름풀을
여기저기서 골라 뜯네.
아리따운 훌륭한 아가씨와
금슬 타며 벗하고 싶네.
들쑥날쑥 마름풀을
여기저기서 가려 뜯네.
아리따운 훌륭한 아가씨와
종과 북 울리며 즐기고 싶네.
(參差荇菜, 左右采之. 窈窕淑女, 琴瑟友之.
參差荇菜, 左右芼之. 窈窕淑女, 鐘鼓樂之.)

굴만리(屈萬里, 1907~1979) 교수는 이 시를 축혼시(祝婚詩)라 보았지만, 호적(胡適)이 '관저는 분명히 남성이 여성을 사모하면서도 뜻을 이루지 못함을 읊은 시'33)라고 본 것이 옳을 것 같다.34) 그러나 〈모시〉나 〈정전〉의 해석은 현대인의 감상과는 거리가 먼 것이었다.

관저는 후비(后妃)의 덕(德)을 읊은 것이다. 풍(風)의 시(始)로써, 천하를 풍화(風化)하고 부부를 바로잡는 근거가 되는 것이다. 그러므로 이것을 향인(鄕人)에게도 사용하고, 국가에 있어서도 사용하는 것이다.

---

33) 胡適 《談談詩經》(앞 주 30에도 보임).
34) 拙著 《詩經》 譯註(明文堂 刊 1971. 9).

그래서 관저는 숙녀(淑女)를 구하여 군자(君子)에게 짝지워줌을 즐기는 것이니, 현명한 이를 추천한 일을 걱정하되 여색(女色)만을 탐내지 않으며, 아리따움을 가엾게 여기고 현재(賢才)를 생각하되 착한 마음을 손상시키지는 않는 것이다. 이것이 관저의 뜻이다.35)

이것은 〈소서〉의 해설인데 정현(鄭玄)은 여기에서 한 걸음 더 나아가 〈시서〉에서 말하는 후비(后妃)는 문왕(文王)의 비(妃) 태사(太姒)를 뜻하고, 군자(君子)는 문왕을 가리킨다고 주장했다.36) 다시 말하면 〈관저〉는 문왕의 후비인 태사가 현명하고 아름다운 여인을 구하여 문왕에게 바치면서도 질투하지 아니하는 훌륭한 부인의 덕을 노래한 것이라는 것이다. 그리고 시구의 해석에 있어서도 이들은 시에 보이는 사물들과 시의 관계를 합리화시키려고 애썼다.

예를 들면 〈모전〉에서는 이 시에 보이는 '저구'라는 새는 '암수컷의 분별이 있다.'37)고 하면서 그 새를 후비와 군자에 비유한 것으로 보았고, 정현은 〈전〉에서 '암수컷의 정의가 지극하지만 분별이 있는'38) 새라고 더욱 강조하고 있다. 그리고 이들은 뒤의 〈행채(荇菜)〉까지도 '관저의 덕을 지닌 후비가 종묘(宗廟)의 제물을 마련하려고 뜯는

---

35) '關雎, 后妃之德也, 風之始也. 所以風天下而正夫婦也. 故用之鄉人焉, 用之邦國焉.'
   '是以關雎樂得淑女以配君子, 憂在進賢, 不淫其色, 哀窈窕, 思賢才, 而無傷善之心焉. 是關雎之義也.'

36) 鄭玄, 《周南召南譜》;'初古公亶父聿來胥宇, 爰及姜女. 其後大任思媚周姜, 大姒嗣徽音. 歷世有賢妃之助, 以致其治. 文王刑于寡妻, 至于兄弟, 以御于家邦. 是故二國之詩, 以后妃夫人之德爲首, 終以麟趾騶虞. 言后妃夫人有斯德, 興助其君子, 皆可以成功至于獲嘉瑞.'

37) '……若關雎之有別焉.'

38) '謂王雎之鳥, 雌雄情意至, 然而有別.'

것'39)이라 하고 있다. 그래서 《시경》의 한 글자 한 구절 모두가 덕교(德敎)의 원리를 담은 신성불가침의 것으로 발전하는 것이다.

〈모전〉이나 〈정전〉에서는 이 관저뿐만 아니라 〈국풍〉에서도 첫머리에 실린 정경(正經)인 주남(周南)의 시들은 '문왕이 자기 부인의 덕을 본받아 형제들을 거느리고 나라를 다스리게 되는' 일관(一貫)된 내용을 담고 있는 것들이고, 소남(召南)의 시들은 이를 본받은 대부(大夫)들 부인(夫人)들의 여러 가지 훌륭한 행실들을 노래한 것이라고 주장하고 있다.40)

그것은 주남의 시들의 〈시서〉만 보아도 뚜렷이 들어나는 시의 해석 방향이다. 맨 앞의 〈관저(關雎)〉는 '후비의 덕', 다음의 〈갈담(葛覃)〉은 '후비의 근본', 〈권이(卷耳)〉는 '후비의 뜻', 〈규목(樛木)〉은 '후비가 첩(妾)들을 돌보아줌'을 읊은 것이며, 〈종사(螽斯)〉는 이러한 후비와 문왕 사이에 '자손들이 많은 것', 〈도요(桃夭)〉는 '후비의 덕화로 남녀들이 제때에 혼인하는 것', 〈토저(兎罝)〉는 '후비의 덕화', 〈부이(芣苢)〉는 '후비의 아름다움'을 노래한 것이라 한다. 다음의 〈한광(漢廣)〉은 후비에게서 계발된 문왕의 '덕이 널리 미치는 것', 〈여분(汝墳)〉은 문왕의 '도에 의한 교화가 행하여지는 것'을 읊은 것이고, 맨 끝머리의 〈인지지(麟之趾)〉는 〈관저〉에서 출발한 후비의 덕의 효험을 결론한 '관저지응(關雎之應)'이라는 것이다.

소남(召南) 시들의 해설을 보면 '부인(夫人)의 덕'을 읊은 〈작소(鵲巢)〉에서 시작하여, '부인이 직책을 잘 지키는 것'을 노래한 〈채번(采蘩)〉이 다음에 놓이고, 다시 부인의 덕화로서 '대부(大夫)들의 처(妻)

---

39) 〈毛傳〉 ; '后妃有關雎之德, 乃能共荇菜, 備序物以事宗廟也.'
   〈鄭箋〉 ; '左右, 助也. 言后妃將共荇菜之菹, 必有助而求之者, 言三夫人九嬪以下, 皆樂后妃之事.'
40) 註 36) 참조.

가 예로써 자기를 지키는 것'을 노래한 〈초충(草蟲)〉, '대부의 처가 법
도를 따르게 됨'을 읊은 〈채빈(采蘋)〉이 놓였고, 다음은 부인의 덕에
따라 훌륭한 덕으로 나라를 다스리게 된 '소백(召伯)을 기리는' 〈감당
(甘棠)〉, 그러한 '소백(召伯)이 청송(聽訟)하는 모양'을 읊은 〈행로(行
露)〉, '작소(鵲巢)의 효과로 훌륭해진 관리들'을 노래한 〈고양(羔羊)〉,
'의로움을 권면(勸勉)'하는 〈은기뢰(殷其靁)〉, 부인의 덕화로 '남녀가
제때에 혼인하게 됨'을 노래한 〈표유매(摽有梅)〉, '부인이 아래 처들
을 돌보아 주는 것'을 노래한 〈소성(小星)〉, 부인 밑의 '훌륭한 첩'을
그린 〈강유사(江有汜)〉, 문왕의 교화를 따라 '무례함을 싫어하게 된
것'을 노래한 〈야유사균(野有死麕)〉, 그들 사이의 '왕희(王姬)를 그
린' 〈하피농의(何彼襛矣)〉, 끝으로 〈작소(鵲巢)〉의 효험을 총결한 〈추
우(騶虞)〉 시가 놓여 있다는 것이다. 이쯤되면 단순한 시집이라기보
다는 조금도 빈틈없는 성경으로서 손색없는 책이 될 것이다.

　그러나 《시경》을 노예사회[1]에 있어서의 노예생산을 바탕으로 자유
로운 사고와 자유로운 생활을 누린 상층 자유민들의 생활감정을 읊은
시들을 모아놓은 것이라 한다면, 〈모전〉이나 〈정전〉의 위와 같은 해
석은 딴 뜻으로 둘러대어 풀이한 것임이 분명하다. 이들은 자유로운
생활감정을 솔직히 노래한 《시경》의 시들을 모든 사고(思考)나 행동
에 있어 일정한 규제를 받던 봉건사회의 논리에 억지로 부합시켜 해
설하였던 것이다.

---

1) 西周社會가 奴隷社會냐 封建社會냐 하는 問題는 漢代나 마찬가지로 學者들에 따
　라 意見이 다르다. 呂振羽(中國社會史綱)·翦伯贊(中國史綱 1950)·范文瀾(中
　國通史簡編)·王玉哲(中國上古史綱, 1959) 등은 西周時代를 封建制社會라 쓰
　고 있고, 郭沫若(中國古代社會研究 1930, 奴隷制時代 1954)·楊榮國(中國古代
　思想史)·侯外盧(中國古代社會史 1949)·李亞農(中國的奴隷制封建社會 1954)
　등은 西周時代를 奴隷制社會라 보고 있다. 이들의 論據와 立場은 翦伯贊의 〈關
　於中國歷史的分期問題〉란 論文에 자세하다.

이러한 시의 둘러대기 해석은 한대의 경우 〈모전〉이나 〈정전〉만이 보여주는 특수한 보기가 아니다. 금문파(今文派)의 삼가시(三家詩) 쪽은 그런 둘러대기 해석의 정도가 더욱 심했다. 왕선겸(王先謙, 1842~1917)의 《시삼가의집소(詩三家義集疏)》에 모아져 있는 삼가의 〈관저〉 시 해설을 보기로 든다.

〈노설(魯說)〉에 말하였다. 주(周)나라가 점차 쇠하여 가고 강왕 (康王)이 늦게 일어나자, 필공(畢公)은 탄식을 하면서 옛 도(道)를 깊이 생각하고, 저 관저(關雎)는 본성이 짝을 함부로 짓지 않음을 느끼고 주공(周公)에게 아리따운 짝을 구하여 줌으로써 미약하여짐 을 막고 점점 쇠하여짐을 방지하려 하여 군부(君父)를 풍자하여 일 깨워주려 하였던 것이다. 공자께선 그것을 위대하게 여기시고 책 앞머리에 배열하였던 것이다.42)

〈제설(齊說)〉에 말하였다. 공자는 시를 논함에 있어 관저로 시작 하고 있다. 그것은 제왕이란 백성들의 부모이기 때문에 그 후부인 (后夫人)의 행동은 천지와 합치되지 못하면 신령스러운 법통(法統) 을 받들어 만물을 합당하게 다스릴 수가 없게 되기 때문이다. 그러 므로 시에서 '아리따운 훌륭한 아가씨는 군자의 좋은 짝'이라고 노 래하였는데, 후부인이 정숙하고 절조를 지킴으로써 정욕(情欲)의 감정이 용모나 태도를 무너뜨리지 않고 사사로이 즐기려는 뜻이 행 동으로 드러나지 않게 된 연후에야 지존에 짝지워져 종묘(宗廟)의 주인이 될 수 있음을 뜻하는 것이다. 이것이 기강(紀綱)의 으뜸이

---

42) 〈魯說〉 曰 ; 周漸將衰, 康王晏起, 畢公喟然深思古道, 感彼關雎性不雙侶, 願得周
公配以窈窕, 防微消漸, 諷諭君父. 孔氏大之, 列冠篇首.

요 왕교(王敎)의 단서(端緒)인 것이다.[43]

〈한설(韓說)〉에 말하였다. 시인은 저구(雎鳩)새가 정결하여 짝을 신중히 구하되, 소리로써 서로 추구하여 아무도 없는 곳에 숨어있는 것을 읊은 것이다. 그러므로 임금은 조정에서 물러나와 개인 궁전으로 들어가서는 후비(后妃)를 만나보는 데에 법도가 있어야 하며, 궁전 문을 제때에 여닫고 딱딱이를 치며 야경(夜警)을 보고 때를 알리는 북을 제대로 치게 해야, 물러나와 거처함에 몸이 편안하고 뜻이 맑게 되는 것이다. 지금 윗사람들은 안으로 여색(女色)에 기울어져 있는데 현명한 사람이 그러한 싹을 발견하였기 때문에 관저를 읊어 훌륭한 여인은 용모와 행동을 올바르게 지녀야 한다고 말함으로써 시사(時事)를 풍자한 것이다.[44]

이처럼 삼가의 해설은 〈모전〉보다도 더욱 종잡을 수도 없을 정도의 둘러대기 해석을 가하고 있는 것이다. 이렇게 보면 이러한 둘러대기 해석은 한대에 있어서 보편적인 경향이었다 할 것이다. 그리고 당시의 봉건사회 논리에 의한 시의 둘러대기 해석은 시의 해석뿐만이 아니라 시의 전수(傳授)와 연구를 비롯하여 문학의식 전반에 걸쳐 큰 영향을 끼쳤을 것이다. 여기에서는 〈모전〉과 〈정전〉의 둘러대기 해석을 좀 더 분명히 하기 위하여 주남(周南)과 소남(召南)의 시들을 보

---

43) 〈齊說〉曰 ; 孔子論詩, 以關雎爲始. 言太上者民之父母, 后夫人之行不侔乎天地, 則無以奉神靈之統, 而理萬物之宜. 故詩曰: 窈窕淑女, 君子好仇. 言能致其貞淑, 不貳其操, 情欲之感, 無介乎容儀, 宴私之意, 不形乎動靜. 夫然後可以配至尊, 而爲宗廟主. 此綱紀之首, 王敎之端也.

44) 〈韓說〉曰 ; 詩人言雎鳩貞潔愼匹, 以聲相求, 隱蔽於無人之處. 故人君退朝入於私宮, 后妃御見有度, 應門擊柝, 鼓人上堂, 退反宴處, 體安志明. 今時大人內傾於色, 賢人見其萌, 故詠關雎, 說淑女正容儀以刺時.

기로 더 들어 설명하겠다.

먼저 '후비의 뜻'을 노래한 것이라고 〈시서〉에 설명하고 있는 〈권이(卷耳)〉 시를 보기로 든다.

도꼬마리 캐고 캐어도
납작 바구니에 차지 않네.
아아, 나는 임 그리움에
바구니조차도 한길에 동댕이치네.
(采采卷耳, 不盈頃筐. 嗟我懷人, 寘彼周行.)

저 높은 산에라도 오르려니
내 말 발병이 났네.
저 금술잔에 술이라도 따르며
긴 시름 잊어 볼까나.
(陟彼崔嵬, 我馬虺隤. 我姑酌彼金罍, 維以不永懷.)

저 높은 언덕에라도 오르려니
내 말 병이 났네.
저 외뿔소 뿔술잔에 술이라도 따르며
긴 설음 잊어 볼까나.
(陟彼高崗, 我馬玄黃. 我姑酌彼兕觥, 維以不永傷.)

저 산등성에라도 오르려니
내 말 지쳐 병났고
내 하인 발병 났으니
어찌하면 그곳 바라볼 수 있을까?
(陟彼砠矣, 我馬瘏矣. 我僕痡矣, 云何吁矣!)

〈시서〉에서는 후비(后妃)가 군자를 보좌하려고 밤낮으로 어진 신하를 생각하는 것이 이 시라고 장황하게 설명을 덧붙이고 있다. 그러나 이것은 집 떠나 멀리 가있는 행역자(行役者)의 집 그리는 노래임이 분명하다. 첫 절은 남편을 떠나 보낸 아내의 처지를 상상을 통해 그리며 노래한 것, 제2절 이하는 높은 곳에 올라 고향 있는 쪽을 바라볼 겨를조차도 없는 행역자의 고달픔과 집 그리는 정을 노래한 것이라고 보는 게 좋겠다.45)

이 시를 보면 주인공이 말을 타고 다니고 하인이 있으며 금술잔과 외뿔소 뿔술잔에 술을 마시는 것으로 보아 앞의 〈관저〉 시도 그러했지만 순수한 민요라고 보기 어려운 점들이 있다. 그것은 이곳에서 논하는 시의 둘러대기 해석과 더불어 민요들이 사대부들에 의하여 《시경》으로 편찬되고 전승되고 하면서 그 내용이 사대부들의 의식에 맞도록 개작되었기 때문에 그러할 가능성도 많다. 서민들이 감정을 강조하고 표현하기 위해서 그러한 용어들을 썼다고 보는 이도 있으나, 앞의 이유 쪽이 《시경》의 문장에 미친 영향을 무시할 수는 없을 것이다.

그것은 같은 봉건사회라 하지마는 주대(周代)의 노예제 사회와는 달리 한대에 있어서는 일반 서민들의 개인적인 슬픔이나 기쁨 또는 사랑 같은 감정은 문학상의 문제가 될 수 없는 여건이었기 때문이다. 황제의 전제(專制)가 보다 강조되는 뒤의 봉건사회에 있어서는 서민들이 자유로이 슬퍼하거나 기뻐하고 사랑한다는 것은 사회질서의 붕괴를 뜻하게 된다. 그들은 오로지 지배자가 설정해준 방향으로 움직이고 생각하고 하여야만 한다. 따라서 사랑이나 그리움 같은 격정을 노래한 주인공은 적어도 사대부 또는 그 이상의 신분의 사람이어야만

---

45) 屈萬里 《詩經釋義》.

한다.

여기에서 《시경》을 정리하고 기록하던 학자들에게는 시구나 시의 내용의 합리화를 위하여 그런 방향의 개작이 시의 둘러대기 해석이나 마찬가지로 당연한 것이었을 것 같다. 따라서 《시경》 〈국풍〉의 시들이 민요 본래의 모습을 그대로 지니고 있는 것이 아니라는 주장에 수긍이 된다.[46] 그러나 〈국풍〉의 시들을 두고 '후비의 덕화'를 노래한 일관된 시들이라고 보는 것은 지나친 억지 해석이라 할 것이다. 간혹 군자나 부인의 덕 또는 생활을 읊은 시들[47]로 보여지는 것들이 있기는 하나, 한 지방의 민요를 두고 후비의 덕에서 출발하여 그 교화의 일관된 효험을 체계적으로 노래한 것으로 해석하려는 것은 큰 무리가 되고 만다. 그 보기로 소남(召南) 끝머리 〈추우(騶虞)〉시를 하나 더 들어본다.

갈잎은 파랗게 솟아났는데
한 번 쏘는데 다섯 마리 멧돼지 몰아놓네.
아아, 날랜 몰이꾼이여!
(彼茁者葭, 壹發五豝, 于嗟乎騶虞!)

쑥대 파랗게 돋아오르는데
한 번 쏘는데 다섯 마리 멧돼지를 몰아놓네.
아아, 날랜 몰이꾼이여! [48]
(彼茁者蓬, 壹發五豵, 于嗟乎騶虞!)

---

46) 例로서 胡懷琛 '國風非民歌本來面目辨.'(小說世界 13卷 18期).

47) 例로 葛覃·樛木·螽斯·兔罝·茉苢·麟之趾·采蘋·甘棠·羔羊·何彼襛矣·騶虞 等.

48) 이곳의 번역은 대체로 嚴粲 《詩緝》의 해설을 따른 것이다.

이 시는 천자의 동산에서 짐승들을 돌보는 관리인 추우(騶虞)가 천자의 사냥을 위해 날랜 움직임으로 짐승들을 모는 모양을 노래한 것이다. 그러나 〈시서〉에서는 다음과 같은 설명을 가하고 있다.

　〈추우〉는 〈작소(鵲巢)〉의 효응(效應)이다. 〈작소〉의 덕화(德化)가 행해져 인륜(人倫)이 올바르게 되고 조정이 잘 다스려지자 온 천하가 문왕(文王)의 교화를 깨끗이 입게 되니 모든 생물들도 번식하게 된 것이다. 사냥을 철에 맞추어 하여 어질기가 추우와 같다는 것은 왕도(王道)가 이룩되었음을 뜻한다.49)

그리고 〈추우〉를 해석하여 〈모전〉에서는

　의로운 짐승이다. 흰 호랑이로 검은 무늬가 있으며, 산 물건은 먹지 않고, 지극한 신의[至信]의 덕(德)이 있으면 곧 거기에 호응한다.50)

하고 있다. 〈모전〉에서는 추우같은 덕을 지닌 천자를 기린 시라는 것이다. 그러나 이 시가 위의 번역처럼 몰이꾼을 읊은 게 아니라 사냥하는 사람(천자)을 기린 시라 하더라도, 그대로 간단한 사냥을 노래한 시로 보아야 할 것이다.

　여기에 '〈작소〉의 효응'이니 '문왕의 교화'를 끌어다 붙이는 것은 본래의 시의 뜻과는 관계가 없는 것이다. 이것은 인간의 자유로운 본성을 바탕으로 해야 할 유가의 덕치(德治)사상을 봉건군주의 권위가 강

---

49) '騶虞, 鵲巢之應也. 鵲巢之化行, 人倫旣正, 朝廷旣治. 天下純被文王之化, 則庶類
　　蕃殖. 蒐田以時, 仁如騶虞, 則王道成也.'
50) '義獸也. 白虎黑文, 不食生物, 有至信之德則應之.'

조되도록 둘러대어 풀이한 그 당시의 시세에 영합하는 학자들의 학문 경향을 말해주는 것이다.

주희(朱熹)가 〈시서〉에 회의를 지니면서도 이 주남(周南)·소남(召南)의 해설에 있어서는 〈모전〉과 〈정전〉의 굴레를 한걸음도 벗어나지 못하고 있는 것은 중국 봉건사회에 있어서의 도학적인 학문경향을 웅변하는 것이라 할 수 있다. 그들은 봉건군주가 인민을 통해서 대변되는 천명(天命)의 수권자(授權者)라기보다는 그는 바로 국가요 덕이라고 강조함으로써, 군주의 절대 권한을 미화하려 한 것이다.

이러한 전제군주 아래에서는 인민의 자유란 더욱 속박되게 마련이기 때문에, 서민들의 자유언이란 윤리상 용납될 수 없는 게 되고 만다. 단적으로 말하면 서민들의 희노애락은 예술의 내용으로서 문제가 될 수 없는 게 되는 것이다. 그런 뜻에서도 《시경》의 연애시나 사회시 같은 것들은 모두 둘러대어 다른 뜻으로 풀이할 필요가 생겨나는 것이다.

이제는 '시의 정경(正經)'보다도 변풍(變風)이나 변아(變雅) 속의 시 해석을 따져봐야 하겠다. 아무리 도학자라 하더라도 시가 주는 순수한 뜻과 이미지를 완전히 거부할 수는 없을 것이다.

그들이 정풍(正風)을 해석함에 있어 문왕보다도 후비를 앞세워야 했고, '부부관계를 바로잡고(正夫婦)'(〈關雎〉 서), '남녀관계가 올바라져서 제때에 결혼을 하고(男女以正, 婚姻以時)'(〈桃夭〉 서), 대부의 첩들이 예로써 스스로를 방위하게 되고(大夫妻, 能以禮自防)'(〈草蟲〉 서), '난폭한 남자가 곧은 여자를 침해하지 못하게 되고(强暴之男不能侵陵貞女)'(〈行露〉 서), '남녀가 제때에 결혼하며(男女及時)'(〈摽有梅〉 서), '난폭한 자들이 서로를 업신여기어 마침내 음란한 습속이 이루어졌다(强暴相陵, 遂成淫風)'(〈野有死麕〉 서)는 등, 시의 내용이 남녀관계와 관계가 깊음을 부정 못하고 있는 것은 이미 그러한 점에서 오는 고충의 일단인 것이다.

따라서 거의 대부분의 변풍(變風)들은 그 음란하고 저속하게 보이는 내용들을 부정할 길이 없어, 흔히 '그 시대의 일을 풍자하는 시'로서 해석하고 있다. 어지러운 세상을 노래함으로써 나라를 다스리는 사람들을 경각케 하려는 시라는 것이다. 정풍(鄭風)의 〈자금(子衿)〉 시를 예로 들어보자.

파란 임의 옷깃이여,
내 마음에 시름 안겨주네.
비록 나는 못간다 해도
임은 어찌 소식조차 없는가?
(青青子衿, 悠悠我心. 縱我不往, 子寧不嗣音?)

파란 임의 패옥 끈이여,
내 생각에 그리움 안겨주네.
비록 나는 못간다 해도
임은 어찌하여 오지 않는가?
(青青子佩, 悠悠我思. 縱我不往, 子寧不來?)

어슬렁어슬렁
성문 앞 서성이면서,
하루만 못 만나도
석 달 못본 듯 하네.
(挑兮達兮, 在城闕兮. 一日不見, 如三月兮.)

이는 분명히 임 그리는 시인데도 〈시서〉에서는

학교가 폐(廢)함을 풍자한 것이다. 난세가 되면 학교가 제대로 되지 않는다.51)

라고 설명하고 있다. 따라서 〈정전〉은 맨 끝 절 첫 두 구절과 끝 두 구절에 대하여 다음과 같이 해설하고 있다.

나라가 어지러워지자 사람들은 학업을 폐하고 등고(登高)하기만을 좋아하며 성궐(城闕)에 나타나 바라보는 것으로써 낙을 삼았던 것이다.

군자의 학문은 글로써 친구를 사귀며 친구로써 인(仁)을 보충하는 것이다. 홀로 배우며 친구가 없다면 외롭고 고루(固陋)해지고 듣는 게 적어진다. 그래서 그토록 심히 생각하는 것이다.52)

변풍(變風)이나 변아(變雅)에 속한 시들은 아무래도 직접 군왕이나 후비의 덕교(德敎)를 노래한 것이라고 해설하는 수가 없어 이렇게 둘러대게 된 것이다. 다음 제풍(齊風)의 〈시서〉들을 보면 '사현비야(思賢妃也)'에서 시작하여 '자황야(刺荒也)' '자시야(刺時也)' '자쇠야(刺衰也)' '자무절야(刺無節也)' '자양공야(刺襄公也)' '자양공야(刺襄公也)' '자황야(刺荒也)' '자문강야(刺文姜也)' '제인자양공야(齊人刺襄公也)' '자노장공야(刺魯莊公也)'라는 식으로 거기의 11편 전부를 해설하고 있는데 모두가 같은 수법인 것이다.

백성들의 애환을 노래한 변시(變詩)들은 한대의 사회논리에 용납될

---

51) 刺學校廢也. 亂世則學校不修焉.
52) '國亂, 人廢學業, 但好登高, 見於城闕, 以候望爲樂.'
　　'君子之學, 以文會友, 以友輔仁. 獨學而無友, 則孤陋而寡聞. 故思之甚.'

수 없는 성질의 것이어서 결국 그와 같은 행동이나 감정을 풍자한 것이라 둘러댔던 것이다. 이러한 한대 학자들의 《시경》 해석의 노력은 시를 읽는 데 있어서뿐만 아니라 시를 창작하는 데 있어서까지도 그 의식 형성에 큰 영향을 주지 않을 수가 없었을 것이다.

제4절 한유(漢儒)와 〈이소(離騷)〉

1. 《초사》의 형성

보통 중국문학사를 보면 《초사》는 전국(戰國)시대의 작품들로서 한대 사부(辭賦)의 조(祖)라고 서술되고 있다. 그러나 실제로 한대 이전의 문헌 속에는 〈이소(離騷)〉나 〈구가(九歌)〉 같은 작품들은 물론 《초사》에 관한 한 마디 기록조차도 없다. 그뿐 아니라 한대의 《초사》나 굴원(屈原)에 관한 기록들까지도 그 내용에 문제가 많기 때문에 근래 호적(胡適) 같은 이는 굴원의 존재 여부까지도 의심하였고,[53] 주동윤(朱東潤) 같은 이는 《초사》란 말의 사용이 한초의 초가(楚歌)보다도 늦은 듯하다고 하면서, 〈이소〉의 작자 굴원의 실재를 의심하였으며,[54] 하천행(何天行)은 아예 《초사》란 모두 한대에 이루어진 것이라는 논증을 시도하기까지 하였다.[55]

왕일(王逸, 89?~158?)의 〈장구서(章句敍)〉에 의하면 한나라 무제

---

53) 《胡適文存》第二集 〈讀楚辭〉.

54) 朱東潤 〈楚歌及楚辭〉～楚辭探故之一(1951. 3. 17 光明日報 學術 第32期), 〈離騷底作者〉 ─楚辭探故之二(1951. 3. 31 光明日報 學術 第33期, 《楚辭研究論文集》 作家出版社 1957 北京).

55) 何天行 《楚辭作於漢代考》(上海 中華書局 民國 37.4).

(武帝) 때 회남왕(淮南王) 안(安, B.C. 178~B.C. 122)이 《이소경장구(離騷經章句)》를 지어 대의(大義)가 찬연(燦然)해지게 되었고, 뒤에 유향(劉向, B.C. 77~B.C. 6)이 경서를 전교(典校)할 때 《초사》를 16권으로 편집 정리하였고, 다시 반고(班固, 32~92)와 가규(賈逵, 30~101)가 장제(章帝, 76~88 재위) 때 각각 《이소경장구(離騷經章句)》를 지었다고 하고 있다.56)

그러나 《한서(漢書)》 회남왕전(淮南王傳)이나 《후한서(後漢書)》 반고전(班固傳)·가규전(賈逵傳)의 기록과는 서로 어긋나는 얘기여서57) 믿기 어렵다. 유향(劉向)만은 그의 《설원(說苑)》이나 《신서(新序)》에도 굴원의 얘기를 쓰고 있는 것으로 보아 《초사》를 정리하였을 가능성이 많다.58) 아무래도 지금 우리에게 전해지는 것과 유사한 《초사》라는 책은 왕일(王逸) 때에 비로소 이루어졌다고 보는 게 옳을 것이다.59)

지금 전해지고 있는 《초사》를 보면 〈구가〉 제16(《釋文》 제13)이 유향의 작품이고, 맨 끝 〈구사(九思)〉 제17이 왕일의 작품이니, 이것

---

56) ‘至於孝武帝, 恢廓道訓, 使淮南王安作離騷經章句, 則大義粲然. ……逮至劉向, 典校經書, 分以爲十六卷. 孝章卽爲, 深弘道藝, 而班固·賈逵, 復以所見, 改易前疑, 各作離騷經章句.’

57) 《漢書》 淮南王安傳에는 ‘使爲離騷傳, 旦受詔, 日食時上.’이란 구절만이 보이는데, 王念孫은 傳은 傳의 잘못이며, 傳는 賦와 古字로서는 通用되었으니 劉安이 지은 것은 〈離騷賦〉라 하였다(《漢書補注》, 《讀書雜志》). 《後漢書》의 班固와 賈逵의 傳에는 오히려 ‘不爲章句’란 구절이 보인다.

58) 《漢書》 卷36 列傳 ; ‘向……通達能屬文辭, ……獻賦頌凡數十篇. ……成帝卽位, ……遷光祿大夫, ……而上方精於詩書, 觀古文, 詔向領校中五經秘書.’ 同書 藝文志 ; ‘詔光祿大夫劉向校經傳諸子詩賦.’ 《楚辭》 目錄 ; ‘漢護左都水使者光祿大夫 臣劉向集, 後漢 校書郎 臣王逸章句.’

59) 王逸 《楚辭》 離騷經章句 卷末敍 ; ‘今臣復以所識所知, 稽之舊章, 合之經傳, 作十六卷章句. 雖未能究其微妙, 然大指之趣, 略可見矣.’

은 적어도 왕일 이후에 완성된 책임을 뜻하는 것이다. 그러나 굴원의 작품들이라 여겨지는 《초사》의 작품들이 왕일 이전에 이미 널리 읽혀지고 존중되었다는 사실을 부정할 길은 없다. 《사기(史記)》 굴원전(屈原傳)에 〈이소〉를 비롯하여 〈어부사(漁夫辭)〉·〈회사부(懷沙賦)〉 등에 관한 기록이 보이고, 끝머리 '태사공왈(太史公曰)'에는 또 〈천문(天問)〉·〈초혼(招魂)〉·〈애영(哀郢)〉 등 편명이 보인다.

그밖에 《사기》와 《한서》의 가의전(賈誼傳)에는 그가 지었다는 〈조굴원부(弔屈原賦)〉에 관한 기록이 보이고, 유안(劉安)보다 약간 뒤진 주매신(朱買臣 ?~B.C. 115)도 무제(武帝)에게 〈초사(楚辭)〉를 얘기했고(《漢書》 朱買臣傳), 또 《초사》에 통해 있었다고 쓰여져 있다(《史記》 酷吏列傳). 또 《한서》 지리지(地理志)에는 《초사》와 관련하여 매승(枚乘)·추양(鄒陽)·엄부자(嚴夫子)·유안(劉安)·엄조(嚴助)·주매신(朱買臣) 등의 이름이 보이고, 왕포(王褒)도 《초사》에 통달해 있었다 하였다(《漢書》 王褒傳).

《초사》 중 〈구가(九歌)〉는 이미 왕일도 인정했듯이 초(楚)나라 지방에 성행하였던 무속(巫俗)에서 나온 노래임이 분명하다. 곧 무당들이 동황태일(東皇太一)을 비롯한 여러 신(神)들을 제사지내면서 부르던 무가(巫歌)이다. 그리고 〈이소〉를 비롯한 그밖의 《초사》 작품 모두가 초나라의 무가(巫歌)로부터 발전한 것이라는 견해는 지금 와서는 널리 많은 학자들에 의하여 받아들여지고 있는 학설이다. 따라서 굴원이란 작가도 실은 무(巫)였을 가능성이 많은 것이다.

여하튼 《초사》는 한대에 와서 남쪽 초나라 지방에서 나온 새로운 시가로서 널리 읽히고 중시되어, 한대를 대표하는 부(賦)라는 새로운 형식의 문학을 낳게 하였다. 실상 〈부〉와 《초사》는 그 내용이나 형식에 있어 조금도 서로 다른 바가 없는 것이다. 그러나 〈이소〉를 중심으로 하는 《초사》에 대한 독특한 해석 때문에, 《초사》는 한대의 작가들이 지은 〈부〉와는 달리 북방의 《시경》과 대칭되는 남방의 문학으로써 존중되고 널리 읽히었다.

곧 한나라 사람들은 《초사》를 다시 편찬하고 정리하고 이를 문학의 경전(經典)이 될 만한 방향으로 해석하여, 이후 2천년의 역사를 통하여 《시경》과 함께 중국문학사에 군림하여 영향을 발휘하게 된다. 《초사》와 굴원이 중국문학 발전에 끼친 막대한 영향은 바로 한대 학자들의 그에 대한 특별한 해석을 통하여 부여되었던 것이다.

2. 굴원(屈原)과 〈이소〉

《초사(楚辭)》의 창시자로 알려진 굴원에 관한 서한(西漢)대의 기록으로 중요한 것으로는 사마천(司馬遷, B.C. 145~B.C. 86?)의 《사기(史記)》의 굴원가생열전(屈原賈生列傳)과 유향(劉向)의 《신서(新序)》 권7 절사편(節士篇)에 들어있는 그에 관한 전기이다. 그밖에 가의(賈誼)의 〈조굴원부(弔屈原賦)〉(《사기》와 《한서》의 賈誼傳) 및 왕일(王逸)의 《초사장구》에 실린 가의(賈誼)의 〈석서(惜誓)〉, 회남소산(淮南小山)의 〈초은사(招隱士)〉, 동방삭(東方朔)의 〈칠간(七諫)〉, 엄부자(嚴夫子)의 〈애시명(哀時命)〉, 왕포(王褒)의 〈구회(九懷)〉, 유향(劉向)의 〈구탄(九歎)〉 같은 것이 있다.

이들 기록의 진위 여부를 잠시 제쳐두면, 굴원이나 그의 작품을 보는 한대 사람들의 태도는 《사기》의 굴원전에 자세하고 다시 왕일의 《초사장구》에 종합되어 있다고 할 수 있다.

《사기》를 보면 굴원은 초(楚)나라의 대부(大夫)로서 회왕(懷王) 때에 충직(忠直)하게 나랏일을 돌보다 남의 모함을 받고 조정에서 쫓겨나, 〈이소〉를 지었다고 하였다.

임금이 신하의 말을 올바로 알아듣지 못하고, 간신들의 참언(讒言)과 아첨이 왕의 총명을 가리고, 사곡(邪曲)함이 공정함을 해쳐, 방정(方正)함이 받아들여지지 않음을 원망한 나머지, 우수(憂愁)와 유사(幽思)를 표현하기 위하여 〈이소〉를 지었다.60)

따라서 〈이소〉에는 자기의 정도와 충성이 받아들여지지 않고 간신에게 쫓겨나게 된 괴로움이 담겨져 있다는 것이다. 그리고는 〈이소〉를 이렇게 평하고 있다.

국풍(國風)은 호색(好色)하면서도 지나치지 않고, 소아(小雅)는 원망하고 비방하면서도 어지럽지 아니하다 했는데, 〈이소〉는 그것을 겸했다고 할 수 있다. 그의 뜻은 깨끗하여…… 진흙 속으로부터 깨끗이 빼어나고 더러움 속을 벗어나 티끌세상 밖에 떠다니며 놀아 세상의 지저분한 때를 묻히지 않음으로써 깨끗이 더러움이 묻혀지지 않은 사람이다. 이러한 뜻으로부터 미루어 본다면 비록 해나 달과 빛을 다툰다 해도 괜찮다 할 것이다.61)

이처럼 극구의 칭송을 아끼지 않고 있다. 그리고 뒤에 경양왕(頃襄王) 때에도 다시 참언(讒言)으로 쫓겨나 강호를 유랑하면서 〈어부사(漁夫辭)〉·〈회사부(懷沙賦)〉 등을 짓고는 마침내 돌을 끌어안고 멱라수(汨羅水)에 몸을 던져 죽었다는 것이다. 왕일(王逸)의 《이소장구(離騷章句)》 서문에도 회왕(懷王)이 간신들의 참언을 듣고 굴원을

---

60) 《史記》〈屈原傳〉；'屈平疾王聽之不聰也, 讒諂之蔽明也, 邪曲之害公也, 方正之不容也, 故憂愁幽思而作離騷.'

61) '國風好色而不淫, 小雅怨誹而不亂, 若離騷者, 可謂兼之矣. ……其志潔, ……濯淖汙泥之中, 蟬蛻於濁穢, 以浮游塵埃之外, 不獲世之滋垢, 皭然泥而不滓者也. 推此志也, 雖與日月爭光可也.'

내치자, 마음의 시름을 호소할 곳이 없어 〈이소〉를 지었다고 말하고
있다.

굴원은 충정(忠貞)을 지켰음에도 사악한 참언을 당하였으니, 마
음속에 시름이 번란(煩亂)하였으되 호소할 곳을 알지 못하였다. 그
래서 〈이소경(離騷經)〉을 지은 것이다.62)

그리고 〈이소경〉의 뜻을 이렇게 해설하고 있다.

이(離)는 이별의 뜻이고, 소(騷)는 시름[憂]의 뜻이며, 경(經)은
길[徑]의 뜻이다. 자신이 쫓겨나 이별하게 되어 마음속에 시름이
가득 찼지만, 그래도 올바른 길[道徑]을 따라 임금에게 풍간(諷諫)
하려는 것을 뜻한다.63)

이는 일반 학자들의 해석보다 훨씬 도덕적이다.64) 그렇기 때문
에 왕일은 〈이소〉의 문장과 내용에 대하여도 끝으로 다음과 같이 설
명하고 있다.

〈이소〉의 문장은 《시경》에 의거하여 흥(興)을 취하였고 물류(物
類)를 인용하여 비유를 취하고 있다. 그러므로 선조(善鳥)나 향초
(香草)는 충정(忠貞)함에 짝지웠고, 악한 새와 추한 물건은 참언
(讒言)하는 간신에게 비겼다. 영수(靈脩)와 미인(美人)은 임금에게
짝지웠고, 복비(宓妃)와 일녀(佚女)는 현신(賢臣)에게 비유했다. 규

---

62) '屈原執履忠貞, 而被讒邪, 憂心煩亂, 不知所愬, 乃作離騷經.'
63) '離, 別也 ; 騷, 愁也 ; 經, 徑也. 言己放逐離別, 中心愁思, 猶依道徑, 以風諫君也.'
64) 司馬遷은 '離騷者, 猶離憂也.'라 했고 班固는 '離, 猶遭也, 騷, 憂也.'라고 해석을
    하였다.

룡(虯龍)과 난봉(鸞鳳)은 군자에게 의탁하였고, 표풍(飄風)과 운예(雲霓)는 소인을 삼았다. 그 문사는 따스하면서도 우아하고 그 뜻은 깨끗하고도 밝다. 모든 군자들이 모두 그 청고(淸高)함을 사모하고 그 문채(文采)를 훌륭하게 여기며, 그의 불우함을 슬퍼하고 그 뜻을 가엾이 여기게 되는 것이다.65)

특히 〈이소〉라는 제목 밑에 '경(經)'자를 붙여 부르는 것은 한대 사람들이 그 예교적(禮敎的)인 위대한 내용을 강조하여 그 뜻을 고정시키려고 부르기 시작한 호칭이다. 어떻든 이러한 '피참리충(被讒履忠)'의 해설 방향은 이로부터 중국학자들 사이에 고정되어 심지어는 현대에 이르기까지도 많은 사람들이 주저없이 굴원을 '위대한 애국시인'으로 떠받들어 문학사의 앞머리를 장식하게 하고 있는 것이다.66)

따라서 가의(賈誼)의 〈조굴원부〉 이하 모든 한대의 자료들은 이러한 굴원에 대한 개념으로부터 한 발자국도 벗어나지 않는 것들이다. 이들은 모두 가의가 〈조굴원부〉와 〈석송〉에서 다같이,

귀중한 것은 성인의 신령스런 덕이니, 탁한 세상 멀리하고 스스로 숨은 걸세(所貴聖人之神德兮, 遠濁世而自藏).

라고 읊고 있듯이, 〈이소〉의 '경(經)'적인 지위와 굴원의 성인적인 인

---

65) '離騷之文, 依詩取興, 引類譬諭. 故善鳥香草, 以配忠貞, 惡禽臭物, 以比讒佞, 靈脩美人, 以媲於君, 宓妃佚女, 以譬賢臣, 虯龍鸞鳳, 以託君子, 飄風雲霓, 以爲小人. 其詞溫而雅, 其義皎而朗. 凡百君子, 莫不慕其淸高, 嘉其文采, 哀其不遇, 而愍其志焉.'

66) 이것은 1957년 作家出版社에서 낸 《楚辭硏究論文集》만 보아도 분명한 일이다. 여기에는 '偉大한 愛國詩人—屈原'이란 郭沫若의 논문을 비롯하여, 그의 愛國的이고 人民的임을 강조한 논문들이 10여편이나 담겨 있다.

간상을 조각해 드러내는 방향으로 힘을 기울이고 있는 것이다. 한대의 사람들은 굴원을 그 시대의 윤리에 합치되는 성인 또는 충신으로 만들어 놓고, 그의 대표작들을 경전화함으로써 《시경》〈국풍〉의 경우와 마찬가지로 그것을 자신들의 시대적인 요구에 부응하는 문학작품으로 탈바꿈시켰던 것이다. 《초사》의 형성이 한대 이전이건 이후이건을 막론하고, 그 '피참리충(被讒履忠)'의 위대함은 한대에 이룩되었던 것이다.

반고(班固, 39~92)는 〈이소서(離騷序)〉67)에서 오히려 굴원을 비판하고 있다.

굴원같은 사람은 재능을 뽐내고 자신을 드러내면서 위태로운 나라의 많은 소인(小人)들 사이에서 다투다가 모함을 당한 자이다. 그런데도 회왕(懷王)을 꾸짖고 초란(椒蘭)을 원망하고 미워하며, 정신적인 시름과 마음의 고통을 품고 억지로 그들을 비난하며, 분개하는데도 받아들여지지 않자 강물에 몸을 던져 죽어 버렸다.68)

사마천과 왕일의 굴원과 〈이소〉에 대한 견해와는 전혀 다른 것이다. 그 뒤로도 안지추(顏之推, 531~591)·유지기(劉知幾, 661~721) 등 굴원이 형편없는 인물이었음을 주장하는 학자들이 나오기는 하였으나, 왕일에 이르러 확정된 《초사》와 굴원의 위대한 지위는 중국에 있어서는 현재까지도 요지부동이라 할 수 있는 처지가 되었다.

---

67) 王逸의 《楚辭章句》敍文 뒤에 인용되어 있음.

68) '今若屈原, 露才揚己, 競乎危國羣小之間, 以離讒賊. 然責數懷王, 怨惡椒蘭, 愁神苦思, 强非其人, 忿懟不容, 沈江而死.'

3. 한대 학자들의 〈이소〉 해설

이 편의 주제는 한대의 학자들이 《초사》라는 책을 이룩하면서 그것을 어떤 태도로 읽고 어떤 방향으로 해석하였는가 하는 문제이다. 여기에서는 그 초보적인 탐색으로 굴원(屈原)의 대표작이라 일컬어지는 〈이소〉를 중심으로 그 문제를 다루어 볼까 한다.

먼저 우리가 아무런 선입관 없이 〈이소〉를 읽는 것과 왕일(王逸)을 비롯한 한대 학자들의 해설을 따르는 태도 사이에는 상당한 거리가 있다는 것이다. 여기에서는 〈이소〉를 몇 단으로 나누어 놓고 대체적인 그러한 사이의 거리를 살펴봄으로써 문제해결의 실마리를 삼을까 한다.

① 첫머리의 '제고양지묘예혜(帝高陽之苗裔兮)'로부터 '인추란이위패(紉秋蘭以爲佩)'까지에 이르는 일단은 작자가 자기의 가계(家系)와 출생(出生)을 기술하고, 그 자신이 뛰어난 교양과 능력의 소유자였음을 노래한 대목이다. 그러나 이곳에서,

> 나의 이름은 정칙(正則)이라 하였고, 나의 자는 영균(靈均)이라 하였다(名余曰正則兮, 字余曰靈均).

라고 읊고는 있지만 이것이 굴원을 가리키는 말이라는 확증은 아무데도 없다. 그러나 왕일은 이런 설명을 하고 있다.

> 바르고 평평하여 본받을 만한 것으로는 하늘보다 더한 것이 없고, 만물을 기르고 고루 조화시켜 주는 것으로는 땅보다 더 신묘한 게 없다. 높고 평평한 것을 원(原)이라고 한다. 그러므로 아버지 백용(伯庸)이 내 이름을 평(平)이라고 함으로써 하늘을 본받게 하였

고, 내 자를 원(原)이라고 함으로써 덕을 본받게 한 것이다. 자기가 위로는 임금을 편안하게 해주고 아래로는 백성들을 길러줄 수 있다는 것을 뜻한 것이다.69)

이처럼 신묘한 논리로서 이 구절을 굴원의 이름과 자에다 끌어다 붙여놓고 있다. 이 이론은 앞뒤로 더 길게 계속되고 있지만, 그것은 더욱 본문의 해석 자체와는 무관한 말이다. 그 뒤의,

성대히 나는 이미 이러한 내부의 아름다움을 지니고, 또 거기에 빼어난 능력을 부여받고 있었다(紛吾旣有此內美兮, 又重之以修能).

라는 구절에 대하여도 왕일은 이런 해설을 하고 있다.

자기의 생명은 안으로는 천지의 미기(美氣)를 품고 있고, 또 거듭하여 절원(絶遠)한 능력을 갖고 있어 보통 사람들과는 다르다는 말이다. 모(謀)는 사직(社稷)을 편안히 하기에 족하고, 지(智)는 국환(國患)을 해소하기에 족하고, 위(威)는 강포(强暴)함을 막을 수 있고, 인(仁)은 원인(遠人)들을 달랠 수 있음을 말한다.70)

이 대목에서 자기의 훌륭한 출생과 수양을 노래하고 있는 것이 사실이기는 하지만, 하늘과 땅을 본받은 자기의 이름과 성인이라 할 만한 자질을 타고난 자신을 굴원이 노래한 것으로 보는 데에는 아연해

---

69) '言正平可法則者, 莫過乎天, 養物均調者, 莫神乎地. 高平曰原. 故父伯庸, 名我爲平, 以法天, 字我爲原, 以法地. 言己上之能安君, 下之能養民也.'

70) '言己之生, 內含天地之美氣, 又重有絶遠之能, 與衆異也. 言謀足以安社稷, 智足以解國患, 威能制强禦, 仁能懷遠人也.'

질 따름이다. 딴 구절의 해석도 그렇지만 위대한 굴원을 만들어 내기 위하여는 시와는 관계없는 '하늘과 땅'이나 그의 위대한 '모(謀)·지(智)·위(威)·인(仁)' 같은 덕성을 끌어다 대야만 했다.

②'세월이 빨리 흘러 내가 미치지 못하게 될 것 같다(汨余若將弗及兮)'부터 '자, 내가 앞장서 길을 가리라(來吾道夫先路)'고 하는 일단은 대체로 '세월은 쉴새없이 흐르고 있으니 나이 젊을 때 노력하여 뛰어난 선도자(先導者)가 되어야겠다'는 내용이다.

아침에는 비산(阤山)의 목란을 꺾고, 저녁에는 섬 가운데의 숙모(宿莽)를 뜯는다(朝搴阤之木蘭兮, 夕攬中洲之宿莽).

왕일은 위 구절을 이렇게 해설하고 있다.

자기가 아침에 일어나서는 산에 올라 목란(木蘭)을 캠으로써 위로 태양(太陽)을 섬기고 천도(天度)를 받들며, 저녁에는 주택(洲澤)으로 들어가 숙모(宿莽) 풀을 뜯음으로써 아래로 태음(太陰)을 받들고 지수(地數)를 따랐음을 말한 것이다.[71]

이 구절이 작자의 수양과 노력을 비유로 노래한 것임에는 틀림없겠으나, 태양(太陽)과 태음(太陰)이나 천도(天度)와 지수(地數)는 지나친 해설이 아닐 수 없다. 이렇게 함으로써 굴원은 이미 절대적인 천도(天度)와 지수(地數)를 따른 성인이 된 것이다.

③'옛날 세 임금은 순수하셨는데(昔三后之純粹兮)'로부터 '어찌 내 마음 움츠러들게 되랴(豈余心之可懲)'에 이르는 긴 대목은 '옛날의

---

71) '言己旦起陞山采木蘭, 上事太陽, 承天度也. 夕入洲澤, 采取宿莽, 下奉太陰, 順地數也.'

훌륭한 임금의 치적(治績)과 폭군(暴君)들의 선례(先例)를 들면서 세상을 바로잡을 뜻을 밝힌다. 나는 훌륭한 수양을 쌓고 올바른 길을 걷지만 세상에는 간신(奸臣)이 많아 오히려 자기가 참해(讒害)를 당한다. 그것은 임금의 시책이 바르지 않은 탓도 있다.

그러나 나는 끝내 올바른 길을 걸으며 어지러운 세상과 타협하지 않겠다. 올바로 살다 잘 안되면 죽어 버리겠다. 백성들의 삶에는 어려움이 많은데 임금은 그것을 깨닫지 못하는 것이 한스럽다. 세상은 어지럽지만 나만이라도 고결(高潔)하게 살다 비록 죽게 되더라도 후회하지 않겠다'는 내용의 노래이다. 그런데 왕일의 해설에는 이 모든 구절들을 굴원의 전설에 부합시키려는 노력이 뚜렷하다.

높은 하늘 가리키며 올바르게 살고자 하니 오직 영수(靈脩) 때문인 것이다.(指九天以爲正兮, 夫惟靈脩之故也.)

라고 한 구절의 해석을 보면 다음과 같다.

자기는 충성을 다하고 속에 지닌 마음을 채찍질하며, 위로 구천(九天)을 가리키면서 신명(神明)에게 호소하여 평정(平正)하게 만들겠다. 그러나 오직 회왕(懷王) 때문에 자진(自盡)해야겠다는 것을 말한 것이다.[72]

뒤에 '팽함(彭咸)의 유칙(遺則)을 따르겠다'든가 '아홉번 죽어도 후회하지 않겠다', '차라리 죽어 없어지겠다'는 등의 죽음을 결심한 말이 보이기는 하지만 이 구절의 해석으로는 지나치다. 굴원은 이미 회왕(懷王) 때부터 자결할 생각만 하고 있었던가? 그러나 이 대목에서는

---

72) '言己將陳忠, 策內慮之心, 上指九天, 以告語神明, 使平正之. 唯用懷王之故, 欲自
盡者也.'

자기의 올바른 수양과 몸가짐을 거듭 설명하고 있어 해설에 무리가 가장 적은 부분이라 하겠다.

④'여수가 나를 잡아끌면서(女嬃之嬋媛兮)'부터 '어찌하여 그대 홀로 내 말을 듣지 않는가(夫何煢獨而不予聽)'까지는 여수(女嬃)가 작자에게 세속과 타협할 것을 권하는 말이다. 왕일은 여수를 '굴원의 자(姊)'라 설명하고 있지만, 홍흥조(洪興祖)의 《보주(補注)》에 가시중(賈侍中)의 설을 인용 '초인(楚人)은 여자를 수(嬃)라고 말한다' 하고 있으니 누이가 아니라 작자의 애인일 가능성도 많다. 다만 왕일은 당시의 사회논리 때문에 그를 애인으로 볼 수가 없었을 것이다.

다음 '옛 성인에 의지하여 절도를 조절하면서(依前聖以節中兮)'부터 '나는 밝게 올바른 이 길을 터득하였다(耿吾旣得此中正)'까지는 순(舜)에게 찾아가 자기의 태도가 옳은가 여수(女嬃)의 말을 들어야 하는가 질정(質正)하는 대목이다. 여기에서는 성군과 폭군의 정치를 대비시킨 끝에 결국 자기의 태도가 옳지만 때를 못만난 게 아니냐는 결론을 내리며 눈물을 흘린다.

⑤'옥규(玉虬) 네 마리로 하여금 마차를 끌게 하고 봉황새를 타고서(駟玉虬以乘鷖兮)'로부터 '내 어찌 차마 이런 자들과 오래도록 함께 살겠는가?(余焉能忍與此終古)'에 이르는 대목은 작자의 환상적인 추구(追求)이다. 처음에는 천제(天帝)를 찾아가지만 뜻을 이루지 못하고, 다음에는 신녀(神女)를 찾아가지만 역시 뜻을 이루지 못한다. 천제는 이상적인 임금, 신녀는 자기와 뜻이 맞는 올바른 신하들에 비유한 것일 가능성은 많다. 그러나 한 구절 한 구절을 모두 인의도덕을 끌어다 해석하다 보면, 남방문학의 특징을 이루는 자유로운 환상은 반 이상 죽어 버린다.

아침에 나는 백수를 건너서, 낭풍산에 올라가 말을 매리라(朝吾

將濟於白水兮, 登閬風而緤馬).

에서도 왕일은 강물인 '백수(白水)는 정결(淨潔)', 산인 '낭풍(閬風)은
청명(淸明)'을 뜻하여 이 구절은 '자기가 청백을 닦음에 게으르지 않
음을 말한다.'[73]고 해설하고 있다.

문득 나는 이 봄 궁전에 노닐면서, 경지를 꺾어 허리 장식에 매
어 달리라(溘吾遊此春宮兮, 折瓊枝以繼佩).

란 구절에 대하여도 왕일은 이렇게 해설하고 있다.

만물이 처음 생겨나는 것이 모두 인의(仁義)에서 나옴을 보고,
다시 경지(瓊枝)를 꺾어 패에 이음으로써 인(仁)을 지키고 의(義)
를 행하는 뜻이 더욱 굳어졌음을 뜻한다.[74]

위 구절이 작자의 고고(孤高)한 뜻과 몸가짐을 비유하는 것임에는
틀림없지만, 거기에다 인의를 갖다 붙이는 것은 아무래도 유가의 도
학적인 강해가 아닐 수 없다. 이러한 작자의 환상에는 유가사상보다
도 도가적인 사상이 더 크게 영향을 끼치고 있다고 보는 게 옳을 것
이다.

⑥ '신령스런 풀을 꺾어 점가치를 만들어 가지고(索藑茅以筵篿兮)'
부터 '꿈틀꿈틀 뒤돌아보며 나아가지 않는다(蜷局顧而不行)'에 이르
는 일단에서는, 작자가 자기의 뜻을 결정하기 어려워 유명한 점쟁이
인 무함(巫咸)에게 가서 점을 친다. 그는 천하는 넓고 아직 늦지 않

---

73) '白水, 潔淨 ; 閬風, 淸明. 言己修淸白之行不懈也.'
74) '言……觀萬物始生, 皆出於仁義, 復折瓊枝以續佩, 守仁行義, 志彌固也.'

았으니 널리 돌아다니며 뜻 맞는 이를 구할 것을 권한다. 작자는 곧 그의 말을 따라 다시 환상적인 여행을 떠난다. 그러나 결국 고향 생각이 나서 더 멀리 떠나갈 수가 없게 된다.

그래서 끝머리 '난왈(亂曰)'에서는 '아무도 자기를 알아주는 이 없어 뜻을 이루지 못하게 되었으니, 옛날 팽함(彭咸)이 있는 곳으로 따라가리라'는 뜻의 말로 〈이소〉 전체의 결론을 짓는다. 이 중 작자의 환상적인 만유(漫遊)가 극에 다다를 무렵,

여덟 마리 용으로 하여금 꿈틀꿈틀 수레를 끌게 하고 구름 깃발을 펄렁펄렁 날리며 가리라(駕八龍之婉婉兮, 載雲旗之委蛇).

고 한 말에 대하여 왕일은 이렇게 해설하고 있다.

팔룡(八龍)으로 하여금 수레를 끌게 한다는 것은 자기의 덕이 용과 같아서 팔방을 제어할 수 있음을 말한다. 운기(雲旗)를 꽂고 있다는 것은 자기의 덕이 운우(雲雨)와 같아서 만물을 적셔 기름지게 할 수 있음을 말한다.75)

이런 식으로 해석하다가는 봉황(鳳凰)·교룡(蛟龍)을 비롯하여 매구마다 나오는 지명이며 물건 이름의 해설에 곤혹(困惑)을 느낄 것이다. 맨 끝머리,

기왕 아름다운 정치는 할 수 없으니, 내 팽함 있는 곳으로 가리라(旣莫足與爲美政兮, 吾將從彭咸之所居).

---

75) '駕八龍者, 言己德如龍, 可制御八方也. 載雲旗者, 言己德如雲雨, 能潤施於萬物也.'

는 말에 대하여 왕일은,

> 시세(時世)의 임금이 무도(無道)하여 그들과 더불어 미덕(美德)을 행하고 선정(善政)을 베풀 수가 없으니, 나는 스스로 멱연(汨淵)에 투신하여 팽함(彭咸)을 따라서 저승에 살겠다는 것을 말한 것이다.76)

라고 하면서 '미정(美政)'을 '미덕(美德)과 선정(善政)'으로 강조하고 있고, 끝에는 굴원이 투신했다는 멱라수(汨羅水)까지 끌어다 대고 있다.

〈이소〉가 굴원이 왕에게 쫓겨나면서도 끝까지 임금과 나라를 생각하는 위대한 충성을 읊은 작품이란 것은, 〈이소〉의 제작연대와는 관계없이 한대에 그러한 해석으로 낙착된 것이다. 그리고 왕일의 《이소장구(離騷章句)》 서문 첫머리에 있는 굴원의 전기나 《사기》 굴원전의 첫머리를 보면, 그의 전기는 아무래도 〈이소〉라는 작품을 중심으로 해서 후세에 재구성한 글인 듯한 인상을 준다.

우선 《사기》의 굴원전을 보면 (딴 곳의 〈굴원전〉도 마찬가지임) 첫머리 '굴원은 이름이 평이었다(屈原者, 名平)'고 하는 굴원과 그의 집안에 관하여 설명한 대목을 보면, 〈이소〉의 (위 왕일의 주해를 논하기 위하여 분단한) 첫째 단 전반부에 호응하는 것이다. 다음 '널리 들어 많은 것을 알았다(博聞强志)'부터 '임금이 매우 그를 신임하였다(王甚任之)'에 이르는 굴원의 능력을 기술한 부분은 첫째 단 후반부 및 둘째 단에 해당한다. 그리고 '상관대부 및 그의 동료들과 총애를 다투었다(上官大夫與之同列爭寵)'에서부터 굴원이 회왕(懷王)에게

---

76) '言時世之君無道, 不足與共行美德施善政者, 故我將自沈汨淵, 從彭咸而居處也.'

쫓겨나는 '임금이 노하여 굴평을 멀리하였다(王怒而疏屈平)'에 이르는 대목은 〈이소〉의 셋째 단에 해당한다.

그리고 〈이소〉의 환상적인 나머지 부분은 굴원전에서 〈이소〉의 위대함을 해설한 긴 대목과 호응한다. 그리고 〈이소〉의 '난왈(亂曰)' 이하는 굴원이 멱라수에 회석투신(懷石投身)한다는 굴원전의 끝 부분에 해당한다. 그리고 그 중간의 어설픈 굴원전의 이야기들은 굴원의 다른 작품들이 쓰여질 여유를 만드는 한편, 너무 간단한 굴원의 전기를 좀더 윤색하려는 의도에서 꾸며진 것인 듯하다. 〈이소〉에서 거듭 깨끗이 죽을 것을 얘기했고, 결론인 '난왈(亂曰)'에서도 투신자살로서 그처럼 엄숙한 결론을 내렸다면, 굴원의 일생도 여기에서 결론지워져야 했을 것이다.

이러한 모든 의심을 그대로 접어두고 〈이소〉를 읽어보면, 깨끗하고 올바로 살아보려던 한 사람이 어지러운 세상에서 끝까지 깨끗한 수양을 하며 자신의 이상을 추구하려는 뜻을 노래한 것이라 할 수 있다. 근래에 와서는 〈이소〉 끝머리에 나오는 팽함(彭咸)을 《산해경(山海經)》 대황서경(大荒西經)에 보이는 '무팽(巫彭)과 무함(巫咸)'을 가리킨다고 보고, 〈이소〉의 끝 구절은 작자가 '훌륭한 선배 무(巫)들의 본을 받겠다'는 뜻을 읊은 것이라 해석하기도 한다(何天行, 《楚辭作於漢代考》).

왕에의 절대적인 충성과 빼어난 개인의 덕을 〈이소〉의 중심사상으로 정립한 것은 한대 학자들에게서 비롯된 것이다.

굴원은 올바른 길을 곧게 가면서 충(忠)을 다하고 지(智)를 다하여 그의 임금을 섬기지만, 참인(讒人)들이 그를 이간하였으니 궁(窮)하게 되었다 할 수 있다. 신의가 있으면서도 의심을 받고, 충성스러우면서도 비방을 당하였으니 원망이 없을 수 있겠는가? 굴원

이 〈이소〉를 지은 것은 대체로 원망으로부터 생겨난 것이다.[77]

이상과 같은 사마천(司馬遷)의 해설 방향은 결국 〈이소〉를 도덕과 충을 가르치는 경전으로 세상에 행세하게 만든 것이다.

제5절 〈국풍〉과 〈이소〉의 본질

앞에서 논한 한인들의 《시경》 해석은 보통 유가적인 것으로 이해되고 있지만 실상 공자(孔子)는 그러한 태도로 시를 읽고 시의 중요성을 주장하지는 않았던 것 같다. 《논어(論語)》를 보면 공자는,

《시경》은 한 마디로 표현하면 생각에 사악(邪惡)함이 없다(〈爲政〉).[78]

하였고, 또 분명히 남자가 이성을 그리는 시인 〈관저(關雎)〉에 대하여도,

즐거우면서도 지나치지 아니하고, 슬프면서도 마음을 상(傷)케 하지는 않는다.(〈八佾〉)[79]

---

77) '屈原正道直行, 竭忠盡智, 以事其君, 讒人間之, 可謂窮矣. 信而見疑, 忠而被謗, 能無怨乎? 屈平之作離騷, 蓋自怨生也.'

78) '詩三百, 一言以蔽之, 曰思無邪.' 程子는 '思無邪'를 '誠也'라 해석했는데, 그것은 '진실한 감정의 표현'을 뜻할 것이다.

79) '樂而不淫, 哀而不傷.'

라고 말하고 있다. 이 두 구절만을 놓고 본다면 공자는 《시경》의 모든 시는 인간의 진솔한 감정이나 경험을 노래한 사악함이 없는 것으로 이해했던 것 같다. 그것은 남녀의 사랑 같은 것까지도 인간 본연의 감정으로 받아들였던 것 같다는 것이다. 이밖에도 공자는 《논어》에서,

《시경》을 공부하지 않으면 말할 상대가 못된다.(〈季氏〉)

사람으로서 주남·소남을 공부하지 않았다면, 그는 마치 벽을 마주 보고 서있는 거나 같을 것이다.(〈陽貨〉)80)

라고 《시경》의 중요성을 강조하고 있는데, 그것은 《시경》을 잘 읽지 않은 사람은 진실한 인간의 성격에 대하여 이해하지 못한다는 뜻에서였을 것이다. 그리고 또 이런 말도 보인다.

그대들은 어찌하여 《시경》을 공부하지 않는가? 시는 외물(外物)에 대한 흥취(興趣)를 불러일으키게 해주고, 세상 인정(人情)을 살필 수 있게 하며, 사람들과 어울릴 수 있게 하고, 자기의 불평을 표현할 수 있게 한다. 가까이는 아버지를 섬길 수 있게 하고, 멀리는 임금을 섬길 줄 알게 하며, 새와 짐승과 풀과 나무의 이름도 많이 알게 한다.(〈陽貨〉)81)

위의 말은 《시경》을 공부하는 데서 얻어지는 다양한 이익을 좀 더

---

80) '不學詩, 無以言.'
　　'人而不爲周南召南, 其猶正牆面而立也與!'
81) '小子何莫學乎詩? 詩可以興, 可以觀, 可以羣, 可以怨 ; 邇之事父, 遠之事君 ; 多識於鳥獸草木之名.'

구체적으로 열거한 것이다. 또 이렇게도 말하고 있다.

《시경》을 외웠다 하더라도 그에게 정치를 맡겼을 때 통달하게 하지 못하고, 사방 여러 나라에 사절(使節)로 가서 전문적으로 응대(應待)하지 못한다면, 비록 많이 외웠다 한들 무엇을 하겠는가?(〈子路〉)[82]

춘추(春秋)시대에 《시경》이 단장취의(斷章取義)하여 정치나 외교에 실제로 활용되던 습속 때문에 한 말일 것이다. 《시경》의 시의 단장취의를 통한 활용은 《논어》에서도 공자와 그의 제자들의 대화 속에 몇 군데(〈八佾〉·〈學而〉) 산견(散見)된다. 그러나 이러한 실제적인 활용을 제외하면 《시경》의 시들은 인간의 진실하고 솔직한 일면을 표현한 것이라는 생각을 공자는 가졌던 것 같다.

그러한 뜻에서 공자는 올바르고 참된 인간 교육의 교과서로서 《시경》에 착안했다고 보아야 할 것이다. 공자는 후세의 유가들이 변풍(變風)이나 변아(變雅)라고 규정한 시들까지도 진실한 인간의 편모(片貌)를 표현한 것이라고 보았을 것이다.

다만 《논어》의 위령공(衛靈公)편을 보면 안연(顏淵)이 나라 다스리는 방법을 질문하였을 때 공자는 '……음악은 소무(韶舞)를 쓰고 정성(鄭聲)을 내치겠다. ……정성(鄭聲)은 음탕하다'하였고 양화(陽貨)편에서는 '정성(鄭聲)이 아악(雅樂)을 어지럽힘을 싫어한다'[83]고도 하였다. 이것은 물론 공자가 《시경》 중에는 정풍(鄭風)의 시들처럼 지나치게 음탕한 것도 있음을 인정한 말이다. 그렇지만 공자는 《시경》

---

82) '誦詩三百, 授之以政, 不達 ; 使於四方, 不能專對, 雖多, 亦奚以爲?'

83) '樂則韶舞, 放鄭聲, ……鄭聲淫.'
　　'惡鄭聲之亂雅樂也.'

을 읽되 〈정풍〉만은 읽지 말라는 얘기는 한 번도 한 적이 없다.

더욱이 공자는 《시경》을 편찬 내지는 정리하고, 그것을 《서경(書經)》과 함께 가장 중요한 인생의 교과서로 내세우면서도 〈정풍〉을 빼버리지는 않았다. 그것은 〈정풍〉의 시들까지도 참되고 솔직한 인간감정의 표현이어서, 사람이라면 그것을 이해하지 않으면 안 된다고 생각했기 때문일 것이다. 다만 '정성을 내치겠다' 또는 '정성을 싫어한다'고 강조한 것은 그 음악적인 효용을 경계한 것이다. 음악을 좋아했고 또 음악을 통하여 사람들의 성정(性情)을 순정(純正)하게 다스림으로써 덕치를 완성하려던 공자라서, 음악에 있어서만은 아악(雅樂)과 음탕한 음악을 엄격히 구별하고, 〈정성〉 같은 것을 내쳤을 것이다.

음악의 가사인 시에 있어서만은 그러한 말들을 '정풍을 읽되 조심해서 읽으라'는 교훈 이상으로 해석할 수는 없을 것이다. 따라서 〈관저(關雎)〉를 비롯한 주남(周南)·소남(召南)의 시들도 공자는 한대의 학자처럼 전적으로 '덕교(德敎)'만을 노래한 시들로 보지는 않았음이 분명하다. 공자가 〈관저〉를 '후비(后妃)의 덕을 노래한 시'로 보았다면 '즐거움·지나침·슬픔·마음 상함' 같은 말들을 평어(評語)에 썼을 리가 없는 것이다.

〈이소〉는 한대 이전의 전적들에 기록이 없으니 이전 사람들이 어떻게 읽었는지 알 수가 없다. 〈이소〉가 한대 이전에도 존재하였다고 가정하더라도, 그전 사람들은 한대 사람들과 같은 견해를 갖고 그것을 읽지는 않았을 것이다. 만약 옛사람들이 한대 사람들처럼 그것을 '경(經)'으로 떠받들며 '위대한 충신'의 작품으로 생각했다면, 그들의 기록에 그러한 뜻을 한 마디도 남겨두지 않았을 리가 없을 것이다. 한대인들의 견해를 그대로 따르면 〈이소〉는 오히려 《시경》의 풍(風)·아(雅)보다도 더욱 순정(純正)하고 존귀한 경전이 되고 만다.

그러나 〈이소〉가 《시경》보다 높은 지위에까지 올라가지 못했던 것은 한대 학자들의 그러한 해설에도 불구하고 그것을 읽는 모든 사람들이 은연중에 작품이 지니는 진실한 일면을 느꼈기 때문일 것이다. 〈이소〉는 현실 속에 뜻을 이루지 못한 사람이 자기의 불만과 우수(憂愁)를 미려하고도 환상적인 필치로 읊은 장시이다. 물론 그 속에 백성과 나라를 위하려는 충정(衷情)이 숨어 있기는 하나 그것은 뜻대로 안되는 세상을 원망하는 이의 자기미화의 결과라고 보는 게 옳을 것이다. 나라에 간신들이 많아 세상에 자기 뜻이 통하지 않는다고 강물에 투신자살하려는 격한 행동의 주인공을 성인(聖人)이며 충신이라고 해석하는 것은 아무래도 억지 해석인 듯하다.

〈국풍〉의 시들이나 〈이소〉 모두가 한 작가의 성실하고도 솔직한 감정의 표출이라고 볼 때 이들은 비로소 훌륭한 문학작품으로서의 고귀한 제값을 인정받게 될 것이다. 한대 사람들의 〈국풍〉과 〈이소〉에 대한 비뚤어진 해석은 유가 본래의 시의 개념과도 어긋나는 것이고, 또 그것은 문학을 드러내는 행위가 아닌 말살 행위가 되는 것이었다. 시를 경전화(經典化)시키려는 노력은 이전 시들을 비뚤어지게 해석하도록 할 뿐만 아니라 결국은 성실하고 참된 시의 창작까지도 저해하고 말 것이기 때문이다.

제6절 〈국풍〉과 〈이소〉 경전화의 사회적 배경

1. 정치적 배경

〈국풍〉과 〈이소〉가 한대 학자들에 의해 이처럼 경전으로 억지 해석을 하게 된 데에는 그 시대적인 여러 가지 조건들이 배경을 이루고 있다. 여기서는 특히 한대의 정치방법과 정치양상의 변화에 따른 유학(儒學)의 성격과 유학 자체의 변전(變轉) 상황을 여러 방향으로부터 검토함으로써, 한대 사람들의 시의식 형성의 배경을 더듬어 볼까한다.

한나라 고조(高祖, B.C. 206~B.C. 195 재위)는 진(秦)을 이어 천하를 통일한 뒤로 오랜 전란의 결과로 생긴 사회적 혼란과 곤경에 빠진 민생을 구함으로써 안정된 통치 기반을 이룩하기에 힘썼다. 그는 무엇보다도 가혹했던 진나라의 법치주의(法治主義)를 늦추어 민심을 수습하는 한편[84] 어려운 경제적인 여건[85]을 극복하기 위하여 백성들의 조세(租稅)를 경감시켜 주면서 농업생산을 적극 장려하였다.[86] 이러한 정책들은 대체로 문제(文帝, B.C. 179~B.C. 157 재위)·경제(景帝, B.C. 156~B.C. 141 재위)를 거치도록 그대로 계속되었다.

그 결과 주말(周末) 이래로 대두되기 시작하였던 서민계급이 이 기간에 크게 발전하였다. 이때 세전(世傳)의 귀족들은 거의 다 멸망하는 한편 농민이나 천민 출신의 사람들이 무수히 지배계급으로 뛰어올랐다는 것[87]도 서민계급 신장의 한 가지 동기가 되었을 것이다. 따라

---

84) 《史記》 高祖本紀 ; ‘漢元年十月……召諸縣父老豪傑曰 ; 父老苦秦苛法久矣. 誹謗者族, 偶語者棄市. ……吾當王關中, 與父老約, 法三章耳. 殺人者死, 傷人及盜抵罪. 餘悉除去秦法, 諸吏人皆案堵如故. 凡吾所以來, 爲父老除害, 非有所侵暴, 無恐.’

85) 《史記》 平準書 ; ‘漢興, 接秦之弊, 丈夫從軍旅, 老弱轉糧饟 ; 作業劇而財匱. 自天子不能具鈞駟, 而將相或乘牛車, 齊民無藏蓋.’

86) 《漢書》 食貨志 第四上 ; ‘上於是約法省禁, 輕田租, 什五而稅一, 量吏祿, 度官用, 以賦於民.’

87) 高祖인 劉邦 자신이 평범한 농가출신이며, 그 밑의 功臣들 거의 모두가 천민출신이다. 蕭何는 沛의 하급 관리, 曹參은 沛의 하급 獄吏, 陳平은 빈농출신, 周勃은 장의사에서 일보던 사람, 韓信은 건달, 樊噲는 개백정, 夏侯嬰은 沛 衛門의 마부, 灌嬰은 匹木行商, 周昌은 泗水亭의 小差卒, 盧綰은 건달 출신 등등이나 뒤에 모두 封侯되었다.

서 이 시기엔 사상적으로도 퍽 자유로워서 유가사상과 함께 법가(法家)·도가(道家) 사상이 횡행하였고, 신흥 상층 계급들에 의한 새로운 한문화 건설의 기운이 뚜렷하였다. 이러한 여러 가지 한초의 정책과 사회적 문화적인 성격들은 일단 다음의 무제(武帝, B.C. 140~B.C. 87 재위) 때에 이르러 열매를 맺게 된다.

한 초 70여년의 이러한 정책은 농민들로 하여금 안정된 생활 속에 생산에 종사케 하였으므로, 무제시대에 이르러서는 민관을 막론하고 공전의 재부(財富)가 축적되었다.[88] 이러한 중에 상공업도 크게 발달하여 상인들 중에는 위로는 재력이 왕후(王侯)들을 능가하고 아래로는 백성들을 착취하기에 이른 대상(大商)들도 생겨났다.

그러나 무제는 대규모의 토목공사와 외국 원정을 하면서 거기에 소요되는 막대한 경비를 충당하기 위하여 상인들의 재물을 거둬들이는 정책을 썼다. 물론 이 사이에도 정권과 결탁된 공근(孔僅)·상홍양(桑弘羊) 같은 거부들이 있기는 하였지만, 무제(武帝) 초기에 보였던 상공업 발전에 따른 근대적인 색채는 사라지고 만 것이다.[89]

여하튼 이러한 조건은 서민 출신의 사족(士族) 계급의 발달에 큰 도움이 되었을 것이다. 무제시대에 크게 활약한 복식(卜式)이 양치기 출신이었고, 상홍양은 상인 출신이며, 위청(衛靑)은 노예 출신, 김일제(金日磾)는 흉노(匈奴)의 투항자라는 등의 사실과 고조(高祖) 때의 개국공신들의 자손들도 거의 모두 세족(世族)으로 정착하지 못하였다는 것을 아울러 생각하면 사족들이 새로이 일어나는 기운은 여전히

---

88) 《史記》平準書 ; '至今上即位數歲, 漢興七十餘年之間, 國家無事, 非遇水旱之災, 民則人給家足, 都鄙廩庾皆滿, 而府庫餘貨財. 京師之錢累巨萬, 貫朽而不可校, 太倉之粟, 陳陳相因, 充溢露積於外, 至腐敗不可食. 衆庶街巷有馬, 阡陌之間成羣, 而乘字牝者擯而不得聚會. 守閭閻者食粱肉, 爲吏者長子孫, 居官者以爲姓號.'
89) 《史記》平準書 참조.

활발했을 것이다.

이때의 정치세력의 중심이었던 관리들은 대부분이 서민 출신이었다고는 하지만 그들은 사회의 상층 계급으로 오르면서 그들의 자손들과 함께 학문을 닦아 새로운 사족계급을 형성케 되는 것이다. 이들이 그때의 군주의 절대적인 추종자인 동시에 옹호자들이었음은 말할 것도 없다.

이들 사족들은 농민에게서 조세로 거둬들인 경비에서 지급되는 봉록(俸祿)을 위주로 생활하거나, 농촌에서 무단적(武斷的)인 행위를 함으로써 자기의 경제적인 이익을 추구하였던 자들이었기 때문에 농민은 이들 계급의 가장 중요한 배경이었다. 무제시대의 억상정책(抑商政策)은 이들 사족과의 이해관계에도 원인이 있었을 것이다.

무제 때에 이르러 유가사상이 중국 봉건정치의 원리로 고정된 것도 이들 정치 중심세력의 이해와 큰 관계가 있을 것이다. 진(秦)나라 때의 법가(法家)사상은 이들 신흥 사족(士族)들이 볼 때 너무나 독재적이고 가혹한 것이었다. 개인주의를 바탕으로 발전해온 이들 사족에게는 그것을 부인하는 법가의 국가주의는 생리적으로 받아들여질 수 없는 것이었을 것이다.

한편 도가(道家)사상은 개인주의는 용납이 되겠지만 그 무위자연(無爲自然)이라는 인간의 노력의 부정이나 무정부주의적인 요소가 이들과 합치될 수 없는 것이었다. 사족들은 개인의 꾸준한 노력과 사회의 질서 속에서 발전할 수 있었던 집단이었다.

한편 유학만은 한나라 초기의 제왕과 사족들의 구미에 맞았던 것 같다. 숙손통(叔孫通)이 고조(高祖)에게 유학의 예(禮)를 권하여 고조가 장락궁(長樂宮)에서 유례(儒禮)에 의한 조의(朝儀)를 행한 뒤 '나는 오늘에서야 황제의 존귀함을 알게 되었다'(《漢書》 叔孫通傳)고 말하고 있는 것은 유례(儒禮)가 봉건제왕의 위세를 꾸미는 데 크게 기여하는 것임을 증명한다.

한편 유가의 덕치(德治)사상은 덕있는 자가 지배계급에 오르는 일종의 도덕적 계급제도이기 때문에 사족들은 자기들의 지배와 지위를 논리화하는 데 편리하게 생각했을 것이다. 또 그것은 덕에 의한 군권(君權)의 구속도 뜻하기 때문에 군주의 전제(專制)를 올바른 방향으로 이끌 수 있는 논리적인 근거를 마련해 주는 한편, 사족들의 개인주의적인 성향과 아무런 충돌도 갖지 않게 되는 것이다.

그러나 이미 이 무제시대 이전에 상당한 유행을 보였던 법가사상과 도가사상은 정통의 자리를 유가사상에 물려주면서 어느덧 유가사상에 많은 영향을 미치게 되었다. 그것은 법이나 강제에 의한 시정을 거부하는 덕치사상에 순자(荀子)에게서 보이기 시작한 강제적인 법술(法術)이 가미되어(이것은 현실적으로 대제국을 유지하고 발전시키기 위해서도 불가피한 방법이었을 것이다) 실은 안으로는 법술(法術)을 사용하면서 겉으로만 유술(儒術)로서 자기들의 행정을 꾸미는 듯한 지경에까지 이르렀고, 정치현상이나 자연의 원리 같은 것을 설명하는 데에는 도가(道家)적인 신비주의적 논리가 적용되기 시작했음을 뜻한다.90)

어떻든 무제시대에 이르러는 유학이 정통학문의 위치를 차지하게 되어 한대의 정치는 물론 문학이론까지도 그것이 가장 큰 뒷받침이 되었다.

동한(東漢) 광무제(光武帝)부터가 세족(世族) 출신으로 그는 호족(豪族)들의 노력을 배경으로 다시 유씨(劉氏) 왕조를 건설할 수 있었다. 따라서 동한은 처음부터 유학을 바탕으로 한 봉건사회의 성격을

---

90) 그러한 경향은 叔孫通・賈誼・董仲舒 등 漢初부터 武帝에 이르는 期間에 活躍한 儒者들의 글을 읽어보면 쉽사리 발견할 수 있는 것이다.

그대로 더욱 굳혀가게 된다. 사족(士族)들도 이후로는 세습적인 귀족으로 발전한 무리들이 늘어나 서한(西漢) 무제 때에 고정되기 시작한 유가사상은 봉건군주의 지배원리로서 더욱 자리를 굳히게 된다.

그것은 동한의 국세의 극성과 함께 유학이 더욱 봉건논리로써 법술적(法術的)이고 예교적(禮敎的)인 성격으로 변하였음을 뜻한다. 한대의 정치는 덕을 앞세우는 유학을 그 원리로 삼고 있으면서도 전제왕권(專制王權)이나 사회의 질서논리 같은 것은 더욱 절대적인 것으로 변해 갔던 것이다. 말하자면 유학은 황제의 전제적인 봉건지배와 그 질서를 분식해주는 용구 같은 것으로 변했다고까지 말할 수 있을 것이다.

유학이 그러할진대 정치에 있어서는 이보다 부수적인 것이라 할 수 있는 문학이 황제의 전제를 따라 성격의 변전을 일으켰다 해도 이상할 게 없을 것이다. 〈국풍(國風)〉이나 〈이소(離騷)〉가 봉건전제를 정당화시킬 수 있는 방향으로 곡해(曲解)되고 시를 짓고 읽는다는 것도 황제나 그 주위를 꾸며주는 역할의 하나로 행해진 것은, 유술(儒術)로서 진시황(秦始皇) 못지 않은 전권을 유지하려 했던 한대의 정치상황 아래에서는 불가피한 일이었을 것이다.

《한서》 엄조전(嚴助傳)에 의하면 엄조(嚴助)가 중대부(中大夫)가 된 뒤에 '주매신(朱買臣)·오구수왕(吾丘壽王)·사마상여(司馬相如)·주보언(主父偃)·서락(徐樂)·엄안(嚴安)·동방삭(東方朔)·매고(枚皋)·교창(膠倉)·종군(終軍)·엄총기(嚴葱奇) 등과 함께 좌우(左右)에 있게 되었다'하였는데, 이들은 모두 학술과 문학으로서 무제 좌우에서 그의 위세를 분식하고 그의 전제를 설명해 주는 역할을 함으로써 출세한 사람들이었다.91) 따라서 이미 이 무렵 부가(賦家)들 중에

---

91) 《漢書》 嚴助傳 ; '其尤親幸者, 東方朔·枚皋·嚴助·吾丘壽王·司馬相如. 相如

는 임금에게 붙어사는 자기들의 입장을 스스로 창우(倡優)에 비유한 사람도 있었다.[92] 이런 정치적인 조건 아래 〈국풍〉이나 〈이소〉는 봉건전제의 윤리를 설명하기 위하여 경전화하는 방향으로 해설되지 않을 수 없었을 것이다.

2. 윤리적 배경

유학이 무제에 이르러 정통학문의 자리를 굳히는 반면, 이 시대는 제왕의 권세를 상징하는 한제국(漢帝國)의 위세도 극성을 이룬다. 여기에서 제왕의 행위를 포함한 국가정책의 원리로 군림해야 할 유학이, 반대로 제왕의 전제와 위세를 분식(粉飾)하기 위한 논리로 변하게 된다. 이러한 여건 아래 유가의 윤리관도 공자의 본뜻과는 훨씬 다른 방향으로 굳어져 버리게 된다.

먼저 증자(曾子)가 '선생님[孔子]의 도(道)는 충(忠)과 서(恕)일 따름이다'(《論語》 里仁篇)고 말한 '충'만 해도 그렇다.[93] 《논어》에 쓰인 다른 곳의 용례들을 보면[94] 공자가 사용한 '충'의 개념은 임금이나 나라에 대한 '충성'보다도 '충실함'의 뜻을 더 많이 지니고 있었다. 다

常稱疾避事, 朔·皐不根持論, 上頗俳優畜之.'

92) 《漢書》枚乘傳 ; '……又言爲賦迺俳, 見視如倡, 自悔類倡也.'

93) 《論語》述而篇 ; '子以四敎, 文行忠信.' 孔子의 가르침 중의 중요한 項目의 하나로서 '忠'을 들고 있다.

94) 《論語》〈學而〉 ; '子曰 ; 主忠信, 毋友不如己者.'(又見 〈子罕〉)
〈顏淵〉 ; '子貢問友, 子曰 ; 忠告而善道之, 不可則止, 無自辱焉.'
〈公冶長〉 ; '子張問曰 ; 令尹子文, 三仕爲令尹, 無喜色, 三已之無慍色, 舊令尹之政, 必以告新令尹, 何如? 子曰 ; 忠矣. ……'
〈學而〉 ; '曾子曰 ; 吾日三省吾身 ; 爲人謀而不忠乎, 與朋友交而不信乎, 傳不習乎.'
〈衛靈公〉 ; '子張問行. 子曰 ; 言忠信, 行篤敬, 雖蠻貊之邦行矣. 言不忠信, 行不篤敬, 雖州里行乎哉?'

만 팔일(八佾)편에서 노(魯)나라 정공(定公)이 '임금이 신하를 부리고 신하가 임금을 섬기자면 어떻게 하여야 됩니까?'하고 물은 데 대하여, 공자가 '임금은 신하를 예(禮)로써 부리고 신하는 임금을 충(忠)으로 섬겨야 한다'95)고 대답하고 있기는 하나 여기에서 신하가 임금을 섬기는 데 '충'으로 하여야 한다고 한 '충'도 한대 이후의 충성과는 개념이 다른 것인 듯하다.

공안국(孔安國, B.C. 156?~B.C. 74?)이 이 대목에 '이때 신하들은 예(禮)를 잃고 있었으므로 정공은 그것을 걱정하였기 때문에 물은 것이다'96)(《論語注疏》)고 말하고 있는 것을 보면, 공안국도 이곳의 '충'은 예에 맞는 '올바른 도리' 정도로 생각했던 것 같다. 《맹자(孟子)》에서도 '사람들은 선(善)으로써 가르치는 것을 충(忠)이라 한다'(滕文公 上) 말했고, 또 '민(民)이 가장 귀중하고, 사직(社稷)이 그 다음이며, 임금은 가벼운 것이다'97)(盡心 下)고 말한 것을 보면, 맹자도 '충'을 군왕에 대한 절대적인 충성으로 생각하지 않았던 것 같다.

그러나 한대에 군왕(君王)의 위세가 극성해지면서 '충'은 거의 군왕을 위한 신하의 일방적이고 절대적인 의무로 변신한다.

임금은 비록 임금답지 않다 하더라도 신하는 신하 노릇을 하지 않을 수가 없다.98)

라는 극단적인 생각으로까지 발전한다. 《공양전(公羊傳)》에는 '가사

---

95) '君使臣以禮, 臣事君以忠.'
96) '時臣失禮, 定公患之, 故問之.'
97) '敎人以善, 謂之忠.'
    '孟子曰 ; 民爲貴, 社稷次之, 君爲輕.'
98) '君雖不君, 臣不可以不臣.'(孔安國傳《古文孝經》序,《左傳》文公十七年 杜預注)

(家事) 때문에 왕사(王事)를 사퇴(辭退)하지는 않지만 왕사 때문에 가사를 사퇴하기는 한다.'99)고 하며, 임금의 일을 위하여는 가정까지도 희생할 것을 강조한다. 여기에서 봉건군주를 위한 절대적인 개인의 충성·봉사·희생을 내용으로 하는 '충성'의 개념이 형성되는 것이다.

'효(孝)'의 개념에 있어서도 한대에 이르러서는 공자의 본시의 생각과는 크게 다른 형상으로 변모하였다. 가부장적(家父長的)인 가족의식에 있어서는 별다른 변화가 없지만 《논어》에 보이는 공자의 '효'에 대한 해석은 아버지와 자식 사이의 자연스런 인정을 기초로 하고 있는 것이었다.100) 공자는 부모의 자애(慈愛)에 대한 자연스러운 반응으로서 효를 존중하고 강조한 것이다.

《논어》 학이편(學而篇)에서 '효제(孝弟)는 인(仁)의 근본이다'고 애기한 것도(有子가 한 말이지만 공자의 가르침을 대표한 것이다), 인간관계에 있어 가족도덕이 기본요건이 된다는 자연스런 인간의 친소관계(親疏關係)에 근거를 둔 말이다. 《맹자》에 이르러는 '효'가 더욱 강조되기는 한다.101) 그러나 한대에 이르러는 '효'는 자식의 절대적인 부모에 대한 의무 도덕으로 변한다. 한대 이후로 유가사상을 대표하는 경전의 하나로서 널리 읽힌 《효경(孝經)》을 보면 첫머리에 봉건제도하에서의 천자(天子)·제후(諸侯)·경대부(卿大夫)·사(士)·서

---

99) 《春秋公羊傳》 哀公三年 ; '不以家事辭王事, 以王事辭家事.'

100) 〈學而〉 ; '子曰 ; 父在觀其志, 父沒觀其行, 三年無改於父之道, 可謂孝矣.'
〈爲政〉 ; '孟武伯問孝. 子曰 ; 父母惟其疾之憂.'
〈爲政〉 ; '子游問孝. 子曰 ; 今之孝者, 是謂能養, 至於犬馬皆有能養, 不敬何以別乎?'
〈爲政〉 ; '子夏問孝. 子曰 ; 色難, 有事弟子服其勞, 有酒食先生饌, 曾是以爲孝乎?'

101) 《孟子》 萬章上 ; '孝子之至, 莫大乎尊親, 尊親之至, 莫大乎以天下養. 爲天子父, 尊之至也 ; 以天下養, 養之至也.'

인(庶人)의 효를 각각 신분에 따라 해설한 뒤,

  효란 하늘의 경(經)이요, 땅의 의(義)이며, 사람들의 행(行)이다.102)

라고 효의 덕을 인간 최고의 것으로 규정하고 있다. 이후로부터 '효'는 중국사회에 있어 부모의 신분이나 행동 여하 또는 생전 생후를 막론하고 자식들로서는 절대적인 의무로 강요되게 된 것이다. '하늘의 경(經)이요, 땅의 의(義)'인 효를 거부할 수 있는 사람은 있을 수가 없는 것이다.

  중국 예교(禮敎) 윤리의 근간을 이루는 '충효'가 한대에 이르러는 이처럼 절대적인 것으로 변한 것이다. 보기로《공양전(公羊傳)》장공(莊公) 32년의 기록을 보면 노(魯)나라의 공자아(公子牙)란 자가 임금을 시해(弒害)할 생각으로 몰래 병기를 장만하는데, 계우(季友)가 이것을 알고 미리 잡아다 독약을 먹여 죽인다.《공양전》에서는 이러한 계우의 행동을 칭찬하여 '임금과 부모에게는 악한 뜻을 품어도 안되니, 악한 뜻만 품어도 처형한다(君親無將, 將而誅焉)'고 말하고 있다.

  그리고 '충효(忠孝)'란 두 가지 덕성을 비교할 때, 한대 이전에는 두말할 것도 없이 '효'가 앞서는 것이었으나, 한대로 들어오면서 '충'을 더 앞세우는 경향도 생겨났다. 이미 순자(荀子)가《시경(詩經)》의 '점잖으신 군자님은 백성들의 부모일세(豈弟君子, 民之父母)'란 구절을 해석하면서,

  아버지는 그를 낳아 주었지만 그를 먹여 길러주지는 못한다. 어머니는 그를 먹여주기는 하지만 그를 교도(敎導)하지는 못한다. 임

---

102) '夫孝, 天之經也, 地之義也, 民之行也.'

금이란 그를 길러 먹여주기도 하고 그를 잘 교도해 주기도 하는 사람인 것이다.(〈禮論〉)103)

라고 하며 부모보다도 군왕이 더욱 소중한 존재임을 강조하고 있기는 하다. 그러나 《공양전(公羊傳)》에서 '가사(家事) 때문에 왕사(王事)를 사퇴하지는 않지만, 왕사 때문에 가사를 사퇴하기는 한다'고 한 것처럼 한대에 와서는 부모보다 군왕의 위치가 존귀하고 앞서는 것으로 굳어져 간 것이다.

공자는 본시 '효'를 통하여 '충'까지 완성하려 했지만, 한대에 이르러서는 무엇보다도 '충'은 절대적인 것이고 그 다음 여력이 있으면 '효'도 행한다는 정도로 무게가 자리바꿈되었다는 것이다. 모든 윤리에 있어 무엇보다도 앞자리에 놓이는 것이 임금에의 절대적인 봉사와 무조건의 굴종을 뜻하는 '충'으로 변하였다는 것은 문학에 있어 이전의 모든 시의 해설은 물론 새로운 창작까지도 제왕의 지배원리를 분식(粉飾)하는 것으로 변하게 하는 충분한 이유가 될 것이다.

〈국풍〉과 〈이소〉라는 서정시를 주제로 한 이상 또 하나 살펴보고 지나가야 할 것은 중국 사회에 있어서의 남녀의 신분관계이다. 노동을 필요로 하는 농업사회가 바탕이 되는 중국에 있어서는 한대 이전부터 노동력이 약한 여자들은 남자보다 열등한 위치에 놓였던 것 같다.104)

일부일처(一夫一妻)나 '남녀유별(男女有別)'(《禮記》 郊特牲), '일곱 살이 되면 남자와 여자를 한 자리에 앉히지 않고, 함께 음식을 먹게 하지 않는다(七年, 男女不同席, 不共食)'(《禮記》 內則)는 따위의 사상

---

103) '父能生之, 不能養之. 母能食之, 不能敎誨之. 君者已能食之矣, 又善敎誨之者也.'
104) 《書經》 牧誓 ; '古人有言, 曰牝雞無晨. 牝雞之晨, 惟家之索.'

은 이전부터도 존재하였다. 그러나 한대에 이르러 봉건사회의 기반이 굳어지면서 여자는 더욱 남자의 종속적인 존재로 변하였다. 한대 제왕과 제국의 위세가 극성을 이루면서 왕실을 비롯한 귀족 집안에서는 여자는 종족유지의 도구인 한편 남자의 완농물(玩弄物)로 취급되는 경향이 강해졌고, 사회의 하층계급에 있어서는 여자를 남자의 노예처럼 보는 경향이 짙어져 갔다. 다시 말하면 여자는 독립하여 존재할 수 없는 남자의 종속적인 존재로 보는 지경으로 발전한 것이다. 여자에게 강요된 '삼종지도(三從之道)'105)나 '칠거(七去)'106)같은 윤리관은 바로 그러한 영향의 구체화인 것이다.

따라서 한대부터는 여자와 남자가 대등한 위치에 놓여야 할 결혼이나 연애까지도 여자들은 독립적으로 행할 수가 없는 것으로 된 것이다. 여자들에게만 일방적으로 강요된 정결(貞潔) 또는 정절(貞節)도 이러한 데서 생겨난 것이다. 여인이 종족유지의 기능이나 완농물(玩弄物)로서의 기능 또는 남자의 전유물로서의 조건에 방해가 되는 요건들을 갖기만 하면, 남자는 그 여자를 점유하다가도 언제나 내버릴 수 있는 윤리관이 구체화되었던 것이다.

〈국풍〉과 〈이소〉가 '덕화(德化)'와 '충성(忠誠)' 일변도로 한대부터 해석되기 시작한 것은 제왕의 위세를 분식하고 또 그의 비위를 맞추려는 시대적인 경향도 주요한 원인이었다고 할 수 있지만, 위에서 말한

---

105) 《儀禮》 喪服傳·子夏傳 ; '婦人有三從之義, 無專用之道. 故未嫁從父, 旣嫁從夫, 夫死從子.'
《大戴禮》 本命·《禮記》 郊特牲·《穀梁傳》 隱公二年·《孔子家語》 등에도 이와 같거나 비슷한 말이 보인다.
106) 《儀禮》 喪服傳 ; '七出者, 無子一也, 淫洪二也, 不事舅姑三也. 口舌四也, 盜竊五也, 妬忌六也, 惡疾七也.'
《大戴禮》 本命 ; '婦有七去, 不順父母去, 無子去, 淫去, 妬去, 有惡疾去, 多言去, 竊盜去.' '七出'과 '七去'는 같은 말이며, '七去之惡'이라고도 흔히 말한다.

윤리관도 큰 요인이 되었을 것이다. 한대에 이르러는 윤리적인 이유 때문에도 남녀간의 자유롭고 순수한 사랑이란 용납될 수가 없었던 것이다.

한대 이후로는 정식 본실(本室)이나 첩들과의 관계에서 벗어난 남녀간의 사랑이라면, 상층계급에 있어서의 기녀(妓女)를 상대로 한 사랑이 보통이었고, 간혹 양가녀(良家女)를 상대로 한 기연(奇緣)이 있었다 하더라도 그것은 당(唐)대 원진(元稹)의 〈앵앵전(鶯鶯傳)〉에서 보여주는 것처럼 순수하고 성실한 사랑이 못되었다.107)

따라서 한나라 사람들에 의한 〈국풍〉과 〈이소〉의 둘러대기식 해석은 사회적 사상적인 배경들로 볼 때 불가피한 귀결이었던 것 같다. 〈국풍〉 속에는 수많은 자유민들의 사랑의 노래기 담기어 있고, 〈이소〉에서도 열정적으로 자유롭게 노래하는 여수(女嬃) 같은 여자들이 등장하고 있으니, 한대 사람들은 그것을 당시의 윤리에 맞도록 둘러대어 해석하지 않으면 안되었던 것이다.

제7절 한대 사람들의 시의식

〈국풍〉과 〈이소〉의 해설을 통해 본 한대 사람들의 시의식은 물론 한대 사람들의 시의식을 바로 대표하는 것이라고 할 수 없을런지도 모른다. 그러나 〈국풍〉과 〈이소〉가 중국에 있어서 전통 문학의 중심을 이루어 온 서정시의 원조인 동시에 경전적인 지위까지 계속 유지하여 온 이상 그것들을 어떻게 읽고 어떻게 이해하였느냐 하는 문제

---

107) 〈鶯鶯傳〉에서 張生은 뒤에 자신의 출세를 위하여 사랑하던 여자 鶯鶯을 버리는데, '時人多許張生爲善補過'라 하며, 순수한 남녀간의 사랑을 '허물'로 보고 있다.

는 곧 중국문학사에 있어서의 시문학의 방향이나 전통의 성격을 이해하는 기초가 될 것이다.

그들은 〈국풍〉과 〈이소〉를 통하여 시의 이상적인 형식과 내용을 파악하고 그것을 주축으로 하여 비평이나 감상은 물론 창작까지도 진행시켜 나갔기 때문이다.

앞에서 이미 논한 바와 같이 한 무제(武帝) 때부터 유학은 국가의 정통 학문으로 자리가 굳혀졌다. 그리고 그 유학의 성격은 특히 윤리면에 있어 절대화된 봉건군주의 위세에 영합하는 내용으로 변모되었다. 그 결과 공자의 시교(詩敎) 사상은 그 당시의 형편에 맞도록 변형된 봉건사상과 결합하여 《시경》의 시들은 경전으로서 직접 세상의 덕화(德化)에 기여하는 내용의 것으로 이해되고 또 그렇게 해석되기 시작하였다.

또 한대의 예교적인 윤리관에 의하면 남녀간의 자유로운 연애 같은 것은 용납될 수 없는 것이었기 때문에 〈국풍〉 속에 많이 보이는 연애시들을 솔직히 받아들일 수가 없었다.

한편 〈이소〉는 굴원(屈原)의 위대한 충성을 노래한 작품으로 강조되어 거의 《시경》에 비등할 '경(經)'의 위치로 승격되었다. 그것은 한대에 이르러 예교사상을 대표하는 삼강오륜(三綱五倫) 중에서도 백성이나 신하의 군왕에의 절대적인 봉사와 복종을 의미하는 '충(忠)'이 가장 중요한 우선적인 것으로 강요되는 경향이 생겨났기 때문이다.

다시 말하면 한대에 있어 시는 봉건군주의 정치원리를 대표하는 것으로 이해된 것이다. 그러나 실제에 있어서는 임금의 위세가 강성해짐에 따라 군주의 위세를 꾸며주는 존재로 전락해 버렸다고까지 할 수 있다. 그것은 무제 이후 시를 공부하고 시를 쓰는 사람들이 제왕이나 왕후(王侯)의 주변에 모여 개인들의 입신이나 꾀하며 임금의 정치적 위세나 꾸미고 도와주는 역할을 했던 사람들이 대부분이었다는 것으로도 이를 증명할 수 있다.

한대 문학을 대표하는 부(賦)는 바로 이런 결과를 웅변으로 증명해 주는 것이다. 한대에 들어와 부는 임금 주위에 모여든 지식인들에 의하여 창작되어 마침내는 한대를 대표하는 문학형식으로 발전한다.

한편, '부'는 임금의 뜻에 맞는 글을 짓기 위하여 화려하고 멋진 수사(修辭)에 힘써, 알맹이 없는 형식적인 글을 추구하는 게 일반적인 경향이었다. 그러나 곧 그들은 '부'의 수사를 통하여 실용적인 글과는 다른 순수한 문학의 가능성을 발견하게 된다. 한대 이전의 '문학(文學)'이라는 말은 넓은 뜻의 학문 전체를 가리키는 말이었다. 그러나 한대 사람들이 문학의 가능성을 발견하면서 '문학'이란 말은 '문(文)'과 '학(學)'으로 나뉘어져 이해되기 시작한다. '문(文)'은 문학을 뜻하고 '학(學)'은 학문을 뜻하는 말인데, 한대의 '문'은 실제로 부를 가리키는 말이기도 하였다.

여하튼 중국문학은 한대에 '부'를 통하여 순수문학의 가능성이 발견되고, 또 그 발견을 발판으로 하여 문학발전의 첫발을 내딛게도 되는 것이다. 그러나 한대에 와서 발전하기 시작하여 후세 학자들의 높은 문학적인 평가를 받고 있는 악부시(樂府詩)조차도 지식인들의 창작이나 감상면에 있어서는 불성실한 경향을 띄고 있는 것도 그 때문이다. 그리고 '부'를 통하여 새로 발견된 순수문학 의식이 바로 시의 창작에까지 적용되지는 못하였다. 시에 있어 이러한 의식이 각성되는 것은 동한(東漢) 말엽의 일이다.

〈국풍〉과 〈이소〉를 이처럼 봉건제왕의 정치원리를 분식하는 방향으로 해석했다는 것은 결국 한대 문학뿐만 아니라 중국의 전통문학 전체에 있어서까지도 형식적이고 불성실한 성향을 면치 못하게 만들게 된다. 또 그것은 중국문학에 있어서 순수문학을 거부하는 경향을 지니게 하는 결과를 가져왔다고도 말할 수가 있을 것이다.

제 2 장 한대 운문 (韻文)의 성격

제1절 머리말

여기서는 앞에서 논한 시의식을 바탕으로 하여 한대 사람들이 어떤 성격의 운문(韻文)을 창작하고 유행시켰는가를 구명하는 것을 주목표로 삼는다. 그 방법은 맨 앞 〈서론〉에서 얘기했듯이, 전체적인 문학활동의 참여자들, 곧 작자(作者)·전자(傳者)·평자(評者)·독자(讀者) 등을 구분하여 그들의 사회적 위치, 사회배경 등에서 오는 여러 가지 성격을 통하여 그들의 문학의식을 탐구하면서 전체적인 그 시대의 운문의 성격을 밝혀낸다는 것이다.

또한 여기에서 말하는 한대 운문에는 악부시(樂府詩)나 고시(古詩) 뿐만 아니라 초가체(楚歌體)의 시는 물론 부(賦)까지도 다 포함시킨 것을 뜻한다.1) 이러한 한대 운문의 종합적인 성격은 앞에서도 여러 번 지적했듯이 중국 전통문학의 기초가 되고 있기 때문에 중국문학의 전반적인 연구나 이해를 위하여 매우 중요한 것이다.

---

1) 班固가 《漢書》 藝文志에서 劉歆의 《七略》을 따라 '詩賦'를 한데 묶고 있듯이, '운문'은 실상 광의로 해석하면 그대로 '시'라는 말로 바꾸어도 좋을 것이다.

제2절 부(賦)와 부 작가들의 성격

1. 부(賦)의 유래

'부'라는 용어 자체는 시(詩)의 '육의(六義)'의 하나에서부터 연유한 것이어서 반고(班固)도 〈양도부서(兩都賦序)〉에서 '부란 것은 옛 시의 유파이다'라고 말하고 있다. 또 《한서(漢書)》 예문지(藝文志)에서는 '전(傳)에 말하기를 노래하지 않고 읊는 것을 '부'라 말하는데, 등고(登高)하여 '부'를 읊을 줄 알아야만 대부(大夫)라 할 수 있다고 하였다' 2)고 말하고 있다.

게다가 한부(漢賦) 중에는 사언(四言)으로 이루어진 것들3)도 있으니 '부'가 《시경(詩經)》의 영향도 적지 않이 받은 것임은 말할 것도 없다. 그러나 문장의 형식으로 보아 일반적으로 《시경》보다는 《초사》에서 발전한 것으로 믿고 있다. 유협(劉勰, ?~473)이 《문심조룡(文心雕龍)》 시서(詩序)편에서 한대의 부에 대하여 다음과 같이 말한 것은 그 좋은 보기이다.

사인(辭人)들은 여러 가지로 변하였지만 대체로 그들의 귀지(歸旨)는 《초사》를 조술(祖述)하는 데 두어, 굴원의 여영(餘影)이 이

---

2) '賦者, 古詩之流也.'

　　'傳曰 ; 不歌而誦, 謂之賦, 登高能賦, 可以爲大夫.'

3) 揚雄의 逐貧賦・酒賦, 劉歆의 燈賦, 蔡邕의 團扇賦. 물론 《楚辭》에도 天問이나 九章의 橘頌처럼 완전히 四言으로 이루어진 작품이 있고, 그밖에도 四言句가 많이 보인다.

에 남아 있게 된 것이다.4)

그뿐 아니라 한대에는 굴원 이하 송옥(宋玉)·당륵(唐勒)·경차(景差)의 작품도 모두 '부'라 불렀다. 《사기(史記)》 굴원열전(屈原列傳)에는 '굴원이 죽은 뒤로 초나라에 송옥·당륵·경차의 무리들이 있었는데, 모두 사(辭)를 좋아하여 부(賦)로써 이름이 났었다'5)라 하였고, 또 굴원이 〈회사(懷沙)〉의 부를 지었다'6)라고도 하였다.

다시 《한서》 예문지(藝文志) 시부략(詩賦略)에는 첫머리에 '굴원부(屈原賦) 25편'을 한대 부의 작가인 가의(賈誼)·매승(枚乘)·사마상여(司馬相如) 등의 작품과 나란히 수록하고, 끝머리에는 이를 해설하여 '위대한 학자 손경(孫卿)과 초나라 신하 굴원은 모함을 당하고도 나라를 걱정하여, 모두 부를 지음으로써 풍자하였다'7)고 논하고 있다.

그밖에 《한서》 가의전(賈誼傳)과 지리지(地理志), 동한(東漢) 응소(應邵)의 《풍속통(風俗通)》, 왕충(王充, 27~?)의 《논형(論衡)》 안서(案書)편에 모두 굴원의 작품들을 '부'라 부르고 있다. 그러니 한 대에는 《초사》도 '부'라 불리었고, 후세의 경우처럼 '소(騷)'와 '부', 또는 '사'와 '부'가 구별되지 않았음을 알 수 있다.

게다가 《초사》와 '부'는 문장의 형식이나 내용에 있어서도 전혀 구별할 길이 없는 동일한 것이다. 그리고 한대 이전에는 굴원이나 《초사》에 관한 기록이나 자료가 전혀 없었다. 《초사》는 한대에 와서 세상에 알려지기 시작하고 그때부터 비로소 사람들이 읽기 시작한 것이다. 그리고 그 《초사》와 같은 형식으로 한대 사람들이 글을 지은 것

---

4) '辭人九變, 而大抵所歸, 祖述楚辭, 靈均餘影, 於是乎在.'
5) '屈原旣死之後, 楚有宋玉·唐勒·景差之徒, 皆好辭, 而以賦見稱.'
6) '乃作懷沙之賦.'
7) '大儒孫卿及楚臣屈原, 離讒憂國, 皆作賦以風.'

이 '부'이다.

따라서 설사 전국(戰國)시대에 초나라에 굴원이란 사람이 나와 무가(巫歌) 형식을 본떠서 새로운 시가를 지었다 하더라도, 그것은 한대에 와서 세상에 알려지고 행세하기 시작했으니 역시 한대의 문학으로 보아야 할 것이다. 곧 《초사》도 '부'라 부름이 옳은 것이다.

반고(班固)는 《한서》 예문지 시부략(詩賦略)에서 '굴부지속(屈賦之屬)'으로 굴원(屈原) 이하 당륵(唐勒)·송옥(宋玉)·가의(賈誼)·매승(枚乘)·사마상여(司馬相如)·회남왕(淮南王) 등 20가(家) 361편, '육부지속(陸賦之屬)'으로 육가(陸賈)를 비롯하여 매고(枚皋)·엄조(嚴助)·주매신(朱買臣)·양웅(揚雄) 등 21가 274편, '순부지속(荀賦之屬)'으로 손경(孫卿) 이하 이사(李斯)·가충(賈充) 등 25가 136편, '잡부지속(雜賦之屬)'으로 객주부(客主賦)·성상잡사(成相雜辭) 등 12가 233편을 열거하고 있다.

지금 와서 이러한 분류의 기준이 무엇이었는지 알 수는 없다. 그러나 적어도 한대에는 '굴원의 부' 또는 《초사》나 그때 사람들의 '부'를 같은 형식의 글이라 생각하고 있었음을 알 수 있다.

그러니 '부'는 곧 《초사》에서 온 것임을 알 수가 있다. 유협(劉勰)도 《문심조룡(文心雕龍)》에서 '부라는 것은 시(《詩經》)를 짓던 사람들에게서 생명을 받아, 《초사》에서 범역(範域)을 개척한 것이다'8)라고 논하고 있다. 그러나 '부'는 한대의 정치적·사회적 특성 때문에 이전의 《초사》나 이후의 시들과는 다른 성격의 것으로 발전하고 있다. 특히 서한 시대의 부 작가들은 대부분이 천자 주변에 몰려 있었기 때문에, 그들의 성격은 후세의 문인 또는 지식인들과도 크게 달랐던 듯하다.

---

8) '賦也者, 受命於詩人, 拓宇於楚辭也.'

2. 부 작가들의 성격

한대 '부'의 작가들은 거의 모두가 임금 주변에서 벼슬을 하던 사족 출신의 관료계급들이다. 그러나 한대 초기의 '부'는 서민 출신의 사족들이 봉건군주의 권세를 빌어 귀족으로 발돋움하는 과정에서 생성된 것이라고 말할 수도 있다. 이들이 어떤 성격의 사람들이었으며, 무엇을 위하여 '부'를 지었는지 후세에까지도 비교적 존경 받는 대표적인 작가들 —— 가의(賈誼)·사마상여(司馬相如)·양웅(揚雄)·장형(張衡) 네 사람의 생애를 더듬으며 탐색해 보고자 한다.

① 가의(賈誼, B.C. 201~B.C. 169) ——《사기》권84와《한서》권48의 전(傳)에 의하면 그는 일찍이 뛰어난 학식을 인정받아 문제(文帝) 때(B.C. 179~B.C. 157) 20여세에 박사(博士)가 된다. 그리고 조령(詔令)이나 나라의 문제를 놓고 토의할 때 그는 오히려 나이 많은 선생들보다도 아는 게 많다는 게 증명되어 1년만에 태중대부(太中大夫)로 승진한다.9) 여기까지는 가의가 사족(士族) 출신으로 일찍부터 학문과 학식이 남보다 뛰어나 일찍 출세했다는 이외에 그의 성격을 알아볼 만한 기록은 별로 찾아볼 수가 없다.

그러나 전기의 다음 대목에 '그는 한나라가 일어난 지 20여년이 되었고 천하가 평화롭고 안정되었으니 마땅히 정삭(正朔)을 고치고, 복색(服色)을 바꾸며, 제도(制度)를 개정하고, 관명(官名)을 정하며, 예

---

9) 《史記》賈誼傳 : '賈誼, 洛陽人也. 年十八, 以能誦詩書屬文, 稱於郡中. 河南守吳公聞其秀材, 召置門下, 甚幸愛. 文帝初立, 聞河南守吳公治平爲天下第一, …… 徵以爲廷尉. 廷尉乃言誼年少, 頗通諸家之書, 文帝召以爲博士. 是時, 誼年二十餘, 最年少. 每詔令議下, 諸老先生未能言, 誼盡爲之對, 人人各如其意所欲出, 諸生於是以爲能, 不及也. 文帝說之, 超遷, 一歲中至太中大夫.'

악(禮樂)을 일으켜야 한다고 하면서, 그 의법(儀法)을 모두 새로 만들었는데, 색은 황색(黃色)을 숭상하고, 수는 오(五)를 사용하였고, 관명(官名)을 정하여 진(秦)대의 법을 모두 고친 것이었다'10)고 하였다. 이 대목은 가의의 학문과 사상의 성격을 단편적이나마 엿보게 한다.

첫째, 그가 정삭(正朔)과 복색(服色)·제도(制度)·관명(官名)·예악(禮樂) 같은 것을 중시했다는 것은 그의 학문이 유가의 예교사상으로 젖어 있었다는 것을 말한다. 둘째, 그는 군주의 봉건 전제를 강화하고 여러 가지 문화와 제도는 그 군주의 위세를 꾸며 줄 수 있는 것이어야 한다는 생각을 지녔음을 알려준다. 이것은 그의 상소문들을 아울러 읽어보면 더욱 명백해진다. 셋째, 그익 유가사상에는 이미 음양오행설(陰陽五行說)이 완전히 스며들어 있다는 것이다. 황색을 숭상한다는 것은 한나라가 토덕(土德)으로 왕이 되었다고 생각했기 때문이며, '오'의 숫자나 '정삭'의 개정 등 모두 음양오행설과 관계가 있는 것이다. 그리고 이 음양오행설은 정치적·문화적 대일통(大一統)과 군권(君權)의 절대화의 사상적인 논리의 기초가 되고 있다.11)

그리고 그는 봉건제국에 있어 후왕(侯王)들의 세력을 견제함으로써

---

10) 《史記》賈誼傳 : '賈生以爲漢興至孝文二十餘年, 天下和洽而固, 當改正朔, 易服色, 法制度, 定官名, 興禮樂. 乃悉草具其事儀法, 色尙黃, 數用五, 爲官名, 悉更秦之法.'

11) 이러한 사상은 秦代 鄒衍에게서 구체화하여, 한대에 이르러서는 張蒼·董仲舒 등을 통하여 거의 한대사상의 근간이 되다시피 한다.
《史記》秦始皇本紀 : '始皇推終始五德之傳, 以爲周得火德, 秦代周德, 從所不勝. 方今水德之始, 改年始, 朝賀皆自十月朔, 衣服旄旌節旗皆上黑, 數以六爲紀, 符法冠皆六寸, 而輿六尺, 六尺爲步, 乘六馬. 更名河曰德水, 以爲水德之始.'
《史記》張丞相列傳 : '張蒼爲計相時, 緖正律曆, 以高祖十月始至覇上, 因故秦時, 本以十月爲歲首, 弗革. 推五德之運, 以爲漢當水德之時, 尙黑如故.'
《史記》儒林列傳 : '董仲舒, …… 今上(武帝)卽位, 爲江都相, 以春秋災異之變, 推陰陽所以錯行, 故求雨, 閉諸陽, 縱諸陰, 其止雨反是.'

황제의 권세를 절대화시키는 방향의 건의를 하여 문제(文帝)로 하여
금 그것을 시행케 하고 있다. 《한서》의 그의 전(傳)에 실린 그의 상
소문(〈論時政疏〉)에는 다음과 같은 내용의 대목이 있다.

　　신(臣)이 옛일들을 상고해 보건대, 대체로 강자들이 먼저 모반
(謀反)하고 있습니다. 회음후(淮陰侯) 한신(韓信)은 초(楚)나라 왕
이 되어 가장 강해지자 가장 먼저 모반하였고, 한신(韓信)은 호족
(胡族)들을 의지할 수 있게 되자 또 모반했습니다. 관고(貫高)는
조(趙)나라의 자원을 지배하게 되자 모반하였고, 진희(陳豨)는 정
병(精兵)을 갖게 되자 모반하였고, 팽월(彭越)은 양(梁)나라를 지
배하게 되자 모반하였고, 경포(黥布)는 회남(淮南)을 지배하게 되
자 모반하였습니다. 노관(盧綰)은 가장 약했기 때문에 가장 뒤에
모반했습니다. 장사왕(長沙王)은 2만 5천호(戶)가 있을 따름이며,
공로도 적었지만 가장 완전하였고, 세력은 시원찮지만 가장 충성스
러웠는데, 그만이 홀로 남과 성격이 달랐던 게 아니라 형세가 그렇
게 만들었던 것입니다.
　　일찍이 만약 번쾌(樊噲)·관영(灌嬰)·역상(酈商)·주발(周勃)도
왕으로 봉하여 수십 성(城)을 차지하고 왕노릇을 하였더라면 지금
은 역시 모반으로 말미암아 멸망했을 것입니다. 만약 한신(韓信)·
팽월(彭越) 같은 무리들도 철후(徹侯)의 자리나 차지하고 장안
(長安)에 살았더라면, 지금까지 살아 있다 하더라도 괜찮을 것입
니다.[12]

---

12) ‘臣竊跡前事, 大抵强者先反. 淮陰王楚最彊, 則最先反；韓信倚胡, 則又反；貫高
　　因趙資, 則又反；陳豨兵精, 則又反；彭越用梁, 則又反；黥布用淮南, 則又反；
　　盧綰最弱, 最後反. 長沙乃在二萬五千戶耳, 功少而最完, 勢疏而最忠, 非獨性異
　　人也, 亦形勢然也. 曩令樊·酈·絳·灌, 據數十城而王, 今以殘亡可也. 令信·越

그러니 천하의 평화를 유지하자면 제후들의 땅을 쪼개어 조그만 나라만을 차지하게 함으로써 세력을 약하게 만들어야 한다는 것이다. '힘이 적으면 의(義)로써 부리기가 쉽고, 나라가 작으면 사심(邪心)이 없어진다'13)는 것이다. 그는 '정강이의 굵기가 거의 허리만 하고, 한 손가락의 크기가 넓적다리만 하다면 사람으로 굴신도 못하게 될 것이다'14)는 비유까지 들어 제후의 나라는 작고 무력해야 함을 주장했다.

또 그는 '인주(人主)의 존귀함을 당(堂)에다 비유한다면, 군신(群臣)은 섬돌[陛]과 같고, 서민들은 땅바닥과 같다'15)고 하면서, 당(堂)의 위치가 높으려면 섬돌의 계단이 많아야 한다고 하며 봉건사회의 뚜렷한 계급질서(階級秩序)를 유지할 것을 주장하기도 하였다.

그리고 뒤에 양왕(梁王) 승(勝)의 사부(師傅)로 있다가, 양왕 승이 말에서 떨어져 죽은 데 충격을 받고 늘 통곡하다 1년 남짓의 기간이 지나자 자기도 33세란 젊은 나이로 죽었다는 것도16) 그의 봉건군주의 충실한 신하로서의 성격을 얘기해 주는 것이다.

따라서 그의 '부'는 물론 문학의식 자체가 이러한 그의 성격으로부터 완전히 벗어날 수는 없었을 것이다. 그에게는 《사기》·《한서》의 가의전(賈誼傳)과 《문선(文選)》 권60과 권13에 수록된 〈조굴원부(弔屈原賦)〉와 〈복조부(服鳥賦)〉를 비롯하여, 《초사》에 수록된 〈석서(惜誓)〉 및 《고문원(古文苑)》 권3에 수록된 〈한운부(旱雲賦)〉, 《고문원》 권21, 《예문유취(藝文類聚)》 권44, 《초학기(初學記)》 권16 등에 수록된 〈허부(虛賦)〉의 일부가 있다.

之倫, 列爲徹侯而居, 雖至今存可也.'

13) '力少則易使以義, 國小則亡邪心.'

14) '一脛之大, 幾如要, 一指之大, 幾如股, 平居不可屈伸.'

15) '人主之尊譬如堂, 羣臣如陛, 衆庶如地.'

16) 《漢書》賈誼傳: '梁王勝墜馬死, 誼自傷爲傅無狀, 常哭泣, 後歲餘, 亦死. 賈生之死, 年三十三矣.'

《한서》예문지(藝文志)에는 '가의부(賈誼賦) 7편'이라 기록되어 있으나 지금 전하는 것은 완전한 그대로의 형태가 아니다. 그리고 지금 전하는 작품 중에서는 〈조굴원부〉와 〈복조부〉가 가장 완전하고 뛰어난 그의 작품이므로17) 여기서는 이 두 편의 검토에 치중한다.

《사기》와 《한서》의 그의 전기에 의하면, 뒤에 문제(文帝)가 가의를 공경(公卿)의 지위로 승격시키려 하자 주발(周勃)·관영(灌嬰)·장상여(張相如)·풍경(馮敬) 같은 노신들이 모두 반대하며 그를 공격하였다. 그러자 문제는 가의를 장사왕(長沙王)의 태부(太傅)로 임명한다. 가의가 장사왕의 태부로 부임 도중 상수(湘水)를 건너면서, 간신에게 참해(譖害)되어 강호를 방랑하다 죽은 굴원(屈原)을 생각하고, 자신의 경우를 굴원에 비기어 노래한 것이 〈조굴원부〉라 한다.18)

그리고 그가 장사왕의 태부가 된 지 3년만에 〈복조(服鳥)〉라는 새가 자기 집안으로 날아 들어와 앉았다. 그는 이 새를 상서롭지 못한 짐승이라 단정하고, 비습한 장사 땅으로 귀양와 있는 자기 자신을 슬퍼하면서 〈복조부〉를 지었다 한다.19) 이 두 작품은 문장도 뛰어나려니와 문체로 보더라도 《초사》에서 더 진화한 것이라고 일컬어진다.

특히 〈복조부〉의 문답형은 뒤 '한부(漢賦)'에도 많은 영향을 준 것 같다. 사마상여(司馬相如)의 본격적인 '한부'에 비하여 사조(辭藻)와

---

17) 그밖의 〈惜誓〉는 〈弔屈原賦〉와 비슷한 구절이 많아 후인의 擬作인 듯한 냄새가 짙으며, 〈旱雲賦〉도 문맥이 애매한 곳이 많고, 〈虛賦〉는 더욱 斷片이라 그 성격을 파악하기 힘들다.

18) 《漢書》賈誼傳 : '於是天子議以誼任公卿之位. 絳·灌·東陽侯·馮敬之屬盡害之, 乃毀誼曰 ; 洛陽之人, 年少初學, 專欲擅權, 紛亂諸事. 於是天子後亦疏之, 不用其議, 以誼爲長沙王太傅. 誼旣以適去, 意不自得, 及度湘水, 爲賦以弔屈原. …… 誼追傷之, 因以自諭.'

19) 《漢書》賈誼傳 : '誼爲長沙傳三年, 有服飛入誼舍, 止於坐隅. 服似鴞, 不祥鳥也. 誼旣以適居長沙, 長沙卑濕, 誼自傷悼, 以爲壽不得長, 乃爲賦以自廣.'

포장(鋪張)의 수법에 있어서는 미치지 못하는 듯하지만, 이들이 《초
사》의 전통에다 순경(荀卿)의 '부편(賦篇)'의 형식을 가미시켜, '한부'
형식의 선성(先聲)을 이루고 있다는 사실만은 부정할 수가 없다. 그
리고 대부분의 중국문학사가들은 최근까지도 그의 이러한 공로뿐만
아니라 어두운 현실에 항거한 그의 '부'의 정신을 높이 평가하고 있
다.20) 그러나 그가 '부'를 짓게 된 동기와 그의 처지를 냉정히 따져 볼
때 이에는 문제가 많은 듯하다.

  우선 이 두 작품은 작자가 자기의 처우를 고의적으로 비극화시켜
놓고 거기에서 모든 것을 출발시키고 있다. 그러나 20대 후반의 나이
에 장사왕의 태부가 된다는 것이 비극인가, 또는 그것이 귀양가는 것
인가 하는 문제는 생각해 볼 일이다. 공경(公卿)이 될 뻔했다가 다른
사람들의 반대로 되지 않았다는 것은 일시 개인의 출세욕에 좌절을
느끼게 했을지도 모른다. 그러나 30도 못된 나이에 장사왕의 태부가
되었다면 그것은 객관적으로 비극이 될 수는 없는 것이다.

  따라서 그의 '아아, 슬프다. 좋은 시국을 만나지 못했도다.'21)하는
탄식은 굴원의 전설에나 적용될 수 있는 것이지 작자 자신의 처지와
는 무관한 것이다. 물론 그가 자신의 감정을 크게 과장하여, 독자들로
하여금 굴원과 비슷한 비극과 울분을 작자 자신의 것으로 혼동케 함

---

20) 劉大杰《中國文學發展史》上冊 第五章 三, 漢賦發展的趨勢 '在作品(〈弔屈原
    賦〉) 裏表現出他的不幸遭遇, 以及對封建政治不滿的感情.'
    中國社會科學院 文學研究所 中國文學史編寫組 編寫《中國文學史》第一冊 秦
    漢文學 第一章 第三節 賈誼, '(弔屈原賦)他還表現不妥協的精神. ……鵩鳥賦也
    是發抒他的懷才不遇的不平情緒和不妥協的精神.'
    詹安泰・容庚・吳重翰 編《中國文學史》先秦兩漢部分 第八章 漢賦 第三節
    '(弔屈原賦)統治階級本身有許多矛盾, 往往各不相容, 互相傾軋. 賈誼便揭露了這
    些黑幕. ……鵩鳥賦也是他的傑作.'
21) 〈弔屈原賦〉: '嗚呼哀哉, 逢時不祥.'

으로써, 공감을 불러일으키고는 있지만, 그가 성실히 자기의 비극적인 처지를 절감하면서 현실을 비판하고 부정에 항거하려는 의식을 지니고 이 작품을 썼다고 보기는 어렵다.

〈복조부〉에서는 그가 장사왕의 태부로 있으면서 '장사 땅은 비습하여 오래 살 수 없을 것'이라 생각하고, 자신의 삶을 슬퍼함으로써 작품의 감정을 이루고 있다. 그러나 그곳엔 장사왕도 살고 있고 또 많은 관리들과 백성들도 살고 있다는 것을 생각하면, 장사에 산다는 것 자체가 비극이 될 수는 절대로 없는 것이다. 작자도 그런 사실을 잘 알기 때문에, 그는 교묘히 〈복조〉라는 새를 이용하여 '복(服)'이 '복(福)'과 음이 통하고, 다시 그것은 노자(老子)의 '화에는 복이 깃들어져 있고, 복에는 화가 숨겨져 있다(禍兮福所倚, 福兮禍所伏)'는 말과 관련된다 하여, 자기 처지를 철학적으로 비극화시키고 있는 것이다.

어떻든 그의 작품들은 한대 초기의 '부'로서 성공작이라 일컬어지고 있다. 이들이 성공작이 될 수 있었던 요인은, 첫째 뛰어난 작자의 문재(文才)와, 둘째 장안(長安)을 떠나 장사(長沙) 땅으로 옮겨가게 된 기회에 현실을 반성해보고 다시 그 현실을 비극화하여 사람들의 공명을 불러일으켰기 때문인 것 같다. 또 그의 작품의 주류를 이루는 도가사상은 예교적이고 형식적이던 장안에서의 속된 자기생활을 청산하고, 자연스럽고도 주관적인 자기철학의 형성을 뒷받침했던 것 같다.

그의 '귀중한 것은 성인(聖人)의 신덕(神德)이니, 혼탁한 세상을 멀리하고 스스로 숨었다.'(〈弔屈原賦〉) '화(禍)에는 복(福)이 깃들어 있고, 복에는 화가 숨겨져 있다.' '운명이란 설명할 수 없는 것이니, 누가 그 종극(終極)을 아는가?' '조물주가 만물을 생성했지만, 그 기운은 끝없이 돌고 돈다. 하늘이란 생각으로 미칠 수 없는 것이고, 도(道)란 지모(智謀)로써 어떻게 할 수가 없는 것이다.' '하늘과 땅이 용광로라면 조화는 공인(工人)이다.'(이상 〈服鳥賦〉)22)라는 따위의 노래는 그의 철학의 도가적인 경향을 뜻한다 할 것이다.

여기에서 '갑자기 사람으로 태어났다 하더라도 삶을 아낄 게 무엇이며, 다른 물건으로 변화한다 하더라도 걱정할 게 무엇이겠는가?' '진인(眞人)은 안정되어 있어 오직 도를 따라 살아간다. 지혜를 버리고 형체를 떠나 초연히 스스로를 잃는다. 그리고 널리 거침없이 도와 더불어 노닌다.'(이상 〈服鳥賦〉)23)라 하고 있는데, 그의 인생관이나 우주관은 인생의 자질구레한 일들을 초극하여 거시화(巨視化)된다. 이런 입장에서 굴원을 노래하고, 장사에서의 자기 삶을 부정했기 때문에 그 문장은 힘이 있고 독자들에게 공명을 느끼게 하는 것이다.

그러나 이것은 '천하에 도가 있으면 나타나 활동하고, 도가 없으면 숨는다'(《論語》)는 유가적인 입장과도 통하는 도가화(道家化)이지, 그가 장사왕의 태부가 되면서 유학을 버리고 도학으로 전향했음을 뜻하는 것은 아니다. 그가 〈한운부(旱雲賦)〉에서는,

농부들은 팔짱을 끼고 아무 일도 못하고, 그들의 쟁기를 던지고 눈물만 흘린다. ……원망하는 마음을 지워버릴 수가 없으니, 속으로 정치하는 이들에게 허물을 탓한다.24)

라고 하면서 천재를 당한 농민들의 불행을 노래하고는 있지만, 그것

---

22) '所貴聖人之神德兮, 遠濁世而自藏.'
　　'禍兮福所倚, 福兮禍所伏.'
　　'命不可說, 孰知其極?'
　　'大鈞播物, 块圠無垠. 天不可與慮, 道不可與謀.'
　　'且夫天地爲鑪, 造化爲工.'
23) '忽然爲人兮, 何足控搏? 化爲異物兮, 又何足患?'
　　'眞人恬漠兮, 獨與道息. 釋知遺形兮, 超然自喪. 寥廓忽荒兮, 與道翱翔.'
24) '農夫垂拱而無事兮, 釋其耰鉏而下涕 …… 懷怨心而不能已兮, 竊託咎於在位.'

이 '부'로서는 성공을 못 거둔 것은 앞의 〈복조부〉나 〈조굴원부〉와는 정반대 되는 그 철학적인 입장 때문인 것 같다. 〈한운부〉는 자기 본래의 생활과 사상을 기초로 《시경》에서 강조된 풍유(諷諭)의 뜻을 시도한 것인 듯하다.

그러나 그에게는 현실을 냉정히 비판하고 부정에 항거하려는 뚜렷한 자세나 신념이 부족했기 때문에, 오히려 도가적인 경향이 짙은 앞의 두 작품만큼도 성공하지 못하고 있는 것이다. 그의 부에는 《시경》이나 《초사》의 영향이 강력하여 내용에 있어서도 다양하다. 그러나 앞에서도 잠깐 본 상소문(上疏文)을 비롯한 〈과진론(過秦論)〉 등의 유명한 산문들이나 그의 저작인 《신서(新書)》의 일부25)와 죽기 전의 그의 생애를 보면 전체적으로 그는 중앙집권적인 봉건군주의 절대적인 지지자였다.

더구나 그는 그러한 자기의 주장과 이론을 예교화된 유학의 이론으로 뒷받침하였다. 한초 '부'의 대가인 가의의 이러한 사상과 성격은 뒤의 한부의 발전에 중대한 역할을 하였다고 보아야 할 것이다.

② 사마상여(司馬相如, B.C. 179~B.C. 118) —《사기》 권116과 《한서》 권57에 사마상여전(司馬相如傳)이 있는데, 그는 '한부'의 대표적인 작가여서 그의 인간성격이나 문학성향은 특히 한대 '부'는 물론 한대 문인들의 문학의식 전체에도 크게 영향을 끼쳤다고 본다. 우선 그의 전기를 보자.

---

25) 《漢書》 賈誼傳贊에 '凡所著述五十八篇'이라 하였고, 지금도 그의 저서라는 《新書》 58편이 전한다. 그러나 그의 본래의 저작이 아니라는 것을 많은 학자들이 지적하고 있다. 다만 이것은 전혀 무근한 날조라고 보기는 어려우므로, 적어도 그 중 일부는 본래의 《신서》의 면모를 지니고 있다고 보아야 한다.

그는 촉군(蜀郡) 성도(成都) 사람인데, 어려서부터 독서를 좋아하고 격검(擊劍)을 배웠고 부모들이 그를 견자(犬子)라 불렀다. 그리고 인상여(藺相如)를 흠모하여 이름을 상여(相如)라고 바꾸기까지 하였다. 다음엔 재물로써 낭(郎)이란 벼슬을 사서, 경제(景帝) 때에 무기상시(武騎常侍)란 벼슬을 지냈다. 마침 양효왕(梁孝王)이 내조했을 때 그 밑에 추양(鄒陽)·매승(枚乘)·장기(莊忌) 등의 문사들이 따라다니는 것을 보고, 병을 핑계로 벼슬을 그만두고 양(梁)나라로 가서 그들과 어울려 놀았다. 그리고 그 몇년 동안에 〈자허부(子虛賦)〉를 지었다.

양효왕이 죽은 뒤엔 할 일 없이 놀다 임공령(臨邛令) 왕길(王吉) 밑에 가 얻어먹고 놀면서 왕길의 환심을 산다. 그러나 임공의 거부 탁왕손(卓王孫) 집에 초대된 것을 기화로 하여, 젊은 과부가 되어 집으로 돌아와 있는 그의 딸 탁문군(卓文君)을 금(琴) 연주로 꾀어 내어 함께 도망친다. 탁왕손은 크게 노했으나, 뒤에 그들이 임공으로 돌아와 술장사를 하는 꼴을 볼 수가 없어 재물을 나눠주어 그는 일시에 부자가 된다. 그뒤 무제(武帝)가 〈자허부〉를 읽고 그를 부르자 그는 곧 〈상림부(上林賦)〉를 지어 올려 천자의 환심을 크게 산다.26)

---

26) 《史記》司馬相如傳 : ‘司馬相如者, 蜀郡成都人也. 字長卿. 少時好讀書, 學擊劍, 故其親名之曰犬子. 相如旣學, 慕藺相如之爲人也, 更名相如. 以貲爲郎, 事孝景帝, 爲武騎常侍, 非其好也. 會景帝不好辭賦, 是時梁孝王來朝, 從遊說之士, 齊人鄒陽, 淮陰枚乘, 吳莊忌夫子之徒. 相如見而說之, 因病免, 客游梁. 梁孝王令與諸生同舍, 相如得與諸生游士居. 數歲, 乃著子虛之賦.

　會梁王卒, 相如歸, 而家貧無以自業. 素與臨邛令王吉相善, 吉曰, 長卿久宦游不遂, 而來過我. 於是相如往舍都亭. 臨邛令繆爲恭敬. 日往朝相如. 相如初尙見之, 後稱病使從者謝吉, 吉愈益謹肅.

　臨邛多富人, 而卓王孫家僮八百人, 程鄭亦數百人. 二人乃相謂曰 ; 令有貴客,

사마상여가 태어나서 여러 가지 곡절 끝에 무제에 접근하기까지의 그의 생애를 적은 내용이다. 그는 여러 가지 조건이 현실에 적응하기에 알맞은, 곧 한대 봉건사회에 잘 영합될 성격을 갖추고 있었음을 말해 준다. 격검(擊劍)을 배웠고, 인상여(藺相如)를 흠모했다는 것은 그의 생애를 통해 볼 때 그가 '의기의 인'이었다기보다는 오히려 '야망의 인'이었다고 보는 게 옳음을 뒷받침해 준다.27) 부모들이 그를 '견자(犬子)'라고 불렀다든가28) 재물을 써서 낭(郞)의 벼슬을 샀다는 것 등이 그런 사실을 더욱 방증해 준다.

또 할일 없어 친구 임공령(臨邛令) 왕길(王吉) 밑에 가 얻어먹고 지내면서도 왕길이 매일 그를 찾아주자 뒤에는 아프다는 핑계로 왕길의 면회를 거절하여 그로 하여금 더욱 조심하며 대하게 했다는 얘기

爲具召之, 并召令. 令旣至, 卓氏客以百數. 至日中, 謁司馬長卿, 長卿謝病不能往. 臨邛令不敢嘗食, 自往迎相如. 相如爲不得已而彊往, 一坐盡傾.……是時卓王孫有女文君新寡, 好音, 故相如繆與令相重, 而以琴心挑之. 相如之臨邛, 從車騎雍容閒雅甚都. 及飮卓氏, 弄琴, 文君竊從戶窺之, 心悅而好之, 恐不得當也. 旣罷, 相如乃使人重賜文君侍者通殷勤. 文君夜亡奔相如, 相如乃與馳歸成都.

家居徒四壁立, 卓王孫大怒曰 ; 女至不材, 我不忍殺, 不分一錢也. ……相如與俱之臨邛, 盡賣其車騎, 買一酒舍酤酒, 而令文君當鑪, 相如身自著犢鼻褌, 與庸保雜作, 滌器於市中. 卓王孫聞而恥之, 爲杜門不出. ……卓王孫不得已, 分予文君僮百人, 錢百萬, 及其嫁時衣被財物. 文君乃與相如歸成都, 買田宅, 爲富人.

居久之, ……上讀子虛賦而善之曰 ; 朕獨不得與此人同時哉. 得意(姓楊, 狗監)曰 ; 臣邑人司馬相如……乃召問相如. 相如曰 ; 有是, 然此乃諸侯之事, 未足觀也. 請爲天子游獵賦, 賦成奏之. 上許. ……其卒章歸之於節儉, 因以諷諫, 奏之天子, 天子大悅.'

27) 顔師古는《漢書》의 그곳 注에서 '藺相如, 六國時趙人也. 義而有勇, 故追慕之.'라 설명하고 있지만, 사마상여는 오히려 그의 趙나라 재상으로서의 눈부신 활약을 더 동경했을 가능성이 많다.

28) 顔師古는 이에 대하여 '父母愛之, 不欲稱斥, 故爲此名也.'라 설명하고 있다(《漢書》注).

와, 탁왕손(卓王孫)이 왕길을 통하여 그를 초청하였을 때에도 병을 핑계로 가지 않음으로써 뒤에 임공령인 왕길이 직접 그를 모시러 오게 함으로써 억지로 참석하는 체했다는 등의 얘기는, 그가 사람들을 대하는 데 있어서도 얼마나 계책을 썼는가 증명해 준다.

또 탁왕손네 집에 가서는 그 집에 젊고 아름다운 과부 딸이 있는 것을 알고 먼저 금(琴)으로 여자의 마음을 사로잡은 다음에 꾀어내어 둘이서 야반도주하고, 뒤에는 다시 임공으로 돌아와 술장사를 함으로써 탁왕손으로 하여금 체면 때문에라도 하는 수 없이 재산을 나누어 주도록 만드는 것 같은 것도 그가 얼마나 사람들의 심리를 교묘히 이용할 줄 아는 영리한 사람이있는가를 밀해준다.

그리고 이러한 목적을 달성하기 위하여 자기 집은 사방에 서있는 벽뿐이었는데도 화려하게 수레와 말을 준비하고 하인들도 빌림으로써 위세를 꾸몄다는 것도 그가 대단히 술수에 능한 사람임을 말해준다.

성격이 이쯤 되면 그가 양효왕(梁孝王) 유무(劉武) 밑에 가있으면서 제후(諸侯)로서의 그의 위세를 송양하는 〈자허부(子虛賦)〉를 쓰고, 다시 무제 앞에 나가게 되자 천자의 위세를 송양함으로써 그의 환심을 사려는 뜻에서 〈상림부(上林賦)〉를 지었다는 것도 이상할 게 없다. 사마상여가 동향인이며 임금의 사냥개 관리자인 '구감(狗監)' 양득의(楊得意)의 주선으로 무제를 만나게 되었다는 것은, 부모들이 그를 '견자(犬子)'라고 불렀다는 얘기와 함께 사마상여에의 풍자가 깃들인 이야기인 듯도 하다.

《사기》와 《한서》가 다 같이 '그 졸장(卒章)에선 절검(節儉)으로 취지를 돌림으로써 풍간(風諫)을 하고 있다'[29]고 〈상림부〉를 소개한 뒤, 끝에 가서는 다시 〈상림부〉뿐만 아니라 〈자허부〉까지도 '화려한 문사

---

29) '其卒章歸之於節儉, 因以風諫.'

가 너무나도 사실보다 지나치고, 또한 의리(義理)에 적합하지 않은 점이 있으므로, 그 대요(大要)를 깎아내고 정도(正道)로 취지를 돌리어 논하였다'30)고 말하고 있다. 이것은 사마천(司馬遷)이나 반고(班固)가 그의 '부'를 크게 평가하였다기보다는, 하는 수 없이 〈상림부〉의 종장(終章)31)을 내세워 '풍간(諷諫)'의 뜻을 인정함으로써 이들 '부'의 가치를 억지로 수긍한 듯한 기미를 느끼게 한다.

그러나 사실은 이 종장도 '제후의 미약함(以諸侯之細)'으로서 '천자와 같은 사치를 즐기는(樂萬乘之所侈)' 초(楚)나라와 제(齊)나라를 책함으로써 자허(子虛)와 오유선생(烏有先生)의 논의를 완전히 꺾어버린 것이지, 천자의 전렵(田獵)이나 정치의 기본원리를 두고 풍간한 것은 아닌 것이다.32)

그는 결국 봉건군주의 지배를 비판하거나 잘못을 폭로하기는 커녕 군주의 비위에 거슬리는 짓은 절대로 안할 인물임이 명백하다. 《한서》 예문지(藝文志)에는 '사마상여부(司馬相如賦) 29편'이라 기록되

---

30) '無是公言, 天子上林廣大, 山谷水泉萬物 ; 及子虛言, 楚雲夢所有甚衆, 侈靡過其實, 且非義理所止, 故刪取其要, 歸正道而論之.' 이에 대하여 顏師古의 注에서는 '言不尙其侈靡之論, 但取終篇歸於正道耳, 非謂削除其辭也. 而說者便謂此賦已經史家刊劂, 失其意矣.'라 설명하고 있다.

31) 〈上林賦〉를 보면 〈子虛賦〉에서의 子虛의 雲夢의 장관, 烏有先生의 齊나라 田獵의 화려함의 서술을 이어받아, 無是公이 천자의 上林의 장관을 거대한 규모로 자세히 소개한다. 그리고 끝에 가서는 다음과 같이 쓰고 있다.
'若夫終日馳騁, 勞神苦形, 罷車馬之用, 抏士卒之精, 費府庫之財, 而無德厚之恩. 務在獨樂, 不顧衆庶. 忘國家之政, 而貪雉兎之獲, 則仁者不由也. 從此觀之, 齊楚之事, 豈不哀哉! 地方不過千里, 而囿居九百, 是草木不得墾辟, 而民無所食也. 夫以諸侯之細, 而樂萬乘之所侈, 僕恐百姓被其尤也.'

32) 그러나 중국학자들은 지금도 끝머리의 풍간의 뜻을 크게 내세우고 있다. 보기를 든다. 劉大杰의 《中國文學發展史》上冊 第五章 三 ; '……其卒章歸之於節儉, 因以諷諫(《史記》司馬相如傳). 在這句話裏, 很概括地說明了子虛·上林的主題和形式.'

고 있으나 실제로 지금껏 우리에게 전하는 것은 〈애진이세부(哀秦二
世賦)〉(《史記》 및 《漢書》의 本傳, 《藝文類聚》 40)·〈대인부(大人賦)〉
(《漢書》本傳·《藝文類聚》 78)·〈미인부(美人賦)〉(《古文苑》·《藝文
類聚》 18·《初學記》 19)·〈장문부(長門賦)〉(《文選》·《藝文類聚》 30)
의 네 부가 더 있을 뿐이고, 그밖에 〈이부(梨賦)〉·〈어저부(魚菹賦)〉·
〈재동부(梓桐賦)〉 등의 잔문(殘文)이나 편명만이 알려지고 있다.

　　이 중 〈대인부〉는 무제가 신선을 좋아함을 알고, 은근히 무제를 선
인(仙人)으로 형용하면서 신선적인 천자의 위대함을 노래함으로써 무
제를 즐겁게 한 작품이다.33)

　　　세상에 대인이 있는데, 중주(中州)에 살고 있다. 저택이 만리를
　　차지하지만, 잠시 머무를 곳도 못되는 것으로 여기고 있다.34)

라고 시작되는 이 '부'의 신선은 산골짜기의 깡마르고 여윈 신선이 아
니라 제왕의 비위에 맞는 화려한 신선인 것이다. 〈애진이세부(哀秦二
世賦)〉만은 그런 뜻 없이 진이세(秦二世)의 능(陵)(杜南 宜春苑 안
에 있는)에 가서 어리석은 정치를 하다가 신하들에게 농락당하여 나
라를 망친 진이세의 일을 되새겨 노래한 것이다.

　　그러나 사마상여에게는 상대가 황제이기 때문에 비로소 비극적인
감흥이 느껴졌던 것이라 여겨진다. 어리석은 황제이지만 '오호애재(嗚
呼哀哉)'라고 거듭 노래할 감흥을 느꼈다는 것도 그의 봉건의식을 말
해준다. 그에게는 일반 백성이나 관료들의 비극 같은 것은 슬픔으로

---

33) 《史記》 司馬相如傳 ; '相如拜爲孝文園令,　天子旣美子虛之事,　相如見上好仙道,
　　因曰 ; 上林之事, 未足美也. 尙有靡者, 臣嘗爲大人賦, 未就, 請具而奏之. 相如以
　　爲列仙之傳, 居山澤間, 形容甚臞, 此非帝王之仙意也. 乃遂就大人賦.'
34) '世有大人兮, 在于中州. 宅彌萬里兮, 曾不足以少留.'

느껴지지 않고 당연히 그럴 수도 있는 것 정도로 여겨졌을 것이다.

나머지 〈장문부(長門賦)〉와 〈미인부(美人賦)〉는 비교적 서정적인 색채가 짙은 작품들이다. 그러나 〈장문부〉는 진황후(陳皇后)에게서 황금 백 근(斤)과 술대접을 받고, 무제의 멀어진 총애를 진황후에게로 되돌려주려는 의도에서 지어진 작품이고,35) 〈미인부〉는 양효왕(梁孝王)에게 사마상여가 호색에 대한 '자기입장'을 밝히기 위하여 지은 작품이다.36)

이 중 〈미인부〉는 송옥(宋玉)의 〈등도자호색부(登徒子好色賦)〉(《文選》卷19)에서 많은 힌트를 얻은 듯도 하지만, 여하튼 그가 탁왕손(卓王孫)의 집에 가서 탁문군(卓文君)을 꾀어낼 때 불렀다는 〈금가이수(琴歌二首)〉37)와 아울러 생각할 때, 사마상여는 개성적인 서정시를 짓기에도 충분한 문재의 소유자였음을 알 수 있다.

그러나 그는 개성을 드러내기에는 너무나 봉건적인 문인이었다. 뒤의 그의 생애와 활동 및 산문들을 보더라도 그는 개성을 내세우지 못한 봉건전제 군주의 시종일관한 추종자였음을 알 수 있다. '부'의 덕

---

35) 〈長門賦序〉 : '孝武皇帝陳皇后, 時得幸, 頗妒, 別在長門宮, 愁悶悲思. 聞蜀郡成都司馬相如, 天下工爲文, 奉黃金百斤, 爲相如文君取酒, 因于解悲愁之辭. 而相如爲文以悟主上, 陳皇后復得親幸.'(《全漢文》)

36) 〈美人賦〉 : '司馬相如美麗閑都, 遊于梁王, 梁王說之. 鄒陽譖之于王曰 : 相如美則美矣, 然服色容冶, 妖麗不忠, 將欲媚辭取說, 遊王後宮, 王不察之乎? 王問相如曰 : 子好色乎? 相如曰 : 臣不好色也. 王曰 : 子不好色, 何若孔墨乎? 相如曰 : 古之避色, 孔墨之徒. 聞齊饋女而遐逝, 望朝歌而廻車, 譬猶防火水中, 避溺山隅. 此乃未見其可欲, 何以明不好色乎? 若臣者, 少長西土, 鰥處獨居, 室宇遼廓, 莫與爲娛. 臣之東隣有一女子……登垣而望臣三年于玆矣, 臣棄而不許…….'

37) 徐陵《玉臺新詠》卷九 : '鳳兮鳳兮歸故鄕, 遨遊四海求其凰. 時未通遇無所將, 何悟今夕升斯堂. 有艷淑女在此方, 室邇人遐獨我傷. 何緣交頸爲鴛鴦?

皇兮皇兮從我棲, 得託字尾求爲妃, 交情通體心和諧, 中夜相從知者誰? 雙與俱起翻高飛, 無感我心使予悲.'

으로 무제 아래 낭(郎)이 된 그는, 무제의 원정으로 사역에 시달리어 불평하는 파촉(巴蜀)의 백성들을 달래기 위해 〈유파촉격(喩巴蜀檄)〉을 짓고 있는데(《漢書》 本傳, 《文選》, 《藝文類聚》 58), 여기서는 무제 원정의 의의를 크게 선전하며 국민들의 복종을 강요하고 있다.

다시 뒤엔 서남이(西南夷)와 길을 트는 사자로서 중랑장(中郎將)이 되어 파촉(巴蜀) 땅으로 가는데 그는 '파촉의 관리들을 시켜 서남이에게 뇌물을 줌으로써'38) 목적을 달성하고, 촉(蜀) 땅에 이르렀을 때엔 태수(太守) 이하 관리들이 교영(郊迎)을 하였고, 임공(臨邛)에서는 장인인 탁왕손(卓王孫)과 제공(諸公)들이 쇠고기와 술을 바쳐왔고, 탁왕손은 많은 재물을 나누어 준다. 그리고 뒤에 그는 이때 수금을 했다는 말이 들어가 벼슬자리를 잃는다. 이런 그의 생애에 관한 기록들은 사마상여가 얼마나 명리에 밝고, 목적 달성을 위해서는 모든 술수를 다 동원하는 사람이었는가를 얘기해 주는 것이다.

이때 많은 대신들과 촉의 장로(長老)들이 서남이와 통하는 게 무용한 짓이라고 말하자, 그는 〈난촉부로(難蜀父老)〉(《漢書》 本傳, 《文選》, 《藝文類聚》 25)로 알려진 글을 짓는다. 여기에 보면 한나라와 무제의 덕과 위세를 극도로 내세우며, 모든 오랑캐들도 한제국의 지배하에 들어와야 함을 역설하면서 백성들은 수고롭더라도 참아야 한다는 요지의 말을 하고 있다.39) 여기의 이 세상의 생물은 모두 한천자의 은택을 입도록 되어야 한다는 이론은 무제의 야망과 권세를 한껏 만족시켰을 것이다.

---

38) 《漢書》 司馬相如傳 : '因巴蜀吏幣物以賂西南夷.'

39) '漢興七十有八載, 德茂存乎六世, 威武紛云, 湛恩汪濊, 群生霑濡, 洋溢乎方外. ……且詩不云乎? 普天之下, 莫非王土 ; 率土之濱, 莫非王臣. 是以六合之內, 八方之外, 浸淫衍溢, 懷生之物, 有不浸潤於澤者, 賢君恥之. ……百姓雖勞, 又惡可以已哉?'

장양렵(長楊獵)을 간(諫)하는 상소문을 올린 것도 올바른 정치나 백성들을 위해서가 아니라 만의 일이라도 지귀(至貴)한 천자의 몸이 다칠까 염려해서였다. 유서로 남겼다는 〈봉선문(封禪文)〉이 무제의 위덕과 그의 제국의 위세를 크게 추켜세우는 것임은 말할 것도 없다. 그는 무제가 제국을 망치는 원인이 될 원정이나 봉선(封禪) 같은 허식적인 행위를 하는 것까지도, 아무런 분별없이 적극적으로 그 그늘 밑에서 거들었던 전형적인 봉건전제하의 신하였다.

어떻든 '한부'는 그에 이르러 이전 여러 작가들의 형식적인 장점들을 모두 흡수하여 고정적인 형식으로 발전하고 있다. 이후 한대 '부'의 작가들은 형식은 고사하고 그 내용이나 수법에 이르기까지도 거의 모두 사마상여를 모범으로 삼거나 그의 흉내를 내기에 급급하였다. 양웅(揚雄)이 '사마상여의 부는 인간세상으로부터 온 게 아닌 듯하니, 그의 신화(神化)로 말미암아 그렇게 된 것인가?'40)하고 말하고 있는 것은 이후 '한부' 작가들의 경향을 웅변적으로 표현한 말이다. 이에서 '한부'는 형식·내용을 막론하고 봉건전제하의 귀족문학으로 개성없는 문장으로 굳어지게 되는 것이다.

③ 양웅(揚雄, B.C. 53~A.D. 18) ─ 그는 촉군(蜀郡) 성도(成都) 사람으로, 선조는 귀족이었지만 넉넉치 못한 집안에 태어났다. 경학(經學)과 소학(小學)을 비롯하여 널리 학문을 닦고, 문재도 갖추었던 한대의 문인이다. 성격도 부귀나 빈천 또는 공명 때문에 행동이 흔들리지 않는 올바른 몸가짐을 지닌 유학자였던 것 같다.41) '성철(聖哲)

---

40) 《西京雜記》卷三 : '司馬長卿賦, 時人皆稱其典而麗, 雖詩人之作不能加也. 揚子雲曰 : 長卿賦不似從人間來, 其神化所至邪!'

41) 《漢書》揚雄傳 : '揚雄字子雲, 蜀郡成都人也. 其先出自有周伯僑者……揚侯逃於楚巫山. ……世世以農桑爲業. ……雄少而好學, 不爲章句, 訓詁通而已, 博覽無所

의 책'만을 좋아했다는 그가 사부(辭賦)를 좋아하고, 특히 굴원(屈原)과 사마상여(司馬相如)에게 경도(傾倒)하였다는 것은 당시의 문학조류를 얘기해 주는 것이다.

그는 특히 굴원의 〈이소(離騷)〉를 본떠 〈반이소(反離騷)〉(《漢書》揚雄傳,《藝文類聚》56)와 〈광소(廣騷)〉(잔문 일부분만이 전함)를 짓고, 〈석송(惜誦)〉부터 〈회사(懷沙)〉에 이르는 〈구장(九章)〉의 일부를 본떠 〈반로수(畔牢愁)〉(잔문만이 전함)를 지었으며, 황제를 위하여 지어바친 〈감천부(甘泉賦)〉(《漢書》揚雄傳,《文選》)·〈우렵부(羽獵賦)〉(《漢書》揚雄傳)·〈하동부(河東賦)〉(《漢書》揚雄傳)·〈장양부(長楊賦)〉(《漢書》揚雄傳,《文選》) 등은 모두 사마상여의 〈자허부〉와 〈상림부〉를 본뜬 것이다.

《한서》의 그의 전기에서도 '양웅은 사마상여를 위대하게 여기는 나머지 '부'를 지을 때마다 언제나 그를 본떠 그의 '부'를 법식(法式)으로 삼았다'고 하고 있다.42) 이것은 개인적인 기호와 성향 때문에 생긴 현상이었겠지만, 결국 '한부'에 모의라는 또 하나의 형식적인 성격을 보태게 된다. 양웅의 모의(模擬)는 '부'에만 그치지 않고 한대 사람들의 이후의 문학의식 전체에 영향을 끼치고, 다시 이후의 중국문학 전반에 걸쳐서도 적지 않은 영향을 남겼다고까지 말할 수가 있을 것이다.

'모의'가 물론 중국문학사에 있어 양웅에게서 시작된 것은 아니지만, 그로 인하여 그것이 문학창작의 중요한 수법의 하나로 인정받게

不見. 爲人簡易佚蕩, 口吃不能劇談, 默而好深湛之思, 淸靜亡爲, 少耆欲, 不汲汲於富貴, 不戚戚於貧賤, 不修廉隅以徼名當世. 家産不過十金, 乏無儋石之儲, 晏如也. 自有大度, 非聖哲之書不好也 ; 非其意, 雖富貴不事也, 顧嘗好辭賦.'

42) 《漢書》揚雄傳 : '先是時, 獨有司馬相如, 作賦甚弘麗溫雅, 雄心壯之, 每作賦, 常擬之以爲式. 又怪屈原文過相如, 至不容, 作離騷, 自投江而死. 悲其文, 讀之未嘗不流涕也.……乃作書, 往往摭離騷文而反之, ……名曰反離騷. 又旁離騷作重一篇, 名曰廣騷. 又旁惜誦以下至懷沙一卷, 名曰畔牢愁.'

되었다고 생각되기 때문이다. 그리고 앞에 든 사마상여를 본뜬 ‘부’들이 모두 황제를 위하여 지어졌다는 것은[43] ‘부’가 한대문학을 대표하는 것으로 굳어지면서 봉건군주의 위세를 꾸며주는 성격도 더욱 굳어져 갔음을 말해주는 것이다.

‘부’가 한대문학으로 정착되어 감에 따라, 양웅에 이르러는 ‘부’에 대한 작가로서의 개인적인 의식도 작동하기 시작했다. 그가 이전 작가들의 수법과 형식을 따라 황제의 위세를 꾸며주는 작품들을 쓰면서도, 언제나 거기에 ‘풍(諷)’의 의미를 가미하려고 노력하였던 것도[44] 그러한 ‘부’의 의의(意義)의 모색(模索) 결과라 할 것이다. 그가 만년에 미려한 문사로써 형식을 포장(鋪張)하는 ‘부’로서는 결국 부화(浮華)에 그치고 ‘풍(諷)’의 성과도 거둘 수 없는 것이라 단정하고 다시는 ‘부’를 짓지 않았다는 것[45]은 더욱 ‘부’에 대한 작가로서의 개인의식의 작

---

43) 《漢書》揚雄傳 : ‘孝成帝時, 客有薦雄, 文似相如者. 上方郊祠甘泉泰畤, 汾陰后土, 以求繼嗣, 召雄待詔承明之廷. 正月, 從上甘泉, 還奏甘泉賦以風.’

又 : ‘其三月, 將祭后土, 上乃帥羣臣橫大河, 湊汾陰. 旣祭, 行遊介山, 回安邑……迹殷周之虛, 眇然以思唐虞之風. 雄以爲臨川羨魚不如歸而結罔, 還, 上河東賦以勸.’

又 : ‘其十二月羽獵, 雄從. 以爲昔在二帝三王, ……不奪百姓膏腴穀土桑柘之地. ……成湯好田而天下足用, 文王囿百里, 民以爲尙小. 齊宣王囿四十里, 民以爲大 ; 裕民之與奪民也. 武帝廣開上林, ……游觀侈靡, 窮極妙麗. ……非堯舜成湯文王三驅之意也. 又恐後世復修前好, 不折中以泉臺, 故聊因校獵賦以風.’

又 : ‘明年, 上將大誇胡人以多禽獸, 秋命右扶風發民入南山, ……捕熊羆豪豬虎豹狖, 獲狐菟麋鹿, 載以檻車, 輸長楊射熊館, ……縱禽獸其中, 令胡人手搏之. ……是時農民不得收斂, 雄從至射熊館, 還上長楊賦.’

44) 앞 주 43) 참조.

45) 《漢書》揚雄傳 : ‘雄以爲賦者, 將以風也. 必推類以言, 極麗靡之辭, 閎侈鉅衍, 競於使人不能加也. 旣乃歸之於正, 然覽者已過矣. 往時武帝好神仙, 相如上大人賦, 欲以風, 帝反縹縹有陵雲之志. 由是言之, 賦勸而不止明矣. 又頗似俳優淳于髡·優孟之徒, 非法度所存, 賢人君子詩賦之正也. 於是輟不復爲.’

동을 증명하는 것이라 하겠다.

그리고 그가 지은 《법언(法言)》을 보면 이러한 자기 부관(賦觀)의 논리화의 노력이 뚜렷이 보인다.46) 또 황제의 권세에 아부하고 권세가들에게 붙어 출세를 도모하는 사족들을 보고, 양웅이 《태현(太玄)》을 지어, 깨끗이 살려는 자기 인생철학을 밝힌 산문부 〈해조(解嘲)〉와 《태현(太玄)》의 난해함을 설명하면서 자기 철학을 모색한 산문부 〈해난(解難)〉 같은 것47)은 동방삭(東方朔)의 〈답객난(答客難)〉을 본떴다고는 하지만 그의 개인으로서의 자각이 엿보이는 작품들이다.

그렇지만 그는 형식화한 '부'의 가치를 부정하고 대신 개성적인 뮤학을 제창하거나, 사회나 정치의 모순을 드러내면서 과감히 부정과 투쟁하지는 못하고 있다. 그의 연륜에 따라 문학이나 학문의 성격은 변화하면서도 시종 선인들의 방법을 모방하여, 오히려 문학에 있어서의 '모의'의 기풍을 더욱 공고히 하는 역할을 수행한다. 따라서 한대 문학의 내용과 동떨어진 형식성이나 봉건군주의 위세를 그럴싸하게 꾸며주는 역할은 그 자신이 좋아하지 않았음에도 불구하고, 반대로 그것을 강화 또는 고정화시켜 주는 결과를 초래한다. 《한서》 양웅전

---

46) 《法言》〈吾子篇〉: '或問 : 吾子少而好賦? 曰 : 然. 童子雕蟲篆刻. 俄而曰, 壯夫
   不爲也. 或曰 : 賦可以諷乎? 曰 : 諷乎! 諷則已, 不已, 君恐不免於勸也. 或曰 :
   霧縠之組麗. 曰 : 女工之蠹麗而則, 辭人之賦麗以淫. 如孔氏之門用賦也, 則賈誼
   升堂, 相如入室矣. 如其不用何!'
   又 : 君子篇 : '文麗用寡, 長卿也 ; 多愛不忍, 子長也. 仲尼多愛, 愛義也 ; 子長多
   愛, 愛奇也.'

47) 《漢書》揚雄傳 : '哀帝時, 丁·傅·董賢用事, 諸附離之者, 或起家至二千石. 時雄
   方草 《太玄》, 有以自守, 泊如也. 或嘲雄以玄尙白, 而雄解之, 號曰 〈解嘲〉.'
   又 : '《玄》文多, 故不著 ; 觀之者難知, 學之者難成. 客有難 《玄》太深, 衆人之不
   好也. 雄解之, 號曰 〈解難〉.'

(揚雄傳) 찬(贊)에는 다음과 같이 쓰여있다.

실로 옛것을 좋아하고 도를 즐기면서, 그는 문장을 지음으로써
후세에 이름을 남기려는 데 뜻을 두었었다. 경서에 있어서는 《역
(易)》보다 더 위대한 것이 없다고 생각하고서 《태현(太玄)》을 지었
고, 전(傳)에 있어서는 《논어》보다 더 위대한 게 없다고 생각하
고 《법언(法言)》을 지었고, 사편(史篇)에 있어서는 《창힐(倉頡)》보
다 더 훌륭한 게 없다고 생각하고 《훈찬(訓纂)》을 지었고, 잠문
(箴文)에 있어서는 〈우잠(虞箴)〉보다 더 훌륭한 게 없다고 생각하
고 〈주잠(州箴)〉을 지었고, '부'에 있어서는 〈이소(離騷)〉보다 더
심원한 게 없다고 생각하고 되돌리고(〈反離騷〉) 넓히고(〈廣騷〉), 사
(辭)에 있어서는 사마상여보다 더 미려한 게 없다고 생각하고
네 가지 부(〈甘泉〉·〈河東〉·〈羽獵〉·〈長楊〉)를 지었다. 모두 그
근본을 짐작하여 그것을 모방하는 방향으로 달려갔던 것이다.48)

이 글에서 우리는 '부' 뿐만이 아니라 그의 모든 저작에 있어서의
모방성을 분명히 알 수 있게 된다.
한편 그가 유학자이면서 《역》을 좋아하고 또 《노자》에 심취함으
로써49) 〈태현부(太玄賦)〉(《古文苑》)·〈해조〉·〈해난〉 등의 '부'와 《법
언(法言)》 및 《난개천팔사(難蓋天八事)》(《隋書》 天文志) 등을 지었
는데, 거기에서 보여주는 음양가(陰陽家)적인 신비주의 경향은 당시

---

48) '實好古而樂道, 其意欲求文章成名於後世. 以爲經莫大於易, 故作太玄；傳莫大於
論語, 作法言；史篇莫善於倉頡, 作訓纂；箴莫善於虞箴, 作州箴；賦莫深於離騷,
反而廣之；辭莫麗於相如, 作四賦. 皆斟酌其本, 相與放依而馳騁云.'
49) 〈太玄賦〉：'觀大易之損益兮, 覽老氏之倚伏……'
　　《法言》問道：'老子之言道德, 吾有取焉；及槌提仁義, 絶滅禮學, 吾無取焉.'

의 봉건제의 불합리를 깨달으면서도 현실과 감히 투쟁하지 못하는 유학자들의 피신처였을 것이다.

그러나 그가 현실을 외면하고 신비스런 우주의 원리인 '현(玄)'을 탐구하는 데 몰두하면서도, 현실적인 봉건제 사회의 가치는 전혀 부정하지 못했다는 데에 한대 유가들의 공통적인 문제가 있는 것 같다. '현'이나 '도' 같은 우주의 절대 원리를 탐구하는 한편, 더욱 현실화된 예교 윤리를 바탕으로 한 봉건제를 수긍하였다는 것은, 결국 봉건군주의 절대적인 권세를 철학적으로 뒷받침하는 결과가 되기 때문이다.

다시 말하면 양웅은 현실과는 무관한 우주철학에서부터 시작하여 인생철학을 연구함으로써, 〈축빈부(逐貧賦)〉·〈주부(酒賦)〉(《漢書》游俠 陳遵傳,《北堂書鈔》148,《藝文類聚》72,《初學記》26) 등에서처럼 자기 개인을 둘러볼 여유를 지녔음에도 불구하고, 불합리한 현실에 항거하거나 그것을 비판하지는 못하고 오히려 절대적인 봉건 전제를 강요하는 윤리와 질서를 뒷받침해주는 결과를 가져왔던 것이다.

장제(章帝, 76~88 재위) 때 백호관(白虎觀)에 경사(經師)들을 모아놓고 경의(經義)를 토론케 했던 이른바 백호관회의(白虎觀會議)는 봉건황제를 위한 이러한 논의와 사상들을 유학을 이용하여 국헌(國憲)으로 확정짓자는 의도에서 열렸다 할 수 있다(斑固《白虎通義》).50) 양웅의 문학은 이러한 정치 학술상의 형식화 내지는 고정화와 병행되는 것이었다.

④ 장형(張衡, A.D. 78~139) —— 장형은 앞에 든 한대 봉건 사족으

---

50) 《後漢書》曹褒傳 : 論曰 : '孝章永言前王, 明發興作, 專命禮臣, 撰定國憲, 洋洋乎盛德之事焉.'
　　同 班固傳 ; '天子(章帝) 會諸儒講論五經, 作白虎通德論, 令固撰集其事.'

로서의 특징을 모두 갖추어 지닌 동한(東漢)의 작가이다. 그의 '부'
의 대표작으로 치는 〈서경부(西京賦)〉와 〈동경부(東京賦)〉 및 〈남도
부(南都賦)〉(모두 《文選》에 실림) 등은 모두 반고(班固)의 〈양도부
(兩都賦)〉를 비롯한 이전 작가들의 '부'를 그대로 본떠서 지은 것이
다. 《후한서(後漢書)》의 장형전(張衡傳)에서는 '정사부회(精思傅會)
하여 10년만에 이루었다'고 그가 〈이경부(二京賦)〉에 기울인 노력을
얘기하고 있지만, 그것은 역시 형식적인 문사의 수식을 위하여 기울
인 노력일 따름이지 창작으로서는 높이 평가할 길이 없는 것들이다.
이미 이 시대엔 모의(模擬)가 '부'의 고질로 변해 있었던 것이다.

  반고와 다른 것이 있다면 그의 〈서경부〉에선 상고(商賈)·유협(游
俠)·유려변론지사(游麗辯論之士) 및 각저백희(角觝百戲) 등 거의
민중생활에 가까운 계층에까지 관심이 기울어져 있고, 〈동경부〉에는
대나(大儺) 같은 민속행사가 자세히 기록되어 있다는 것이다. 그리
고 《한서》에서 그가 〈이경부〉를 지음으로써 '풍간(諷諫)하였다'고 말
하고 있듯이, 이들 '부'는 이전의 것들보다는 '풍간'의 뜻이 더욱 뚜렷
해져 있다.

  〈이경부〉는 처음부터 제왕의 정치윤리가 논의되고 있고[51] 특히 이
들 끝머리 부분에 가서는 검약과 올바른 시정을 강조한 부분이 상
당히 길다. 그러나 이러한 그의 부도 의식 또는 무의식적으로 황제
를 비롯한 당권자의 환심을 사는 방향으로 쓰여진 것임은 말할 것
도 없다.

  그는 전형적인 사족(士族) 집안에서 태어나 오경(五經)과 육예(六
藝)에 통달하여 박학하고 문재에 뛰어난 학자였다.[52] 그러나 그가 활

---

51) 〈西京賦〉: '有憑虛公子者……曰 ; ……故帝者, 因天地以致化, 非民承上敎以成俗.
    化俗之本, 有與推移, 何以覈諸?'

52) 《後漢書》張衡傳 : '張衡, ……世爲著姓, 祖父堪, 蜀郡太守. 衡少善屬文, 游於三

약했던 안제(安帝, 107~125 재위)로부터 순제(順帝, 126~144 재위)에 이르는 기간이란 동한(東漢)의 중흥이 다시 내리막길로 들어서서 봉건정치의 모순이 여러 가지로 노골화하였던 때였다. 대체로 화제(和帝)의 영원(永元) 원년(89)부터는 한나라 조정은 외척(外戚)과 환관(宦官)의 피비린내 나는 정권 쟁탈장으로 변한다.[53]

그가 박학다재하면서도 정치에 적극적으로 참여하지 않고 깨끗하고 조용한 소극적인 생활을 한 것은[54] 이러한 시대의 혼란 때문이었던 것도 같다. 안제(安帝) 때에 낭중(郎中)을 거쳐 태사령(太史令)이 되었고, 순제(順帝) 초에도 다시 태사령·시중(侍中)을 지냈지만 언제나 벼슬에는 흥미가 없는 듯 음양(陰陽)의 원리와 자연의 이치 연구에 몰두했고,[55] 또 언제나 보신(保身)을 꾀하며 어지러운 세상을 멀리하려 하였다.[56]

일단 세상을 멀리하고 조용히 혼자 떨어지게 되면 결국 자기를 의식하게 되고 자기 철학을 생각하게 된다. 〈사현부(思玄賦)〉(《後漢書》

輔, 因入京師, 觀太學. 遂通五經, 貫六藝.'

53) 이 뒤로 후한의 황제들이 왕위에 오를 적의 나이를 보면 和帝가 10세, 殤帝가 4개월, 安帝 13세, 順帝 12세, 沖帝 2세, 質帝 8세, 桓帝 15세, 靈帝 12세, 少帝 14세, 獻帝 9세이며, 이 사이엔 며칠 안에 폐위되어 제왕표에 오르지 못한 황제들도 몇명 있다. 나이로 보더라도 和帝 이후로는 황제는 형식상의 명목뿐이고, 실권은 다른 자들(외척과 환관)에게 돌아가 있었음이 짐작된다. 이미 和帝 때 외척 竇憲과 환관 鄭衆의 맹렬한 권력투쟁이 전개되며, 이후로는 한이 멸망하기까지 이런 싸움이 그치지 않는다.

54) 《後漢書》張衡傳 : '雖才高於世, 而無驕尙之情. 常從容淡靜, 不好交接俗人. 永元中, 擧孝廉不行, 連辟公府不就.'

55) 《後漢書》張衡傳 : '安帝雅聞衡善術學, 公車特徵拜郎中, 再遷爲太史令. 遂乃研覈陰陽, 妙盡璇機之正, 作渾天儀, 著靈憲·算罔論, 言甚詳明. 順帝初, 再轉復爲太史令. 衡不慕當世, 所居之官, 輒積年不徙.'

56) 《後漢書》張衡傳 : '後遷侍中, 帝引在帷幄, 諷議左右. ……衡常思圖身之事, 以爲吉凶倚伏, 幽微難明.'

本傳)를 비롯해서 〈귀전부(歸田賦)〉(《文選》, 《藝文類聚》 36)·〈촉루부(髑髏賦)〉《古文苑》, 《藝文類聚》 17, 《初學記》 14, 《御覽》 374) 등의 '부'와 〈응한(應閒)〉(《後漢書》 本傳) 같은 글이 쓰여진 것도 이러한 그의 생애를 배경으로 하고 있다. 개인의 발견은 이미 양웅에게서도 언급한 경향이었지만, 장형에 이르러는 그것이 더욱 뚜렷해진다.

그것은 그가 음양설(陰陽說)을 바탕으로 한 양웅의 《태현(太玄)》에 심취하면서도, 혼천의(渾天儀)와 후풍지동의(候風地動儀 : 지진계)57) 같은 과학적인 기기들을 발명하고 있고, 또 《영헌(靈憲)》(《隋書》 天文志上, 《續漢書》 天文志上 注, 《開元占經》 1, 5, 64, 《北堂書鈔》 149, 150, 156, 《藝文類聚》 1, 95, 《初學記》 8 등)·《혼천의(渾天儀)》(《北堂書鈔》 149, 《藝文類聚》 1, 《初學記》 1 등)·《산망(算罔)》(《後漢書》 本傳) 같은 과학적인 저술을 남기고 있으며, 이 시대에 유행하던 도위지학(圖緯之學)을 반대하고 있다는 사실은,58) 그가 조직적이고 예리한 사고와 관찰력의 소유자였음을 알려주는 것이다.

화제(和帝) 이후로 외척과 환관들의 권세 다툼으로 조정이 날로 문란해지자 사족들에게 더욱 올바른 눈으로 세상을 보고 자신을 생각해 보려는 자각의식이 생겨나59) 그들의 생각이 그전보다 조직적이고 예리하게 발전하게 되었을 것이다. 그가 만년에 하간상(河間相)으로 나가서는 임금의 교만하고 사치스러움을 따라 귀족들이 국법을 멋대로 어기는 것을 보고는 그런 자들을 일시에 잡아들여 상하가 숙연해지게

---

57) 《後漢書》 張衡傳 : '陽嘉元年, 復造候風地動儀. ……如有地動, 尊則振龍機發吐丸, 而蟾蜍衝之, 振聲激揚, 伺者因此覺知. ……驗之以事, 合契若神.'
58) 《後漢書》 張衡傳 : '初, 光武善讖, 及顯宗肅宗因祖述焉. 自中興之後, 儒者爭學圖緯, 兼復附以妖言. 衡以圖緯虛妄, 非聖人之法, 乃上疏曰 ; ……(請禁絶圖讖疏)'
59) 余英時 〈漢晉之際士之新自覺與新思潮〉, 《中國知識階層史論》(古代篇) 1969, 台北 聯經出版, 所載 참조.

만들었다는 얘기60)도, 그의 조직적이고 예리한 사고의 일면을 보여주는 것이다.

그러나 그가 현실적인 부조리에 대하여 정면으로 항거하거나 도전하지는 못하고, 그렇게 사회를 만든 윤리의 범위 안에서 올바른 자기를 찾으려고만 했다는 것은 그의 사상과 교양 밑바닥에 깔린 예교사상 때문일 것이다. 그의 〈이경부〉가 반고의 〈양도부(兩都賦)〉와 사마상여의 〈상림부(上林賦)〉 또는 양웅의 〈우렵부(羽獵賦)〉를 본뜨고 있고, '부'에 대한 의식도 대체로 그들의 범주를 벗어나지 못하고 있는 것도 그 때문이다.

그러나 그 문상 속에는 수사적인 포채(鋪采)뿐만 아니리 새로운 청려한 맛도 담기어 있어 그의 개성을 느끼게 한다. 〈동경부(東京賦)〉에서 응문(應門) 안의 풍경을 그린 대목을 보기로 들어본다.

그 안쪽을 보면
함덕 · 장대 · 천록 · 선명 · 온칙 · 영춘 · 수안 · 영녕의
여덟 궁전이 있는데,
높은 각도(閣道)에는
다니는 사람 보이지 않아
나로서는 형편을 엿볼 수도 없네.
탁룡지(濯龍池) 향기로운 숲속에 있고,
구곡(九谷) 팔계(八溪)의 연못 있는데,
연꽃 물위를 덮고 있고
가을 난초는 물가에 우거졌네.

---

60) 《後漢書》張衡傳 : '永和初, 出爲河間相. 時國王驕奢, 不遵典憲, 又多豪右, 共爲不軌. 衡下車, 治威嚴, 整法度, 陰知姦黨名姓, 一時收禽, 上下肅然, 稱爲政理.'

얕은 물에선 물고기 뛰며 놀고 있고
깊은 물엔 거북·자라 헤엄치고 있네.
영안궁(永安宮)에는
긴 대나무 겨울에도 푸르게 자라있고
그늘진 연못물은 땅 밑으로 흐르고
검은 샘물은 맑기만 하네.
가을엔 산까치 보금자리에 깃들고
봄엔 산비둘기가 운다네.
징경이와 꾀꼬리도 지지배배 지저귀고.'
　(其內則含德章臺, 天祿宣明, 溫飭迎春, 壽安永寧. 飛閣神行, 莫
我能形. 濯龍芳林, 九谷八溪. 芙蓉覆水, 秋蘭被涯. 渚戲躍魚, 淵游
龜蠏. 永安離宮, 修竹冬靑. 陰池幽流, 玄泉洌淸. 鵲鷗秋棲, 鶻鵃春
鳴. 雎鳩麗黃, 關關嚶嚶.)

　이전의 '부'에 비하여 훨씬 생동하는 맛을 느낄 것이다. 〈정정부
(定情賦)〉(《藝文類聚》18)·〈귀전부(歸田賦)〉·〈촉루부(髑髏賦)〉 등,
자기의 사상과 회포를 노래한 '부'들(문장도 평담하고 깨끗하여 이전
작가들의 작품과 맛이 다르다)과 아울러 생각할 때, 이들이 후세 개성
적인 서정부(抒情賦)의 발전에 크게 영향을 주었음은 말할 것도 없고,
한대 초기의 초보적인 수사를 통한 문학의식에서 한 발 더 나아가,
이미 내용과 형식면에서 개성적인 문학창작의 소지를 마련하고 있는
것이라 단언할 수 있다.
　그의 문집인 《장하간집(張河間集)》을 보면 끝머리에 〈원편(怨
篇)〉·〈동성가(同聲歌)〉·〈사수시(四愁詩)〉의 세 편의 시가 실려있
는데 모두가 뛰어난 개인의 서정을 읊은 작품들이다. 그가 자기의 이
름을 분명히 내걸고 시라는 새로운 형식의 개성적인 운문을 짓기 시

작했다는 것은, 앞에서 얘기한 개성적인 문학창작의 전기를 뜻할 뿐만이 아니라, 중국문학의 새로운 전개를 의미하는 것이라고까지 말할 수가 있을 것이다.

그에 앞서 반고(班固)가 〈영사시(詠史詩)〉를 짓고는 있지만, 그것은 역사적인 고사를 내용으로 한 것이어서 개성적인 것이라 말하기는 어렵다. 개인적인 감정이나 애환을 내용으로 하는 서정시란, 무제(武帝) 이후의 엄격한 예교윤리 아래 있어서는 용납되기 어려운 성질의 것이었다. 그러기에 새로운 서정시의 창작은 말할 것도 없고 기왕에 지어진 《시경》이나 《초사》의 작품들까지도 한대 사람들은 그 내용을 당시 윤리와 부합되도록 둘리대이 해석할 수밖에 없었다.

이런 풍토 속에서는 제왕의 위세를 꾸며주거나 과장된 수식으로 사물을 화려하게 서술하는 형식적인 '부' 밖에는 존재할 수가 없었다. 그러나 결국 동한의 장형(張衡)에 이르러서는 그러한 윤리 속에서도 문인으로서의 개인적인 자각을 움 틔우기 시작한 것이다.

앞에서도 이미 지적했지만 그러한 개인의 자각도 용감히 부조리의 기초가 되는 사회의 근본체제나 기본윤리를 부정하고 나서지는 못하였다. 그들은 이미 주어진 원칙과 윤리의 한계 안에서의 개인을 모색하는데 그쳤던 것이다. 이들의 이러한 노력의 성과가 결국은 2천년이란 긴 역사를 거치면서도 중국문학으로 하여금 유교를 바탕으로 한 봉건의식을 끝내 벗어나지 못하게 만들었던 것 같다.

3. 독자(讀者)·평자(評者)·전자(傳者)·편자(編者)

위에서 열거한 네 작가들의 성격은 한대의 '부' 또는 한대의 시 전체적인 성격을 대표한다고 해도 과언이 아니다. 어느 나라의 경우나 그렇기는 하겠지만, 한대 봉건제 사회에 있어서의 문학은 특히 작가뿐만 아니라 문학에 관계한 모든 사람들에게 책임이 있다. 개성이 무시되었던 사회에 있어서 어떤 작품이 그 사회에 읽혔다면 이미 그것은 작자에게는 책임이 거의 없는 것이 된다고까지 말할 수 있다. 어떤 작가가 당시 사회윤리에 어긋나는 작품을 썼다면, 이미 그것은 그 당시에 아무도 전하지도 못하고 읽지도 못하는 것이 되므로 지금 우리의 논의 대상조차 될 수가 없었을 것이기 때문이다.

그리고 사마상여(司馬相如) 이하 장형(張衡)에 이르기까지 여러 사람들의 대표적인 '부'들이 그러하듯이 작자들은 이미 처음부터 극한된 일부의 독자(讀者 : 제왕·왕후)와 또 소수의 평자들(제왕 주변의 권세가들)을 의식하고 쓰고 있는 것이다. 일부의 서정부(抒情賦) 같은 것까지도 그 창작에는 제한된 독자와 평자들이 작용을 가하여 이들의 창작활동에서 개성을 죽이고 모두가 신봉하는 윤리를 따르도록 강요하고 있었다. 물론 작자나 이들 독자와 평자들은 한대 사회에 있어 사족(士族) 이상의 귀족계급이었다.

이처럼 작자의 개성이 무시되는 문학풍토에 있어서는 전자(傳者)와 편자(編者)의 위치가 더욱 중요해진다. 그것은 작자의 개성적인 표현이나 문구가 전자나 편자 또는 일반 문학참여자들의 기호나 성향에 따라 그들에 의하여 거침없이 고쳐질 수 있는 것이 되기 때문이다. 개성 없는 형식적인 수사(修辭)만이 문제되는 글이라면, 한 사람이 쓴 것보다도 오히려 그 뒤 여러 사람들의 손에 의하여 다듬어진 것이 더 화려할 수도 있는 것이다. 그것은 고립성(孤立性)·단음절성(單音節性)이란 말로 표현되는 이들이 사용한 문자와 언어의 특성이 더욱 그렇게 만들었을 것이다.

그러한 경향은 한대의 대사학가인 서한의 사마천(司馬遷, B.C. 145~B.C. 86?)의 《사기》와 동한 반고(班固, 32~92)의 《한서》를 비교할 때에도 이미 뚜렷이 드러난다. 다음에 이들의 가의(賈誼)의 〈복

조부(服鳥賦)〉의 기록을 한 토막 대조해 본다.[61]

《사기》	《한서》
單閼之歲兮, 四月孟夏.	單閼之歲, 四月孟夏.
庚子日斜兮, 服集予舍.	庚子日斜, 服集余舍.
止于坐隅兮, 貌甚閒暇.	止于坐隅, 貌甚閒暇.
異物來萃兮, 私怪其故.	異物來萃, 私怪其故.
發書占之兮, 策言其度.	發書占之, 讖言其度.
曰野鳥入處兮, 主人將去.	曰野鳥入室, 主人將去.
請問于服兮, 予去何之?	問于子服, 余去何之?
吉乎告我, 凶言其菑.	吉乎告我, 凶言其災.
淹數之度兮, 語予其期.	淹速之度, 語余其期.
服乃歡息, 擧首奮翼.	服乃太息, 擧首奮翼.

이것은 아무렇게나 앞머리 일단을 뽑아 기록한 것이어서 가장 차이
가 많은 부분은 아니다. 여기에서 우리는 《사기》의 기록보다 《한서》
의 것이 조사인 '혜(兮)'자도 없어지고 문장도 더욱 매끄러운 사언(四
言)으로 바뀌어져 있음을 발견할 것이다. 여기서 손에 닿는 대로 인
용한 판본과 문자의 출입이 있는 판본도 있지만 전체적인 이러한 흐
름에는 변함이 없다. 이것은 뒤에 〈복조부〉를 기록한 반고는 더욱 자
기의 구미에 따라, 사마천 때의 것보다는 훨씬 후대의 문장의식에 의
하여 개작된 것임을 뜻한다. 이것은 이미 사마천의 기록조차도 가의
(賈誼) 본래의 창작으로부터 얼마간 변형된 것일 가능성까지를 시사
한다. 엄격히 객관적인 자료를 따라 가장 냉정한 기록에 힘썼을 이들

---

61) 吳汝綸 評點 《史記集評》(臺灣 中華書局 影印本)과 王先謙 《漢書補注》 本을 저
본으로 교정하여 표점한 北京 中華書局本 사용.

사가들이 이러할진대, 다른 전자나 편자의 경우는 개작이 더욱 심했
을 것으로 여겨진다. 따라서 우리에게 전해지고 있는 한대 사람 또는
그 이전 사람들의 문장은 이미 작가 개인의 것이라고만 보기 어려운
것으로 변해있는 것이다.62) 여기서는 다만 앞에서 논한 한대 '부' 작
가들의 성격이 이런 이유로 해서 작가 개인만의 책임이 아니라는 점
을 강조하는데 그치고자 한다.

4. 한부(漢賦)의 성격

이미 문학작품으로서의 '부'의 성격은 앞에 거의 다 드러낸 셈이지
만 이들을 다시 정리해 보기로 한다.

첫째, 한대의 '부'는 수사를 통한 문학의 가능성을 비로소 발견한
때의 문장이라서 후세에 와서는 문학창작의 기본이라 여겨지고 있는
개성을 부정하고 있다. 그것은 문학 창작에 있어서의 작가 개인의 감
정이나 개인의 사상 또는 개성적인 문장의 억제를 뜻한다. 그러나 한
대 사람들에게 문(文)이나 문장(文章)이라 하면(學과 구분되는), 곧
그것은 '부'를 가리키는 말이었다. 물론 개인에 의하여 창작되는 이상
'부'에도 개성이 전혀 없을 수는 없다.

그러나 적어도 한부에 있어서는 개인적인 특수한 감정이나 경험과

---

62) 이러한 사실들은 이미 오래 전에 중국 연구가들에게 의식된 것이다. 예로 Nancy
Lee Swann의 《Pan Chao》(1968, Russell & Russell) Introduction p. xiii에
도 다음과 같은 말을 적고 있다.

'The records in which the source of this study preserved are usually
considered trustworthy. Yet Pelloit note that in a T'ang manuscript
found in Japan, containing the treatise on Economics of the Han Shu
with the Commentary of the Yen Shih Ku, there are in this single
chapter a hundred characters which differ from the usual text.'

사상, 개성적인 문장 같은 것이 거의 무시당하였던 것이 사실이다. 유협(劉勰)이 《문심조룡(文心雕龍)》 전부(詮賦)편에서 '부(賦)란 포(鋪)의 뜻'이라 설명한 것은 개성을 부정하고 형식적인 문장의 수사만을 포장(鋪張)하기에 힘썼던 〈한부〉의 성격을 잘 설명해주는 것이다.

'부'에서는 한자가 지니는 문자의 독립된 개념과 회화적인 형체상의 특성 및 음악적인 독음의 특성을 최대한으로 이용하여, 미려하고 묘미있는 표현으로 사물을 객관적으로 포장(鋪張) 서술하는 데 주목적이 있었다. 장형(張衡)의 〈남도부(南都賦)〉의 한 대목을 보기로 든다.

其山則崒嶻嶙嵣, 嵣嶻嵺刺, 嶏峉嵲嵬, 嶔巇屹嶰, 幽谷嶜岑…….
其木則 楩松楔櫻, 欀栢杻樻, 楓柙櫨櫪. 帝女之桑, 楈枒栟櫚, 柍
柘檍檀, 結根踈本…….
其川瀆則 潩澧瀤潚, 發源岩穴, 潛盧洞出, 沒滑瀎潏, 布濩漫汗,
潫沆洋溢…….
其草則…………….
其鳥則…………….

우리말로는 번역하기도 어려운 글이다. 산을 묘사할 때는 '산(山)'자, 나무를 묘사할 때는 '목(木)'자, 물을 묘사할 때는 '수(水)'자가 붙는 글자들은 있는 대로 가져다 이어놓은 듯하다.

소통(蕭統, 501~531)이 《문선(文選)》에서 '부'를 첫머리에 싣고 있는 것은 문학조류가 귀족적인 형식적·유미주의적 경향으로 흘렀던 육조(六朝)시대에 이르기까지 문학에서 '부'가 가장 존중되었음을 뜻한다. 그러나 유협이 이러한 같은 변(邊)의 글자를 연용하는 것을 '자림(字林)'이라고 꼬집고 있는 것을 보면(《文心雕龍》 鍊字편), 이미 이전 사람들도 이러한 지나친 수사의 포장(鋪張)의 무의미함을 어느 정도 느꼈던 것 같다.

서한 말엽에는 약간 그런 기운이 있었지만, 특히 동한 화제(和帝) 무렵 한제국의 봉건체제가 기울기 시작하여 정치사회상 여러 가지 부조리가 두드러지게 된 때부터, 사족들의 이런 형식적인 경향에 대한 반성과 사회에 대한 지식인으로서의 자각이 눈에 띄기 시작한다.

그러나 그들의 자각이 이러한 부조리의 원인이 되는 봉건제나 봉건윤리 자체에 대한 비판이나 항거까지는 발전하지 못하고, 그러한 체제와 윤리의 한계 내에서의 자기모색(自己摸索)에 그치고 말아, 한대 문학의 형식주의 경향은 그대로 중국문학에서 굳어지고 만다. 중국문학사에서 이러한 체제와 윤리를 완전히 타파하고 자유로운 참된 자아를 추구하려는 노력은 거의 근대에 이르러서야 비로소 발견된다고까지 말할 수 있다.

둘째, 그들의 한계가 된 주어진 체제와 윤리란, 절대적인 군권을 중심으로 한 봉건군주제와 이를 뒷받침하는 유가의 예교사상을 뜻한다. 따라서 '한부'는 제왕을 위하여 봉사하고 그의 위세를 꾸며주는 것, 적어도 유교적 계급사회를 확인하며 그 지배계급을 위하여 봉사하는 문학이라 말할 수 있는 것이 된다.

매승(枚乘, ?~B.C. 141)의 〈칠발(七發)〉과 사마상여(司馬相如)의 〈자허부(子虛賦)〉가 양효왕(梁孝王)을 위하여 지어졌고, 사마상여의 〈상림부(上林賦)〉·〈대인부(大人賦)〉는 무제(武帝)에게 바치기 위하여, 양웅(揚雄)의 〈감천부(甘泉賦)〉·〈하동부(河東賦)〉·〈우렵부(羽獵賦)〉·〈장양부(長楊賦)〉 등은 성제(成帝)에게 바치기 위하여 지어졌다는 사실만 가지고도 이러한 '부'의 경향을 증명하기에 충분하다. 〈이경부(二京賦)〉는 말할 것도 없고, 장형(張衡)의 자기의식을 보여주는 〈사현부(思玄賦)〉·〈귀전부(歸田賦)〉·〈정정부(定情賦)〉·〈촉루부(髑髏賦)〉 등도 전혀 유가적인 계급의식을 탈피하지는 못하고 있다.

그는 귀족에 가까운 상류 사족(士族)으로서의 자아를 의식하고 있었고, 독자로서 언제나 지배층을 의식하고 있었다. 〈사현부(思玄賦)〉에서 몇 줄의 보기를 찾아본다.

선철(先哲)들의 현훈(玄訓)을 우러를 때, 비록 더욱 높아 보이기는 하지만 그것을 어기지는 않겠다. 인리(仁里)가 아니라면 그 어디에 살 것이며, 의적(義迹)이 아니라면 그 무엇을 뒤쫓겠는가?

힘을 다해 의(義)를 지키고 빈궁해지더라도 뜻을 바꾸지 않겠다.63)

위의 '선철'이나 '인의'의 추구는 곧 유교 윤리의 형식적인 추구이다. 〈귀전부(歸田賦)〉에도 그런 구절들이 보인다.

오랫동안 도읍(都邑)에 노닐었지만, 시국을 보좌(輔佐)할 명략(明略)이 없다.64)

여기의 '명략'도 봉건적인 유가적 성왕(聖王)이나 예교윤리 등을 뜻하는 것이다. 〈정정부(定情賦)〉는 잔문(殘文)이라 단언하기 어렵지만 그곳의 '미인(美人)'은 군왕을 상징하고 있을 가능성이 많다.65) 〈촉루부(髑髏賦)〉에서 장자(莊子)의 해골(骸骨)이 얘기하는 도가사상도 유교의 윤리나 봉건정치를 거부하는 완전한 무위(無爲)에

---

63) '仰先哲之玄訓兮, 雖彌高其弗違. 匪仁里焉宅兮, 匪義迹其焉追?'
  '願竭力守義兮, 雖貧窮而不改.'
64) '遊都邑以永久, 無明略以佐時.'
65) '歎曰 : 大火流兮草蟲鳴, 繁霜降兮草木零. 秋爲期兮時已征, 思美人兮愁屛營.'

의 지향이 아니라, 봉건제 사회는 그대로 버려둔 채 어지럽고 자기 뜻대로 되지 않는 세상을 외면하고 자기 보신(保身)이나 하려는 소극적인 자기의식의 철학에 그치고 있는 것이다.

그러니 그 이외의 '부'들은 더 말할 나위 없이 직접 군왕을 위해서나 귀족들을 위하여 지어진 것이라 말할 수가 있는 것이다. 이미 굴원(屈原)에게서 시작되었다고 하는 전려한 수사 자체가 귀족적 취미라 말할 수도 있을 것이다.

셋째, 따라서 '부'는 성실히 사물을 관찰하고 진지하게 느끼고 생각한 것을 노래한 것이 아니라 자기의 문재를 유희적으로 발휘한 것이다. 그리고 이것을 읽고 듣는 군왕(君王)들은 '부'를 오락적인 태도로 대하였다. 그것은 〈초사〉의 제이인자로 알려진 송옥(宋玉, B.C. 290?~B.C. 223?) 때부터 이미 그러했다. 그는 왕명을 따라 〈고당부(高唐賦)〉·〈신녀부(神女賦)〉 같은 작품을 유희 삼아 기교만을 다하여 짓고, 왕이나 그 주변의 사람들은 그것을 오락 삼아 즐겼던 것이다.

《한서》 왕포전(王褒傳)을 보면 선제(宣帝, B.C. 73~B.C. 49 재위) 때 왕포(王褒)와 장자교(張子僑) 등은 모두 대조(待詔)로 있었는데, 임금이 사냥을 나가거나 궁관(宮舘)에 행행(幸行)할 때마다 따라다니면서 가송(歌頌)을 지었다. 그러면 왕은 이들 작품의 고하를 따져 비단을 상으로 내렸다. 사람들이 이것은 음미(淫靡)하고 불급(不急)한 일이라 얘기하자, 임금은 《논어(論語)》 양화(陽貨)편의 '놀음이나 바둑 같은 게 있지 않느냐? 그런 것이라도 하는 게 안하는 것보단 낫다'고 한 공자의 말을 인용하면서,

사부(辭賦)는 큰 것은 고시(古詩)와 뜻이 같고, 작은 것도 표현이 아름다워 즐길 만하다. 예를 들면 여공(女工)에 기곡(綺縠)이

있고 음악엔 정위(鄭衛)의 노래가 있어, 지금 세상 습속으로는 모두 이런 것들로 이목을 즐기고 있는데, 사부(辭賦)를 거기에다 비하면 그래도 인의(仁義)와 풍유(諷諭)의 뜻이 있고 조수초목(鳥樹草木)에 대하여 많이 들어 알게 되니 창우(倡優)나 박혁(博奕)보다는 훨씬 나은 것이다.66)

라고 변호하고 있다. 그저 임금도 '부'를 놀음이나 천한 놀이보다는 나은 고급 오락 정도로 생각하고 있었음이 분명하다.

또 《한서》 권64의 엄조전(嚴助傳)을 보면 무제(武帝)는 동방삭(東方朔)·매고(枚皋)·엄주(嚴助)·오구수왕(吾丘壽王)·사마상여(司馬相如) 등 '부' 작가들을 가까이 두고 있었는데, '황제는 이들을 배우처럼 양육해 주었다'67) 하고 있고, 《한서》 권51의 매고전(枚皋傳)에서는 매고(枚皋) 스스로가 말하기를 '부'를 짓는 것은 배우나 같은 짓이어서 '부' 작가들을 창우(倡優)처럼 본다'하고 '스스로 창우와 비슷함을 뉘우쳤다'68)라고도 적고 있다. '부' 작가들 스스로가 황제 밑에서 거의 창우나 같은 태도로 '부'를 지었고, 황제는 또 창우들의 우스갯짓을 구경하는 태도로서 그들로 하여금 '부'를 짓게 하고 그것을 즐겼던 것이다.

---

66) '上令褒與張子僑等並待詔, 數從褒等放獵, 所幸宮館, 輒爲歌頌, 第其高下, 以差賜帛. 議者多以爲淫靡不急. 上曰 : 不有博奕者乎? 爲之猶賢乎已. 辭賦大者與古詩同義. 小者辯麗可喜. 辟如女工有綺縠, 音樂有鄭衛, 今世俗猶皆以此虞說耳目. 辭賦比之, 尚有仁義風諭, 鳥獸草木多聞之觀, 賢於倡優博奕遠矣.'

67) '其尤親幸者, 東方朔·枚皋·嚴助·吾丘壽王·司馬相如. 相如常稱疾避事. 朔皋不根持論, 上頗俳優畜之.'

68) '從行至甘泉·雍·河東, 東巡狩, 封泰山, 塞決河宣房, 游觀三輔, 離宮館, 臨山澤, 戈獵射馭狗馬蹴鞠刻鏤, 上有所感, 輒使賦之. ……(皋)又言 : 爲賦乃俳, 見視如倡. 自悔類倡也.'

《한서》 양웅전(揚雄傳)에서도 그는 '부'를 짓는다는 것이 '순우곤 (淳于髡)·우맹(優孟) 같은 배우들의 무리와 아주 같은 짓이라'고 말하며, 뒤에는 '부' 짓는 것을 그만두고 있다.69) 장형(張衡)도 〈논공거소(論貢擧疏)〉에서 '사부(辭賦)는 재지소자(才之小者)'이며 부작(賦作)의 하류(下流)는 배우나 같은 짓임을 지적하고 있다.70)

또 《한서》 왕포전(王襃傳)을 보면 선제(宣帝) 때 태자가 병이 나자 왕포 등을 태자궁으로 보내어 조석으로 기문(奇文)과 그들이 자작한 글들을 옆에서 송독(誦讀)케 한다. 태자는 병이 치유된 뒤 특히 왕포가 지은 〈감천부(甘泉賦)〉와 〈통소송(洞簫頌)〉71)을 좋아해서 후궁(後宮)의 귀인(貴人)과 종자(從者)들로 하여금 모두 그것을 송독케 하였다 한다.72) 이것은 본격적으로 '부'를 오락으로 취급한 가장 좋은 예이다.

여기에는 중국문장이 한자의 특성으로 말미암아 수식적 기교를 통하여 얼마든지 문재를 발휘할 수 있는 것이었다는 사실도 크게 작용하고 있을 것이다. 어떻든 작가의 이러한 불성실한 태도와 독자나 감상자들의 이러한 오락적인 경향은 후세 중국문학 발전에도 큰 영향을

---

69) 주 45) 참조.

70) 張衡 〈論貢擧疏〉(《通典》16) : '夫書畫辭賦, 才之小者, 匡國理政, 未有能焉. ……陛下卽位之初, 先訪經術, 聽政餘日, 觀省篇章, 聊以遊藝. 當代博奕, 非以敎化取士之本, 而諸生競利, 作者鼎沸, 其高者頗引古訓風諭之言, 下則連偶俗語, 有類俳優, 或竊成文, 虛冒名氏.'

71) 《文選》과 《藝文類聚》 권44에는 그의 〈洞簫賦〉가 실려 있고, 《藝文類聚》 권62에는 〈甘泉頌〉의 殘文이 실려있다. 따라서 '賦'와 '頌'이 바뀐 듯도 하다. 그러나 《文選》《魏都賦》의 李善注에서도 왕포의 〈甘泉賦〉를 인용하고 있으니 둘 다 賦일 듯도 하다.

72) '其後太子體不安, 苦忽忽善忘, 不樂. 詔使襃等皆之太子宮, 虞侍太子, 朝夕誦讀奇文及所自造作. 疾平復, 乃歸. 太子喜襃所爲甘泉及洞簫頌, 令後宮貴人左右皆誦讀之.'

끼쳤다고 본다.

넷째, '부'의 불성실한 유희적인 창작태도는 결과적으로 이전 사람들 작품의 모방이란 폐해를 가져온다. 이미 《초사》의 경우도 그러했지만 〈한부〉에 이르러는 모방의 풍조가 일반화한다. 한정된 사물에 대한 형식적인 수사에는 한계가 있어 실은 불가피한 현상이었는지도 모른다. 그리고 '부'가 수사의 포장(鋪張)에만 치중했기 때문에, 수사의 기교만 더 발전시킬 수 있다면 작가들의 의식 속에서는 모방도 아무런 거리낌없는 행위가 될 것이다.

실제로 이미 사마상여(司馬相如)의 〈자허부(子虛賦)〉와 〈상림부(上林賦)〉 같은 것도 송옥(宋玉)의 〈고당부(高唐賦)〉·〈신녀부(神女賦)〉 등을 모방한 것이고, 양웅(揚雄)의 〈감천부(甘泉賦)〉·〈우렵부(羽獵賦)〉는 다시 사마상여를 모방한 것이다. 그리고 반고(班固)의 〈양도부(兩都賦)〉는 다시 그들의 것을 모방한 것이고 장형(張衡)의 〈이경부(二京賦)〉는 또 다시 그 전인들을 모방한 것이다. 송옥부터 쳐도 장형은 5대째의 모방이다.

매승(枚乘)이 〈칠발(七發)〉을 지은 뒤에는 부의(傅毅)가 〈칠격(七激)〉을 짓고, 최인(崔駰)이 〈칠의(七依)〉, 장형(張衡)은 〈칠변(七辯)〉, 이우(李尤)는 〈칠관(七款)〉(一作 〈七歎〉), 최원(崔瑗)은 〈칠소(七蘇)〉, 최기(崔琦)는 〈칠견(七蠲)〉 등을 지었는데, 모두가 연이어 앞사람들을 모방한 것이다. 또 동방삭(東方朔)의 〈답객난(答客難)〉을 보더라도, 양웅(揚雄)의 〈해조(解嘲)〉, 반고(班固)의 〈빈희(賓戲)〉, 최인(崔駰)의 〈달지(達旨)〉, 장형(張衡)의 〈응한(應間)〉 등이 모두 연이어 전인들을 모방한 것이다.

전체적인 모방이 이러하니 한 구절 한 구절까지 따져본다면 한대의 '부'는 전인의 것에의 모방이 아닌 것이 없게 되는 것이다. 그리고 이 모방은 한대에서 그치지 않고 후세에까지도 그대로 이어져서 '칠(七)'

류만 보더라도 조식(曹植)의 〈칠계(七啓)〉, ·왕찬(王粲)의 〈칠석(七釋)〉, 장협(張協)의 〈칠명(七命)〉으로 이어져서, 그것이 거의 한 가지 독립된 문체로 여겨질 정도로 모방이 계속되는 것이다. 청(淸) 초의 학자 고염무(顧炎武, 1613~1682)가 '근대문장의 병폐는 주로 모방에 있다'73)고 통렬한 발언을 하고 있지만, 실은 그것은 한대 문인들에게서 시작되어 중국문학 속에 굳어진 전통이었던 것이다.

다섯째, 그러나 '부'의 작가들은 이러한 형식적인 수사를 하는 의의를 찾아야 했다. 처음부터 드러내놓고 황제에게 아부하기 위한 글로 자인할 수는 없는 노릇이었다. 여기에서 그들은 언제나 《시경》의 '풍간(風諫)'의 뜻을 끌어다 댔다. 이미 《시경》의 시들은 말할 것도 없고, 자기의 격앙된 감정과 환상을 아름다운 수사로서 노래한 굴원(屈原)의 작품들에 대하여도 한대 사람들은 언제나 '풍간'의 의의를 강조하였음은74) 이미 앞에서도 지적한 바 있다.

사마천(司馬遷)과 반고(班固)가 《사기》와 《한서》에서 사마상여(司馬相如)의 '부'의 가치를 '풍간'의 의의를 통하여 인정하려 노력했다는 것도 이미 앞에서 지적하였다. 그리고 양웅(揚雄)도 '부'의 의의는 '풍간'에서밖에 찾을 수 없다고 생각했다. 그러나 황제 주변의 사물들을

---

73) 顧炎武 《日知錄》 19 文人摹倣之病 : '近代文章之病, 全在摹倣, 旣使逼肯古人, 已非極詣, 況遺其神理而得其皮毛者乎!'

74) 班固 〈離騷〉 贊序 : '故作離騷, 上陳堯舜禹湯文王之法, 下言羿澆桀紂之失, 以風懷王,……又作九章賦以風諫.'
班固 《漢書》 藝文志 詩賦略 : '大儒孫卿及楚臣屈原, 離讒憂國, 皆作賦以風, 咸有惻隱古詩之義.'
王逸 《楚辭章句》 叙 : '屈原履忠被譖, 憂悲愁思, 獨依詩人義, 而作離騷, 上以之諷諫, 下以自慰.'
同 《離騷章句》 序 : '言己放逐離別, 中心愁思, 猶依道徑, 以風諫君也.'
同 《九歌章句》 序 : '上陳事神之敬, 下見己之冤結, 託之以風諫.'
同 《招魂章句》 序 : '外陳四方之惡, 內崇楚國之美, 以諷諫懷王.'

상대로 형식적인 수사나 교묘히 늘어놓는 방식의 '부'에서 '풍간'의 의
의를 살리려 한다는 것은 처음부터 그릇된 것임이 명백하다. 형식적
인 수사란 '풍간' 같은 의식과는 모순되는 성질의 것이기 때문이다.

양웅도 만년에는 '부'의 '풍간'의 의의가 무의미하다는 것을 깨닫고,
황제 그늘 아래서 '부'나 짓는다는 것은 창우(倡優)나 다를 바가 없다
고 하면서 다시는 '부'를 짓지 않았다는 것은75) 뜻있는 문인이라면 당
연한 귀결이라 할 것이다.

그러나 '부'에서 '풍간'의 뜻을 찾으려는 노력은 이미 앞에서의 반고
(班固)·왕일(王逸)의 경우처럼 그대로 계속된다. 그리고 동한 말엽
에 가면 채옹(蔡邕)의 〈술행부(述行賦)〉, 조일(趙壹)의 〈자세질사부
(刺世疾邪賦)〉, 이형(禰衡)의 〈앵무부(鸚鵡賦)〉처럼 '풍간'을 표면에
내세워 보려는 작품들도 연이어 나온다.

그러나 '풍간'의 뜻을 내세워 '부'의 가치를 인정하려던 반고(班固)
도 순경(荀卿)과 굴원(屈原)의 '부'에 대하여 억지로 '풍간'의 의의를
내세워 위대한 작품이란 평가를 내렸지만 '그 뒤로 송옥(宋玉)·당륵
(唐勒)과 한나라의 매승(枚乘)·사마상여(司馬相如)로부터 아름답고
수식적인 거창한 문사를 써서 그 풍유(諷諭)의 뜻을 없앴다'76)고 말
하지 않을 수가 없었던 것이다. 장형(張衡)이 이미 '서화(書畵)나 사
부(辭賦) 같은 것은 재지소자(才之小者)'77)라 스스로 얘기했던 것도
'부'를 통해서 '풍유'의 뜻을 살린다는 것이 어려운 일임을 잘 알았기
때문일 것이다.

---

75) 앞의 주 45) 참조.
76) 《漢書》藝文志 詩賦略 : '其後宋玉唐勒, 漢興枚乘司馬相如, 下及揚子雲, 競爲侈
    麗閎衍之詞, 沒其風諭之義.'
77) 〈論貢擧疏〉 : '夫書畵辭賦, 才之小者.' 蔡邕의 〈陳政要七事疏〉에도 같은 구절이
    보인다.

그 결과 왕부(王符, 76?~157?)처럼 '허무한 일들을 얘기하기 좋아하고 수식된 미려한 글이나 다투어 짓는' '학문지사(學問之士)'와 '거창하게 수식된 말로서 무망(誣罔)하고 그럴 수 없는 일들을 서술하는' '부송지도(賦頌之徒)'들을 편당적(偏黨的)인 인간들, 허례적(虛禮的)인 인간들, 간사(奸詐)한 인간들 등과 함께 세상을 어지럽히는 자들이라고 통렬히 공격하는 사람까지 나오게 되는 것이다.78)

'풍간' 또는 '풍유'란 말을 바꾸면 작품에 사회생활이나 정치적 모순을 반영하는 것을 의미한다. 따라서 그것이 중요한 문학 효능의 일면이 될 수는 있는 것이다. 그러나 한대의 '부'는 확실히 중국문학사를 통하여 전통적으로 중시되는 '풍간'의 면에서는 실패하고 있는 것이다.

하지만 일부의 비평가들처럼 '한부'가 '풍간'의 의의를 상실하고 있다고 해서 무가치한 것으로 규정하는 것도 속단이라고 본다. '한부'는 오히려 수사를 위한 노력을 통하여 한자로써 구성할 수 있는 문장의 미(美)를 개발하는 데 크게 공헌한 것이다. '한부'를 통하여 중국문장은 회화나 음악을 감상하듯 문장의 의의에는 크게 관계없이 문장 자체를 읽으며 그 아름다움과 묘미를 즐길 수 있는 독특한 경지를 이룩하는 것이다.

곧 한대에 이르러 중국 사람들은 '부'를 통하여 비로소 순수문학의 가능성을 발견하고 있는 것이다. 육조(六朝)시대의 배부(俳賦), 당

---

78) 王符《潛夫論》務本篇 : '今學問之士, 好語虛無之事, 爭著雕麗之文, 以求見異于世. 品人鮮識, 從而高之. 此傷道德之實, 而惑蒙夫之大者也. ……今賦頌之徒, 苟爲饒辯屈蹇之辭, 竟陳誣罔無然之事, 以索見怪于世. ……今多務交游, 以結黨助……今多違志儉養約生以待終, 終沒之后, 乃崇飭喪紀以言孝, ……今多奸諛以取媚, 撓法以便佞……皆衰世之務, 而闇君之所固也, 雖未卽于篡弑, 然亦亂道之漸來也.'

(唐)대의 율부(律賦), 송(宋) 이후의 문부(文賦)는 '한부'의 수식적 노력의 계속된 발전이며, 육조(六朝)의 변문(騈文)과 당(唐)대의 사륙문(四六文) 같은 산문도 '한부'의 영향을 크게 받고 발전한 문체이고, 근체시(近體詩)는 '부'의 수사 노력의 시에서의 결정이라고 할 수 있을 것이다.

제3절 한대 시의 성격

1. 시의 발생과 발전의 시대적 특징

시는 '부'와는 달리 주로 《시경》의 전통을 이어받고 있다. 그것은 《시경》의 〈국풍(國風)〉을 비롯한 민간의 가요가 가장 중요한 그 내원이 되고 있음을 뜻한다. 그러나 이미 《시경》에 아송(雅頌)이 있었던 것처럼 한대의 시도 민간의 가요에서 나온 작품뿐만이 아니라 사대부들의 작품들도 중요한 성분을 이루고 있다. 그뿐 아니라 민간의 가요라 할지라도 그것이 이미 문학행위로서 기록되고 읽혀지고 전송될 단계에 있어서는, 이미 사족(士族)들의 문학의식이 그 작품의 내용과 형식 모든 면에 크게 영향을 끼친 것이라고 보아야 할 것이다.

반대로 사대부들이 《시경》과 《초사》의 전통을 이어받아 그 시대윤리에 입각한 형식적이고 무기력한 작품을 짓고 있는 동안에도, 민간에는 〈국풍〉시대로부터 그때에 이르기까지 끊임없이 자기들의 생활감정이나 생활현상을 자유로이 노래한 개성적이고도 생기넘치는 노래들이 계속 유행하여, 한대의 시에 새로운 활력과 새로운 내용 및 형식을 공급하였다.

그리고 어느 시대보다도 자유롭고 활달한 민간의 가요의식이 예교적 전제봉건하의 시의식과 만나게 된 것이기 때문에, 한대의 시에 있어서는 특히 양극적인 이 두 가지 시의 조류에 주의를 기울여야 할 것으로 믿는다.

중국문학사상 민간 가요의 부침은 그 시대의 정치적 사회적·배경과 밀접한 관련이 있다. 따라서 여기에서는 한대의 정치적 사회적·변화를 대체로 시기를 따라 더듬으며, 그에 따른 한대의 시의 성격변화와 민간가요의 부침 추세를 추정해 보려고 한다.

양한(兩漢)의 정치경제상의 사회적 변화를 다음과 같이 다시 나누어 보았다.

(1) 창업기(創業期, 高祖로부터 景帝에 이르는 B.C. 206~B.C. 141)

(2) 일통기(一統期, 武帝로부터 宣帝에 이르는 B.C. 140~B.C. 49)

(3) 혼란기(混亂期, 元帝로부터 平帝 및 王莽시대를 포함하는 B.C. 48~A.D. 22)

(4) 중흥기(中興期, 光武帝로부터 章帝에 이르는 A.D. 23~88)

(5) 쇠망기(衰亡期, 和帝로부터 獻帝에 이르는 A.D. 89~219)

(1) 창업기(創業期 : 高祖·惠帝·呂后·文帝·景帝, B.C. 206~141)

이 시기엔 앞에서 이미 애기한 것처럼 우선 진(秦)대의 가혹했던 법치(法治)를 늦춰주고, 전란에 황폐했던 국민생활을 회복시키고 국가경제를 건설하기 위하여 국민들의 조세(租稅) 부담을 경감시켜주며 농업생산을 장려하였다.79) 그 결과 시대가 흐를수록 생산력이 증강되고 국민생활이 안정되어 한제국(漢帝國)의 기업(基業)이 이 시기에 완성되었다. 한편 고조 자신이 서민 출신임은 물론 한초의 공신들은 거의 모두가 서민 출신이었고, 이전의 세족(世族)들이 전란통에 거의

---

79) 앞의 제1장 제6절 1. 정치적 배경 참조.

모두 멸망하였으므로 서민 세력이 대단히 신장되었다.80)

그리고 학술사상도 이 시기에는 다양했고 문화활동도 자유로워서 서민출신의 신흥 상층계급(上層階級)들에 의한 새로운 한문화(漢文化) 창조의 기운이 팽배해 있었다.

이처럼 활발한 사회적 배경을 지닌 이 시기에는 서민들의 가요도 민중예술로서 활발히 대두되었을 것으로 상상된다. 고조 자신이 이 무렵 민간에 유행하였다고 보여지는 '초가(楚歌)'를 좋아하였고,81) 고조는 물론 이 시대 왕후(王侯)나 후비(后妃)들까지도 직접 '초가'의 형식을 따른 시가를 짓고 있다는 것은82) 이것을 증명하기에 충분할 것이다.

유대걸(劉大杰)의 《중국문학발전사》(제7장 1절)에서처럼 이것을 '초사체(楚辭體)'라 부르는 것은 잘못이다. 이 한초의 '초가'들이 《초사》나 마찬가지로 초나라 지방의 민가로부터 발달한 것이지만, 《초사》는 그 내용이나 형식에 있어 한초의 '초가'와는 완전히 다른 성질의 것이다. 한초의 '초가'들은 고조(高祖)나 항우(項羽)같은 제왕 또는 귀족들이 지은 것이 대부분이지만, 솔직하면서도 대담하고 간결한 민요의 풍미를 다분히 지니고 있다. '초가'는 이 시기 이후로 무제(武帝)시기에도 성행하고83) 동한에 이르기까지도 명맥이 끊어지지 않는다.84) 다

---

80) 앞의 제1장 주 86) 참조.

81) 《漢書》 禮樂志 : '高祖樂楚聲, 故房中樂楚聲也.'

82) 高祖 〈大風歌〉·項羽 〈垓下歌〉·唐山夫人 〈安世房中歌〉·武帝 〈秋風辭〉·烏孫公主 〈悲愁歌〉.

83) 武帝에게 〈瓠子歌〉 二首·〈秋風辭〉·〈西極天馬歌〉·〈落葉哀蟬曲〉 등이 있고, 昭帝에게는 〈黃鵠歌〉·〈淋池歌〉, 武帝의 아들 燕剌王 旦과 廣陵厲王 胥에게 각각 〈歌〉 一首, 司馬相如 〈琴歌〉 三首, 李陵 〈歌〉 一首, 烏孫公主의 〈歌〉 一首 등이 전한다.

84) 後漢에 들어서는 靈帝의 〈招商歌〉, 그의 아들 少帝의 〈悲歌〉가 전하고, 梁鴻의

만 고조나 항우의 작품과 무제의 작품을 놓고 비교해 보면 거기에는
시의 기교면에서 큰 차이가 발견되는데, 이것은 이들의 교양에서 오
는 차이가 아니라, 한초의 '초가'들은 아직도 민가의 형식과 성격에
훨씬 접근해 있던 것이었음을 뜻한다. 비교를 위하여 아래에 고조와
무제의 시를 각각 한 수씩 보기로 든다.

대풍가

큰바람 일어 구름 드날리는 때
위세를 온 천하에 가하고 고향으로 돌아왔는데,
어찌하면 용맹스런 군사들 모아 천하 사방을 지킬까!
(大風起兮雲飛揚, 威加海內兮歸故鄉, 安得猛士兮守四方!)

추풍사

가을바람 일어 흰 구름 날리고
초목은 누렇게 시들어 낙엽 지는데 기러기는 남쪽으로 돌아가네.
난초 꽃대 솟고 국화 향기 뿜으니
그리운 임 잊을 수 없네.
큰 배 띄워 분하(汾河) 건너려고
물살 가로지르니 흰 물결 날리네.
퉁소 불고 북 치며 뱃노래 부르니
즐거움 다하자 슬픈 정 우러나는데
젊은 시절 얼마나 되며 늙는 것을 어찌하겠는가!
(秋風起兮白雲飛, 草木黃落兮雁南歸. 蘭有秀兮菊有芳, 懷佳人

〈五噫歌〉·〈適吳詩〉·〈思友詩〉, 班固의 〈郊祀靈芝歌〉, 崔駰의 〈安封侯詩〉, 蔡
炎의 〈悲憤詩〉·〈胡笳十八拍〉 등 본격적으로 詩化한 작품들이 전한다. 張衡의
〈四愁詩〉도 楚歌에서 출발하여 七言으로 진화한 작품이라 보아야 할 것이다.

兮不能忘. 汎樓船兮濟汾河, 橫中流兮揚素波. 簫鼓鳴兮發櫂歌, 歡
樂極兮哀情多, 少壯幾時兮奈老何!)

뒤의 것은 앞의 것을 본뜬 곳이 있기도 하지만 더욱 '부'의 포채(鋪
采)의 수법이 가해진 것이라 할 것이다.

《한서》 예악지(禮樂志)에 보면 무제(武帝) 때에 악부(樂府)를 세우
고 '채시야송(采詩夜誦)'했는데 '조(趙)·대(代)·진(秦)·초(楚)의 노
래'가 있었다는 기록이 있다. 또《한서》교사지(郊祀志)에서는 무제가
'민간사(民間祀)에도 고무악(鼓舞樂)이 있거늘 교사(郊祀)에 음악이
없어서 되겠느냐?'(《史記》封禪書)는 말을 하고 있다. 그러니 무제
이전에 이미 '초가' 이외에도 각 지방에 여러 가지 민요가 유행하고
있었음을 알 수 있다. 지금 전하는 악부고사(樂府古辭) 중에는 이 시
기에 나온 작품들도 있을 것이다.

다만 이들은 뒤 한대의 사회윤리에 맞지 않아 문인들에게 중시되지
못했던 탓으로 대부분 전하여지지 않고 있다고 믿어진다.

그러나 한초의 시가들을 보면 고조(高祖)나 항우(項羽)의 '초가'는
물론 사언(四言)으로 된 고조의 〈홍곡가(鴻鵠歌)〉85)와 심지어 세상
을 피해 숨어 산 상산사호(商山四皓)의 〈채지조(采芝操)〉·〈자지가
(紫芝歌)〉 같은 것86)까지도, 민가와는 다른 '위대한 것을 노래하려는
경향'이나 '위세(威勢)' 같은 것을 담고 있다. 세상을 버리고 살면서도
'호천(皓天)'이나 '고산(高山)' '심곡(深谷)'을 노래하며 전설적인 '당

---

85) '鴻鵠高飛, 一擧千里. 羽翼已就, 橫絶四海. 橫絶四海, 又可奈何? 雖有矰繳, 尙安
    所施.'

86) 〈采芝操〉: '皓天嗟嗟, 深谷逶迤. 樹木莫莫, 高山崔嵬. 巖居穴處, 以爲幄茵. 曄曄
    紫芝, 可以療饑. 唐虞往矣, 吾當安歸?'
    〈紫芝歌〉: '莫莫高山, 深谷逶迤. 曄曄紫芝, 可以療饑. 唐虞世遠, 吾將何歸? 駟
    馬高蓋, 其憂甚大. 富貴之畏人兮, 不若貧賤之肆志.'

우지세(唐虞之世)’를 끌어다대면서 내용이나 표현에 대단한 위세를 발휘하고 있다.

이것은 이미 군주의 위세를 의식하며 화려한 표현을 추구하던 한대 부의 의식과 통하는 것이다. 다만 시는《시경》의 전통과 간단한 형식 때문에 ‘부’와는 달리 서정적인 경향을 지녔고, 또는 직접 민가의 영향을 받았기 때문에 문채(文采)의 포장(鋪張)에만 힘쓰지 않았을 뿐이다.

아직도 사상적으로는 혼란하고, 거의 무식한 무리들의 집단이었던 고조의 치정(治政) 초기에 있어 모든 조정 행사에 유가적인 예의를 시행케 한 숙손통(叔孫通)의 인간과 성격을 검토해 보면, 한대의 유가사상이 군왕을 중심으로 한 형식주의적인 경향으로 흘렀다는 것도 불가피한 일이었다고 생각된다.《사기》의 숙손통전(叔孫通傳)에 의거 그의 유학자로서의 성격을 더듬어 본다.

첫째 ; 숙손통은 진이세(秦二世)의 대조(待詔)로 있다가 몇년 뒤에 진승(陳勝)이 반란을 일으켰을 때, 임금의 구미에 맞는 발언을 함으로써 박사(博士)가 된다. 이때 진승이 모반했다거나 도적이라는 올바른 말을 한 박사(博士) 제유(諸儒)들은 오히려 파면이나 좌천을 당한다. 진시황(秦始皇)의 분서갱유(焚書坑儒)와 아울러 이세(二世)의 실정을 생각할 때, 이때의 박사란 숙손통처럼 바른 말은 덮어두고 아부나 하는 사람이 아니면 안되었을 것이다. 그래서 그의 제자들까지도 ‘어찌 그렇게 아첨하는 말을 하십니까?’하고 물을 정도였다.87)

---

87)《史記》叔孫通傳 :‘叔孫通者, 薛人也. 秦時以文學徵, 待詔博士. 數歲, 陳勝起山東, 使者以聞. 二世召博士諸儒生問曰 : 楚戌卒攻蘄入陳, 於公如何? 博士諸生三十餘人前曰 : 人臣無將, 將卽反, 罪死無赦. 願陛下發兵擊之. 二世怒, 作色. 叔孫通前曰 : 諸生言皆非也. 夫天下合爲一家, 毁郡縣城, 鑠其兵, 示天下不復用. 且明主在其上, 法令具於下, 使人人奉職, 四方輻輳, 安敢有反者? 此特羣盜鼠竊狗

둘째 ; 숙손통은 무슨 까닭인지 진(秦)나라를 도망쳐 나와 뒤에는 항량(項梁)을 섬기다가, 그가 정도(定陶)에서 패하자 회왕(懷王)을 섬기고, 다시 항우에게로 붙었다가 마침내 한고조(漢高祖)에게 항복하여 한왕(漢王)의 신하가 된다.88) 그는 '불사이군(不事二君)'이란 절의(節義) 같은 것은 아랑곳없이 언제나 좀 더 나은 권력자를 따를 수 있는 유자(儒者)였다.

셋째 ; 고조의 밑으로 들어가서는 고조가 유복(儒服)을 싫어하자 당장 그는 유복을 초(楚)나라 옷인 단의(短衣)로 갈아 입었다. 그리고 백여 명의 자기 제자들은 버려둔 채 그는 이전의 군도(群盜) 출신과 장사(壯士)들만을 고조에게 추천하며 고조의 환심을 사서 박사(博士)가 되고 직사군(稷嗣君)의 칭호를 받는다. 이때 제자들이 불평을 하자 '전란시는 너희들이 나설 자리가 아니니 나를 믿고 기다려라. 너희들을 잊지는 않겠다'고 말하고 있는 것을 보면89) 시세에 현명하게 영합하는 요령 좋은 유자였음을 알 수 있다.

넷째 ; 고조 5년에 마침내 고조가 천하를 통일하고 황제의 위에 올랐다. 그러나 천민 출신의 신하들이 황제 앞에서도 거칠게 행동하는

盜耳. 何足置之齒牙間? 郡守尉今捕論, 何足憂? 二世喜曰 : 善. 盡問諸生, 諸生或言反, 或言盜. 於是二世令御史案諸生言反者下吏, 非所宜言, 諸言盜者, 皆罷之. 乃賜叔孫通帛二十匹, 衣一襲, 拜爲博士. 叔孫通已出宮, 反舍, 諸生曰 : 先生何言之諛也? 通曰 : 公不知也. 我幾不脫於虎口.'

88) 《史記》叔孫通傳 : '乃亡去之薛. 薛已降楚矣, 及項梁之薛, 叔孫通從之. 敗於定陶, 從懷王. 懷王爲義帝, 徙長沙, 叔孫通留事項王. 漢二年, 漢王從五諸侯入彭城, 叔孫通降漢王. 漢王敗而西, 因竟從漢.'

89) 上同 : '叔孫通儒服, 漢王憎之, 乃變其服, 服短衣, 楚製, 漢王喜. 叔孫通之降漢, 從儒生弟子百餘人. 然通無所言進, 專言諸故羣盜壯士進之. 弟子皆竊罵曰 : 事先生數歲, 幸得從降漢, 今不能進臣等, 專言大猾, 何也? 叔孫通聞之, 乃謂曰 : 漢王方蒙矢石爭天下, 諸生寧能鬪乎? 故先言斬將搴旗之士. 諸生且待我, 我不忘矣. 漢王拜叔孫通爲博士, 號稷嗣君.'

것을 보고 숙손통은 조의(朝儀)의 제정을 상주(上奏)한다. 고조의 응낙을 받고 결국 조의를 제정하여 고조 7년 장락궁(長樂宮)이 이룩되었을 때 엄숙하고 장중한 의례(儀禮)로서 전례(典禮)를 처음으로 집행한다.

그 결과 고조의 입에서 '나는 오늘에야 비로소 황제가 된 존귀함을 알게 되었다'고 고백케 만든다. 이 공로로 숙손통은 태상(太常) 벼슬에 오르고 금(金) 5백근을 하사받는다. 그리고 이때에야 자기 제자들을 추천하여 모두 낭(郎) 자리에 앉힌다. 그는 다시 하사받은 5백금을 제자들에게 나누어주어 제자들로 하여금 '숙손생(叔孫生)이야말로 정말 성인이시다. 당세의 요무(要務)를 잘 아신다'고 감탄케 한다.[90]

이 뒤로 혜제(惠帝) 때에 이르기까지 한나라 조정의 모든 의례는 숙손통에 의하여 제정된다. 그것은 한나라의 예교를 바탕으로 한 봉건 통치의 기본원리가 그를 중심으로 이룩되었음을 뜻하기도 한다. 《사기》의 숙손통전(叔孫通傳)의 '태사공왈(太史公曰)'에서 그가 '마침내 한가(漢家)의 유종(儒宗)이 되었다'고 말하고 있는 것도 그 때문이다.

숙손통과 같은 시세를 따라 약게 행동하는 유자가 '한나라의 유종이 되었다'는 것은 한대 정치나 문화 사상의 성격에 큰 영향을 끼쳤

---

90) 上同 : '漢五年, 已并天下, 諸侯共尊漢王爲皇帝於定陶. 叔孫通就其儀號. 高帝悉去秦苛儀法, 爲簡易. 羣臣飮酒爭功, 醉或妄呼, 拔劍擊柱. 高帝患之. 叔孫通知上益厭之也, 說上曰 : 夫儒者難與進取, 可與守成. 臣願徵魯諸生, 與臣弟子, 共起朝儀. ……臣願頗釆古禮, 與秦儀雜就之. 上曰 : 可試爲之. 令易知, 度吾所能行爲之. ……遂與所徵三十人西, 及上左右爲學者, 與其弟子百餘人, 爲緜蕝野外, 習之月餘. 叔孫通曰 : 上可試觀. 上旣觀, 使行禮, 曰 : 吾能爲此. 乃令群臣習肄, 會十月.
漢七年, 長樂宮成, 諸侯群臣皆朝十月, 儀, 先平明, 謁者治禮……竟朝置酒, 無敢讙譁失禮者. 於是高帝曰 : 吾乃今日知爲皇帝之貴也. 乃拜叔孫通爲太常, 賜金五百斤. 叔孫通因進曰 : 諸弟子儒生隨臣久矣. 輔臣共爲儀, 願陛下官之. 高帝悉以爲郎. 叔孫通出, 皆以五百斤金賜諸生. 諸生乃皆喜曰 : 叔孫生, 誠聖人也. 知當世之要務.'

을 것이다. 그가 고조를 위하여 조의(朝儀)를 제정하려고 노제생(魯
諸生) 30여인을 불렀을 때 그 중 두 사람이 거절하면서 '공이 섬겨온
사람들로 10명의 군주가 있는데, 모두 면전에서 아첨함으로써 친귀
(親貴)함을 얻을 수 있었다. 지금 천하는 처음으로 안정되어, 사자(死
者)는 장례를 못 치르고 상자(傷者)는 상처가 다 아물지 않고 있는데,
예악을 일으키려 하고 있다. 예악이 생겨나는 바탕으로는 백년의 적
덕(積德)이 있어야만 이룰 수가 있는 것이다. 우리는 차마 공이 하는
짓을 따라 할 수 없다. 공의 행위는 옛 법도에도 맞지 않는다. 우리는
가지 않을 테니 공은 어서 돌아가시오. 우리를 더럽히지 마시오'하고
말하고 있다.91)

이것은 숙손통의 곡학아세(曲學阿世)의 성격 때문에, 그나마도 드
물어진 곧은 유자들을 완전히 상류 지배계층으로부터 몰아내었음을
뜻한다고 본다. 따라서 숙손통을 중심으로 모여든 한나라 조정의 유
자들이란 모두 시세와 권력에 따라 좌우되는 약고 지조없는 지식인들
이었다고 보는 수밖에 없다.

다시 말하면 황제에게 눈치껏 아부하여 출세하는 그를 '정말 성
인'이라 말하는 무리들만이 모여 있게 된 것이다. 이로부터 한나라
의 유자나 문사들은 모두 이들 아래에서 배양되었을 것을 생각할
때, 한대의 문화가 봉건군주 위주의 것이었고, 한대의 문학이 봉건
군주의 위세를 그럴싸하게 꾸며주는 경향을 지녔다는 것은 당연한
귀결이 될 것 같다.

이들의 뒤를 이어 문제(文帝) 때 박사(博士)가 된 한초의 대표적인
문학가이며 대학자인 가의(賈誼)92)가 나와 황제의 위세를 돋보이게

---

91) 上同 : '於是叔孫通使徵魯諸生三十餘人. 魯有兩生不肯行曰 : 公所事者, 且十主,
　　皆面諛以得親貴. 今天下初定, 死者未葬, 傷者未起, 又欲起禮樂. 禮樂所由起, 積
　　德百年而後可興也. 吾不忍爲公所爲, 公所爲不合古. 吾不行, 公往矣, 無汚我.'

할 의례를 더욱 가다듬고, 봉건군주의 세력을 절대화할 수 있는 논리적인 근거를 마련했던 것은 그런 추세에 따른 것이다. 따라서 그의 문학도 불성실하고 형식적인 경향을 띠는 수밖에 없었을 것이다.

그래도 그의 '부'가 무제시대 이후의 작가들처럼 노골적인 아부를 하지는 않고 있는 것은 이 시기의 활기찬 건국의 기풍 때문이었을 것이다. 그뿐 아니라 조착(鼂錯, ?~B.C. 154) 등 이 시기 학자들의 정론문(政論文) 같은 것은 비교적 자유분방하면서도 비판적이어서 이때의 활발했던 기풍을 엿볼 수 있게 한다.

문제(文帝) 때에는 복생(伏生)에게 가서 《상서(尙書)》를 받아옴으로써 유명한 조착(鼂錯)이 나와 봉건군주의 세력을 더욱 강화시켰다. 그는 문제 때에도 국방·경제 등의 시책에 많은 공헌을 하고 있지만, 경제(景帝) 때에는 더욱 황제의 신임을 받고 내사(內史)로서 많은 법령을 정하기도 하고 개정하기도 하고 있다. 그는 뒤에 어사대부(御史大夫)가 되어 강력히 삭번정책(削藩政策)을 주장하고 있다.

가의(賈誼)는 그래도 왕후(王侯)들의 봉지(封地)를 쪼개어 여러 사람들을 봉함으로써 그들의 세력을 약화시킬 것을 주장하였지만, 조착은 숫제 그들의 영지를 깎으면서 아주 그것들을 몰수하여 후왕(侯王)들을 눌러 버릴 것을 주장하고 있다.[93]

그는 특히 오왕(吳王) 비(濞)의 오나라 땅을 깎아 뺏을 것을 문제 때에도 주장했고, 뜻대로 되지 않자 뒤에 다시 경제 때에도 상서하여 그것을 주장하고 있다.[94] 물론 그에 대한 반대의견들도 강하여 뒤에

---

92) 제2장 제2절 : '賦 작가들의 성격'의 賈誼 대목 참조.

93) 《史記》鼂錯傳 : '遷爲御史大夫, 請諸侯之罪過, 削其地, 收其枝郡.'

94) 《漢書》吳王濞傳 : '昔高帝初定天下, 昆弟少, 諸子弱, 大封同姓. 故孽子悼惠王, 王齊七十二城, 庶弟元王王楚四十城, 兄子王吳五十餘城, 封三庶孽, 分天下牛. 今吳王前有太子之隙, 詐稱病不朝, 于古法當誅. 文帝不忍, 因賜几杖, 德至厚也.'

오왕 비를 비롯한 일곱 나라가 조착을 주벌(誅罰)한다는 핑계로 반란을 일으키자 경제는 반대자들의 의견을 따라 조착을 죽였으나[95] 반란이 그대로 계속되었으니 조착의 주장이 옳았다는 것은 더욱 실증된 셈이었다.

이렇게 보면 한대 시가사(詩歌史)상의 이 첫째의 '창업기(創業期)'는 민가가 매우 활발히 대두한 시기이기는 하나, 이미 봉건적인 유학의 형성으로 말미암아 한대 시의 형식적인 방향도 결정되고 있었다고 보아야 할 것이다. 이 시기에 닦아놓은 정치적·문화적 또는 문학적 기초는 곧 다음의 무제(武帝)시대에 이르러 결실을 보게 된다.

(2) 일통기(一統期 : 武帝·昭帝·宣帝, B.C. 140~B.C. 49)

무제는 '칠국(七國)의 난'도 어느 정도 가라앉은, 앞 문경(文景)의 정치가 정상에 이르렀을 즈음에 즉위하고 있다. 그는 풍부한 경제와 안정된 사회를 바탕으로 절대적인 왕권을 수립하고 또 그 권세를 십분 발휘한다. 그러한 왕권의 절대화는 먼저 주보언(主父偃, ?~B.C. 127)이 제의한 '추은정책(推恩政策)'에 의한 제후(諸侯) 세력의 약화와, 이와 함께 시행된 '주금탈작(酎金奪爵)'에 의한 제후 세력의 억제에서 시작된다.

'추은정책'이란 제후들의 봉토(封土)를 다시 그의 자손들에게 고루 나누어 줌으로써 황제의 성은을 베푸는 형식을 취하는 동시에 왕후(王侯)들의 힘을 약화시켜 다시는 모반치 못하게 한다는 것이다.[96] '주금탈작'이란 매년 팔월에 묘중(廟中)으로 한 번씩 제후들을

不改過自新, 乃益驕恣, 公卽山鑄錢, 煮海爲鹽, 誘天下亡人謀作亂逆. 今削之亦反, 不削亦反. 削之, 其反亟, 禍小, 不削之, 其反遲, 禍大.'

95) 《史記》鼂錯傳 : '吳楚七國果反, 以誅錯爲名. 及竇嬰·袁盎進說, 上令鼂錯衣朝衣斬東市.'

96) 《漢書》主父偃傳 : '偃說上曰 : 古者諸侯地不過百里, 彊弱之形易制. 今諸侯或連

소집하고 그때 제사에 쓸 술값 명목으로 좋은 금을 성의껏 바치게 하는 것이다. 만약 바친 금이 좋지 않으면 그의 작위를 뺏는다는 것이다. 무제는 이것을 구실로 백여 명의 제후들을 탈작(奪爵)하고 있다.[97] 이에 제후들의 세력은 다시는 반란을 일으킬 수 없을 만큼 약해졌다.

이러한 기초 위에 동중서(董仲舒, B.C. 179?~B.C. 93?)가 나와 유가의 경전, 특히 《춘추(春秋)》에 입각한 대일통(大一統)의 이론을 펴냄으로써, 중국의 절대적인 봉건왕권(학술적 사상적인 논리화를 통하여)이 완성되는 것이다. 그는 무제의 세 번째 책문(冊問)에 대한 대책(對策)에서 유가사상에 의한 일통(一統)을 내세우면서 그밖의 백가서(百家書)는 모두 없애버릴 것을 주장하고 있는데,[98] 이것은 방향만 달랐다 뿐이지 진시황(秦始皇) 때 이사(李斯)가 추진했던 학술 문화의 통일 및 왕권의 절대화 정책과 다를 바가 없는 것이다.

그의 저서인 《춘추번로(春秋繁露)》는 이러한 일통정책(一統政策)의 사상적인 체계화를 위하여 지어진 책이다. 그는 음양오행설(陰陽五行說)을 도입하여 우주와 자연의 기본원리를 해설하면서, 그 원리를 직접 사람에게로 연관시켜 '삼강오기(三綱五紀)'를 주축으로 하는

城數十, 地方千里, 緩則驕奢易爲淫亂, 急則阻其疆而合從以逆京師. 今以法割削, 則逆節萌起, 前日朝錯是也. 今諸侯子弟或十數, 而適嗣代立, 餘雖骨肉, 無尺地之封, 則仁孝之道不宣. 願陛下令諸侯得推恩分子弟, 以地侯之, 彼人人喜得所願, 上以德施, 實分其國, 必稍自銷弱矣. 於是上從其計.'

97) 《漢書》武帝紀 : '九月(五年), 列侯坐獻黃金酎祭宗廟不如法, 奪爵者百六人.'

上同 服虔注 : '因八月獻酎祭宗廟時, 使諸侯各獻金來助祭也.'

98) 《漢書》董仲舒傳 : '春秋大一統者, 天地之常經, 古今之通誼也. 今師異道, 人異論, 百家殊方, 指意不同. 是以上亡以持一統. 法制數變, 下不知所守. 臣愚以爲諸不在六藝之科, 孔子之術者, 皆絶其道, 勿使並進. 邪辟之說滅息, 然後統紀可一, 而法度可明, 民知所從矣.'

윤리체계를 확립한다.99) 그것은 유교적인 사회계급의 당위(當爲)를 증명하는 것이 되며, 이러한 계급질서 속의 최고의 절대적인 위치에 황제가 놓이게 되는 것이다. 또 이러한 정치이상을 실천하기 위하여 그는 어리석은 백성들을 교화하여야 하며 그러기 위하여는 태학(太學)을 비롯한 교육기관을 설치할 것을 주장하기도 하였다.100)

무제는 동중서의 이러한 주장을 듣고 마음속으로는 좋아하면서도 참고 있다가, 황로지학(黃老之學)을 좋아했던 그의 조모 두태후(竇太后)가 죽은 뒤에는 이것을 철저히 실행하게 된다. 이로부터 유가 이외의 모든 학문은 전통의 주변에서 쫓겨나고, 예교에 의한 황제의 봉건통치가 시작된다. 그는 도가적(道家的)인 철학논리나 법가적(法家的)인 권위주의 같은 것을 모두 빌어 '대일통사상(大一統思想)'을 체계화하면서,101) 유학을 봉건적인 예교중심의 방향으로 성격전환을 시

---

99) 《春秋繁露》 基義篇 : '君臣父子夫婦之義, 皆取諸陰陽之道. 君爲陽, 臣爲陰, 父爲陽, 子爲陰, 夫爲陽, 妻爲陰. 陰道無所獨行, 其始也不得專起, 其終也不得分功, 有所兼之義. 是故臣兼功于君, 子兼功于父, 妻兼功于夫, 陰兼功于陽.……是故仁義制度之數, 盡取之於天, 天爲君而復露之, 地爲臣而持載之, 陽爲夫而生之, 陰爲婦而助之, 春爲父而生之, 夏爲子而養之.……王道之三綱, 可求之于天, 天出陽爲暖以生之, 地出陰爲淸以成之.……'
又 五行之義篇 : '常因其父, 以使其子, 天之道也. 是故木已生而火養之, 金已死而水藏之, 火樂木而養以陽, 水克金而喪以陰, 土之事天竭其忠. 故五行者, 乃孝子忠臣之行也.'

100) 《漢書》 董仲舒傳 對策 : '今陛下貴爲天子, 富有四海, 居得致之位, 操可致之勢. 又有能治之資, 行高而恩厚, 知明而意美, 愛民而好士, 可謂誼主矣. 然而天地未應而美祥莫至者, 何也? 凡以敎化不立, 而萬民不至也. ……是故南面而治天下, 莫不以敎化爲大務, 立太學以敎於國, 設庠序以化於邑, 漸民以仁, 摩民以誼, 節民以禮.'

101) 앞에서 논한 鼂錯도 '申商刑名을 軹의 張恢先에게서 배웠다'하였고(《史記》 鼂錯傳), 賈誼는 李斯와 同邑이며 그를 師事한 일이 있는 河南守 吳廷尉의 추천을 받고 있고, 그는 賈誼를 文帝에게 추천하면서 '諸子百家書'에 잘 통달했다고

키고 있다.

이로부터 정치는 물론 한대의 학술·문화 전반에 걸쳐 모두 전제군주 중심의 성격을 이룩하게 된다. 고조(高祖) 때의 유학자들도 그러했지만, 이 시대의 학자들인 공손홍(公孫弘, B.C. 199~B.C. 120)·급암(汲黯)·장탕(張湯) 등이 모두 황제나 윗사람들에게 아부하는 짓을 일삼았으니102) 황권의 절대화는 당연한 시대추세였다 할 것이다.

이러한 일통정책은 문학에 대하여도 크게 영향을 끼쳤다. 무제의 주변에는 언제나 사마상여(司馬相如)를 비롯하여 주매신(朱買臣)·오구수왕(吾丘壽王)·주보언(主父偃)·서락(徐樂)·엄안(嚴安)·동방삭(東方朔)·매고(枚臯)·교창(膠倉)·종군(終軍)·엄총기(嚴葱奇)·엄조(嚴助) 같은 학자이며 문인인 사람들이 몰려 국사를 논하는 이외에도 시부(詩賦)를 지어 황제의 위세를 꾸며주며 황제에게 아첨하였다.103)

이들은 사마상여의 〈금가이수(琴歌二首)〉와 〈봉선송(封禪頌)〉 및

말하고 있다(《史記》賈誼傳). 또 主父偃도 '長短從橫術'을 배운 사람이었다
(《漢書》主父偃傳). 이런 사람들이 한대 봉건제의 논리화에 기여했으니, 이미
그때의 유학에는 잡다한 학문들이 가미되었었음을 알 수 있다. 또 무제 초기에
도 衛綰이 '所擧賢良, 或治申商韓非蘇秦張儀之言, 亂國政, 請皆罷'라 상주하
고 있다(《漢書》武帝紀).

102) 《漢書》儒林傳:'弘(公孫)以治春秋爲丞相, 天下學士靡然嚮風矣.'
上同:'轅固生誠公孫弘曰:公孫子, 務正學而言, 無曲學以阿世!'
《漢書》汲黯傳:'而黯常毁儒, 面觸弘等, 徒懷詐飾智, 以阿人主取容.' 又:'黯
曰:……然御史大夫湯(張), 智足以距諫, 詐足以飾非, 非肯正爲天下言, 專阿主
意. 主意所不欲, 因而毁之. 主意所欲, 因而譽之. 好興事, 舞文法, 內懷詐以御
主心, 外挾賊吏以爲重.'

103) 《漢書》嚴助傳:'嚴助 …… 後得朱買臣·吾丘壽王·司馬相如·主父偃·徐
樂·嚴安·東方朔·枚臯·膠倉·終軍·嚴葱奇等, 並在左右.' 또 앞 주 67)
참조

동방삭의 〈거지가(據地歌)〉 정도의 시작을 남길 뿐이고 주로 정론문(政論文)과 '부'를 많이 전하고 있으나, 당시에는 적지 않은 시도 지었을 것으로 여겨진다. 《한서》 예악지(禮樂志)에 의하면 무제 때 악부(樂府)를 세우고 이연년(李延年, B.C. 140?~B.C. 87?)을 협률도위(協律都尉)로 삼은 다음 '사마상여 등 수십인에게 명하여 시부를 짓게 하였다' 하였고, 《한서》 왕포전(王褒傳)에는 '포(褒)로 하여금 중화(中和)·악직(樂職)·선포(宣布)의 시를 짓게 하였다'(宣帝 때)고도 하였다.104) 왕포는 그 시를 지은 덕분에 익주자사(益州刺史)의 상주(上奏)로 벼슬길이 열리고 있다.105) 반고(班固)의 〈양도부서〉에는 이 시절의 황제를 중심으로 모인 문인들의 상황을 다음과 같이 묘사한 대목이 있다.

　　무제(武帝) 선제(宣帝)의 시대에 이르러는 예관(禮官)을 높이고 문장을 고정(考定)케 하여, 안으로는 금마(金馬) 석거(石渠)의 관서(官署)를 두고, 밖으로는 악부(樂府)를 설립하여 협률지사(協律之事)를 일으켰다. 그럼으로써 폐멸(廢滅)된 것을 흥기(興起)시키고 절세(絶世)된 것을 계승시키어 대업(大業)을 윤색(潤色)하자는 것이었다. 그리하여 뭇 백성들은 기뻐하고, 복응(福應)은 더욱 많아졌다. 백린(白麟)·적안(赤鴈)·지방(芝房)·보정(寶鼎)의 노래들

---

104) 《漢書》 禮樂志：'至武帝……乃立樂府……以李延年爲協律都尉. 多擧司馬相如
　　等數十人, 造爲詩賦, 略論律呂, 以合八音之調, 作十九章之歌.'
　　《漢書》 王褒傳：'上(宣帝)頗作歌詩, 欲興協律之事, ……(益州刺史王襄)聞王褒
　　有俊材, 請與相見, 使褒作中和·樂職·宣布詩, 選好事者, 令依鹿鳴之聲, 習而
　　歌之.'
105) 《漢書》 王褒傳：'褒旣爲刺史作頌(師古注：卽上中和·樂職·宣布詩也. 以美
　　盛德, 故謂之頌也.) 又作其傳(師古注：解釋頌歌之義及作者之意), 益州刺史因
　　奏褒有軼材, 上乃徵褒.'

을 교묘(郊廟)에서 연주했고…… 그러므로 문학으로 시종하는 신하로서 사마상여(司馬相如)·오구수왕(吾丘壽王)·동방삭(東方朔)·매고(枚皋)·왕포(王褒)·유향(劉向)의 무리들이 아침저녁으로 생각을 논하였고 매일처럼 지은 글을 바쳤다.

그리고 공경대신(公卿大臣)들인 어사대부(御史大夫) 예관(倪寬), 태상(太常) 공장(孔藏), 태중대부(太中大夫) 동중서(董仲舒), 종정(宗正) 유덕(劉德), 태자태부(太子太傅) 소망지(蕭望之) 등도 시시로 틈을 내어 글을 지었다. 혹은 아래 실정을 서술함으로써 풍유(諷諭)의 뜻을 발휘하고, 혹은 왕의 덕을 드러냄으로써 충효(忠孝)를 다하였다. 옹용(雍容)히 드러내어 후손들에게 제시하는 것이니 또한 아송(雅頌)의 아류(亞流)라 할 것이다. 그러므로 성제(成帝) 때에는 이를 논변(論辨)하여 기록했으니 대체로 상주된 것이 천여 편이나 되었었다.106)

이를 보면 이 시대 문인들의 풍조와 함께 이들이 적지 않은 시를 지었다는 것도 알 수 있다.

《한서》 예문지(藝文志)에는 '가시(歌詩) 28가(家) 314편'이 저록되어 있는데, 28가 중 첫째 〈고조가시(高祖歌詩)〉 2편, 둘째 〈태일잡감천수궁가시(泰一雜甘泉壽宮歌詩)〉 14편, 셋째 〈종묘가시(宗廟歌詩)〉 5편만이 전하고 있다.107) 그러나 〈한흥이래병소주멸가시(漢興以來兵

---

106) '至武宣之世, 乃崇禮官, 考文章, 入設金馬石渠之署, 外興樂府協律之事, 以興廢繼絶, 潤色鴻業. 是以衆庶悅豫, 福應尤盛, 白麟赤雁芝房寶鼎之歌, 薦於郊廟. ……故言語侍從之臣, 若司馬相如·虞丘壽王·東方朔·枚皋·王褒·劉向之屬, 朝夕論思, 日月獻納. 而公卿大臣御史大夫倪寬·太常孔藏·太中大夫董仲舒·宗正劉德·太子太傅蕭望之等, 時時間作. 或以抒下情而通諷諭, 或以宣上德而盡忠孝, 雍容揄揚, 著于後嗣, 抑亦雅頌之亞也. 故孝成之世, 論而錄之, 蓋奏御者千有餘篇.'

所誅滅歌詩)〉14편을 왕선겸(王先謙, 1842~1917)은 《송서(宋書)》 악지(樂志)에 보이는 한고취요가(漢鼓吹鐃歌) 제곡(諸曲)인 듯하다고 하였고[108] 그밖에 〈오초여남가시(吳楚汝南歌詩)〉15편, 〈연대구안문운중농서가시(燕代謳雁門雲中隴西歌詩)〉 9편, 〈한단하간가시(邯鄲河間歌詩)〉 4편, 〈제정가시(齊鄭歌詩)〉 4편 등 이하는 제명(題名)만이 전하지만 거의 모두 민가이거나 민가조의 가시인 듯하다.

지금 전하는 악부 고사(古辭)들 중에는 이 가운데 것들이 남아있는 것들도 있을 것이다. 또 이것들은 무제 때 악부에서 채집한 '조대진초(趙代秦楚)의 노래'[109]들이 대부분이었을 것이다. 이밖에도 이 시기의 시로는 이연년(李延年)의 이른바 〈가인가(佳人歌)〉기 전히는데[110] 이 시가 거의 새로운 형식의 오언(五言)으로 되어 있고('寧不知'란 허사에 가까운 세자만 빼면) 또 그가 악부의 책임자였으니 이는 민가의 영향을 받은 때문이라고 여겨진다.

우리에게 지금 〈매승시(枚乘詩)〉(《玉臺新詠》)와 〈고시십구수(古詩十九首)〉(《文選》), 〈소리시(蘇李詩)〉(《文選》) 같은 것들이 전해지고 있는데, 이것들이 모두 이 무렵의 작품은 아니라 하더라도, 적어도 이것들의 원초가 되었던 새로운 시들이 이 무렵에 생산되었던 것으로

---

107) 顧實 《漢書藝文志講疏》 詩賦略 歌詩 : 高祖歌詩二篇, 存. 大風歌見本紀, 亦曰
　　 三侯之章(見禮樂志). 鴻鵠歌見留侯世家(本書 張良傳, 新序 善謀篇, 均同).
　　 泰一雜甘泉壽宮歌詩十四篇, 存. 泰一甘泉壽宮並見郊祀志. 宗廟歌詩五篇, 存.
　　 王先謙曰:'合上十四篇, 爲十九章, 見禮樂志.' 惟其如何分之, 則不可考矣. 或
　　 曰 : 帝臨靑陽朱明西顥玄冥五篇, 當卽宗廟歌詩.
108) 顧實 《漢書藝文志講疏》 참조.
109) 《漢書》 禮樂志 : '至武帝……乃立樂府, 采詩夜誦, 有趙代秦楚之謳.'
　　 同 藝文志 : '自孝武立樂府而采歌謠, 於是有代趙之謳, 秦楚之風.'
110) 《漢書》 外戚傳 : '延年性知音, 善歌舞, 武帝愛之. ……延年侍上, 起舞歌曰 :
　　 北方有佳人, 絶世而獨立, 一顧傾人城, 再顧傾人國. 寧不知傾城與傾國? 佳人難
　　 再得.'

믿어진다. 그것은 악부의 설치를 통하여 생겨난 이연년의 신성(新聲)111) 및 장건(張騫)의 원정을 통해 도입된 호곡(胡曲)112)과도 관계가 있을 것이다.

그러면 이 시기에 생산되었던 시만이 '부'나 정론문 등에 비하여 더욱 완전히 실전되다시피 된 이유는 무엇일까? 그것은 이 시기 이후에 이것들을 전한, 곧 한대에 이들을 '논이록지(論而錄之)'(斑固〈兩都賦序〉)한 사람들에게 책임을 물어야 할 것이다. 앞에서 이미 지적했듯이 서민들의 서정을 담은 민가란 한대 봉건윤리에 용납될 수가 없는 것이기 때문에, 이들을 공공연히 기록하고 전하지 못하게 되었던 것이다.

이 시기의 문학 중에서도 제왕의 지배윤리에 합치되는 부와 정론문만이 더 완전히 전해지고 있는 것은 당연하다. 따라서 시 중에서도 황제의 위세를 드러내는 초가(楚歌)나 교묘가사(郊廟歌辭)·송시(頌詩) 등만이 비교적 정확히 전해지게 된다. 시는 형식이 간결하면서도 짧아 개인적인 특수한 감정을 표출하기에 알맞은 것이어서, '부'처럼 제왕의 위세를 꾸며주고 그 주변의 사물들을 미려한 수사로서 포장(鋪張)하기에는 불편하다.

무제 시기에는 제도적으로 민가를 널리 채집하고 그것을 유행시키는 한편, 또 그것들이 후세에 전해지지 못하게 만든 문화상의 일통정책도 수립한 것이다. 이러한 경향은 뒤의 소제(昭帝)·선제(宣帝) 때까지도 거의 그대로 계속 유지되었었다.

---

111) 《漢書》佞幸傳 : '李延年善歌, 爲新變聲. 是時上方興天地諸祀, 欲造樂, 令司馬相如等作詩頌, 延年輒承意弦歌所造詩, 爲之新聲曲.'

112) 崔豹《古今注》 : '橫吹, 胡樂也. 博望侯張騫入西域, 傳其法於西京, …… 李延年因胡曲, 更進新聲二十八解.'

(3) 혼란기(混亂期 : 元帝·成帝·哀帝·平帝·王莽, B.C. 48~A.D. 22)

무제를 이어 즉위한 소제(昭帝)와 선제(宣帝)는 무제의 오랜 원정으로 피폐한 민생을 안정시키려 힘쓴 결과 그래도 국내외로 소강상태를 유지할 수 있었다.113) 그러나 원제(元帝) 이후로는 수재와 기황(飢荒)이 겹쳐 일부의 만회 노력에도 불구하고 사회는 혼란을 더해가기만 하였다.114) 거기에다 혼란을 틈타 대상(大商)과 지주(地主)들에 의한 농지의 겸병(兼倂)과 경제력의 과점현상(寡占現象)은 더욱 심해져서 서민들의 생활은 날로 어려워져 가기만 하였다.115)

그리고 무제 말엽부터 일어나기 시작했던 민변(民變)들은 성제(成帝)·애제(哀帝) 때에 이르러 더욱 규모가 커지고 빈도가 잦아지는 폭동으로 변하였다. 애제 때에는 수도인 서경(西京)조차도 소요 속에 불안한 상태로 빠져 들어갔다.116) 그러한 끝에 평제(平帝) 때에는 한

---

113) 《漢書》食貨志 : '至昭帝時, 流民稍還, 田野益闢, 頗有畜積. 宣帝卽位, 用吏食選賢良, 百姓安土, 歲數豐穰.'

114) 《漢書》食貨志 : '元帝卽位, 天下大水, …… 二年, 齊地飢 …….'

115) 《漢書》食貨志 : '哀帝卽位, 師丹輔政, 建言 : …… 今累世承平, 豪富吏民訾數鉅萬, 而貧弱愈困.'

116) 《漢書》武帝紀 : '天漢二年, …… 泰山琅邪羣盜徐勃等, 阻山攻城, 道路不通.' '征和三年, ……九月, 反者公孫勇·胡倩發覺.'

《漢書》成帝紀 : '陽朔三年, …… 夏六月, 潁川鐵官徒申屠聖等百八十人, 殺長吏, 盜庫兵, 自稱將軍, 經歷九郡.' '鴻嘉三年, …… 冬十一月 …… 廣漢男子鄭躬等六十餘人攻官寺, 篡囚徒, 盜庫兵, 自稱山軍.' '鴻嘉四年 …… 冬廣漢鄭躬等黨與寖廣, 犯歷四縣, 衆且萬人.' '永始三年, …… 十一月, 尉氏男子樊並等十三人謀反 …… 十二月, 山陽鐵官徒蘇令等二百二十八人攻殺長吏, 盜庫兵, 自稱將軍.'

《漢書》哀帝紀 : '建元四年春, 大旱. 關東民傳行西王母籌, 經歷郡國, 西入至京師. 民又會聚祠西王母, 或夜持火上屋, 擊鼓號呼相驚恐.'

나라가 일단 멸망하고 왕망(王莽)이 신(新)나라를 세워 변법(變法)을 시행하려다가 다시 멸망하여 동한(東漢)으로 이어지게 된다.

이러한 혼란 속에 이 시기에 들어와서는 중앙과 지방을 막론하고 정치적·경제적 문화적인 지배력을 지닌 호족(豪族)들이 형성되기 시작한다. 이에 따라 대관(大官)이나 대상(大商)·지주(地主)뿐만 아니라 그 아래의 지식계급인 사족들까지도 세족화(世族化)하여 갔다. 따라서 당시에 활약한 고관들은 물론 학자나 문인 같은 사람들에 이르기까지도 모두 선대로부터 벼슬해 온 집안 출신들로 변하게 된다.

이러한 사회계급의 경화(硬化)는 문학에 대하여도 직접적인 영향을 미쳤다. 정복보(丁福保) 편《전한삼국남북조시(前漢三國南北朝詩)》를 보면 이 시기의 시로는 응계선(應季先)의 〈미엄왕사시(美嚴王思詩)〉와 위현성(韋玄成, ?~B.C. 36)의 〈자핵시(自劾詩)〉·〈계자손시(戒子孫詩)〉의 2수가 있고, 이밖에 반첩여(班婕妤, B.C. 48~B.C. 7?)의 〈원시(怨詩)〉가 있다.

반첩여는 성제(成帝)의 후궁이며 그 시의 진위에도 의심을 하는 학자들이 있으니[117] 이것을 빼고 나면 나머지는 모두가 정제한 사언(四言)으로 된《시경》의 송(頌)을 그대로 본뜬 작품들이다. 이것은 이 시기의 문학조류가 매우 형식화하였음을 뜻하는 것이다.

특히 위현성(韋玄成)의 시들은 자기 선조 위맹(韋孟)의 〈풍간시(諷諫詩)〉와 〈재추시(在鄒詩)〉[118]를 흉내낸 것이다. 큰 잘못도 아닌 일로 삭작(削爵)되어 관내후(關內侯)가 되었다고 탄식하면서 '내 무슨 면목으로 제사를 받들겠는가!'하고 자책하는 시를 짓고, 그뒤 원제(元

---

117) 劉勰《文心雕龍》明詩 : '辭人遺翰, 莫見五言, 所以李陵班婕妤, 見疑於後代也.'
118) 《漢書》韋賢傳에 이미 '或曰, 其子孫好事, 述先人之志而作是詩也'라 말했듯이, 韋孟의 작품이 아닌, 그의 후손의 작품일 가능성이 많다. 韋賢은 韋玄成의 父, 韋孟은 六代祖이다.

帝) 때에야 다시 봉후(封侯)가 된 다음 〈계자손시(戒子孫詩)〉를 지었
다는 작시 동기도 그렇거니와,

> 빛나도다, 우리 조상, 시위(豕韋)의 제후로서, 명을 받아 방백(方
> 伯)되시어, 은(殷)나라 안정케 하셨네.
> (赫矣我祖, 侯于豕韋. 賜命建伯, 有殷以綏.)

로 시작하여,

> 사방의 여러 제후들을 잘 돌보고 감시하시는데, 거동과 수레·옷
> 에도 위엄 있으셨고, 공경히 모든 일 하셨네.
> (四方羣后, 我監我視, 威儀車服, 唯肅是履.)

로 끝맺는 〈자책시〉나,

> 아아, 공경스러운 군자들이여, 아름다운 덕을 닦고, 거동과 옷도
> 공경히 하여 법도 따라 점잖아야 하노니.
> (於肅君子, 旣令厥德, 儀服此恭, 棣棣其則.)

로 시작하여,

> 밝고 밝으신 천자여! 위대한 덕 밝게 빛나네.
> (明明天子, 俊德烈烈.)

등으로 이어져,

> 아아, 후손들이여, 엄정하고 단정함으로써 밝은 조상들 욕되이
> 말고, 한나라 왕실 번성케 하라.
> (於戲後人, 惟肅惟栗. 無忝顯祖, 以蕃漢室.)

로 끝맺는 〈계자손시〉는 철저한 예교사상을 바탕으로 절대적인 군권과 봉건적인 계급질서를 강조하는 내용이다.

응수선(應秀先)의 시는 처음부터 대관(大官)을 기린 시이니 더 얘기할 것도 없을 것이다. 이것은 이 시기의 유향(劉向, B.C. 77?~B.C. 6)의 〈구탄(九歎)〉, 유흠(劉歆, B.C. 53?~A.D. 23)의 〈수초부(遂初賦)〉・〈감천궁부(甘泉宮賦)〉 및 앞에서 이미 얘기한 양웅(揚雄)의 ‘부’ 등에서도 뚜렷이 드러나는 경향이다.

그러나 일부 서민들의 항거와 사회의 혼란은 서민들에게 자기의식을 일깨워 자기들의 노래를 유행시켰을 가능성은 많다. 이 시기 초에 조정의 경제정책을 비판하고 민생의 질고를 폭로한 환관(桓寬, B.C. 73 전후)의 《염철론(鹽鐵論)》이 나왔다. 그리고 이 시기의 귀족이나 호족들 사이에는 오락으로서 그러한 민간의 속악(俗樂)들이 크게 유행하였다.119) 그것은 무제 이래로 조정의 악부(樂府)에서도 속악이 많이 연주되고 노래되었음을 뜻한다.

애제(哀帝) 때 음벽(淫辟)한 정위(鄭衛)의 노래를 없애기 위하여 악부관(樂府官)을 파한 것도 이때 속악이 궁전에 크게 유행되고 있었음을 뜻한다. 애제는 정위의 음악이 아닌 교제악(郊祭樂)과 고병법무악(古兵法武樂)은 따로 보전하여 다른 관서에 소속케 했는데, 이때 승상 공광(孔光)과 대사공(大司空) 하무(何武)의 상주로 829명 중 388명만은 그대로 남겨 ‘태악(太樂)’에 예속시킨다.

파하지 않은 악원(樂員)들의 내용을 보면, 조하치주(朝賀置酒)할 때 쓰려고 둔 고원(鼓員) 128명(大樂鼓員 6명, 嘉至鼓員 10명, 邯鄲鼓員 2명, 騎吹鼓員 3명, 江南鼓員 2명, 淮南鼓員 4명, 巴兪鼓員 36

---

119) 《漢書》 禮樂志 : ‘是時(成帝・哀帝時代)鄭聲尤甚. 黃門名倡丙僵・景武之屬, 富顯於世. 貴戚五侯, 定陵富平外戚之家, 淫侈過度, 至與人主爭女樂.’(師古注 : 五侯, 王鳳以下也. 定陵, 淳于長也, 富平, 張放.)

명, 歌鼓員 24명, 楚嚴鼓員 1명, 梁皇鼓員 4명, 臨淮鼓員 35명, 玆邡
鼓員 3명) 및 초고원(楚鼓員) 6명, 상종창(常從倡) 30명, 상종상인
(常從象人) 4명, 조수상종창(詔隨常從倡) 16명, 진창원(秦倡員) 29
명, 진창상인원(秦倡象人員) 3명, 조수진창(詔隨秦倡) 1명 같은 것은
대부분이 속악 계통의 악사들인 듯하다.

애제의 악부 폐지는 음악이나 시를 통한 지나친 오락과 허장성세의
보류에 불과한 것이지, 음악이나 시에 대한 이들의 의식 전향을 뜻하
는 것은 아니다. 이러한 사실들을 서술한 끝에 《한서》 예악지(禮樂
志)에,

  그러나 백성들은 이에 물든 지 오래되었고, 또 아악(雅樂)을 창
  제하여 변화를 시키지도 않았기 때문에 부호와 이민(吏民)들은 여
  전히 이에 빠져, 지나치게 즐기다가 왕망(王莽)에게 멸망된다.[120]

라고 말하고 있는 것도, 애제의 악부 폐지 뒤에도 민가는 여전히 크
게 유행하였음을 말해주는 것이다.

이 시기의 시가들이 기록으로 남아 있지 않은 것은 무제 이래로 봉
건의식과 봉건제가 더욱 굳어져서 이 시기의 문화를 지배하였기 때문
이다. 그러나 이미 앞에서 양웅(揚雄)의 '부' 의식을 논할 때 지적한
것처럼 일부 순수한 사인들 중에는 봉건제의 형식주의에서 벗어나 보
려는 자각 같은 것도 싹트기 시작했었다. 그것은 이 시기에 현저해진
학자들이나 상층 지배계급 사이의 금문파(今文派)와 고문파(古文派)
의 대립 또는 안유파(安劉派)와 역성파(易姓派)의 대립 같은 데서도
감지할 수 있는 일이다.

---

120) '然百姓漸漬日久, 又不制雅樂有以相變, 豪富吏民湛沔自若, 陵夷壞于王莽.'

경학(經學)에 있어서의 금문과 고문의 차이는 본시 경서에 사용한 문자의 고금(古今)의 차이와 그에 따른 경문(經文) 및 그에 대한 해석의 차이의 문제에서 출발한 것이었다. 그러나 이 경학의 금문과 고문의 차이는 경학 자체뿐만 아니라 한대의 정치·사회·문화 전반에 연결이 된다. 본시 서한 초기부터 관학(官學)으로 인정되었던 것은 금문이었다. 특히 무제가 오경박사(五經博士)를 두면서 경학을 완전히 국교(國敎)로 삼자 유학은 크게 성행하는 한편 개인의 공리(功利)가 얽혀 용속화(庸俗化)하기 시작하였다.121)

그리고 그것은 법가나 도가의 이론까지 끌어들여 종교성·사상성을 띠면서 한대 봉건제의 정치원리로서 봉사하는 한편 황제의 권위를 절대화하고 그의 통치를 미화하는 역할도 담당하게 되었다. 이것은 이미 앞에서 논한 것처럼 고조(高祖) 때의 주보언(主父偃)·동중서(董仲舒)로 발전하면서 더욱 두드러진 현상이다. 이러한 국교화(國敎化)된 경학은 무제 이후로 더욱 교조화(敎條化)하여 피석서(皮錫瑞)는 그의 《경학역사(經學歷史)》에서 이렇게 말하고 있다.

우공(禹貢)으로 치하(治河)를 하고, 홍범(洪範)으로 (자연과 정치의) 변화를 살피고, 춘추(春秋)로 결옥(決獄)을 하였고, 305편(《시경》)을 간서(諫書)로 간주하였다.122)

오경(五經)이 이 시대에 와서는 실제의 자연현상이나 정치 사회의

---

121) 《漢書》儒林傳 '贊曰：自武帝立五經博士, 開弟子員, 設科射策, 勸以官祿. 訖於元始, 百有餘年, 傳業者寖盛, 支葉蕃滋, 一經說至百餘萬言, 大師衆至千餘人, 蓋祿利之路然也.'

122) 皮錫瑞 《經學歷史》第三節：'以禹貢治河, 以洪範察變, 以春秋決獄, 以三百五篇當諫書.'

변화를 가늠하는 전범(典範)으로 화한 것이다. 그리고 피석서의 《경학역사》에서 무선지간(武宣之間)을 경학창명시대(經學昌明時代), 원성(元成)으로부터 동한(東漢)에 이르는 시기를 경학극성시대(經學極盛時代)로 구분하고 있듯이, 서한의 원제(元帝) 이후는 정치적으로 혼란하였다 하더라도 경학의 교조화(敎條化)는 더욱 심해졌다.

《한서》의 원제기(元帝紀)부터 평제기(平帝紀)까지 대강 훑어보아도, 거의 구절마다 당시의 황제나 신하들이 봉건적인 예교사상에 철저했고, 모든 자연과 사회의 재이(災異)나 변화를 금문가(今文家 : 經學)적인 입장에서 이해하고 해결하려 하고 있음을 알 수 있다.

금문가들이 음양오행설이나 미신적인 논리를 동원히여 군권(君權)과 봉건제사회를 자기들 편의에 따라 굳히고 있음에도 불구하고 사회가 날로 혼란해지자 여기에 대한 학자들의 반동적인 경향을 대표하게 된 것이 고문파라 할 수 있다. 고문파는 성제(成帝)와 애제(哀帝) 시대에 유향(劉向, B.C. 77~B.C. 6)과 유흠(劉歆, B.C. 53~A.D. 23)이 왕명을 받들어 궁정 안의 장서각(藏書閣)에서 교서(校書)하다 《춘추좌전(春秋左傳)》·《모시(毛詩)》·《일례(逸禮)》·《상서(尚書)》 등의 고문경(古文經)을 발견한 데서 발단한다.

이것이 금문파와 대립되는 고문파로 발전한 것은 고문파가 이제껏 파에서 독점하여 온 학관(學官)을 넘보기 시작한 데서 비롯되지만, 학문적으로는 고문가는 경전의 정확한 해설을 위주로 하면서 금문파의 음양오행설을 비롯한 미신적인 성분을 배제하려 했기 때문이다. 이것은 왕권의 절대화와 한대 유씨 왕조에의 무조건 복종을 학술적으로 거부하는 것이 된다. 이것은 앞에서 논한 양웅(揚雄)의 경우와 같은 일부 지식인의 자각에서 출발한 것이라 할 수 있다.

이러한 경학의 금문·고문의 대립은 정치적으로는 유씨왕권을 절대시하는 안유파(安劉派)와 군주가 시원찮을 때에는 다른 훌륭한 타성

(他姓)의 사람으로 갈아야 한다는 역성파(易姓派)의 대립으로 나타난
다. 물론 금문파가 꼭 안유파이고 고문파가 모두 역성파라는 뜻은
아니지만 적어도 이들의 동기는 고문파의 방향과 거의 같은 것이었
다고 보아야 할 것이다. 이미 선제(宣帝) 때에 개관요(蓋寬饒 : 司隷
校尉)가,

　　오제(五帝)는 천하를 벼슬자리로 알고 다스리고, 삼왕(三王)은
천하를 집안으로 알고 다스렸다. 집안은 자식에게 전하고 벼슬은
현인(賢人)에게 전하는 법이니 그것은 사시(四時)의 변화나 같은
것이어서, 공을 이룩한 자는 떠나가고, 올바른 사람이 못되면 그 자
리에 있게 하지 않는 법이다.123)

라고 말했는데, 선제는 자기가 황제가 되고 싶어 이런 말을 했다고
그를 잡아 자살케 하고 있다. 혼란기로 들어와서는 역성파적인 생각
을 지닌 신하들이 늘어간 듯하다. 원제가 즉위하자 공우(貢禹 : B.C.
124~B.C. 44 : 諫大夫)는 상주하는 글에 이런 말을 하고 있다.

　　지금 백성들은 대기근에 죽어가고 있고 죽어도 장사지내지 못하
여 개돼지들에게 먹히고 있습니다. ……왕자란 하늘로부터 명을 받
아 백성들의 부모가 된 것인데, 이러할 수가 있습니까? 하늘이 보
고 있지 않습니까?124)

　　성제(成帝) 때의 곡영(谷永, ?~B.C. 9)은 더욱 노골적으로 이렇게

---

123) 《漢書》蓋寬饒傳 : '引韓氏易傳言 : 五帝官天下, 三王家天下. 家以傳子, 官以
　　傳賢, 若四時之運, 功成者去, 不得其人則不居其位. 書奏, ……以爲寬饒指意欲
　　求檀, 不逆大道. ……遂下寬饒吏. 寬饒引佩刀自剄北闕下.'
124) 《漢書》貢禹傳 : '今民大飢而死, 死又不葬, 爲犬豬食. ……王者受命於天, 爲民
　　父母, 固當若此乎? 天不見邪?'

말하고 있다.

　(하늘은) 무도한 자를 제거하고 유덕(有德)한 이를 개도(開導)하며, 한 성(姓)에게만 편애하시지 않으니, 천하는 곧 천하의 천하이지 1인의 천하가 아님을 밝힌 것입니다.125)

포선(鮑宣)은 애제(哀帝)에게 상주하는 글에서 이렇게 말하고 있다.

　천하는 곧 황천(皇天)의 천하입니다. ……관작도 폐하의 관작이 아니라 천하의 관작입니다.126)

그래도 이들은 처벌을 받지 않았을 뿐만 아니라 황제의 존경을 더욱 받은 것을 보면, 이 시기에 와서는 금문파에 의한 왕권의 절대화도 일부 동요되고 있었다 하겠다.
　애제(哀帝)　때　유흠(劉歆)은 《좌씨춘추(左氏春秋)》·《모시(毛詩)》·《일례(逸禮)》·《고문상서(古文尚書)》를 모두 학관(學官)에 세우려고 태상박사(太常博士)들과 다투었는데,127) 여기에서 금문과 고문의 대립이 본격화되었다.
　그러나 고문 추진의 중심인물이었던 유흠(劉歆)이 한실의 종씨(宗氏)라는 것은 고문파의 개혁의 한계를 뜻하는 듯하다. 그들이 결국 봉건제의 계급의식은 탈피하지 못하고 개제복고(改制復古) 정도에서 변화를 구하다 만 것은 그들 유학의 예교적인 한계 때문일 것이다.

---

125) 《漢書》谷永傳 : '去無道, 開有德, 不私一姓, 明天下乃天下之天下, 非一人之天下也.'
126) 《漢書》鮑宣傳 : '天下乃皇天之天下也. …… 夫官爵非陛下之官爵, 乃天下之官爵也.'
127) 《漢書》楚元王傳 참조.

뒤에 왕망(王莽)이 한실을 찬탈(簒奪)하고 고문인 《주례(周禮)》를 중심으로 한 변법(變法)을 실시하려다 실패한 것도, 이러한 한대 고문파나 역성파같은 진보주의자들의 한계성을 설명해주는 것이다.

이러한 한계성에도 불구하고 고문파와 역성파는 절대적인 군권을 중심으로 하는 봉건제에 대한 항거행위임에는 틀림없었다. 따라서 그것은 한대의 절대 지배계급이었던 대상업자본을 배경으로 한 호족계급(豪族階級)에 반하는 농촌을 배경으로 한 사족(士族)들의 철학과 사상을 나타낸 것이라고도 할 수 있다. 사회의 혼란은 대상(大商)과 대지주(大地主)들에 의한 경제의 전단(專斷)을 더욱 극대화시켜 봉건제가 지니는 모순을 노골화시켰으므로, 서민이나 일반 사족들은 자기 생존을 위한 항거와 자기 각성이 불가피했을 것이다.

여기에는 양웅(揚雄)의 경우처럼 문학하는 이들의 자기의식도 수반되었다. 따라서 이 시기에는 전통적인 중국문학사에 기록된 시가들은 많이 못 남기고 있지만 민간에 민요풍의 시가들은 활발히 유행되었을 것이다.

(4) 중흥기(中興期 : 光武帝 · 明帝 · 章帝, A.D. 23~83)

유씨의 왕조를 부흥시킨 동한의 유수(劉秀, B.C. 6~A.D. 57)는 자기자신이 서한 때부터 경제중심지의 하나였던 남양군(南陽郡) 채양현(蔡陽縣) 백수향(白水鄕 : 지금의 湖北省 棗陽縣 동쪽) 출신으로 열후(列侯)의 일족이었다.128) 그리고 그와 함께 거사를 성공시킨 등우(鄧禹) 이하 남궁운대(南宮雲臺)의 28장(將)이나 32공신(功臣)129)

---

128) 《後漢書》 光武帝本紀 上 참조.
129) 《後漢書》 朱祐等傳論 : ‘永平中, 顯宗追感前世功臣, 乃圖畫二十八將於南宮雲臺, 其外又有王常 · 李通 · 竇融 · 卓茂, 合三十二人. ……太傅高密侯鄧禹, 中山太守全椒侯馬成…….’

도 거의 모두가 대상(大商)·대지주(大地主)인 호족 출신이다. 그리고 그 중 과반이 남양(南陽) 출신이거나 유수 집안과 혼족(婚族)이라는 것도 주의할 만한 사실이다.130)

이러한 지배자들의 출신성분은 동한을 처음부터 철저한 봉건제에 의한 계급사회로 출발시키고 있다. 따라서 서한 말엽에 대두하였던 개인의식이나 고문파에도 불구하고, 동한의 정치가 본궤도에 오르면서 서한의 금문가의 이론에다 도참(圖讖)을 더 보태어131) 더욱 군권과 유씨의 왕통(王統)을 절대화시키는 방향으로 발전하고 있다. 광무제(光武帝)는 처음 군사를 일으키기 전부터 도참(圖讖)과 연관되어 있었기132) 때문에 그것은 그의 정치에 미신적인 경향을 농후하게 하는 요소가 되었을 것이다.133) 이러한 비상수단을 동원한 왕권의 강화는 왕망(王莽)으로 인한 혼란에 대한 반동이었다고도 볼 수 있다.

어떻든 이러한 정책은 광무(光武) 이후로 더욱 강화되어, 장제(章帝)의 건초(建初) 4년(A.D. 79)의 이른바 백호관회의(白虎觀會議)에서 절정을 이룬다. 장제는 백호관(白虎觀)이라는 궁전 안에 당시의 대학자들을 모두 모아놓고 몇 달에 걸쳐 경의(經義)를 토론케 하고, 금문파의 예교사상에다 도참(圖讖)과 위서(緯書)를 혼합시켜 미신적

---

130) 楊聯陞 '東漢的 豪族'(淸華學報 11권 4기 pp. 1011~1023)에 자세한 연구가 되어 있다.

131) 《後漢書》 光武帝紀 下 中元元年條 : '是歲初起明堂·靈臺·辟雍, 及北郊兆域. 宣布圖讖於天下.'

132) 《後漢書》 光武帝紀 上 : '莽末, ……宛人李通等以圖讖說光武云 : 劉氏復起, 李氏爲輔.' 又 '光武先在長安時, 同舍生彊華自關中奉赤伏符曰 : 劉秀發兵捕不道, 四夷雲集龍鬪野, 四七之際火爲主.' 又 : '讖記曰 : 劉秀發兵捕不道, 卯金修德爲天子.' 등등.

133) E. R. Hughes가 'Two Chinese Poets' Chapter XI ; General Appraisals 2 에서 'I have argued that Later Han was essentially a theocracy, Former Han an autocracy.'라 말한 것도 이런 면에서 보면 수긍이 간다.

인 신학(神學)과 천인감응설(天人感應說) 등을 동원시켜 유씨왕통의 절대화를 기하고 있다.134) 이것은 유씨왕조의 전제를 절대불변의 것으로 고정시키려는 국헌(國憲)의 제정작업이었다.135)

한편 호족들은 경제적·정치적·혈육적인 관계 등으로 서로 얽히어, 이러한 왕권의 일통된 정치 아래 경제적·정치적 지배를 완전히 손아귀에 집어넣는다. 이 시대에 경학이나 문학을 했다는 사람들도 모두 대상(大商)과 지주에 관료를 겸한 집안 출신의 사람들이며,《후한서》열전(列傳)에 나오는 인물들은 거의 모두 여러 대에 걸쳐 경술(經術)로써 이름을 떨친 호족 출신들이라는 사실은 이 시기의 문화적·정치적 특징을 잘 설명해 준다. 이 시기에는 결국 신정적(神政的)인 방향에 의하여 봉건제를 확정짓는 작업에 여념이 없어 창작활동은 활발하지 못했다.

그러나 장제(章帝) 후기로부터 화제(和帝)에 걸치는 기간에는 이러한 동한 초의 특징을 바탕으로 한 문학의 창조가 두드러진다. 다만 이 시기의 문학은 정치나 마찬가지로 더욱 형식화하고 예교화하고 있다. 운문이나 산문을 막론하고 문체가 더욱 정제화(整齊化)하고 표현이 전아(典雅)해진 것이다. 산문은 서한의 웅대하고 분방한 맛이란 찾아보기 어렵게 되고, 되도록 아름다운 수사를 추구하여 사언(四言)이나 육언(六言)의 정제한 구절과 대우(對偶)를 많이 사용하는 문장으로 변한다. 소식(蘇軾, 1036~1101)이 〈조주한문공묘비(潮州韓文公廟碑)〉에서 '문기팔대지쇠(文起八代之衰)'라 말하고 있는 것도(팔대는 東漢·魏·晉·宋·齊·梁·陳·隋) 동한의 산문이 퍽 변문(騈文)에 가까워졌기 때문이었다.

---

134) 《後漢書》章帝紀, 班固의 《白虎通義》 등 참조.

135) 《後漢書》曹褒傳 : '孝章永言前王, 明發興作. 專命禮臣, 撰定國憲, 洋洋乎盛德之事焉.'

‘부’는 완전히 이 시기에 속한다고 할 뚜렷한 작가는 거의 없어 단언하기 어렵지만 두독(杜篤 : 光武帝·章帝 때 사람)의 〈논도부(論都賦)〉(《後漢書》杜篤傳)·〈불계부(祓禊賦)〉(《藝文類聚》 4)·〈수양산부(首陽山賦)〉(《藝文類聚》 7) 등을 비롯해서, 화제(和帝) 초기까지 활약한 반고(班固, 32~92)의 〈양도부(兩都賦)〉(《文選》), 최인(崔駰, ?~92)의 〈반도부(反都賦)〉(《藝文類聚》 61) 같은 ‘부’를 종합해 볼 때, 이 시기는 더욱 의작(擬作)이 성행하고 형식적인 수식에만 힘쓰고 있었음을 알 수 있다.

시도 이 무렵부터 오언으로 굳어지는 경향이 뚜렷해지기 시작했다. 반고(班固)에게 〈교사영지가(郊祀靈芝歌)〉와 〈영사시(詠史詩)〉·〈주선시(竹扇詩)〉의 세 편(《班蘭臺集》)이 있고, 최인(崔駰)에게는 〈안봉후시(安封侯詩)〉와 〈칠언시(七言詩)〉의 두 편(《崔亭伯集》)이 전하는데, 〈교사영지가〉와 〈안봉후시〉는 초가체(楚歌體)의 정형시이고 나머지는 오언과 칠언의 정형시들이다. 응형(應亨)이 영평(永平) 4년(61년)에 지었다는 〈증사왕관시(贈四王冠詩)〉도 정제한 오언이다.

이 시기의 문인들이 오언·칠언 같은 새로운 시형으로 시를 짓고는 있지만, 그 의식은 여전히 ‘부’와 같은 형식적인 경향을 벗어나지 못하고 있다. 다시 말하면 이 중에 개성적인 서정시 같은 것은 한 편도 없다는 것이다.

그러나 이 시기에도 시세에 항거하는 고문파의 명맥은 그대로 존재하였다. 부상(富商)들의 경제적인 횡포와 당시의 정치를 비판하고 광무제(光武帝)의 도참신앙(圖讖信仰)을 반대한 《신론(新論)》의 작자 환담(桓譚)136)을 비롯하여, 《왕명론(王命論)》을 지은 반표(班彪)가

---

136) 《後漢書》桓譚傳 上疏文 : ‘今富商大賈, 多放錢貨, 中家子弟, 爲之保役, ……
是以衆人慕效, 不耕而食, 至乃多通侈靡, 以淫耳目.’ 又 ‘是時帝方信讖, 多以決
定嫌疑, ……譚復上疏曰 : ……今諸巧慧小才伎數之人, 增益圖書, 矯稱讖記,

있었다. 그밖의 정흥(鄭興)·두림(杜林)·윤민(尹敏)·정중(鄭衆)·진원(陳元)·가규(賈逵)·반고(班固) 등의 대학자가 나와 고문경(古文經)을 주장했다. 이들 중에는 광무제 앞에서 직접 도참(圖讖)을 반대한 학자들까지도 있었다.137)

그러나 이들은 이미 학술이나 관료로서 대를 이어온 호족들이어서 봉건제를 반대하거나 시정(時政)과 투쟁하려는 의욕은 없었다. 고문파는 관학의 지위에 오르지 못했다는 것과 금문파의 신학적(神學的) 참위신앙(讖緯信仰)을 반대하고 주(周) 초의 합리적인 예교를 통하여 봉건제를 건설하려는 방법만이 달랐을 따름이다.

고문파는 소극적이기는 하였지만 그래도 얼마간 재야(在野)에서 순수한 학문의 성격을 지니고 있었으므로 그들의 문장이나 시부(詩賦)에는 아무래도 금문파보다는 자기의식이나 현실비판의 경향이 강하게 마련이다.

이상과 같은 시대조류는 환담(桓譚)의 〈선부(仙賦)〉(《藝文類聚》 78), 반표(班彪)의 〈남해부(覽海賦)〉(《藝文類聚》 8)·〈북정부(北征賦)〉(《文選》·《藝文類聚》 27)·〈익주부(翼州賦)〉(《藝文類聚》 6, 18)·〈도이소(悼離騷)〉(上同 58), 반고(班固)의 〈유통부(幽通賦)〉(《文選》·《藝文類聚》 26)·〈종남산부(終南山賦)〉(《初學記覽》 5)·〈해부(海賦)〉(《文選》 注)·〈죽선부(竹扇賦)〉(《古文苑》)·〈백기선부(白綺扇賦)〉(《初學記》 25) 등의 그들 작품목록이 보여주듯이 서한의 '부' 작가들보다는 개인의 감정이나 생활 주변에 관심이 더욱 쏠리게 하고

以欺惑貪邪, 詿誤人主, 焉可不抑遠之哉!……'

137) 《後漢書》 鄭興傳:'帝(光武)嘗問興郊祀事曰:吾欲以讖斷之, 何如? 興對曰:臣不爲讖. 帝怒曰:卿之不爲讖, 非之邪? 興惶恐曰:臣于書有所未學, 而無所非也. 帝意乃解.'

《後漢書》 尹敏傳:'帝(光武)以敏博通經記, 令校圖讖, ……敏對曰:讖書非聖人之所作, 其中多近鄙別字, 頗有世俗之辭, 恐疑誤後生. 帝不納.'

있다. 이것은 노장학(老莊學)을 공부한 풍연(馮衍)의 〈현지부(顯志賦)〉(《後漢書》 馮衍傳)의 경우에는 더욱 뚜렷하다.

　이 시기의 조류 속에서는 민간가요가 활발히 행세하기 어려웠을 것이다. 다만 '고문파'를 중심으로 한 소극적인 비판정신과 황실이나 호족들의 오락에 힘입어 이전에 존재했던 가요들이 어느 정도 보존은 되고 있었을 것이다. 그것은 광무제 때의 장군 마원(馬援)이 남정(南征) 시에 지었다는 〈무계심행(武溪深行)〉[138]이 잡언가요체(雜言歌謠體)이고, 동한 초의 은자(隱者)로 알려진 양홍(梁鴻)의 〈오희가(五噫歌)〉와 〈적오시(適吳詩)〉·〈사우시(思友詩)〉 등이 초가체(楚歌體)라는 것이 방증(傍證)해 준다. 그러나 양홍(梁鴻)이 〈오희가〉라는 개성적인 시를 짓고 장제(章帝)의 미움을 사 그 뒤로는 변성명하고 숨어서 비참한 생활을 해야만 했다는 얘기[139]는 개성적인 창작이 용납되지 않던 이 시대의 강력한 봉건윤리를 증명해 준다.

(5) 쇠망기(衰亡期 : 和帝·殤帝·安帝·順帝·沖帝·質帝·桓帝·
　靈帝·獻帝, 89~219)

　이 시기는 동한의 봉건제도가 극성기를 지나 황권(皇權)에 대한 저항이 나타나기 시작한 때이다. 표면상으로는 화제(和帝) 때부터 시작

---

138) 崔豹《古今注》:‘武溪深, 馬援爲南征之所作. 援門生袁寄生, 善吹笛, 援作歌以
　　和之.’
　　武溪深行 : 滔滔武溪一何深, 鳥飛不度, 獸不敢臨, 嗟哉武溪多毒淫.
139) 《後漢書》逸民列傳:‘梁鴻……因東出關, 過京師, 作五噫之歌曰:陟彼北邙兮,
　　噫! 顧瞻帝京兮, 噫! 宮闕崔巍兮, 噫! 民之劬勞兮, 噫! 遼遼未央兮, 噫! 肅宗
　　聞而非之, 求鴻不得. 乃易姓運期, 名燿, 字侯光, 與妻子居齊魯之間.’
　　惠棟은 同 注에서 《御覽》과 《樂府詩集》에 인용된 《三輔決錄》을 인용하여 ‘非
　　之’로 쓴 것은 잘못이며 ‘肅宗聞而悲之’가 옳다고 말하고 있다. 그러나 이 시대
　　의 풍조나 문장의 앞뒤 관계로 보아 그대로 ‘非之’로 읽음이 옳을 것 같다.

된 외척(外戚)과 환관(宦官)의 권세다툼이었던 듯하지만, 이것은 봉건제의 극성기를 통하여 강대해진 세족(世族)들의 황권에 대한 도전으로 해석할 수 있다. 외척은 이때 거의 모두 세족화(世族化)해 있었고, 각 지방의 호족들과도 경제·정치·혼인 등 여러 가지로 관계가 서로 얽혀 있었다. 화제 이후로는 모두 어린 나이에 황제로 즉위하여 (최대 15세, 최소 4개월), 이들은 초기에는 태후(太后)를 비롯한 외척들에게 국정을 맡기다가 철이 들면서는 측근의 환관들을 이용하여 황권을 되찾았던 것이다.

또 황제들이 어렸기 때문에 유모들도 뒤에는 봉작(封爵)을 받으면서(安帝 이후) 강족(强族)으로 화하여 환관측에 가담하게 된다. 한편 앞 시기에 명당(明堂) 태학(太學)을 설립한 이후로는 낙양(洛陽)에 유학하는 학생들이 3만여를 넘었고,140) 그밖에 많은 저명한 경사(經師)들 밑에는 수천명에서 만명이 넘는 제자들이 몰려있었는데,141) 이들도 대세력을 이루어 외척들에게 대체적으로 합세한다. 이들은 거의 모두가 호족이나 관료들의 자제여서 환관이나 유모들을 생리적으로 멸시하게 되었던 것이다. 이러한 권세 다툼은 이른바 당고(黨錮)의 화(禍)를 치르며 한이 멸망하기까지 처절히 계속된다.

---

140) 《後漢書》儒林傳序 : '順帝感翟酺之言, 乃使修黌宇, 凡所構造, 二百四十房, 千八百五十室, ……本初元年(146), 梁太后詔曰 : 大將軍下至六百石, 悉遣子就學, 每歲輒于鄕射月一饗會之, 以此爲常, 自是遊學增盛至三萬餘生. 然章句漸疏, 而多以浮華相尙, 儒者之風蓋衰矣.'

141) 《後漢書》儒林傳에 의하면, 張興은 제자가 만명이 넘었고, 曹曾은 3천명, 牟長은 만명(늘 천여명이 앞에 있었다.) 牟紆는 천명, 宋登은 수천명, 楊倫 천여명, 魏應 수천명, 杜撫 천여명, 丁恭 수천명, 樓望 9천여명, 穎容 만6천명(늘 천여명이 청강)의 제자가 있었고, 劉昆·任安·歐陽歙·包咸·伏恭·楊仁·董鈞·周澤·甄宇·程曾 등이 모두 수백명의 제자들을 거느렸다. 〈儒林傳〉 이외에 《後漢書》列傳의 각 傳에도 수천 수백의 제자들을 거느렸다는 사람들이 10여명이나 된다.

그리고 이 시기에 와서는 왕충(王充, 27~104)의 《논형(論衡)》, 최식(崔寔, ?~170?)의 《정론(政論)》, 왕부(王符, 76?~157?)의 《잠부론(潛夫論)》, 중장통(仲長統, 180~220)의 《창언(昌言)》, 순열(荀悅, 148~209)의 《신감(申鑒)》 같은 보다 개성적인 정치나 사회·문화에 관한 견해를 쓴 저서들도 쏟아져 나왔다. 한편 동한의 정통학문인 참위(讖緯)사상이 끼어든 금문을 반대하는 고문을 위주로 하는 학자로 마융(馬融, 79~166)에 이어 정현(鄭玄, 127~200) 같은 대학자들이 나와 학문 풍조를 바꾸어 놓는다.

여기에다 군체화(群體化)한 태학생(太學生)과 선비들의 청의(淸議)가 말해주듯, 세상의 혼란을 틈타고 유행하게 된 노장학(老莊學)과 불교(佛敎)까지도 이 시기의 문화에 보태진다. 이러한 여러 가지 이 시기의 문화적인 배경은 그 문학의 발전을 다른 방향으로 바꾸어 놓지 않을 수가 없었던 것이다.

'부'에 있어서는 이미 앞의 장형(張衡)을 논할 때 지적한 것처럼, 아직도 모의의 기풍을 벗어나지는 못했지만 자기의식이 뚜렷해졌다. 그것은 이전 시기의 고금문파(古今文派)의 '부'에서 이미 드러나기 시작한 현상이지만, 이 시기에 와서는 그것이 더욱 일반화하고, 그 영향은 문체에까지도 미친다. 이 시기의 작가들을 보면 화제(和帝)·안제(安帝)시대의 부의(傅毅)나 이우(李尤)의 경우에는 모의(模擬)의 경향이 짙고 이전의 작품들을 많이 지니고 있지만, 그 뒤로 내려가면 기풍이 달라지고 있음을 알 수 있다.

그것은 이들의 부제목만을 보더라도 뚜렷이 드러나는 현상이다. 이우(李尤)는 〈칠관(七款)〉을 비롯해서 〈함곡관부(函谷關賦)〉(《藝文類聚》 6, 《初學記》 7, 《古文苑》)·〈벽옹부(辟雍賦)〉(《藝文類聚》 38, 《初學記》 13, 《御覽》 534)·〈덕양전부(德陽殿賦)〉(《藝文類聚》 62, 《初學記》 28, 《御覽》 970)·〈평악관부(平樂觀賦)〉(《藝文類聚》 63)·〈동관

부(東觀賦)〉(《藝文類聚》 63) 등 모의적이고 위대한 것을 대상으로
한 형식적인 작품을 짓고 있지만, 부의(傅毅)는 〈칠격(七激)〉을 비롯
하여 〈낙도부(洛都賦)〉(《藝文類聚》 61, 《初學記》 24)·〈반도부(反都
賦)〉(《水經注》) 등과 함께 〈무부(舞賦)〉(《文選》, 《藝文類聚》 43,《初
學記》 15,《古文苑》에는 宋玉작으로 되어 있음)·〈아금부(雅琴賦)〉
(《藝文類聚》 44,《初學記》 16 등)·〈선부(扇賦)〉(《北堂書鈔》 134) 등
신변의 작은 사물에도 관심을 보이고 있다.

그러나 후기 마융(馬融)의 〈금부(琴賦)〉(《藝文類聚》 44,《文選》
주)·〈장적부(長笛賦)〉(《文選》)·〈위기부(圍棋賦)〉(《藝文類聚》 74,《古
文苑》)·〈저포부(樗蒲賦)〉(《藝文類聚》 74)·〈용호부(龍虎賦)〉(《史記
集解》), 왕일(王逸)의 〈구사(九思)〉(《楚辭》)·〈기부부(機婦賦)〉(《藝文
類聚》 65,《北堂書鈔》 158,《御覽》 825)·〈여지부(荔支賦)〉(《藝文類
聚》 87,《初學記》 28 등), 왕연수(王延壽)의 〈노령광전부(魯靈光殿
賦)〉(《文選》)·〈몽부(夢賦)〉(《藝文類聚》 79)·〈왕손부(王孫賦)〉(《藝
文類聚》 95,《初學記》 29), 응창(應瑒)의 〈수림부(愁霖賦)〉(《藝文類
聚》 2)·〈영하부(靈河賦)〉(《藝文類聚》 8,《初學記》 6)·〈정정부(正
情賦)〉(《北堂書鈔》 136)·〈찬정부(撰征賦)〉(《藝文類聚》 59) 및 기타
잔문을 남기는 '부'들, 채옹(蔡邕)의 〈임우부(霖雨賦)〉(《藝文類聚》 11
등)·〈한진부(漢津賦)〉(《藝文類聚》 8 등)·〈술행부(述行賦)〉(《古文
苑》,《藝文類聚》 27)·〈현표부(玄表賦)〉(《文選》 注引)·〈협화혼부(協
和婚賦)〉(《初學記》 14,《古文苑》,《藝文類聚》 17 등)·〈검일부(檢逸
賦)〉(《藝文類聚》 18 등)·〈단인부(短人賦)〉(《初學記》 19) 및 기타 잔
문이 있는 '부'들, 조일(趙壹)의 〈신풍부(迅風賦)〉(《藝文類聚》 1)·〈해
빈부(解擯賦)〉(《御覽》 951)·〈자세질사부(刺世疾邪賦)〉(《後漢書》 本
傳 등)·〈궁조부(窮鳥賦)〉(《後漢書》 本傳 등), 이형(禰衡)의 〈앵무부
(鸚鵡賦)〉(《文選》,《藝文類聚》 91) 등등 모두들 들춰내놓고 보더라

도 이전처럼 황제의 주변을 읊은 것은 극히 드물고 거의 모두가 자기 주변을 노래한 것으로 변한다.

그것은 '부'가 시에 가까워지고 있음을 뜻하는 것이다. 이미 여기에는 서정부(抒情賦)도 있거니와 사회의 모순을 정면으로 폭로한 작품들도 있다.

그러니 시나 가요의 작풍도 변하지 않을 수 없는 것이다. 가장 뚜렷한 현상은 무엇보다도 장형(張衡)·부의(傅毅)·채옹(蔡邕)·공융(孔融)·조일(趙壹)·중장통(仲長統)·채염(蔡琰) 등 수많은 작가들이 당당히 자기의 이름을 내걸고 시를 쓰기 시작하고 있다는 것이다. 이전에도 시를 남긴 작가들이 있기는 하였지만, 중국문학사상 개인의 명의 아래 창작되는 시작활동은 이 시기부터 시작되었다고 하겠다.

이들은 다시 한대 봉건윤리에 개성적인 자각을 보태어 시를 쓰기 시작한 것이다. 이들의 시에 아송(雅頌)에 가까운 사언시(四言詩)가 가장 많은 것도 아직 이들이 《시경》의 전통을 다분히 간직하고 있음을 뜻한다고 보아야 할 것이다. 그밖에는 오언(五言)이 가장 많고, 또 칠언시(七言詩)와 초가체(楚歌體) 및 육언시(六言詩)도 보인다.

이 중 오언시가 가장 개성적인 경향을 띠고 있는데, 그 중에서도 장형(張衡)의 〈동성가(同聲歌)〉, 채옹(蔡邕)의 〈취조(翠鳥)〉, 진가(秦嘉)의 〈유군증부시삼수(留郡贈婦詩三首)〉, 역염(酈炎)의 〈현지시이수(見志詩二首)〉, 조일(趙壹)의 〈질사시(疾邪詩)〉(〈刺世疾邪賦〉 중에 보임) 등이 뛰어나다. 서릉(徐陵)의 《옥대신영(玉臺新詠)》에는 〈음마장성굴행(飲馬長城窟行)〉을 채옹(蔡邕, 133~192)의 작품으로 수록하고 있고(《文選》에서는 古辭라 하고 있음), 고시(古詩) 〈염염고생죽(冉冉孤生竹)〉을 유협(劉勰)은 《문심조룡(文心雕龍)》에서 간혹 부의(傅毅, 47?~93?)의 작이라 한다(〈明詩편〉)고 말하고 있어(《文選》에는 古時十九首 중에 끼어 있음), 이 설들을 그대로 따르는 이도 많다(보기 : 丁福保《全漢三國南北朝詩》).

이 시기까지 완전한 오언시가 없었다고 주장할 수는 없으므로 〈고시십구수(古詩十九首)〉나 이릉(李陵)과 소무(蘇武)의 증답시(贈答詩)를 비롯한 서한의 오언시를 부정하는 이들도, 이것들에 대하여는 소극적인 태도이다.

그러나 이 시기까지도 작자의 이름을 내걸고 있는 작품들 또는 봉건 상류계급의 문인들이 쓴 작품들과 〈음마장성굴행(飮馬長城窟行)〉이나 〈염염고생죽(冉冉孤生竹)〉 같은 고사(古辭)들은 근본적으로 성격이 서로 다르다. 고사들은 훨씬 민간가요의 성격이 짙어서 자연스럽고 개성적이며, 문장도 가볍고 깨끗한 데 비하여, 이름을 분명히 내건 시들은 같은 오언이라도 수사가 부자연스러워 '부'에 가까운 작시(作詩)의식을 느끼게 된다.

더구나 〈낙도부(洛都賦)〉·〈반도부(反都賦)〉와 〈칠격(七激)〉 같은 형식적이고 모의적인 작품을 쓴 부의(傅毅)에게서 그런 뛰어난 작품이 나올 리가 없다. 그에게는 〈적지시(迪志詩)〉란 사언시(四言詩)가 있는데 이것도 완전한 송체(頌體)여서 〈염염고생죽〉과는 천양지판(天壤之判)이다. 부의보다는 훨씬 개성화된 채옹(蔡邕)의 경우를 들어 그의 작품 〈취조(翠鳥)〉와 〈음마장성굴행〉을 비교해 봐도 이것은 분명한 일이다.

음마장성굴행(飮馬長城窟行)

황하 가의 풀 푸르르니
아득한 먼 길로 간 이 그리워지네.
먼 길로 간 이 잊어가고 있었는데,
어젯밤 꿈에 나타났네.
꿈에서는 내 곁에 있다가

문득 깨어나 보니 타향에 가 있네.
타향은 각기 다른 고장이어서
이리 뒹굴 저리 뒹굴 잠만 못 이루네.
마른 뽕나무는 바람의 방향 알려주고
바닷물은 추워진 날씨 알려준다네.
자기 집으로 가서는 각자 자기 사람 사랑하는데
그 누가 위로하는 말인들 해줄 건가?
먼 고장으로부터 오는 나그네 편에
내게 두 마리 잉어 보내왔는데,
아이 불러 잉어 구우라 했더니
잉어 배 속에서 흰 편지가 나왔다네.
무릎 꿇고 흰 편지 읽는데
편지 속엔 무어라 써있겠는가?
위에서는 밥 많이 먹으라 했고
아래편에는 오래도록 사랑하겠노라 하였네.
(靑靑河邊草, 緜緜思遠道. 遠道不可思, 夙昔夢見之.
夢見在我旁, 忽覺在他鄕. 他鄕各異縣, 輾轉不可見.
枯桑知天風, 海水知天寒. 入門各自媚, 誰肯相爲言?
客從遠方來, 遺我雙鯉魚. 呼兒烹鯉魚, 中有尺素書.
長跪讀素書, 書中竟何如? 上有加餐食, 下有長相憶.)

파랑새(翠鳥)

마당 모퉁이에 석류나무가 있는데
파란 잎새 사이에 붉은 꽃이 피었네.
파랑새가 때때로 날아와 앉아
나래 떨치며 모습 가다듬는데,

돌아볼 적에는 푸른빛이 돋보이고
움직일 적에는 옥청색이 드러나네.
다행히 사냥꾼 덫 벗어나
군자님 마당 찾아오게 되었으니,
착한 마음으로 군자님의 고결하심에 의탁하여
암컷 수컷 함께 백년 살고 싶다네.
(庭隅有若榴, 綠葉含丹榮, 翠鳥時來集, 振翼修形容.
回顧生碧色, 動搖揚縹靑. 幸脫虞人機, 得親君子庭.
馴心托君素, 雌雄保百齡.)

위의 시는 집 떠난 남편을 그리는 여인의 노래여서 이러한 개인적
인 사랑은 아직도 한대 지배계급의 윤리로서는 용납될 수가 없는 것
이었다. 문장도 다른 고사(古辭)들처럼 자연스럽고 깨끗하다. 여기에
비하여 아래의 시는 훌륭한 신하가 되려는 자신을 취조(翠鳥)에 비유
한 것으로, 가요의 수법과 형식을 빌었을 뿐 '부'와 같은 의식을 벗어
나지 못한 작품이다.
　완전히 개성적인 작가의 이름을 내건 시는 동한 끝 무렵 건안(建
安, 196~219)에 이르러서야 보이기 시작한다(보기 : 孔融의 〈雜詩〉).
칠언(七言)으로는 장형(張衡)의 〈사수시(四愁詩)〉, 이우(李尤)의 〈구
곡가(九曲歌)〉, 왕일(王逸)의 〈금사초가(琴思楚歌)〉 등이 있는데 이
것은 오언(五言)보다도 훨씬 수식이 강조된 성격의 것들이다. 그러나
'부'보다는 전체적인 규모에 있어서나 서술방식에 있어서 훨씬 가볍고
자유스러우며 내용도 훨씬 개성화되어 있으니 시의 발전사상 주목할
만한 진전이라 할 것이다.
　이밖에 시작의 기교가 고도로 발휘된 채염(蔡琰, 162?~239?)
의 〈비분시(悲憤詩)〉와 〈호가십팔박(胡笳十八拍)〉이 있는데, 이것도

그의 작품이 아닐 가능성이 많다.[142] 그밖에 신연년(辛延年)의 〈우림랑(羽林郎)〉과 송자후(宋子侯)의 〈동교요시(董嬌饒詩)〉 같은 뛰어난 작품도 전하는데, 신연년이나 송자후 같은 사람은 이름 석자 이외엔 아무것도 알려지지 않고 있으니 실상은 무명씨(無名氏)나 같은 것이다.

이 동한의 후기는 이미 지적한 것처럼 고문파(古文派)의 세력이 강해지고, 태학생(太學生)과 사인(士人)들이 군체화(群體化)하면서 청의(淸議)가 발생하고, 불교(佛敎)와 노장(老莊)사상이 유행하여, 상부계급에서도 개인을 자각하게 되고 현실을 비판적인 눈으로 보는 경향이 생겨났다. 거기에다 환관(宦官)과 세족(世族)들의 권세다툼으로 인한 당고(黨錮)의 화(禍)가 연달아 일어나고 국정이 극도로 문란해진데다가 천재와 기근까지 자주 겹쳐 안제(安帝) 이후로는 각 지방의 농민들의 반란이 연달아 일어나기 시작하였다.[143]

이러한 여건들은 상부계급들로 하여금 서민들에게도 관심을 돌리게 하고, 서민들 자신도 스스로를 자각케 하기에 충분한 것이었다. 따라서 이 시기에는 한대의 어느 시기보다도 민간의 가요들이 활발히 유행했을 것이다. 이미 앞에서 논한 것처럼 적지 않은 문사들이 민간

---

142) 蔡琰의 두 작품에 대하여는 옛날부터 논란이 많았다. 北京 中華書局 발행 〈胡笳十八拍討論集〉(文學遺産編輯部編, 1959)에 자세하므로, 그 책에 논의를 미룬다.

143) 《後漢書》에 의하면 永初 3년(109년)에는 張伯路 등이 山東반도에서 반란, 永初 4년엔 다시 張伯路 등과 함께 平原에서 劉文河 등이 반란, 永初 5년엔 漢陽人 杜琦 등이 반란, 이렇게 시작하여 반란이 계속되어, 順帝로부터 靈帝에 이르는 40년간엔 30여차에 걸친 반란이 각 지방에서 일어나고, 靈帝 光和 6年(183년)에 일어난 黃巾賊의 亂부터는 여러 갈래의 亂軍의 세가 官軍으로서는 수습할 수 없을 만큼 강해져 결국 漢왕조가 멸망하고 만다(〈安帝紀〉~〈獻帝紀〉).

가요의 영향이라 보여지는 오언(五言)·칠언(七言)의 새로운 시들을 본격적으로 짓기 시작하고 있다는 것도, 상부계급의 서민에 대한 관심과 함께 서민들의 자각이 뚜렷해졌음을 증명하는 것이라 하겠다. 이때 〈초중경처(焦仲卿妻)〉라는 걸작 서사시(郭茂倩《樂府詩集》권 73 雜曲歌辭)가 나온 것도 우연이 아닌 것이다.

그러나 한말의 사회 모순에 대한 항거나 개인의 자각을 통한 시의식의 변화는 우리가 아는 한 일정한 한계 내에서 그치고 있다. 그 일정한 한계란 봉건적인 예교(禮敎)의 윤리를 말한다. 본시 고문파(古文派)의 학문도 동한의 정치윤리를 지배하는 정통적인 신정적(神政的) 사상과는 충돌되는 것이지만, 근본적으로 봉건제를 부정하거나 새로운 개혁을 단행하려는 생각은 조금도 없는 것이었다. 왕망(王莽)의 '변법(變法)'의 방향이 말해 주듯이 그들은 동한의 신정적인 성격과 도참(圖讖)과 위서(緯書)를 근거로 한 미신적인 경향을 반대하고, 주(周)나라 초기와 같은 합리적이고 객관적인 조직에 의하여 움직여지는 봉건제로 돌아가려는 복고적인 경향을 띤 것이었다.

그리고 그들은 지배권력의 중심부를 차지하지 못했기 때문에 대상(大商) 겸 대지주로 이루어진 호족들의 전횡을 반대하고 봉건사회의 하층부의 이익을 대표하였다. 또 하나의 야적(野的)인 세력인 태학생(太學生)이나 사인(士人)들도 사실은 모두가 세족(世族) 출신들이며,144) 이들은 서로 어울려 공부도 올바로 하지 않고 부화(浮華)를 숭상하며,145) 무책임한 정치비판과 공론을 일삼았다.146) 따라서 그들

---

144) 《後漢書》儒林傳 序 : '梁太后詔曰 : 大將軍下至六百石, 悉遣子就學, ……' 이 것은 太學生은 최저 6백석 봉록의 대장군 이상의 자제였음을 뜻한다.

145) 《後漢書》儒林傳 序 : '自是遊學增盛至三萬餘生. 然章句漸小, 而多以浮華相尙, 儒者之風蓋衰矣.'

146) 袁宏《後漢紀》卷22 延熹九年紀 : '是時太學生三萬餘人, 皆推先陳蕃·李膺,

의 청의(淸議)라는 것도 실은 권력중심에서 벗어난 세족들의 한론(閑論) 같은 것이어서, 후대 위진(魏晉)의 청담(淸談)의 전신이라고까지 말할 수 있는 것이었다.147)

또 노장사상이나 불교는 자기를 발견하고 자기자신만 잘 보전하도록 만들었지, 사회의 부정이나 모순에 항거하는 일은 피하게 하는 것이었다. 불행히도 이러한 고문파나 태학생들 또는 노장의 영향을 받은 사람들이 이 시대의 진보적인 지식인들이었기 때문에 이들에 의하여 추진된 시의식의 변화에는 한계가 없을 수 없었던 것이다.

그들은 예교적인 봉건윤리를 타파할 생각은 전혀 하지 못하고 다만 봉건윤리와 괴리된 자아를 발견하고는, 이들 두 가지 사이의 모순을 해결하는 방향으로 노력한 것이다. 곧 자아와 어긋나는 당시의 봉건윤리를 개선하는 한편 또 자아(개인)를 그 개선된 윤리 속에 적응시키려 노력한 것이다. 그것은 한대 봉건의식의 절대적인 경향(서한)이나 미신적인 경향(동한)을 반대하고, 다시 객관적인 사람들의 덕(德)과 능력의 차이에 기초를 둔 합리적인 계급질서 같은 것을 마련함으로써, 정면으로 봉건윤리에 위배되지 않는 한 개인적인 서정(抒情)도 존재케 할 여지를 마련하려 하였음을 뜻한다.

被服其行. 由是學生同聲, 竟爲高論, 上議執政, 下譏卿士. 范滂岑目至之徒, 仰其風而扇之. 于是天下翕然, 以臧否爲談, 名行善惡, 托以謠言……申屠蟠嘗游太學, 退而告人曰：昔戰國之世, 處士橫議, 列國之王, 爭爲擁篲先驅, 卒有坑儒之禍, 今之謂矣. 乃絶迹于梁碭之間. 居三年, 而滂及難.'

147) 이 당시 태학생의 영수로서 '八顧(道德에 뛰어난 長者八名)'의 첫머리에 꼽히는 郭泰의 언동의 일단을 소개한다.

'(宋仲)勸林宗仕, 泰曰：不然也, 吾夜觀乾象, 晝察人事, 天之所廢, 不可支也. 方今卦在明夷, 爻直無用之象, 潛居利貞之秋也. 獨恐滄海橫流, 吾其魚也. 吾將岩棲歸神, 咀嚼元氣, 以修伯陽彭祖之術, 爲優哉游哉, 聊以卒歲者.'（袁宏《後漢紀》卷23 建寧二年紀, 葛洪《抱朴子》卷46 正郭篇 略同).

그러나 아직도 여기에는 개인의 독특한 경험이나 감정 같은 것은 포함될 수가 없는 것이며, 봉건사회에서의 일반적이고 보편적인, 그 사회 윤리 속의 생활인으로서의 경험이나 감정만이 용납되는 것이었다. 그리고 불교나 노장 방식의 은둔(隱遁)만은 유교의 난세를 살아가는 처신술과도 통하여 잘 받아들여졌다.

이렇게 보면 결국 한대인의 개인의식이나 자각은 중국문학에 있어서 오히려 개인이나 개성을 말살해 버리는 결과가 되었다고도 할 수 있다. 왕충(王充)의 《논형(論衡)》, 왕부(王符)의 《잠부론(潛夫論)》, 중장통(仲長統)의 《창언(昌言)》, 순열(荀悅)의 《신감(申鑒)》, 최식(崔寔)의 《정론(政論)》 같은 동한의 진보적인 주장을 대표하는 저술들조차도, 그 문장이 오히려 서한 사람들의 문장보다 더 정제화(整齊化)된 형식을 지니고 있다는 것도 이들 개혁의식의 한계성을 말해준다고 하겠다.

중국 시론에 있어 이른바 '무아지경(無我之境)'이 지고의 시의 경계(境界)로서 인식되어 왔던 것도(王國維, 《人間詞話》) 그것이 봉건사회에 있어서의 개인의 가장 자유로운 이상적인 처경(處境)으로 이해되었기 때문일 것이다. 어떻든 이후 2천년을 두고 중국전통문학의 주류로서 지속될 중국시의 기본의식이 이 동한 말에 대체로 이루어졌다고 하겠다.

2. 개성(個性)과 전제(專制)

시란 말할 것도 없이 개인의 개성적인 창작이라는 것이 상식이다. 그러나 이미 앞에서 논한 바와 같이 한 무제 이후로 굳어진 정치적·문화적 일통주의(一統主義), 절대적인 황제의 권위에 의한 획일적인 전제주의는 그러한 문학행위에 있어서의 개인이나 개성까지도 통제하고 억압하는 결과를 가져왔다. 따라서 그들은 한대 이전에 제작된 《시경》이나 《초사》 속의 개성적인 작품들까지도, 그들의 전제적인 윤리에 맞도록 뜻을 둘러대며 해석하지 않으면 안되었고, 한대의 문인들은 '부'나 시와 글을 짓는 데 있어서도 개인이나 개성은 놓아두고, 전제정치를 꾸며주거나 찬양하는 방향으로만 노력하였다.

그러나 서한 말엽도 그러했지만 특히 동한 말기의 정치적인 혼란과 그러한 전제적 봉건정치가 드러내고 만 여러 가지 사회적인 모순은 사인(士人)들 사이에 자각과 개인의식을 싹트게 하였다. 그 결과 이들은 개성적인 시를 찾아 쓰게 되었다. 한편 그것은 한대 초기부터 말기까지 계속 유행하고 발전하고 있었던 민가(民歌)들의 영향도 큰 것으로 보인다.

그러나 한대의 전제적인 조류 속에서 개성을 보다 뚜렷이 지니고 있던 고문파(古文派)나 태학생(太學生) 또는 노장(老莊)·불교(佛敎)의 영향을 받은 사인들까지도 결국은 모두 세족(世族) 출신의 사람들이어서 그들의 골수에 박힌 봉건적 계급의식을 완전히 탈피할 수는 없었다. 그들은 봉건제의 모순을 의식하면서도 봉건제를 부정하거나 그러한 지배에 반항하지는 못하고, 다만 자기들의 개인의식과 봉건주의 또는 예교주의의 융화를 꾀했던 것이다.

그 결과 무조건 강요되던 개인의 획일적인 전제주의에의 추종을 약간 완화시켜 봉건제의 근본 원리에 직접 저촉되지 않는 범위 안에서의 개성이 발휘될 여지가 마련되었다. 말하자면 그들이 노래하는 서정(抒情)은 봉건사회 속에서의 일반적이고 보편적인 것들로서 당시의 봉건 지배윤리에 정면으로 저촉되지 않는 감정에 국한되었다. 누구나 사람이면 느낄 인생의 무상함, 또는 어지러운 세상 일을 잊고 혼자 숨어서 사는 청정한 생활, 사회에 없을 수 없는 일반적인 이별의 슬픔 같은 것만이 허용된 것이다. 말하자면 개인의 특수한 생각이나 사상은 물론 독특한 사랑이나 특수한 경험 같은 것은 당시의 글의 내용으로는 용납될 수가 없는 것이었다.

그러나 한대시(漢代詩)를 보면 이상 말한 전통적인 조류에서 벗어난 또 다른 계열의 시가들이 우리에게 전해지고 있다. 그것은 모두가 작자를 알 수 없는 민가(民歌)에 가까운 성질의 시가들이다. 보기를 들면 〈고시십구수(古詩十九首)〉(《文選》)와 〈이릉시삼수(李陵詩三首)〉·〈소무시사수(蘇武詩四首)〉(《文選》)·〈요가십팔수(鐃歌十八首)〉를 비롯한 수많은 악부고사(樂府古辭)와 〈초중경처(焦仲卿妻)〉 같은 작품들이다.

서릉(徐陵, 507~583)의 《옥대신영(玉臺新詠)》에는 〈고시십구수〉의 일부를 매승(枚乘)이 지은 것으로 하여 싣고 있지만, 매승이나 이릉(李陵)·소무(蘇武) 같은 사람들은 그처럼 개성적이고 청신한 오언시(五言詩)를 지을 수가 없었을 것이다. 서한시대의 작가는 말할 것도 없고 앞에서 지적한 바와 같이 동한의 부의(傅毅)(〈冉冉孤生竹〉)나 채옹(蔡邕)(〈飮馬長城窟行〉) 같은 작가들도 그러한 시는 짓지 못하였다.

따라서 그것들은 모두 무명씨(無名氏)의 작품으로 보는 것이 옳을 것이다. 한말의 신연년(辛延年)·송자후(宋子侯) 같은 작가들은 사실은 이름 석 자만이 알려지고 있을 뿐이니 무명씨나 다름없는 사람들이다. 이들은 무엇보다도 수사에만 힘쓰지 않고 가볍고 깨끗한 개인적인 서정에 뛰어난 시들을 지었으며, 그것들은 모두가 민가에 근원을 두고 있는 것들이라고 할 수 있다.

이러한 시가들은 이름이 알려진 사람들의 작품들보다도 더욱 훌륭하고 소중한 유산으로 우리에게 전해지고 있다. 그리고 이러한 개성적인 시가들은 획일적인 봉건윤리를 벗어나 자유로운 형식에 자유로운 내용을 담고 있으므로, 이것을 읽고 기록하고 전하고 모작(模作)

하고 하던 문인들에게 많은 영향을 주었다. 형식적으로는 초가(楚歌)로부터 잡언(雜言)·삼(三)·사(四)·오(五)·육(六)·칠언(七言) 등을 자유로이 구사하는 사이에, 새로운 개성적인 서정에 적합한 오언시(五言詩)를 발전시켰고, 여기에 수식의 묘까지 살리기에 적합한 칠언시(七言詩)도 형성시켰다.

그리고 〈강남가채련(江南可採蓮)〉·〈고절구사수(古絶句四首)〉[148] 같은 간단하고도 선미(鮮美)한 새로운 서정이나, '일생은 백년도 못되는데 늘 천년의 시름 품고 있네(生年不滿百, 常懷千歲憂)'하고 노래한 고시(古詩)의 인생의 애수(哀愁), '가고가고 또 가서 임과 생이별하였네(行行重行行, 與君生別離)'하고 노래한 고시의 이별과 그리움의 정 같은 것은, 봉건윤리와 직접 충돌하지 않고도 개인의 자각을 발산시킬 수 있는 새로운 길을 제시한 것이다.

따라서 이러한 서정시들은 한대 오언시와 칠언시의 형성면에서 뿐만 아니라 시의 내용면에 있어서도 중국문학 전통 형성에 중대한 의의를 지니는 것이다.

그보다도 한대 시가들의 내용으로서 더 중요한 것은 민중의 생활상의 갈등을 노래한 작품들일 것이다. 그 중에는 민중 생활에 직접 영향을 미치는 정역(征役)의 횡포라든가, 관료와 호족들의 사치한 생활과 이에 반하는 서민들의 생활고, 혼란한 사회 속에서의 무력한 아녀자들의 고초 같은 봉건사회의 모순을 고발하는 작품들이 많다.

보기를 들면 〈전성남(戰城南)〉(《樂府詩集》卷16 鼓吹曲辭)·〈십오종군정(十五從軍征)〉(《樂府詩集》권25 梁鼓角橫吹曲, 《古今樂錄》

---

148) '江南可採蓮, 蓮葉何田田. 魚戲蓮葉間 : 魚戲蓮葉東, 魚戲蓮葉西, 魚戲蓮葉南, 魚戲蓮葉北.'(《樂府詩集》卷26 相和歌辭).
'日暮秋雲陰, 江水淸且深. 何用通音信, 蓮花瑇瑁簪.'(《玉臺新詠》卷十 古絶句四首之第二首).

曰：十五從軍征以下是古詩) 같은 전쟁의 비정(非情)함을 읊은 시, 〈자파군수시(刺巴郡守詩)〉(《華陽國志》)·〈평릉동(平陵東)〉(《樂府詩集》卷28 相和歌辭) 같은 관원의 가렴주구(苛斂誅求)를 노래한 시, 〈동문행(東門行)〉(《樂府詩集》卷37 相和歌辭)·〈부병행(婦病行)〉(《樂府詩集》권38 相和歌辭)·〈고아행(孤兒行)〉(上同) 등처럼, 빈약한 사람들의 생활상의 고초나 빈부의 차이로 인한 사회모순 등을 노래한 시, 〈염가행(豔歌行)〉(《樂府詩集》卷39 相和歌辭)·〈상산채미무(上山采蘼蕪)〉(《御覽》引 古樂府) 등 남녀의 애정문제를 노래한 시 등이 그것이다.

이런 시들은 어떤 의미에선 직접 봉건윤리와 충돌이 되는 것이지만,《시경》에서부터 내려오는 풍유(諷諭)의 뜻으로 받아들여 그대로 유행이 용납되었던 것이다. 이것은 후세 두보(杜甫)나 백거이(白居易)에게서 사회시(社會詩)로 크게 발전되어 중국문학사상 사회시의 전통을 이룩케 한다. '부'에 있어서는 풍유(諷諭)가 구실에 불과했지만 시가에 있어서는 《시경》의 전통을 살려 본격적으로 그 의의를 살리고 있다.

또 하나 시의 기교로서 주목되는 것은 허구적(虛構的)인 고사의 구성을 바탕으로 한 설화적인 작품들이 많이 나왔다는 것이다. 이것은 산문에 있어서조차도 허구성이 배격되어 소설이나 희곡이 발달 못했던 중국에 있어서는 중요한 진전이라 할 것이다. 신연년(辛延年)의 〈우림랑(羽林郎)〉(《樂府詩集》卷63 雜曲歌辭)·〈맥상상(陌上桑)〉(《樂府詩集》권28 相和歌辭)·〈초중경처(焦仲卿妻)〉(《樂府詩集》卷73 雜曲歌辭) 등 서사적이고 설화적인 내용의 시들은 중국시사(中國詩史)상의 위대한 업적이라 할 것이다.

그리고 중국문학사상 서사적인 문학까지도 시가를 통하여 모두 소화하려는 전통은 이미 이 시기에도 이루어져 있었던 것 같다. 앞에서

든 민중의 생활상의 갈등을 노래한 작품들도 대부분이 서사적인 시들이다.

어떻든 시에 있어서의 개성과 개인의식이란, 전제적인 봉건윤리와 어긋나는 것이었지만, 거의 400년의 기간을 두고 갈등을 겪는 사이에 동한 말에 가서는 결국 봉건윤리와 그 봉건제 사회 속에서의 개인의식이 융화의 길을 찾아낸 것이다. 따라서 앞에서 든 한대의 오언시가(五言詩歌)들은 모두 동한 말에야 완성된 것일 것이며, 서한의 민가(民歌)라 하더라도 이때부터 본격적으로 문학작품의 대우를 받고 저록(著錄)되었을 것이다.

3. 시와 오락·유희

지금 우리는 문학으로 한대의 시가를 다루고 있지만 진짜 한대의 시의 기능이란 우리가 생각하는 문학으로서의 시와는 거리가 먼 것이었다고 할 수 있다. 먼저 한대 시가 보존에 큰 역할을 담당한 무제(武帝) 때의 악부(樂府)의 분위기부터 살펴보기로 한다. 《한서》 예악지(禮樂志)에는 악부 설치의 전후 사정을 다음과 같이 기술하고 있다.

무제에 이르러 교사(郊祀)의 예를 정하고 태일(太一)을 감천(甘泉)에 제사지냈는데 장안(長安) 서북쪽에 있는 곳이었고, 후토(后土)를 분음(汾陰)에 제사지냈는데 그곳은 택중(澤中)의 방구(方丘)였다. 그리고는 악부(樂府)를 설립하고 시를 채집하여 밤에 그것을 가송(歌頌)케 하였는데, 조(趙)·대(代)·진(秦)·초(楚) 지방의 노래들이 있었다. 이연년(李延年)으로 협률도위(協律都尉)를 삼고, 사마상여(司馬相如) 등 수십인에 이르는 사람들에게 명하여 시부

(詩賦)를 짓게 하고 율려(律呂)를 대략 토론하여 팔음(八音)의 가락에 화합시키도록 함으로써, 19장(章)의 노래를 지었다.

정월(正月) 상신(上辛)날에는 감천(甘泉)의 환구(圜丘)에서 교제(郊祭)를 지냈는데, 동남(童男) 동녀(童女) 70명으로 하여금 합창케 하면서 저녁에서 시작하여 새벽까지 계속하였다. 밤에는 언제나 유성(流星)과 같은 신광(神光)이 사단(祠壇)에 멈춰 있었고, 천자(天子)는 죽궁(竹宮)으로부터 망배(望拜)하였으며, 백관(百官)들의 시사자(侍祀者) 수백명은 모두 숙연(肅然)히 감동하였다.149)

여기에 의하면 악부에 속하는 노래로서 크게 두 가지가 있다. 하나는 교사(郊祀) 때 쓰는 노래들이고, 하나는 조(趙)·대(代)·진(秦)·초(楚) 등 지방의 민요들이다. 그 뒤 애제(哀帝) 때 악부관(樂府官)을 폐지하면서 '교사악(郊祀樂)과 고병법무악(古兵法武樂)' 같은 '정위지성(鄭衛之聲)'이 아닌 것은 그대로 보전케 하고 있으니,150) 악부에는 '고병법무악'도 있었음을 알 수 있다. 어떻든 악부에는 크게 두 가지 성격의 시가들이 있었는데, 그 하나는 황제의 위세를 꾸며주는 데 주목적이 있는 것이었고, 다른 하나, 곧 각 지방의 민요 같은 것은 황제의 오락에 주목적이 있는 것이었다.

그리고 '고병법무악'도 외국음악의 영향을 받은 고취곡(鼓吹曲)과 횡취곡(橫吹曲) 같은 속악(俗樂)에 속하는 것이어서 오락적인 경향이

---

149) 《漢書》 禮樂志 : '至武帝定郊祀之禮, 祠太一於甘泉, 就乾位也 : 祭后土於汾陰, 澤中方丘也. 乃立樂府, 采詩夜誦, 有趙代秦楚之謳. 以李延年爲協律都尉, 多擧司馬相如等數十人造爲詩賦, 略論律呂, 以合八音之調, 作十九章之歌. 以正月上辛用事甘泉圜丘, 使童男女七十人俱歌, 昏祠至明. 夜常有神光如流星, 止集于祠壇, 天子自竹宮而望拜, 百官侍祠者數百人, 皆肅然動心焉.'

150) 《漢書》 禮樂志 : '(哀帝)下詔曰 : …… 孔子不云乎? 放鄭聲, 鄭聲淫. 其罷樂府官. 郊祭樂及古兵法武樂, 在經非鄭衛之樂者, 條奏, 別屬他官.'

농후한 것이었다. 기타 교제(郊祭)에 쓰던 악부의 가요들도 모두 속악의 영향을 많이 받아 오락적인 경향이 짙었다. 위에서 인용한《한서》예악지(禮樂志)의 기록 중 지방의 민요들을 '밤에 가송케 하였다[夜誦]'는 것을, 안사고(顔師古)는 '그 언사(言辭)가 비밀에 속하는 것도 있어 공개할 수 없었기 때문'이라 설명하고 있지만, 술 마시며 즐기느라 밤에 노래 불렀다고 보는 게 더 옳을 것이다.

그리고 감천(甘泉)에서 교제(郊祭)를 지내면서 70명의 동남 동녀들로 하여금 밤새도록 노래 부르게 했다는 것도, 황제의 위세 과시와 함께 오락적인 목적도 컸을 것이 분명하다.《사기》의 악서(樂書)를 보면 위에서 얘기한 감천(甘泉)에서 교사(郊祀)를 지내면서 노래부른 얘기와 악와수(渥洼水) 중에서 신마(神馬)를 얻고 태완(太宛)의 명마(名馬)를 얻은 다음 〈천마지가(天馬之歌)〉를 지었다는 얘기에 이어, 급암(汲黯)의 다음과 같은 진언(進言)을 인용하고 있다.151)

왕자(王者)의 작악(作樂)은 위로는 조종(祖宗)을 받들고 아래로는 조민(兆民)을 교화하기 위한 것입니다. 지금 폐하께서 신마(神馬)를 얻으시고, 시가를 지어 종묘(宗廟)에 연주케 하시는데, 선제(先帝)들과 백성들이 어찌 그 음악을 이해하겠습니까?152)

---

151) 吳汝綸《史記集評》)은 이곳의 기록이 사실과 어긋남을 지적하고 있으나 (① 汲黯의 벼슬을 中尉라 했는데, 〈汲黯傳〉에 의하면 中尉가 된 일이 없다. ② 〈武帝紀〉에 의하면 渥洼水에서 말이 나와 노래를 지은 것이 元鼎 4년인데 公孫弘은 元鼎 2년에 죽었다. ③ 汲黯은 元鼎 5년에 죽었는데, 말의 노래를 지을 때엔 淮陽太守로 있었다는 등의 증거 이용), 〈樂書〉를 司馬遷이 직접 쓰지 않았다 하더라도 본 논문의 논리전개에는 지장이 없다.

152)《史記》樂書 : '中尉汲黯進曰 : 凡王者作樂, 上以承祖宗, 下以化兆民. 今陛下得馬, 詩以爲歌, 協於宗廟, 先帝百姓豈能知其音邪? 上默然不說. 丞相公孫弘曰 : 黯誹謗聖制, 當族.'

이것은 적어도 악부의 노래가 교사(郊祠)에서 쓰던 것까지도 속화, 또는 오락화된 경향을 지녔음을 뜻한다.153) 한초에서부터 이미 태악(太樂)이란 악관(樂官)이 있어 선왕들의 아악(雅樂)을 관장하고 있었는데,154) 태악의 아악은 악부의 속악과 판연히 구분되는 것이었다.155) 본시 '민간사(民間祠)에도 고무악(鼓舞樂)이 있는데, 지금 교사(郊祀)에 음악이 없대서야 말이 되느냐?'하고 시작한 교사악(郊祀樂)이니,156) 그것이 속화되지 않을 수 없었을 것이다.

이러한 민간의 속악을 이용한 오락은 황제뿐만이 아니라 왕후(王侯)나 귀족들 사이에까지도 널리 퍼졌었다.157) 그리고 이것은 동한에 그대로 전승된다. 서한의 태악(太樂)이 태여악(太予樂)으로 이름이 바뀌고,158) 속악을 관장하기 위하여 황문고취서(黃門鼓吹署)가 생겼다159)는 차이가 있을 따름이다.

---

153) 《漢書》禮樂志 : '今漢郊廟詩歌, 未有祖宗之事, 八音調均, 又不協於鐘律, 而內有掖庭材人, 外有上林樂府, 皆以鄭聲施於朝廷.'

154) 《漢書》百官公卿表 上 : '奉常, 秦官, 掌宗廟禮儀, 有丞. 景帝中六年更名太常. 屬官有太樂・太祝・太宰・太史・太卜・太醫六令丞, ……少府, 秦官, 掌山海池澤之稅, 以給供養, 有六丞, 屬官有尚書・符節・太醫・太官・湯官・導官・樂府……十六官令丞…….'

155) 王應麟《漢書藝文志考證》卷8 引呂氏 : '太樂令丞所職, 雅樂也 ; 樂府所職, 鄭衛之樂也.'

156) 《漢書》郊祀志 上 : '嬖臣李延年以好音見. 上善之, 下公卿議曰 : 民間祠有鼓舞樂, 今郊祀而無樂, 豈稱乎? 公卿曰 : 古者祠天地皆有樂, 而神祇可得而禮. ……於是塞南越, 禱祠泰一后土, 始用樂舞.'(《史記》封禪書 略同).

157) 《漢書》禮樂志 : '是時, 鄭聲尤甚. 黃門名倡丙彊・景武之屬, 富顯於世, 貴戚五侯・定陵富平外戚之家, 淫侈過度, 至與人主爭女樂.'

158) 《後漢書》明帝紀 : '永平三年, 秋八月戊辰, 改大樂爲大予樂.'
　　《續漢書》百官志 : '太常官屬有太予樂令, 掌伎樂. 凡國祭祀, 掌請奏樂, 及大享用樂, 掌其陳序, 丞一人.'

159) 《後漢書》安帝紀 : '永初元年, 壬午, 詔太僕少府減黃門鼓吹, 以補羽林士.' 李賢

채옹(蔡邕)의 《예악지(禮樂志)》(《續漢書》禮樂志 劉昭 注補 引)에서는 '한악사품(漢樂四品)'이라 하여 1.태여악(太予樂), 2.주송아악(周頌雅樂), 3.황문고취(黃門鼓吹), 4.단소뇨가(短簫鐃歌)의 네 가지를 들고 있는데, 이것도 1, 2는 태여악(太予樂)에 속하는 아악으로 황제의 위세를 장식하는 효용을 지닌 것이고, 3, 4는 황문고취서(黃門鼓吹署)에 속하는 속악으로 황제의 오락을 위한 것들이었다.

그런데 이 중 아악 계통에 속하는 가사들이란 《시경》의 아송(雅頌)을 그대로 계승한 것으로 후세까지도 내용이나 형식에 별다른 변화가 없었으므로 문학작품으로는 크게 문제가 되지 않는다. 그러나 이곳의 속악 계통의 가사들이란, 한대의 시가(詩歌) 또는 고시(古詩)의 형태로 지금까지 전하여지며(한대 樂府詩 중 郊廟歌辭와 燕射歌辭를 제외한 전부), 전통적인 시가의 형성과 발전에 중요한 역할을 한 것들이다.

한대의 시가가 오락적이라는 것은 무엇보다도 그것이 '백희(百戲)'나 같은 성질의 것으로 취급되었고, 또 대개의 경우 '백희'와 같이 연창되었다는 것에서도 실감된다. 애제(哀帝)가 '악부'를 파할 때의 악부의 구성인원을 보면(《漢書》 禮樂志), 고원(鼓員, 古兵法武樂을 연주하던 鼓吹員과 민간의 속악을 연주하던 鼓吹員), 여러 가지 악기의 연주자들, 가창원(歌唱員)들, 악기관리인들과 함께 무용과 '백희'의 출연자인 상종창(常從倡) 30명, 상종상인(常從象人) 4명, 조수상종창(詔隨常從倡) 16명, 진창원(秦倡員) 29명, 진창상인원(秦倡象人員) 3명, 조수진창(詔隨秦倡) 1명 등이 있다.

여기에 맹강(孟康)은 '상인(象人)이란 하어희(蝦魚戲)나 사자희(師子戲) 같은 놀이를 하는 사람들'이라 주(注)하였고, 위소(韋昭)는 '가

注   引《漢官儀》:'黃門鼓吹百四十五人.'《唐六典》卷14 :'後漢少府屬官有承華令, 典黃門鼓吹百三十五人, 百戲師二十七人.'

면(假面)을 쓰는 사람들'이라 설명하고 있다.《당육전(唐六典)》권10
에서도 동한 '황문고취서(黃門鼓吹署)'의 인원으로 '황문고취(黃門鼓
吹) 135명'과 함께 '백희사(百戲師) 27명'을 기록하고 있다.160) 이러
한 악부의 구성인원 자체가 서한·동한을 통하여 시가의 가창이 '백
희'의 연출과 같은 성질의 것으로 취급되었음을 말해 준다.

장형(張衡)의 〈서경부(西京賦)〉에서 평악관(平樂觀)에 장악(張樂)
하는 모습을 노래한 대목을 보더라도 처음에는 각저희(角抵戲)를 비
롯한 잡희(雜戲)와 환검(丸劍)·주색(走索) 등의 연출이 나오고, 총
회선창(總會仙倡) 등에 이어 여아(女娥)의 노래가 나오는데 홍애(洪
涯)가 '입이지휘(立而指麾)'하는 큰 규모의 연희(演戲)이다. 그리고
다시 거수만연지희(巨獸曼延之戲)·환술(幻術) 및 동해황공(東海黃
公) 같은 가무희(歌舞戲)로 보이는 간단한 연극과 백희(百戲) 등이
연출된다.161) 또 이 중의 백희와 가무희 속에는 많은 짧은 노래들이
함께 섞여 가창되었을 것이다.

이밖에 사마상여(司馬相如)의 〈상림부(上林賦)〉, 반고(班固)의 〈양
도부(兩都賦)〉 등에도 황제의 잔치하는 모양을 서술한 중에 가창하는
대목이 보인다. 특히 부의(傅毅)의 〈무부(舞賦)〉에는 아리따운 정녀
(鄭女)가 정위(鄭衛)의 노래를 하며 춤을 추는 모습을 길게 묘사하고
있다. 이상 얘기한 이러한 연회에서 노래 불려지던 가사들이 지금 우

---

160) 주 159) 참조.

161) 張衡 〈西京賦〉:'大駕幸乎平樂, 張甲乙而襲翠被, 攢珍寶之玩好, 紛瑰麗之奓
    靡. 臨廻望之廣場, 程角觝之妙戲. 烏獲扛鼎, 都盧尋橦. 衝狹燕濯, 胸突銛鋒.
    跳丸劍之揮霍, 走索上而相逢. 華嶽峩峩, 岡巒參差;神木靈草, 朱實離離. 總會
    仙倡, 戲豹舞羆, 白虎鼓瑟, 蒼龍吹篪. 女娥坐而長歌, 聲淸揚而蜲蛇. 洪涯立而
    指麾, 被毛羽之襳襹. 度曲未終, 雲起雪飛. ……巨獸百尋, 是爲曼延. ……奇幻
    儵忽, 易貌分形. 呑刀吐火. ……東海黃公, 赤刀粵祝;冀厭白虎, 卒不能救. 挾
    邪作蠱, 於是不售. 爾乃建戲車, 樹修旃…….'

리에게 한대의 시가로 전해지고 있는 것이다.

다만 이 한대 가요의 오락적인 성격도 그것과 연관된 사람들의 신분이나 사회적 계층에 따라 상당한 차이가 있었다고 여겨진다. 가요들을 순전한 오락으로 즐긴 것은 황제와 왕후(王侯) 귀족들 및 그 주위의 추종자들에 한한 것이다. 그러기에 이미 서한대부터 많은 사인(士人)들은 시가의 속악화의 경향을 반대하였다.

《사기》악서(樂書)를 보면 무제 때 급암(汲黯)이 〈천마지가(天馬之歌)〉같은 것을 짓는 것을 반대하고 있고,[162] 《한서》예악지(禮樂志)에서도 속화한 교묘가사들과 조정에서 즐기는 정성(鄭聲)을 반대하고 있다.[163] 그리고 무제 때에는 송엽(宋曄)이란 사람이 상주하여 아악(雅樂)을 숭상하고 정성(鄭聲)을 폐할 것을 주장하고 있다.[164] 따라서 애제(哀帝) 때 악부를 폐지시킨 것도 사회가 혼란하여 오락에 정신을 쓸 겨를이 없었다는 이유도 있겠지만, 이러한 계속된 청의(淸議)의 속악을 통한 오락의 반대도 영향이 있었을 것이다.[165]

그러나 무제 때의 사마상여(司馬相如)나 동방삭(東方朔)·매고(枚皐) 등처럼 황제나 왕후 주변에서 그들의 위세를 꾸며주는 데에 여념이 없던 사류(士流)들은 이러한 시가의 오락화를 반대하기는커녕 오

---

162) 주 152) 참조.

163) 주 153) 참조.

164) 《漢書》禮樂志 : '至成帝時, 謁者常山王禹世受河間樂, 能說其義, 其弟子宋曄等上書言之, 下大夫博士平當等考試. 當以爲 : ……宜領屬雅樂, 以繼絶表微 …….修起舊文, 放鄭近雅, 述而不作, 信而好古, 於以風示海內, 揚名後世, 誠非小功小美也.'

165) 《漢書》禮樂志 : '是時, 鄭聲尤甚. ……哀帝自爲定陶王時疾之, 又性不好音, 及卽位, 下詔曰 : 惟世俗奢泰文巧, 而鄭衛之聲興. 夫奢泰則下不孫而國貧, 文巧則趨末背本者衆, 鄭衛之聲興則淫辟之化流. 而欲黎庶敦朴家給, 猶濁其源, 而永其淸流, 豈不難哉! 孔子不云乎? 放鄭聲, 鄭聲淫. 其罷樂府官.'

히려 방조자의 위치에 있었다. 그들은 황제나 왕후의 신분에 안 어울리는 너무나 저속한 민가들을 손질하여 그들의 궁정에서 노래부를 수 있는 것으로 만들기도 하고, 또 민가의 양식을 따라 황제나 왕후들이 즐길 수 있을 만한 시가를 짓기도 하였을 것이다.

《한서》 예악지(禮樂志)에서 '사마상여(司馬相如) 등 수십인을 다거(多擧)하여 시부(詩賦)를 짓게 하였다.' 또는 《한서》 영행전(佞幸傳)에서 '사마상여 등으로 하여금 시송(詩頌)을 짓게 하면 이연년(李延年)은 곧 뜻을 받들어 지어놓은 시들을 현가(弦歌)하여 신성곡(新聲曲)을 만들었다'166)고 한 말 중에는 그러한 민가에 관한 작업도 포함되었음이 분명하다.

특히 《한서》 엄조전(嚴助傳)에서 '그 중 특히 친행(親幸)을 받은 사람으로는 동방삭(東方朔)·매고(枚皐)·엄조(嚴助)·오구수왕(吾丘壽王)·사마상여가 있었는데, 사마상여는 늘 병을 핑계로 일을 피하였다. 동방삭과 매고는 지론(持論)에 근거가 없어 임금은 마치 배우(俳優)처럼 그들을 길렀다'167)고 말한 데서, 사마상여가 피한 일이란 그런 종류의 일이었을 것이다. 부(賦)나 아송(雅頌) 같은 시를 짓는 일이라면 아무리 아유적(阿諛的)인 짓이라도 사마상여가 피했을리가 없는 것이다.

시가에 관계한 지식층인 사족들의 성분은 간단하기만 한 것은 아니었다. 첫째 권세 주변에 몰린 일부의 사인(士人)들은 시가를 통하여 황제나 왕족에의 봉사에 바빴고, 둘째 대부분의 사인들은 예교적인 입장에서 속악을 반대하는 청의(清議)를 내세웠고, 셋째 또 다른 일부의 사인들은 권세 주변으로부터 멀리 벗어나 민간가요의 정서를 이

---

166) 주 111) 참조.

167) 《漢書》 嚴助傳 : '其尤親幸者, 東方朔·枚皐·嚴助·吾丘壽王·司馬相如. 相如常稱疾避事, 朔·皐不根持論, 上頗俳優畜之.'

해하고 또 그러한 새로운 형식을 이용하여 자기의 감정이나 감흥을 표출하려 한 이들도 있었다.

이 셋째 부류의 사인들이란 거의 지배계급의 자리에서 밀려난 첫째 사류의 대가 되는 소수의 사람들이었다. 이 세 부류의 사인들의 구성이나 성격은 시대에 따라 달랐겠지만 대체로 첫째와 셋째 부류는 극소수이고 사류라면 둘째 청의를 내세우는 이들이 가장 많았을 것이다. 그러나 소수의 첫째와 셋째 부류들에 의하여 민가는 전해지고 개작되고 모작(模作)되고 하여 악부시(樂府詩)나 고시(古詩)로서 우리에게 전해지고 있는 것이다.

그리고 셋째 부류의 사인들의 활동은 동한 중엽 이후 그들의 자직을 통하여 더욱 활발해졌으며, 그것은 또 많은 청의에 속하는 사인(士人)들에게까지도 영향을 주었다. 그리고 중간 부류의 사류들의 청의는 예교에 근거한 것이어서 순수한 시가 발전에는 오히려 오락적·유희적인 성격보다도 저해요소가 되는 것이었다.

이미 앞에서 논한 것처럼 사류들이 새로운 민가 형식을 따라 시가를 짓기도 하고, 그것들을 정리하여 전하기도 하였지만, 그들이 시가를 대하는 태도는 역시 불성실하였다. 황제나 귀족 주변의 문인들이야 말할 것도 없이 처음부터 끝까지 '부'나 같은 형식적인 태도로 시를 대했고, 그 반대의 세상을 등지고 자기의 생활과 감정을 추구한 문인들도 대개의 경우 안이한 명철보신(明哲保身)이나 하려는 입장에 있었다. 진지하게 개인의 감정과 생활을 추구하며 그것을 시로 노래하거나, 사회의 부조리와 맞서 열심히 투쟁하려는 태도를 지닌 사람들은 극히 드물었다.

동한대에 시를 남긴 반고(班固)·부의(傅毅)·최인(崔駰)·장형(張衡)·왕일(王逸)·진가(秦嘉)·채옹(蔡邕)·중장통(仲長統)·공융(孔融) 등의 작품이 모두 그러하다. 조일(趙壹)의 〈질사시(疾邪詩)〉 같은 성실한 사회고발은 예외에 속한다 할 것이다. 특히 그 중에 보이는 〈증답시(贈答詩)〉 같은 것(다만 시의 증답은 建安 이후에 유행함)은 후세 문인들의 경우도 그러했지만 문인들의 사교 수단으로서의 전용이며 유희적인 경향을 다분히 띤 것들이다.

공융(孔融)의 〈이합작군성명자시(離合作郡姓名字詩)〉 같은 것은 본격적인 유희작품이다. 권력주변을 멀리 떠난 문인들은 시가를 본격적인 오락으로 다루지는 않았지만, 은둔하면서도 자기 개인의 사회적 계급을 유지하고 개인생활을 만족시키기 위한 방법으로 그것을 완농(玩弄)한 것이다. 따라서 권력 지배층의 오락이 그 반대의 입장의 사인에게서는 유희적인 것으로 변신했을 따름이라고 말할 수 있을 것이다.

본시 시가는 민중들로부터 발생된 것이다. 《한서》식화지(食貨志)에서

남녀를 막론하고 고초를 겪고 있을 적에는 서로 그것을 가영(歌詠)함으로써 각기 자신의 애상(哀傷)을 표현한다.[168]

하였고, 《공양전(公羊傳)》의 하휴주(何休注)를 보면

굶주린 자들은 먹을 것을 노래하고 노고하는 자들은 괴로운 일을 노래한다.[169]

하였다. 민중들은 자기의 애환을 솔직하고 대담하게 노래하여 민가를 발생시키는 것이다. 이러한 민가가 뒤에 일단 상류 지식인들 손안으

---

168) 《漢書》食貨志 : '男女有不得其所者, 因相與歌詠, 各言其傷.'
169) 《公羊傳》何休 注 : '飢者歌其食, 勞者歌其事.'

로 들어오면, 민중의 절실한 슬픔이나 괴로움도 그들의 오락과 유희의 대상으로 변해 버리게 된다.

더욱이 그 민가들이 문자로서 기록되고 전하여지고 하는 단계에 있어서 그것들은 지식인들의 문장의식에 의하여 크게 변질되는 것이다. 그것은 《시경》〈국풍〉의 노래들이 이미 증명해주고 있는 사실이다. 한대의 민가들도 본시는 참되고 성실한 노래였겠지만, 그것이 지식인들의 손에 의하여 다루어지게 되었을 즈음에는 그들의 진실성이나 성실성이 반감되었을 것이다.

따라서 한대의 시는 전반적으로 오락적·유희적인 성격이 짙은 것이었다고 보는 것이다. 다만 '풍간(諷諫)의 의의'를 살려보려던 일부 시인들의 노력에 성실성이 엿보이기는 하지만, 그것은 한대 시의 조류로부터는 벗어난 일부의 경향이었다고 본다.

4. 결 론

보통 거의 모든 중국문학사에 있어서 한대의 '부'와 시가는 완전히 다른 성격과 내용의 것으로 다루어지고 있다. '부'는 황제와 귀족들의 형식주의적인 문학이고, 시가야말로 민중들의 진실하고 훌륭한 문학이란 태도이다.

따라서 옛사람들은 '부'로서 한대문학을 대표시키려 했었고, 근래 문학자들은 악부시로서 한대 문학을 대표시키려는 경향이 뚜렷하다. '부'와 시가가 발생형태가 다르고 형식에 큰 차이가 있지만, 이들이 다같이 운문이고 거의 동일한 사람들에 의하여 문학으로 쓰여진 이상, 이들의 성격이나 창작의식에 본질적인 큰 차이가 있을 수는 없을 것이다.

앞에서 한부(漢賦)의 특징으로 1)개성의 부정, 2)제왕의 위세 분식

(粉飾), 3)유희적·오락적, 4)모방, 5)풍간(諷諫)의 의의 등을 들었는데, 이것들은 한대 시가들에도 똑같이 적용될 수 있는 특징들이다. 물론 형식의 차이 때문에도 '부'는 철저한 형식화가 가능한 데 비하여, 시는 리듬이 가볍고 길이도 짧아 철저한 형식화가 불가능하다든가, '부'에 있어서는 풍간의 의의가 표면적인 구실에 불과한 효과밖에 없었으나, 시는 본격적인 의의를 지니어 사회시(社會詩) 같은 것을 발전시켰다는 차이가 있기는 하다.

그러나 한대 문인들의 '부'나 시가를 대하던 기본 자세나 그러한 자세로부터 지어진 '부'나 시가들의 기본 성격은 모두가 거의 같은 것이었다고 볼 수 있다. 지금 전해지고 있는 악부고사(樂府古辭)나 고시(古詩) 중에는 개성적이고 아름다운 시가들이 많고 그것은 '부'와 전혀 다른 성격의 작품들인 것은 사실이지만, 그러한 시가들은 한대인들의 본격적인 문학행위의 소산은 아닌 것이다. 황제나 귀족들이 민가를 즐기고, 또 문인들이 그것을 기록하고 모작(摸作)하고 하는 중에, 거의 문학행위와는 무관한 동기와 과정을 거치면서 남아 전하여지게 된 것들이 그것이다.

그러나 이것들이 동한 말 사인들의 자각을 통하여 모색된 개인의식과 봉건적 예교주의의 융화를 통하여 새로운 중국시를 형성하는 데 크게 공헌한 것은 사실이다. 동한에 완성된 새로운 오언(五言)·칠언(七言)의 시들이란, 봉건적인 시의식의 바탕 위에 봉건사회의 윤리와 정면으로 충돌되지 않는 개성만을 민가에 끌어들여 그것을 발전시킴으로써 이루어진 것이다.

따라서 새로 완성된 오언·칠언시도 결국은 봉건적·예교적 한계를 한 발도 벗어나지 못한 것이었다. 한 대의 '부'나 시들은 한대인들의 문학의식 또는 문학행위의 면에서 볼 때, 같은 성격의 한대 운문으로 이해할 필요가 있는 것이다.

제 3 장 한대 시의 특징

제1절 형식상의 특징

한대는 시의 형식에 있어 다양한 발전을 보여준다. 이 시대의 대표적인 시형은 ①정제한 사언으로 된 《시경》 계통의 시들, ②거의 매 구마다 혜(兮)·사(些) 같은 조사와 지(之)·이(而)·이(以) 같은 접속사를 사용하며, 삼언(三言)과 이언(二言) 또는 사언(四言)들을 결합시켜 한 구절을 이루는 《초사》형, ③잡언(雜言), ④오언(五言), ⑤칠언(七言)의 다섯 가지라 할 것이다. 한대의 시형은 물론 더 상세히 여러 가지로 분류할 수 있지만, 여기서는 이것들이 중국시의 대표적인 시형인 오언과 칠언으로 발전하는 과정을 논의의 중심으로 삼고 있기 때문에 이 정도의 분류로서 충분하다고 생각한다.

이상 다섯 가지 시형들은 시의 형식만이 아니라 시의 내용이나 성격에 있어서도 각기 다른 성향을 나타낸다. 이것은 각기 이들 시형이 지니는 시의 리듬이나 격조와 표현이 다르기 때문이다.

①사언시(四言詩)는 형식만이 정제할 뿐만 아니라 내용까지도 다른 시형들에 비하여 단아(端雅)하다.[1] 따라서 이것은 〈국풍〉보다도 아

---

1) 劉勰 《文心雕龍》 明詩 ; '若夫四言正體, 則雅潤爲本.'

(雅)·송(頌) 계통을 계승한 내용의 시들에서 흔히 보게 된다. 《시경》의 시들이 사언(四言)이 대표적이라 하지만, 〈국풍〉에선 일정한 사언 형식에 대한 강한 저항, 다른 각도에서 보면 자유로운 시형을 억지로 사언으로 정제화한 듯한 낌새를 많이 느끼게 된다. 어떻든 사언은 중국시에 있어 가장 정중하고 단아(端雅)한 형식이라 할 것이다.

②초사형(楚辭形)은 이언(二言)·사언(四言)·삼언(三言)과 조사(助辭) 접속사(接續詞)들이 결합하여 이루어진 비교적 복잡하고 화려한 문체이다.2) 따라서 이것은 화려한 사물이나 정서 또는 위대하고 거창한 것들을 노래하기에 적합한 형식이다. 한대에 들어와서 조사나 접속사가 없어지는 경향은 오언시(五言詩)와 칠언시(七言詩)의 발생에도 많은 영향을 주었지만 삼언시(三言詩)와 사언시(四言詩)를 이루어 놓기도 하였다. 이미 초사에는 〈천문(天問)〉과 구장(九章)의 〈회사(懷沙)〉 같은 북방 《시경》의 영향이라 여겨지는 사언(四言)으로 된 작품도 있기는 하지만,

> 황천 후토의 훌륭한 나무 귤나무 와서 풍토에 적응하고,
> 하늘의 명 받아 딴 곳으로 옮겨가지 않고 남쪽 나라에 자라고 있네.
> (后皇嘉樹, 橘徠服兮. 受命不遷, 生南國兮.)

로 시작되는 구장(九章)의 〈귤송(橘頌)〉이나,

> 거인의 키는 천인인데 사람의 혼만을 찾고 있다네.
> 열 개의 해가 번갈아 솟아 나와 쇠와 돌도 녹여 버린다네.
> (長人千仞, 唯魂是索些. 十日代出, 流金鑠石些.)

摯虞 《文章流別論》 ; ‘雅音之調, 四言爲正. 其餘雖備曲折之體, 而非音韻之正也.’

2) 劉勰 《文心雕龍》 辨騷 ; ‘故騷經九章, 朗麗以哀志 ; 九歌九辯, 綺靡以傷情 ; 遠遊天問, 瓌詭而惠巧 ; 招魂招隱, 耀豔而深華……’

같은 〈초혼(招魂)〉의 구절들처럼 조사를 실자로 바꾸거나 없애기만 하면 바로 '사언'으로 변하는 것들도 있다. 그러나 '사언'은 본시 《시경》의 형식이므로, 조사나 접속사가 없어진 《초사》형에서 나온 대표적인 시형은 삼언(三言)이라 할 수 있다. 교사가(郊祀歌) 중의 〈연시일(練時日)〉이나 무제 때의 〈천마가(天馬歌)〉 같은 것이 대표적인 것이다. 삼언은 간단하고도 리듬이 경쾌하지만 《초사》의 전통 때문에 적어도 《시경》의 아(雅) 정도의 성격을 벗어나지는 못한다.

③ 잡언(雜言)은 형식이 자유로운 거나 마찬가지로 내용도 자유롭다. 이미 《시경》에서 〈국풍〉에 정제한 '사언' 형식을 벗어나는 작품이 많았듯이 한대에도 주로 민가에서 많이 발견되는 형식이다. 본시 서민들의 가요 중에는 잡언체(雜言體)가 많았을 것으로 생각된다.

④ '오언'은 리듬이 간단하고 경쾌하면서도 '삼언'이나 '사언'에 비하여 변화가 있는 시형이다. 그것은 다시 '오언'이 이언(二言)과 삼언(三言)의 결합으로 분석되어 《초사》와 같은 화려한 전개가 가능하면서도 간단하고 가벼운 리듬을 지니어 청려(淸麗)한 성향도 지님을 뜻한다. 따라서 이것은 민가의 격조를 흡수하기에도 쉽거니와 중국 시인들이 기피한 속화3)도 면할 수 있는 것이어서 중국에서 가장 성행하는 시형으로 발전한다.

⑤ '칠언'은 그 내용을 분석하면 사언(四言)과 삼언(三言)이 합친 형태여서, 전형적인 초가(楚歌)에서 혜(兮)와 같은 조사를 빼 버리거나 실자(實字)만으로 자수를 채워 지으면 쉽사리 이루어지는 형태이다. 따라서 '칠언'은 조사나 접속사 같은 허자(虛字)들이 줄어들고 있지마는, '오언'보다는 훨씬 수식적이고 리듬이 무겁다. 따라서 '오언'보

---

3) 嚴羽 《滄浪詩話》; '學詩先除五俗 ; 一曰俗體, 二曰俗意, 三曰俗句, 四曰俗字, 五曰俗韻.'

다는 훨씬 장중하고 화려한 내용을 지니게 된다.4)

　이상의 다섯 가지 시형들을 대체로 따져 보면 잡언(雜言)이 가장 자유롭고, 다음으론 '오언'이 가장 경쾌하며, '칠언'이나 초가(楚歌)와 《초사》는 훨씬 수식적이고 형식적이며(이중 '七言'은 가장 着實한 性向을 지닌다), '사언'은 내용 형식 모두 가장 아정(雅正)한 것이다.

　이러한 각 시형들의 성격은 이들 시들의 작자나 독자와도 밀접한 관련이 있다. 그것은 잡언이 가장 서민들에 가까운 층에서 지어지고 읽혀졌으며, 그 다음 '오언'·'칠언'·초가·'사언'의 순서로 황제와 황제의 장려한 주변에 점점 접근해 있음을 뜻한다. 그렇다고 이것들이 사회계층이나 신분에 의하여 뚜렷이 그처럼 구분되었다는 뜻은 아니다. 이것은 대체적인 성향을 얘기하는 것에 불과하다.

　한대의 시형이 이처럼 다양하고, 또 중국시의 전형인 '오언'과 '칠언'시를 발전시켰다는 것은 한대의 문화적·정치적인 봉건적 예교주의와 서민의식 또는 개인의식의 충돌이 가장 중요한 원인이 되었을 것이다. 물론 그밖에 무제의 서역 원정 이후 유입된 외국 음악의 영향 같은 것도 작용하였을 것이다.5) 어떻든 한대의 시들은 형식에 있어서도 이처럼 다양했을 뿐만 아니라 그것들은 제각기 모두 독특한 성격을 지닌 것들이어서 내용상으로도 다양했던 시대라 할 것이다.

---

4) 徐師曾《詩體明辨》卷9 '(七言)其爲則也, 聲長字繼, 易以成文, 故蘊氣瑱辭, 與五言略異.'

5) 崔豹《古今注》卷中 ; '橫吹, 胡樂也. 張博望入西域, 傳其法于西京, 唯得摩訶兜勒一曲(四部叢刊 影印 宋本. 顧氏文房小說本 作三曲). 李延年因胡曲, 更造新聲二十八解, 乘輿以爲武樂.'

제2절 내용상의 특징

한대의 시들은 형식뿐만 아니라 내용에 있어서도 이전의 시가(詩歌)나 사부(辭賦)와는 다른 특징들을 지니고 있다. '사부'가 제왕의 위세를 꾸며 주고 사물을 포장(鋪張) 서술하는 데 특징이 있다면, 이들 시가는 개성적인 서정을 위주로 하고 있다는 게 가장 두드러진 특징이 될 것이다.

그 서정은 크게 ①사랑하는 부부나 애인 또는 절친한 친구들 사이의 이별과 거기에서 오는 그리움 같은 것을 주제로 한 것, ②사람들이 지닌 숙명적인 불행, 죽음이나 늙음, 또는 이를 전제로 한 시간의 흐름이 주는 비애, 또는 이런 비애에 대처하는 인생철학 등을 주제로 한 것, ③사회의 혼란 속에 겪는 무력하고 약한 서민들의 괴로움이나 빈부의 차 같은 것을 주제로 한 것의 세 가지로 주류를 분류할 수 있다.

그리고 이들 전체의 공통적인 특징은 이러한 처경을 통한 비애 또는 애수의 미감의 추구라 할 것이다. 그들은 이별이나 인간의 숙명 또는 사회의 모순 같은 인간들의 가장 보편적인 불행 속에서 인간의 감정이 비애를 통하여 얼마나 아름답게 승화될 수 있는가를 추구한 것이다.

첫째 : 이별을 통한 임 그리는 정이 지니는 애틋한 서정은 중국시에서 가장 대표적인 서정의 주류라 할 것이다. 이미 《시경》 속에서도 '행역(行役)'을 주제로 한 작품 중에는 임 그리는 정을 노래한 시들이 많았지만, 《시경》에서는 이토록 임 그리게 만든 사회적·정치적 요인을 향한 관심도 적지 않게 표시되고 있는데 비하여6) 한대에 이르러는

---

6) 拙稿 〈詩經 行役詩研究〉 〈淵坡 車相轅敎授回甲記念論叢〉(1971, 12) 참조.

순수한 그리움의 애수가 지니는 서정의 미를 추구하는 방향으로 발전하고 있다.

그것은 《옥대신영(玉臺新詠)》 권1의 〈고시팔수(古詩八首)〉 및 〈매승잡시(枚乘雜詩) 구수(九首)〉 또는 《문선(文選)》 권29의 〈고시십구수(古詩十九首)〉와 이릉(李陵)·소무시(蘇武詩) 등의 거의 전부가 지니는 가장 공통된 서정이다.

> 떠나간 날 멀어질수록
> 허리띠는 날로 느슨해지고,……
> 임 그리움에 늙어만 가는데
> 한 해는 어느덧 저물고 있네.
> (相去日已遠, 衣帶日已緩,…… 思君令人老, 歲月忽已晚.)
>
> — 〈古詩十九首〉의 第1首

> 아리따운 누각 위의 여인
> 환한 창가에 앉아 있는데,……
> 떠나간 임은 돌아올 줄 모르니
> 외로운 침대 홀로 지키기 힘드네.
> (盈盈樓上女, 皎皎當牕牖,…… 蕩子行不歸, 空牀難獨守.)
>
> — 〈古詩十九首〉의 第2首

> 위편에서 거문고와 노랫소리 들리는데
> 가락이 어찌 그리 서러운고……
> 원컨대 한 쌍의 학이 되어
> 나래 떨쳐 높이 울며 날아가고져!
> (上有絃歌聲, 音響一何悲 …… 願爲雙鳴鶴, 奮翅起高飛.)
>
> — 〈古詩十九首〉의 第5首

그걸 따서 누구에게 보내려는 것인가?
그리운 임 먼 길 나서서 계신데,……
마음은 함께 하면서도 떨어져 있으니
시름과 슬픔으로 늙어 죽겠네.
(采之欲遺誰, 所思在遠道.…… 同心而離居, 憂傷以終老.)
— 〈古詩十九首〉의 第6首

부부를 천 리 먼 거리로 떼어놓아
아득히 산과 언덕으로 막혀 있네.
임 그리움에 늙어만 가는데
임의 수레는 어찌 그리 돌아오지 못하는가?
(千里遠結婚, 悠悠隔山陂. 思君令人老, 軒車來何遲.)
— 〈古詩十九首〉의 第8首

가지를 휘어잡아 그 꽃 꺾어
그리운 임에게 보내주려네.
향기 앞가슴에서 옷소매에까지 가득 차는데
길이 멀어 보내드릴 길이 없구나!
(攀條折其榮, 將以遺所思. 馨香盈懷袖, 路遠莫致之.)
— 〈古詩十九首〉의 第9首

저편에 견우성 있고
환한 은하수 가엔 직녀가 있는데,……
종일 짜도 베 폭은 늘지 않고
눈물만 비오듯 흘리고 있네.
(迢迢牽牛星, 皎皎河漢女.…… 終日不成章, 泣涕零如雨.)
— 〈古詩十九首〉의 第10首

가락은 얼마나 구슬픈가?
거문고 팽팽한 줄 느껴지네.……
바라건대 한 쌍의 제비 되어 날아가
진흙 물어다 임의 집에 둥지 틀고져!
(音響一何悲, 絃急知柱促.…… 思爲雙飛燕, 銜泥巢君屋.)
　　　　　　　　　　　　　　　— 〈古詩十九首〉의 第12首

홀로 여러 날 밤 지새다 보니
꿈에라도 임의 멋진 모습 보고 싶네.……
임께서는 옛날의 즐김 생각하시어
수레 몰고 와서 나를 마중해 주셨으면!
(獨宿累長夜, 夢想見容輝.…… 良人惟古懽, 枉駕惠前綏.)
　　　　　　　　　　　　　　　— 〈古詩十九首〉의 第16首

시름 많으니 밤이 길기만 하고
하늘 우러르니 뭇 별들 반짝이네.……
한 마음으로 사랑 품고 있으나
임이 알아주시지 못할까 두렵기만 하네.
(愁多知夜長, 仰觀衆星列.…… 一心抱區區, 懼君不識察.)
　　　　　　　　　　　　　　　— 〈古詩十九首〉의 第17首

서로 만여 리나 떨어져 있으되
님의 마음만은 여전하시네.……
영원한 사랑 담고
변치 않겠다는 맹세 매어 놓았네.
(相去萬餘里, 故人心尙爾.…… 著以長相思, 緣以結不解.)
　　　　　　　　　　　　　　　— 〈古詩十九首〉의 第17首

여행길 즐겁다 해도
하루 속히 돌아오시기를, ……
목 빠지게 기다리다 방안으로 돌아와선
치마 흠뻑 젖도록 눈물 흘리네.
(客行雖云樂, 不如早旋歸.…… 引領還入房, 淚下沾裳衣.)
— 〈古詩十九首〉의 第19首

살랑살랑 맑은 바람 불어와
내 비단 치맛자락 날리네.……
어찌하면 사랑의 맹세를 받아
밝은 해로 증거를 삼을 수 있을까?
(穆穆淸風至, 吹我羅裳裾.…… 安得抱柱信, 皎日以爲期.)
— 《玉臺新詠》 卷1 古詩 第8首

그리운 임 구름 저쪽 멀리 계시니
아득히 떨어진 채 만날 기약 없네.……
달빛 밤의 어두움 밝히고 있으니
임 그리움에 긴 한숨 나오네.
(美人在雲端, 天路隔無期.…… 夜光照玄陰, 長歎戀所思.)
— 《玉臺新詠》 卷1 枚乘 詩 第6首

　이밖에 악부고사(樂府古辭) 중에도 이러한 님 그리움을 노래한 작품들이 상당히 많다.

황하 가의 풀은 푸르른데
아득히 임 떠나간 먼 길 그리웁네.

멀리 계신 임 잊으려 했는데
지난 밤 꿈에 보았네.
(靑靑河邊草, 緜緜思遠道. 遠道不可思, 宿昔夢見之.)
— 《文選》卷27 樂府古辭,《樂府詩集》卷38 古辭

휘영청 달은 밝은 빛으로
외로운 내 침상 밝게 비치네.
시름에 겨운 사람 잠 못 이루니
기나긴 이 밤 어이 새리!
(昭昭素月明, 暉光獨我牀. 憂人不能寐, 耿耿夜何長.)
— 《文選》卷27 樂府古辭,《樂府詩集》卷62 傷歌行

이별은 그리도 쉽더니 만나기는 어려운데,
산천은 아득하고 길은 멀기만 하네.
임 그리움 시름되어 서렸으되 말도 감히 못하는데
뜬구름에 소식 부탁해도 가서는 돌아오지 않네.
(別日何易會日難, 山川悠遠路漫漫. 鬱陶思君未敢言, 寄聲浮雲
往不還.)   — 《樂府詩集》卷32 燕歌行 本辭

여러 사람의 입 황금도 녹여 버린다더니
임과 생이별하게 만들었네.……
임 그리움에 늘 괴롭고 슬퍼
밤마다 잠도 못 이루네.
(衆口鑠黃金, 使君生別離.…… 念君常苦悲, 夜夜不能寐.)
— 《樂府詩集》卷35 塘上行 本辭

밝은 달 높은 누각 비치는데
달빛 아래 서성이네.
위에는 그리움으로 시름에 잠긴 애인 있는데
슬픈 한숨 내쉬며 그리움에 겨워하네.
(明月照高樓, 流光正徘徊. 上有愁思婦, 悲歎有餘哀.)
　　　　　　　　　　　　　　—《樂府詩集》卷41 怨詩行 本辭

백로 동쪽으로 날아가고 제비 서쪽으로 날아가는데
황고성과 직녀성은 때때로 만나네.……
한 봄 이미 다 가고 꽃은 바람따라 지는데
가엾게도 혼자 남아 누구와 더불어 즐길 건가?
(東飛伯勞西飛燕, 黃姑織女時相見.…… 三春已暮花從風, 空留
可憐誰與同.)　　　　　　—《樂府詩集》卷68 東飛伯勞歌 古辭

연꽃[蓮]을 옷자락 속에 품으니
연꽃 마음 바닥까지 붉네.
임 그리운데 임은 오지 않으니
머리 들어 날아가는 기러기만 바라보네.
(置蓮懷袖中, 蓮心徹底紅. 憶郎郎不至, 仰首望飛鴻.)
　　　　　　　　　　　　　　—《樂府詩集》卷72 古辭 西洲曲

애인이나 부부의 이별뿐만이 아니라,

슬프게도 친한 친구와 이별하니
기가 막혀 말도 할 수가 없네.……
그대가 나 버리고 떠나간 것 생각해 보니

새로이 마음에 좋아하는 이 생긴 듯하네.
(悲與親友別, 氣結不能言.…… 念子棄我去, 新心有所歡.)

——《玉臺新詠》卷1 古詩8首

의 경우처럼 친구 사이의 이별도 연인 사이의 이별처럼 애수를 통하
여 미화되고 있다. 이것은 이릉(李陵)의 〈여소무시(與蘇武詩)〉나 소
무(蘇武)가 이에 화답(和答)했다는 고시(古詩) 등의 경우도 마찬가지
이다.7) 더구나 〈고시십구수(古詩十九首)〉의 제7수 〈명월교야광(明月
皎夜光)〉 같은 것은 어렸을 적 친구가 뒤에 출세하여 신분이 달라져
서 잘 만나지 못하게 된 것을 노래한 것인데도, 마치 배신한 애인을
그리는 것처럼 애틋한 표현과 구성이다.

> 휘영청 밝은 달밤에
> 귀뚜라미 동쪽 벽에서 우네.……
> 옛날에는 나와 함께 공부한 친구인데
> 새 높이 날아올라 나래 푸덕이듯 출세했네.
> 손잡고 놀았던 생각은 하지 않고
> 나를 헌신짝 버리듯 버리네.
> (明月皎夜光, 促織鳴東壁.…… 昔我同門友, 高擧振六翮. 不念攜
> 手好, 棄我如遺跡.)

이러한 애수의 노래는 이별뿐만이 아니라 사회에 흔히 있을 수 있

---

7) 《文選》卷29엔 李陵의 〈與蘇武三首〉와 蘇武의 〈詩四首〉가 실려 있다. 그러나
蘇武의 詩 第一首 '骨肉緣枝葉'은 兄弟間의 離別, 第三首 '結髮爲夫妻'는 夫婦
間의 離別을 노래한 것이다. 이밖에 《古文苑》엔 李陵의 〈錄別詩八首〉와 蘇武
의 〈別李陵詩〉가 각각 한 首씩 실려 있다.

는 부부나 연인 사이의 사랑의 갈등이 주제가 되기도 한다. 《악부시집(樂府詩集)》 권41의 〈백두음(白頭吟)〉(《玉臺新詠》 卷1 古樂府 皚如山上雪)에서,

　　그대에게 두 마음 생겼음을 알고
　　일부러 절교하러 왔다네.
　　(聞君有兩意, 故來相訣絶.)

　《악부시집》 권39의 고사(古辭) 〈염가하상행(艶歌何嘗行)〉(《玉臺新詠》 卷1 古樂府 雙白鵠)이,

　　즐거웠던 새로운 사귐이여!
　　생이별하니 시름만 쌓이네!
　　(樂哉新相知, 憂來生別離.)

　《문선(文選)》 권29 〈고시십구수〉 중의 제2수 〈청청하반초(靑靑河畔草)〉의,

　　옛날엔 술집 기녀(妓女)였는데
　　지금은 건달 마누라 되었다네.
　　건달은 떠나가 돌아오지 않으니
　　텅 빈 침상 홀로 지키기 어렵네.
　　(昔爲倡家女, 今爲蕩子婦, 蕩子行不歸, 空牀獨難守.)

등이 그러한 갈등을 노래한 것들이다.
　이러한 사랑하는 이들 사이의 갈등은 자연 정절(情節)이 복잡하므로

시의 구성이 서사적인 경향을 띠게 된다. 《옥대신영》 권1의 고시 〈상산채미무(上山採蘼蕪)〉, 동(同) 고악부 〈일출동남행(日出東南行)〉(《樂府詩集》 卷28 古辭 〈陌上桑〉), 동(同) 반첩여(班婕妤)의 〈원시일수(怨詩一首)〉, 《악부시집》 권73의 고사 〈초중경처(焦仲卿妻)〉 등이 그것이다. 사랑의 갈등을 통하여 슬픔의 아름다움을 추구하려던 노력은 중국시의 새로운 국면, 곧 서사시적 수법을 발전시킨 것이다.

앞의 그리움들은 거의 모두가 젊고 아름다운 여인의 입장에서 노래한 것들이지만, 집 떠난 남자의 입장에서 유랑(流浪)의 노고와 향수를 노래한 것들도 있다. 이것들은 더욱 《시경》의 행역시(行役詩)들을 연상케 한다.

　　형제 서넛이
　　모두 딴 고을에 떠돌고 있네.……
　　바위들 얼마나 울퉁불퉁한가?
　　멀리 더 가지 말고 어서 돌아오기를!
　　(兄弟兩三人, 流蕩在他縣.…… 石見何纍纍, 遠行不如歸.)8)
　　　　　　　　　　　— 《玉臺新詠》 卷1 古詩, 《樂府詩集》 卷39 古辭

　　가버린 자는 날로 소원해지지만
　　살아 있는 자는 날로 친해지네.……
　　고향 동리로 돌아가려니

---

8) 이 詩는 중간에 '故衣誰當補, 新衣誰當綻. 賴得賢主人, 覽取爲吾綻. 夫婿從門來, 斜柯西北眄. 語卿且勿眄, 水清石自見.'하고, 客地에서 다행히 좋은 女主人을 만나 그가 잘 돌봐주고 있고, 그 남편이 들어와서 서북쪽을 바라보며 관계를 의심하는 듯한 태도지만 자기는 潔白하다는 내용의 가벼운 낭만과 웃음의 자료가 애수 속에 섞여있다.

돌아갈 길이 보이지 않네.
(去者日以疎, 生者日以親.…… 思還故里閭, 欲歸道無因.)
—〈古詩十九首〉의 第14首

수레 돌려 멀리 달려가노니
아득히 먼 길 떠나왔네.
사방 둘러보니 아득하기만 한데
봄바람이 풀 위에 불고 있네.
(廻車駕言邁, 悠悠涉長道. 四顧何茫茫, 東風搖百草.)
—〈古詩十九首〉의 第11首

건달은 어디로 가는 건가?
천하는 지금 태평스러운데.
(蕩子何所之, 天下方太平.)   —《樂府詩集》卷28 古辭〈鷄鳴〉

수레 몰아 북문을 나서니
저 멀리 낙양성이 보이네.……
우뚝 서서 서하를 바라보니
눈물 흘러내리어 비단 갓끈을 적시네.
(驅車出北門, 遙觀洛陽城.…… 竚立望西河, 泣下沾羅纓.)
—《樂府詩集》卷30 古辭〈長歌行〉

북쪽 태항산에 올라보니
얼마나 험하고도 높은가?……
잘못하여 길을 잃고 보니
저녁이 되는데도 묵어갈 곳이 없구나!

(北上太行山, 艱哉何巍巍.…… 迷惑失故路, 薄莫無宿棲.)

—《樂府詩集》卷33〈苦寒行〉本辭

백양나무 처음 자랄 때는
예장산에 있었네.……
몸은 낙양 궁전에 있지만
뿌리는 예장산에 있다네.……
뭇 사람들의 간교함이
나를 뿌리 있는 그루터기에서 떼어놓을 줄이야!
(白楊初生時, 乃在豫章山.…… 身在洛陽宮, 根在豫章山.…… 何
意萬人巧, 使我離根株.)   —《樂府詩集》卷34〈豫章行〉古辭

고향 생각에
시름 가눌 길 없네.
돌아가려도 집엔 아무도 없고
강물 건너려니 배가 없네.
(思念故鄉, 鬱鬱纍纍. 欲歸家無人, 欲渡河無船.)

—《樂府詩集》卷62〈悲歌〉古辭

  이러한 향수나 그리움을 주제로 한 시가들은, 몇 수 안되는 작자
가 뚜렷한 동한의 오칠언시(五七言詩)에서도 드러난다. 장형(張衡)
의 〈사수시(四愁詩)〉가 네 편 모두 임 그리움을 읊은 것이다.

내 그리운 임 태산에 계신데
임께 가려니 험한 양보산이 가로놓였네.……
길 멀어 보내드릴 길 없어 서성이고만 있는데,

어찌하여 시름 품고 마음 괴롭히는가?
(我所思兮在太山, 欲往從之梁甫艱.…… 路遠莫致倚逍遙, 何爲
懷憂心煩勞.)

　왕일(王逸)의 〈금사초가(琴思楚歌)〉도 같은 그리움의 애수가 밑바
닥에 깔려 있다.

　　캄캄한 긴 밤은 새지를 않고
　　그리움 엉기어 애간장 끊어지네.
　　(盛陰脩夜何難曉, 思念糾戾腸摧續.)

　진가(秦嘉)의 〈유군증부시(留郡贈婦詩)〉도 3수 모두 그리움이 시
의 주조를 이루고 있다.

　　편지 보니 마음 서글퍼져
　　음식을 대하고도 먹지 못하겠네.
　　홀로 빈 방안에 앉아 있으니
　　누구와 더불어 서로 권면한단 말인가!
　　(省書情悽愴, 臨食不能飯. 獨坐空房中, 誰與相勸勉!)

　　멀리 떠나간 이 생각하니
　　정답게 사귀던 때 생각나네.
　　황하는 넓은데 배도 다리도 없고,
　　길은 가깝다는데 큰 언덕이 가리고 있네.
　　(念當遠別離, 思念敍款曲. 河廣無舟梁, 道近隔邱陸.)

텅 빈 방 안 둘러보니
불현듯 임의 모습 떠오르네.
한 번 이별하자 만 가지 한이 서리어
앉으나 서나 편안한 적 없네.
(顧看空室中, 髣髴想姿形. 一別懷萬恨, 起坐爲不寧.)

　공융(孔融)의 〈잡시이수(雜詩二首)〉 중 제1수가 ‘멀리 떠나간 나그네 전송하였는데 한 해가 저물자 돌아왔다네(遠送新行客, 歲暮乃來歸).’로 시작되고 있으며, 송자후(宋子侯)의 〈동교요시(董嬌饒詩)〉도,

어느덧 한창 나이 지나가니
기쁨과 사랑 영영 잊게 되네.
내 이 한 곡조 다 끝내려는데
이 곡조가 사람의 애간장 녹이네.
(何時盛年去, 懽愛永相忘. 吾欲竟此曲, 此曲愁人腸.)

의 구절이 있다. 채옹(蔡邕)의 〈취조(翠鳥)〉에도 임 그리움의 정이 보인다.

다행히 사냥꾼의 덫을 벗어나
군자님 마당 찾아오게 되었네.
착한 마음으로 군자님의 고결하심 의탁하여
암컷 수컷 함께 백년 살고 싶다네.
(幸脫虞人機, 得親君子庭, 馴心托君素, 雌雄保百齡.)

　비유인 듯하지만 발상은 임 그리움에서 나온 것이다. 다만 작자가

뚜렷한 이들 작품에서는 무명씨(無名氏)의 작품에서 느끼던 자연스런 임 그리움의 애절한 맛은 훨씬 감소되고 있는 것이 사실이다. 장형(張衡)의 〈사수시〉가 지나친 수식적 경향으로 흐르고 있고, 왕일(王逸)의 〈금사초가〉는 끝머리에,

세월은 이미 문득 지나가 버리고
벼슬 잃어 녹 없이 집안도 떠나와 버렸네.
임금님 명으로 다행히 벼슬자리 되찾기 바랐으나
오래도록 이루는 일 없자 끝내 버림받았네.
(歲月已盡夫奄忽, 亡官失祿去家室.
思想君命幸復位, 久處無成卒放棄.)

하고 노래하고 있으니 그리움의 대상이 황제인 듯하기도 하며, 애수의 원인이 공명을 이루지 못한 데 있으므로 아무래도 서정이 조작적이다. 진가(秦嘉)의 경우도 제서(題序)에,

나는 상군(上郡)의 아전이 되었는데, 나의 처 서숙(徐淑)은 병이 중하여 집으로 돌아갔는데 직접 송별을 하지 못하여 시를 지어 보낸다.
(嘉爲上郡掾, 其妻徐淑, 寢疾還家, 不獲面別, 贈詩云爾.)

라고 쓰고 있으니, 일시적인 공무로 인한 출장 때문에 이별하는 것이라면 아무리 자기 처가 불편한 몸이라 하더라도 감상이 과장으로 느껴진다. 채옹(蔡邕)의 〈취조〉도 자기를 비유로 노래한 것인 듯한데, 발상에 비하여 내용이 세속적이고 인위적인 느낌을 준다. 이들 문인들이 지닌 그 시대의 윤리관이 이들로 하여금 새로운 형태와 내용의

시를 쓰면서도, 완전히 자유롭고 자연스런 입장을 취하지 못하게 하였을 것이다. 그러나 이 그리움의 서정은 이후 건안(建安) 위진남북조(魏晉南北朝)에서 시작하여 중국 시인들의 가장 대표적인 서정의 한 분야로 발전한다.

둘째 : 이 시대에 와서 무상한 인생을 느끼는 서정들이 두드러진다.

인생이란 잠깐 동안인데
온갖 일을 그 새 겪는다네.
(人生無幾時, 顚沛在其間.)

— 《玉臺新詠》 卷1 〈古詩八首〉의 第7首

사람이 천지간에 사는 것은
문득 지나가기 먼 길 가는 나그네 같네.
(人生天地間, 忽如遠行客.)　　　　　— 〈古詩十九首〉의 第3首

사람이 한 세상 사는 것이
덧없기 나르는 먼지 같네.
(人生寄一世, 奄忽若飆塵.)　　　　　— 〈古詩十九首〉의 第4首

인생이란 쇠나 돌이 아니니
어찌 오래도록 살 수 있으리?
(人生非金石, 豈能長壽考.)　　　　　— 〈古詩十九首〉의 第11首

인생이란 잠깐 머물다 가는 것,
목숨은 쇠나 돌처럼 오래 가지 않네.
(人生忽如寄, 壽無金石固.)　　　— 〈古詩十九首〉의 第13首, 《樂府詩
集》卷61 古辭 第15 〈驅車上東門〉

사람의 삶은 백 년도 채우지 못하면서,
언제나 천 년의 시름 품고 있네.
（人生不滿百, 常懷千歲憂.）

　　　　　　　　—《樂府詩集》卷61 古辭〈驅車上東門〉

사람이 한평생 사는 동안
귀중한건 소원대로 함께 사는 것일세.
（人生一世間, 貴與願同俱.）

　　　　　　　　—《古文苑》李陵〈錄別詩八首〉의 第6首

술을 대하면 노래부를 것이니
인생이 얼마나 되는가?
（對酒當歌, 人生幾何.）　　　　—《樂府詩集》卷30〈短歌行〉本辭

　‘인생’이란 말이 직접 들지 않은 시들에도 이같은 감정이 여러 군데
표현되어 있다.

아아, 우리 인간이란 각각 수명을 타고나는 것인데,
죽고 사는 것에 어찌 앞뒤를 따질 것 있겠는가?
（唶我人民生各各有壽命, 死生何須復道前後!）

　　　　　　　　—《樂府詩集》卷28〈鳥生〉

사람의 목숨은 쇠와 돌이 아니거늘
수명을 어찌 기약할 수 있겠는가?
（人壽非金石, 年命安可期?）

　　　　　　　　—《樂府詩集》卷37 古辭〈西門行〉

한창 때는 다시 올 수가 없고
백 년은 문득 내 앞에 지나가네.……
옛사람 중에 그 누가 죽지 않았는가?
운명을 안다면 그 무엇을 걱정하나?
(盛時不可再, 百年忽我遒.…… 先民誰不死, 知命亦何憂?)
　　　　　　　　　　—《樂府詩集》卷39〈野田黃雀行〉本辭

하늘의 덕(德)은 오래고도 영원한데
사람의 목숨은 얼마나 짧은가?……
백 년도 잠깐동안
빠르기 바람에 촛불 꺼지는 것 같네.
(天德悠且長, 人命一何促.…… 百年未幾時, 奄若風吹燭.)
　　　　　　　　　　—《樂府詩集》卷41 古辭〈怨詩行〉

　인생은 무상하다는 전제 아래 자연의 변화나 사시(四時)의 전환을
보고 있으려니, 시인들은 세월의 흐름에 대하여 숙명적인 비애를 느
끼게 된다.9) 그 비애는 떠나간 임 생각 등과 결합되어 더 고조되는
것이 보통이지만, 세월의 흐름을 느낀다는 것 자체도 임 그리움 못지
않은, 오히려 더욱 절실한 비애를 쏟는 서정으로 변한다.

선들선들 해지며 한 해 저물어 가는데
쓰르라미만 슬프게 울고 있네.
(凜凜歲云暮, 蟪蛄多悲鳴.)　　　—《玉臺新詠》〈古詩八首〉의 第3首

---

9) 吉川幸次郎〈推移의 悲哀〉《中國文學報》第十 1959. 4, 第十一 1960, 4, 第十四
　　1961, 4) 참조.

초겨울 찬 기운 이니
북풍은 얼마나 매서운가!
(孟冬寒氣至, 北風何慘慄.)　　　—《玉臺新詠》〈古詩八首〉의 第4首

향기로운 바람 오래 머물 수 없는 것이어늘
부질없이 난초만 시들게 하고 있네.
(香風難久居, 空令蕙草殘.)　　—《玉臺新詠》〈古詩八首〉의 第6首

사철이 번갈아 바뀌니
한 해 얼마나 빨리 저무는가!
(四時更變化, 歲暮一何速!)　　　　—〈古詩十九首〉의 第12首

흰 이슬 들풀을 적시는데
시절은 어느덧 또 바뀌고 있네.
(白露沾野草, 時節忽復易.)　　　　　—〈古詩十九首〉의 第7首

떠나간 사람 날로 소원해지고
산 사람은 날로 친해진다네.
(去者日以疎, 生者日以親.)　　　　　—〈古詩十九首〉의 第14首

뜰 안의 아욱은 푸릇푸릇한데
아침이슬은 해만 솟으면 마르네.
(靑靑園中葵, 朝露行日晞.)　　—《樂府詩集》卷30 古辭〈長歌行〉

해와 달을 보면
해와 달이 달리고 있네.
뜻대로 안되는 인생

무엇이 있고 무엇이 없는가?
(照視日月, 日月馳驅. 轗軻人間, 何有何無?)
                              ─《樂府詩集》卷43 古辭〈滿歌行〉

  이밖에 〈해로(薤露)〉나 〈호리(蒿里)〉(《樂府詩集》卷27 古辭) 같은
만가(挽歌)에 이런 정조를 노래하고 있음은 당연한 일이라 할 것이다.
  인생은 덧없는 것이라는 무상감(無常感)은 결국 생활 철학에 있어
사람들을 데카당스적인 방향으로 이끌었다. 따라서 '인생불만백(人生
不滿百)'이란 생각은 그저 기회 있는 대로 술 마시고 놀며 즐기는 게
제일이라는 결론을 가져온다.

    사람이 세상에 사는 게
    빠르기 멀리 떠나는 나그네 같으니,
    말술로 서로 즐기며
    후덕해야지 각박해선 안되네.……
    잔치 벌이어 마음과 뜻 즐겁게 할 것이니
    서글픈 마음 어디에 쓸 것인가!
    (人生天地間, 忽如遠行客, 斗酒相娛樂, 聊厚不爲薄.……
    極宴娛心意, 戚戚何所迫!)   ─〈古詩十九首〉의 第3首

    오늘 성대한 잔치 벌이고 있지만
    기쁨과 즐거움 이루 다 말하기 어렵네.……
    사람이 한 세상 사는 것이
    빠르기 먼지가 날아가는 것 같네.
    (今日良宴會, 歡樂難具陳.…… 人生寄一世, 奄忽若飆塵.)
                              ─〈古詩十九首〉의 第4首

술을 대하고는 노래하게,
인생이 얼마나 되는가?
마치 아침이슬 같은데
지나가는 날은 괴로움이 많은 걸.
(對酒當歌, 人生幾何? 譬如朝露, 去日苦多.)
— 《樂府詩集》卷30 〈短歌行〉本辭

오늘 함께 즐기며
모두가 기뻐하고 즐거워하세.……
기쁜 날은 그래도 저고
슬픈 날이 괴롭게도 많다네.
무엇으로 시름 잊을까?
쟁(箏) 타며 술 마시고 노래하는 거지.
(今日相樂, 皆當喜歡…… 歡日尙小, 戚日苦多. 以何忘憂, 彈箏
酒歌.)   — 《樂府詩集》卷36 古辭 〈善哉行〉

오늘 즐기지 않고
어느 때를 기다리려는가?……
즐거움이란 그때그때 누려야지.
(今日不作樂, 當待何時?…… 爲樂當及時.)
— 《樂府詩集》卷37 古辭 〈西門行〉

오늘 함께 서로 즐기며
만년토록 목숨 부지하세.
(今日樂相樂, 延年萬歲期.)
— 《樂府詩集》卷39 古辭 〈艷歌何嘗行〉

모름지기 감정을 깨끗이 씻어내고
하고 싶은 대로 마음 따라 실컷 놀아 보세.
(當須盪中情, 遊心恣所欲.)   ──《樂府詩集》卷41 古辭〈怨詩行〉

술 마시고 노래하고 춤추며
즐기는데 무얼 더 바라는가?
(飮酒歌舞, 樂復何須?)   ──《樂府詩集》卷43 古辭〈滿歌行〉

  심지어는 세상에선 장생불로(長生不老)하는 선인(仙人) 얘기가 있
지마는 그런 것도 다 헛된 것이니 놀고 보라는 노래도 있다.

약 먹으며 신선 되려다가
많은 사람이 약으로 병을 얻네.
좋은 술 마시며
비단 옷 입고 지내는 게 좋은 건데.
(服食求神仙, 多爲藥所誤. 不如飮美酒, 被服紈與素.)
                   ──〈古詩十九首〉의 第13首

낮은 짧고 밤은 매우 긴데
어찌하여 불 밝히고 놀지 않는가?……
신선 왕자교가 있다지만
그처럼 오래 살기는 어렵네.
(晝短苦夜長, 何不秉燭遊.…… 仙人王子喬, 難可與等期.)
                   ──〈古詩十九首〉의 第15首

  스스로는 신선인 왕자교가 아니기 때문에

수명을 따져보면 그와 같기 어렵네.
（自非仙人王子喬, 計會壽命難與期.）
　　　　　　　　　　　　——《樂府詩集》 卷37 古辭 〈西門行〉

　그러나 허무한 인생을 극복하기 위하여 신선(神仙)을 적극적으로 추구한 경우도 있다.

　신선이 흰 사슴 타고 가는데
　머리 짧은 데 비하여 귀는 어찌 그리도 긴가?
　나를 인도하여 태화산(太華山) 올리기
　지초(芝草) 캐고 적당(赤幢) 얻었네.
　주인집으로 돌아와
　옥상자에 선약(仙藥) 담아 바치네.
　（仙人騎白鹿, 髮短耳何長? 導我上太華, 攬芝獲赤幢. 來到主人門, 奉藥一玉箱.）　　　　　——《樂府詩集》 卷30 古辭 〈長歌行〉

　흰토끼 무릎 꿇고 약을 빻아 두꺼비 환약 만들어
　폐하에게 한 옥소반 담아 바치노니,
　이 약 먹으면 신선 될 수 있다네.
　（白冤長跪擣藥蝦蟆丸, 奉上陛下一玉柈, 服此藥可得神仙.）
　　　　　　　　　　　　——《樂府詩集》 卷34 古辭 〈董逃行〉

　명산 돌아다녀 보니
　지초(芝草) 너풀너풀한데,
　신선 왕자교가
　약 한 알 바치네.

(經歷名山, 芝草飜飜, 仙人王喬, 奉藥一丸.)

　　　　　　　　　　　　　—《樂府詩集》卷36 古辭 〈善哉行〉

　　마침내 신선도(神仙道) 터득하니
　　위로 하늘이 부축해 주네.
　　왕 부모님 찾아가 뵙나니
　　그분들 태산 남쪽 기슭에 계시네.
　　하늘로부터 4, 5리 떨어져 있는데,
　　가는 길에 적송자(赤松子) 만나 함께 갔네.
　　(卒得神仙道, 上與天相扶. 過謁王父母, 乃在太山陽. 離天四五
　　里, 道逢赤松俱.)　　　　—《樂府詩集》卷37 古辭 〈步出夏門行〉

　　가난함에 편안히 지내고 도를 즐기며
　　장자를 스승으로 모시네.
　　(安貧樂道, 師彼莊周.)　　　　—《樂府詩集》卷43 古辭 〈滿歌行〉

　　다만 이들은 맨 끝의 예를 제외하고는 고사(古辭 : 魏晋樂所奏) 〈왕
자교(王子喬)〉(《樂府詩集》卷29)에서 '성상께선 만년의 수 누리시기
를! 생(笙) 슬피 불며 황제의 수명 오래가기 비네.(聖主亨萬年, 悲吟
皇帝延壽命.)'라 하였듯이 황제나 윗사람들의 축수(祝壽)를 위한다는
성격이 뚜렷하다. 맨 끝의 〈만가행(滿歌行)〉은 사실은 신선과 직접
관계가 있는 것은 아니다.
　　작자의 이름이 뚜렷한 한대[東漢] 시에도 이러한 인생의 무상함과
세월의 흐름을 슬퍼하는 구절들이 보인다.

　　한 해 이미 다 저물어가고 있으니

어찌하면 역사에게 해 수레 둘러엎도록 부탁할까?
(年歲晩暮時已斜, 安得力士翻日車?)   ―李尤〈九曲歌〉殘文

시절은 지나가고 나이 늙어가니
겨울 여름 바뀜이 잠깐 사이일세.
(時節晩暮年齒老, 冬夏更運去若頹.)   ―王逸〈琴思楚歌〉

인생은 아침 이슬 같은데
세상살이엔 어려움 많네.
(人生譬朝露, 居世多屯蹇.)   ―秦嘉〈留郡贈婦詩〉

황하가 맑아지기 바라고 있을 수 없듯이
사람 목숨도 연장시킬 수 없네.
(河淸不可俟, 人名不可延.)   ―趙壹〈疾邪詩〉

인생이야 어찌 그대로 있던가?
한 해 저물어 가는 것만이 걱정이네.
(人生有何常, 但患年歲暮.)   ―孔融〈雜詩二首〉其一

사람은 살면서 후손 이어지기 꾀하는데,
그대 죽으면 내가 추도해 주게 되네.
(人生圖嗣息, 爾死我念追.)   ―孔融〈雜詩二首〉其二

인생은 스스로 정해진 목숨이 있다지만
살 날 얼마 되지 않는 것이 한스럽네.
(人生自有命, 但恨生日希.)   ―孔融〈雜詩二首〉其三

사람 한평생 얼마나 되는가?
시름 품고 한 해를 보내네.
(人生幾何時, 懷憂終年歲.)   ─ 蔡琰 〈悲憤詩〉

인생에는 새로운 것과 옛것이 있고
귀천(貴賤)한 신분은 서로 넘나들지 않네.
(人生有新故, 貴賤不相踰.)   ─ 辛延年 〈羽林郎〉

가을철엔 시들어 낙엽 졌다가
봄철 되면 다시 꽃 핀다네.
어찌하여 한창 나이 가버린다고
기쁨과 사랑 영영 잊을 수 있겠는가?
(秋時自零落, 春月復芬芳. 何如盛年去, 懽愛永相忘.)
                                          ─ 宋子侯 〈董嬌饒〉

이상과 같은 경향은 이미 서한(西漢) 사람들 작품의 시구에서도 발견된다.

사람은 나서 죽게 되어 있는데
무엇 때문에 마음 고생하는가?
(人生要死, 何爲苦心)   ─ 《漢書》武五子傳 〈厲王胥歌〉

인생은 즐겨야 되는 것이니
부귀해지길 언제까지 기다리겠는가?
(人生行樂耳, 須富貴何時!)   ─ 《漢書》楊惲傳 〈楊惲詩〉

다만 이들의 인생론은 교훈적 · 해설적인 경향이 짙다. 고시(古詩)

나 악부고사(樂府古辭)들처럼 인간이 지닌 숙명적인 비애를 솔직하고 절실하게 읊지 못하고 있다는 것이다. 이것도 앞의 '그리움'의 경우처럼 사족들인 작자들이 지닌 예교적인 입장 때문일 것이다.

그러나 이러한 인생에 대한 감각은 이미 서한대에도 뚜렷하였다. 《사기》〈유후세가(留侯世家)〉를 보면 여후(呂后)가 장량(張良)에게 '사람이 한평생 산다는 것은 마치 흰 망아지가 틈 사이를 지나가는 거나 같거늘 어찌하여 스스로 이처럼 괴로워하는가?(人生一世間, 如白駒過隙, 何至自苦至此乎?)'하고 말하고 있고, 같은 책 〈위표팽월전(魏豹彭越傳)〉에선 위표(魏豹)가 역생(酈生)에게 '사람이 한평생 사는 것은 마치 흰 망아지가 틈 사이를 지나가는 것과 같다(人生一世間, 如白駒過隙耳.)'고 말하고 있다.

《한서》〈소무전(蘇武傳)〉에서도 이릉(李陵)이 소무(蘇武)에게 '인생이란 아침이슬과 같은 것이어늘 어찌하여 늘 이처럼 스스로 괴로워하는가?(人生如朝露, 何久自苦如此?)'라고 말하고 있다. 이것은 모두 《장자(莊子)》 지북유(知北遊)편의 '사람이 이 세상에 나서 산다는 것은 마치 흰 망아지가 틈을 지나가는 것처럼 잠깐 사이이다(人生天地間, 若白駒之過郤, 忽然而已.)'라 한 사상을 계승한 것이라 할 것이다. 세월의 흐름이란 사람으로서는 어쩔 수 없는 것이라는 숙명을 느끼고 '즐겨나 보자'는 데카당스적 경향을 지닌 노래는 이미 《시경》에도 나타나 있다. 당풍(唐風)〈실솔(蟋蟀)〉에는 이런 구절이 있다.

귀뚜라미가 대청에서 울고 있으니
한 해도 저물고 있네.
지금 우리 즐기지 않으면
세월이 지나가 버릴 걸세.
(蟋蟀在堂, 歲聿其莫. 今我不樂, 日月其除.)

이와 비슷한 내용의 시구가 3장 모두 되풀이되고 있다. 진풍(秦風) 〈거린(車鄰)〉에선,

지금 즐기지 않으면 세월 가서 늙게 되네.
(今者不樂, 逝者其耋.)

라고 노래하며 비슷한 구절을 다음 장에서도 다시 되풀이하고 있다. 무엇보다도 흐르는 세월의 슬픔을 절감하고 있는 것은 《초사(楚辭)》의 경우라 할 것이다.

마치 내가 미칠 수 없을 듯하니
세월이 나와 함께 하지 않는 것이 두렵네.
(汨余若將不及兮, 恐年歲之不吾與.)

세월은 문득 머물지 않고 흘러가
봄과 가을이 엇바뀌고 있네.
초목이 시들어 낙엽지니
미인도 늙게 될까 두렵기만 하네.
(日月忽其不淹兮, 春與秋其代序. 惟草木之零落兮, 恐美人之遲暮.)

늙음이 어느덧 닥쳐오니
수양을 쌓은 명성이 이루어지지 않을까 두렵네.
(老冉冉其將至兮, 恐脩名之不立.)

시절은 어지러이 바뀌고 있거늘

어찌 그대로 머물러 주기 바라겠는가?
(時繽紛其變易兮, 又何可以淹留.)　　　　　　—以上 〈離騷〉

시절은 다시 돌아올 수 없는 것.
(時不可兮再得.)　　　　　　　　　　　　—九歌 〈湘君〉

시절은 되돌아올 수 없는 것.
(時不可兮驟得.)　　　　　　　　　　　　—九歌 〈湘夫人〉

늙음이 어느덧 이르렀네.
(老冉冉兮旣極.)　　　　　　　　　　　　—九歌 〈大司命〉

어찌 향기로운 풀 속히도 시들어 버리는가!
서리 내리는 건 사람들에게 경고를 하는 게 아닌가?
(何芳草之早殀兮, 微霜降而下戒.)　　　　—九章 〈惜往日〉

세월은 문득 허물어지듯 지나가니
늙은 시절 어느덧 다가오네.
(歲曶曶其若頹兮, 時亦冉冉而將至.)　　　—九章 〈悲回風〉

봄 가을은 문득 머물러 있지 않고 바뀌는데
어찌 이 고향에 오래 그대로 머물겠는가?
(春秋忽其不淹兮, 奚久留此故居.)　　　　　—〈遠遊〉

　더구나 송옥(宋玉)이 지었다는 〈구변(九辯)〉의 첫 대목은 가을이란 계절이 주는 감상과 비애를 미문으로 극대화하면서, 뒤이어 굴원(屈

原)의 유랑을 향수에 결부시켜, 중국시가 지니는 비애의 미학을 집대성한 느낌마저 주고 있다. '송옥비추(宋玉悲秋)'란 말도 여기에서 나온 것이다.

다만 〈초사〉의 '세월의 흐름'은 단순한 인생의 한계로 말미암은 슬픔보다도 교훈적인 경향을 많이 띄고 있다. 할 일도 다하기 전에 늙는 것을 두려워한 노래들인 것이다. 한대의 이름이 알려진 작가들에게는 이러한 〈초사〉의 시구(詩句)에 대한 예교적인 해석이 크게 영향을 주고 있을 것이다. 이러한 인생에 대한 무상감(無常感)이나 허무감(虛無感)은 본시 도가사상과 가까운 것이며, 현실의 가치를 발견하기 어려운 사회가 혼란한 시대에는 일반 민중에게 널리 스며드는 감정이었을 것이다.

한대의 유명 작가들은 이러한 도가적이고 퇴폐적인 감정을 어느 정도 예교윤리를 통하여 중화시킬 수 있는 사대부들이었다. 그러나 동한 말엽의 사회혼란과 도교·불교의 성행은 이러한 감정들을 더욱 보편화시켜 사족들의 중화의 경향에도 불구하고, 건안(建安) 이후의 중국 시단에 있어서는 가장 중요한 서정의 하나로 두드러지게 만든다.

셋째 : 한대의 시가는 사회에의 관심도 두드러진다. 이것은 이미《시경》의 '풍유(諷諭)'에서부터 시작하여 한대 이후로도 계속 발전한 중국시의 가장 중요한 전통이라고 할 수 있을 것이다.

첫째 '그리움'을 노래한 시가들을 얘기하는 중에 '사랑의 갈등'을 노래한 시가들의 서사성을 지적하였지만, 사회 문제를 읊은 시에서도 그러한 허구를 통하여 효과를 배가(倍加)시킨 작품들이 많다.

사회문제로서 고금을 통하여 가장 두드러지는 것은 빈부의 문제일 것이다. 글뜻이 분명치 않지만 '썩히는 곡식 많으니 군량미에도 보탬되지 않네(多腐粟, 無益諸軍糧)'란 구절이 든 〈동광(東光)〉이란 고사(古辭)(《樂府詩集》卷27)도 경제정책의 모순을 노래한 것인 듯하지만, 이제는 먹을 것도 입을 것도 없게 되자 처자의 울음 속에 칼을 빼들고 강도질(?)을 나서는 가난한 서민의 모습을 노래한 〈동문행(東門行)〉(《樂府詩集》 卷37 古辭)처럼 절박한 노래도 드물 것이다.

동문 밖으로 나가서는
돌아올 생각도 버리고는,
집안으로 들어와
몹시 슬퍼하네.
항아리 안에는 남아있는 곡식이란 없고
횃대 위 돌아보니 걸려있는 옷이라곤 없네.
칼 빼어들고 동문 밖으로 나가려는데
집안의 애어미가 옷자락 부여잡고 우네.……
(出東門, 不顧歸, 來入門, 悵欲悲.
盎中無斗米儲, 還視架上不懸衣.
拔劍東門去, 舍中兒母牽衣啼.……)

이와는 반대로 호화로운 상류사회의 사치하고 음탕한 생활을 노래한 작품들도 있다.

황금으로 임의 집 문 만들고
백옥으로 임의 집 대청 꾸몄네.
대청 위에 한 통의 술 벌여놓고
배우들 불러 놀이하게 하네.……
(黃金爲君門, 白玉爲君堂. 堂上置樽酒, 作使邯鄲倡.……)

〈상봉행(相逢行)〉(《樂府詩集》 卷34 古辭), 〈장안유협사행(長安有狹

斜行)〉(同卷 35)에도 비슷한 구절이 보인다.

아름다운 부인이 내객(來客)을 대접하는 모양을 노래한 〈농서행(隴西行)〉(《樂府詩集》 卷37 古辭)도 비슷한 내용의 노래이다. 또 사회가 어지럽고 경제적 모순이 심화한 시대에는 무엇보다도 유약한 자들의 처지가 가장 비참했을 것이다.

〈부병행(婦病行)〉과 〈고아행(孤兒行)〉(《樂府詩集》 卷38 古辭)은 그 대표적인 보기라 할 것이다. 두세 명의 자식들을 놓아두고 앓아 누운 부인의 처지나, 고아가 되어 형수 밑에서 구박을 받고 자라는 고아의 처지는 모두 궁핍의 막다른 골목이라 할 것이다. 여기에 그 '난왈(亂曰)' 부분만을 인용한다.

> 끌어안고 있지만 옷이 없고
> 깃저고리 또한 홑것일세.
> 문 닫고 창 막은 다음
> 아기만 버려둔 채 저자로 가서
> 길에서 아는 이 만나
> 울면서 주저앉아 일어서지를 못하네.
> 그에게 구걸하여 아이 먹을 것이라도 구하려는 거지.
> 마주 보고 우는데
> 눈물은 그칠 줄 모르고,
> 나도 슬퍼하지 않으려 해도 되지 않네.……
> (抱時無衣, 襦復無裏. 閉門塞牖, 舍孤兒到市.
> 道逢親交, 泣坐不能起, 從乞求與孤買餌.
> 對交啼泣, 淚不可止. 我欲不傷悲不能已.……)

마을 사람들 얼마나 시끄러운가?

한 장의 편지 붙여
땅 밑의 부모에게 전하여
형수와는 함께 살아갈 수 없다는 것 알리려는 것일세!
(里中一何譊譊, 願欲寄尺書, 將與地下父母, 兄嫂難與久居.)

〈평릉동(平陵東)〉(《樂府詩集》 卷28 古辭)은 관리가 의공(義公 : 良民)에게서 '전백만(錢百萬)'과 '양주마(兩走馬)'를 빼앗아가다시피 하는 가렴주구(苛斂誅求)를 풍자한 것이다.

무엇보다도 서민생활에 심각하고 막대한 피해를 준 것은 전쟁이었을 것이다. 따라서 한뇨가십팔곡(漢鐃歌十八曲) 중의 하나인 〈전성남(戰城南)〉(《樂府詩集》 卷16)에서는 전쟁에 나가 황량한 전장에서 죽어 가는 병사들의 헛된 죽음을 노래하고 있고, 〈십오종군정(十五從軍征)〉(《樂府詩集》 卷25)10)에선 15세에 종군하여 80세에 빈손으로 늙은 몸을 이끌고 돌아온 병사의 처지를 비정(非情)을 극하여 노래하고 있다.

열다섯 살에 군대에 나갔다가
여든 살에야 비로소 돌아왔네.
길에서 마을 사람 만나
우리 집안에 누가 있는가 물었네.
'멀리 보이는 게 당신 집이오.'

---

10) 十五從軍征은 〈樂府詩集〉 卷25 橫吹曲辭 梁鼓角橫吹曲 속에 들어 있는데, 本題는 紫騮馬歌辭로서, 이곳에 인용하는 詩 앞에 '燒火燒野田, 野鴨飛上天, 童男娶寡婦, 壯女笑殺人. 高高山頭樹, 風吹葉落去. 一去數千里, 何當還故處.' 八句가 붙어있다. 다만 題注에 《古今樂錄曰》; 十五從軍征以下是古詩'라 쓰여있어, 지금은 모두 〈十五從軍征〉을 漢古詩의 한 편으로 보고 있다.

소나무 잣나무 사이에 무덤만이 옹기종기 보이네.

토끼가 개구멍으로 뛰어들어오고

꿩이 들보 위에서 날아오르네.

마당 가운데엔 돌곡식 자라있고

우물가엔 돌아욱 자라있네.

곡식 찧어 밥 짓고

아욱 따다가 국을 끓이니,

국과 밥이 곧 다 되었는데

이걸 누구에게 준단 말인가?

문을 나서서 동쪽 바라보니

떨어지는 눈물 내 옷자락 적시네.

(十五從軍征, 八十始得歸. 道逢鄕里人, 家中有阿誰?

遙看是君家, 松柏冢纍纍. 兎從狗竇入, 雉從梁上飛.

中庭生旅穀, 井上生旅葵. 舂穀持作飯, 採葵持作羹,

羹飯一時熟, 不知貽阿誰. 出門東向看, 淚落沾我衣.)

이밖에 귀호(貴豪)의 강포에 항거하는 술집 여인의 모습을 노래
한 신연년(辛延年)의 〈우림랑(羽林郎)〉과 호족(豪族) 계급을 풍자한
조일(趙壹)의 〈질사시(疾邪詩)〉 같은 것도 사회의식을 예리하게 반
영시킨 작품들이다. 그러나 이름이 알려진 작가들의 시 중에는 이러
한 사회에의 풍자보다도 기존 사회윤리를 강조하는 교훈적인 작품
이 더 많다. 반고(班固)의 〈영사시(詠史詩)〉, 역염(酈炎)의 〈현지시
이수(見志詩二首)〉, 공융(孔融)의 〈임종시(臨終詩)〉가 그 대표적인
것이다.

물론 악부가사(樂府歌辭) 중에도 〈군자행(君子行)〉(《樂府詩集》 卷
32 古辭)·〈절양류행(折楊柳行)〉(同 卷37)·〈안문태수행(雁門太守

行)〉(同 卷39) 같은 교훈적인 성격을 띤 작품들이 있기는 하나 이것은 극히 적은 예외에 속한다. 이러한 사회에 대한 반응도 한대시에 있어서의 유명씨(有名氏)와 무명씨(無名氏)의 성격을 설명해 주는 것이다.

끝으로 부언해야 할 것은 〈고시십구수(古詩十九首)〉의 사회성이다. 〈고시십구수〉를 보면,

아리따운 누각 위의 여인
환한 창문 앞에 앉아
아름답게 화장하고 있는데
고운 흰 손이 돋보이네.
(盈盈樓上女, 皎皎當牕牖, 娥娥紅粉粧, 纖纖出素手.) ─ 第2首

수레를 모느라 아둔한 말에 채찍질하며
완현(宛縣)과 낙양 지방에 노니는데,
낙양은 얼마나 화려한가!
부하고 귀한 사람들이 스스로 즐김 추구하고 있네.
(驅車策駑馬, 遊戲宛與洛. 洛中何鬱鬱, 冠帶自相索.) ─ 第3首

오늘 성대한 잔치 벌이지만
기쁨과 즐거움 이루 다 말하기 어렵네.……
어찌하여 빠른 발에 채찍질하며 달려가
남 먼저 요로(要路)에 있는 이들과 어울리지 않는가?
(今日良宴會, 歡樂難具陳.…… 何不策高足, 先據要路津?)

─ 第4首

서북쪽에 높은 누각 있는데

위쪽은 뜬구름에 닿아있네.
비단무늬처럼 조각한 아름다운 창에
네모반듯한 누각이 세 겹 섬돌 위에 서있네.
(西北有高樓, 上與浮雲齊. 交疏結綺牕, 阿閣三重階.) ― 第5首

등등 거의 모든 시가 서민생활이 아닌 귀족 또는 상류의 생활을 배경으로 하고 있다. 이것은 직접 귀족들의 사치나 음란을 폭로하려는 의도에서 지어진 것은 아니라고 본다. 한대의 봉건제 사회에 있어서는 서민들의 불행이나 슬픔 정도는 비극이 될 수 없는 것이었다. 비극이란 황제나 왕후 정도의 신분이 아니면 원칙적으로 성립될 수가 없는 것이었다. 강력한 군권에 의하여 일통(一統)된 정책을 수행하는 데 있어서는 국민들의 일부는 반드시 불행과 고난을 당하게 마련이다. 그렇지만 그들의 경우 비극이라고 슬퍼할 수는 없는 존재들이다.

그런데 앞에서도 이미 지적했듯이 〈고시십구수〉는 거의 모두 '그리움'이나 '인생무상감(人生無常感)'을 바탕으로 한 비애의 미를 추구한 서정시이다. 이들 고시는 모두 처음에는 민간가요에서 출발했을 것이다. 그리고 민간가요이던 본래의 고시 속에는 이러한 귀족이나 상류계급의 색채는 거의 없었을 것이다.

그러나 이 민간가요를 고시(古詩)로 개작하고, 또 그것을 전한 사람들이란 모두가 사인(士人) 이상의 상류계급이었다. 이들은 자연 자기들의 윤리관을 기초로 이들이 지니는 서정을 더욱 슬프고 더욱 아름다운 것으로 만들었을 것이다. 그것은 곧 이들 고시(古詩)가 귀족적 또는 상류 사회적인 색채를 띠게 된 가장 중요한 이유가 되는 것이다.

제3절 전자(傳者)와 편자(編者)의 역할

중국의 고전문학에 있어서는 작자 못지 않게 전자(傳者)와 편자(編者)들의 역할이 중요하다. 그것은 전자들이 자기 관점에 의거 원작을 의식적으로 또는 무의식적으로 개찬(改竄)하는 일이 보편화하였고, 앞에서 얘기했듯이 이미 한대에도 의작(擬作)의 풍조가 유행하여 많은 경우 원작과 의작들이 구별하기 어려운 정도로 뒤섞여졌기 때문이다.

특히 한대의 개성적인 시가란 한대 군주들의 봉건적인 지배윤리에 어긋나는 것이었다. 때문에 작자들이나 의작자(擬作者)들이 자기 이름을 드러내지 않음으로써 작자나 창작 시대를 더욱 판별할 수 없게 되었다.

이러한 여건 아래에서는 작자보다도 전자나 시집(詩集)의 편자의 문학의식이 더 중요해지지 않을 수가 없을 것이다.

'전자'들에 의한 작품의 변모는 가장 객관적이고 엄정한 사실의 기록이라고 할 수 있는 《사기》와 《한서》를 비교해 보더라도 뚜렷이 드러난다.

사마천(司馬遷)과 반고(班固) 사이에 이미 뚜렷한 기록상의 차와(差訛)가 있다면, 다른 경우에는 훨씬 더 심했을 것이 분명하다. 한무제(漢武帝)가 왕자로서 작악(作樂)했던 〈태일지가(太一之歌)〉와 〈천마가(天馬歌)〉를 먼저 보기로 든다.

《사기(史記)》

〈太一歌〉; 太一貢兮　天馬下,
　　　　　霑赤汗兮　沫流赭.
　　　　　騁容與兮　跇萬里,
　　　　　今安匹兮　龍爲友.

〈天馬歌〉; 天馬來兮　從西極
　　　　　經萬里兮　歸有德.
　　　　　承靈威兮　降外國,
　　　　　涉流沙兮　四夷服.

《한서(漢書)》

太一況, 天馬下,
霑赤汗, 沫流赭.
志俶儻, 精權奇,
籋浮雲, 晻上馳.
騁容與, 跇萬里,
今安匹, 龍爲友.

天馬徠, 從西極,
涉流沙, 九夷服.
天馬徠, 出泉水,
虎脊兩, 化若鬼.
天馬徠, 歷無草,
徑千里, 循東道.
天馬徠, 執徐時,
將搖擧, 誰與期?
天馬徠, 開遠門,
竦予身, 逝昆侖.
天馬徠, 龍之媒,
游閶闔, 觀玉臺.

이것을 보면 《한서》에서 〈태일가〉 아래에 '원수 3년(B.C. 122), 말
이 악왜수로부터 나와서 지었다(元狩三年, 馬生渥洼水中作.)', 〈천마
가〉 아래에 '태초 4년(B.C. 101), 대완왕(大宛王)을 주살하고 완마(宛
馬)를 얻어 지은 것이다(太初四年, 誅宛王獲宛馬作.)'고 설명하고 있
지만 무제시대의 노래들과 거리가 멀어진 것임이 분명하다. 이렇게

의심하다 보면 《사기》의 노래들조차도 순수한 원작이 아닐 것이라고
생각할 수도 있을 것이다. 가의(賈誼)의 〈복조부(服鳥賦)〉의 경우는
이미 앞에서도 지적했거니와, 사마상여(司馬相如)의 〈조진이세부(弔
秦二世賦)〉 같은 것도 《사기》에서는,

> 무덤 황폐해져도 수리하지 않고,
> 영혼은 돌아갈 곳 없어 제사 받지 못하네.
> 멀리 아득히 떨어져 알 수가 없고,
> 더욱 오래될수록 까마득하네.
> 정령(精靈)은 높다랗게 날아올라,
> 높은 하늘 가로질러 영영 가버렸으니,
> 아아, 슬픈지고!
> (墳墓蕪穢而不修兮, 魂無歸而不食. 复邈絶而不齊兮, 彌久遠而
> 愈沫. 精岡閬而飛揚兮, 拾九天而永逝. 嗚呼哀哉!)

로 끝맺고 있는데, 《한서》를 보면,

> 무덤 황폐해져도 수리하지 않고
> 영혼은 돌아갈 곳 없어 제사받지 못하네.
> (墓蕪穢而不修兮, 魂亡歸而不食.)

에서 끝맺고 뒤의 다섯 구는 완전히 잘라내고 있다. 이것은 곧 한대
인들의 시가 등에 관한 기록이 '전자'의 의식에 의하여 크게 개작되고
있음을 말하는 것이다.
　이것은 한편 '전자'들의 시대적인 문학의식을 드러내고 있는 것으로
볼 수도 있다. 《사기》에 기록된 작품들은 서한 사마천(司馬遷) 때의

문학의식을 대표하고 있고,《한서》에 기록된 작품들은 동한 반고(班固) 때의 문학의식을 드러내고 있다는 것이다.

이러한 차와(差訛)를 이번에는《사기》에 기록된 굴원(屈原)의 작품과, 동한 왕일(王逸)의《초사장구(楚辭章句)》본11)의 것과의 비교로서 드러내고자 한다.〈회사(懷沙)〉에서 편폭 관계로 끝머리 '난왈(亂曰)'만을 아래에 적는다.

《사기(史記)》	《초사(楚辭)》
浩浩沅湘兮, 分流汨兮.	浩浩沅湘, 分流汨兮.
脩路幽拂兮, 道遠忽兮.	脩路幽蔽, 道遠忽兮.
曾唫恒悲兮, 永歎慨兮.	懷質抱情, 獨無匹兮.
世旣莫吾知兮, 人心不可謂兮.	伯樂旣沒, 驥焉程兮.
懷情抱質兮, 獨無匹兮.	萬民之生, 各有所錯兮.
伯樂旣沒兮, 驥將焉程兮.	定心廣志, 余何畏懼兮.
人生稟命兮, 各有所錯兮.	曾傷爰哀, 永歎喟兮.
定心廣志, 余何畏懼兮.	世溷濁莫吾知, 人心不可謂兮.
曾傷爰哀, 永歎喟兮.	知死不可讓, 願勿愛兮.
世溷不吾知, 心不可謂兮.	明告君子, 吾將以爲類兮.
知死不可讓兮, 願勿愛兮.	
明以告君子兮, 吾將以爲類兮.	

이와는 약간 성질이 다르지만〈어부사(漁父辭)〉와 관계되는 부분의 기록을 대조해 보면, 개작이 심지어는 위작(僞作)의 지경에까지 이르기도 하였다는 것을 느끼게 한다.

---

11) 汲古閣 宋刻 洪本을 根據한 四部備要本. 明淸代의 校刻本들 중에는《史記》도 참고하여《史記》와 가깝게 校正된 것들도 있다.

《사기(史記)》	《초사(楚辭)》
屈原至於江濱, 被髮行吟澤畔,	屈原既放, 游於江潭, 行吟澤畔,
顔色憔悴, 形容枯槁.	顔色憔悴, 形容枯槁.
漁父見而問之曰:	漁父見而問之曰:
子非三閭大夫歟, 何故而至此?	子非三閭大夫與, 何故至於斯?
屈原曰：擧世混濁而我獨淸,	屈原曰：擧世混濁, 我獨淸,
衆人皆醉而我獨醒, 是以見放.	衆人皆醉, 我獨醒, 是以見放.
漁父曰：夫聖人者不凝滯於物,	漁父曰：聖人不凝滯於物,
而能與世推移.	而能與世推移.
擧世混濁,	世人皆濁,
何不隨其流而揚其波?	何不淈其泥而揚其波?
衆人皆醉,	衆人皆醉,
何不餔其糟而啜其醨?	何不餔其糟而歠其醨?
何故懷瑾握瑜而自令見放爲?	何故深思高擧, 自令放爲?
屈原曰：吾聞之,	屈原曰：吾聞之,
新沐者必彈冠,	新沐者必彈冠,
新浴者必振衣.	新浴者必振衣.
人又誰能以身之察察,	安能以身之察察,
受物之汶汶者乎?	受物之汶汶者乎?
寧赴湘流而葬乎江魚腸中耳.	寧赴湘流, 葬於江魚之腹中.
又安能以皓皓之白,	安能以皓皓之白,
而蒙世之溫蠖乎?	而蒙世俗之塵埃乎?
乃作懷沙之賦. 其辭曰：……	漁父莞爾而笑, 鼓枻而去,
	歌曰:
	滄浪之水淸兮, 可以濯吾纓.
	滄浪之水濁兮, 可以濯吾足.
	遂去不復與言

《초사》에서는 문구만 고치는 것으로는 모자라 《맹자(孟子)》 이루상 (離婁上)편에 보이는 〈유자가(孺子歌)〉를 끌어다 붙임으로써 그럴싸 한 〈어부사〉를 완성시키고 있는 것이다.

이러한 것은 서민들로부터 출발한 한대의 시가나 고시(古詩)의 경우 더욱 심했던 것 같다. 《문선(文選)》의 〈고시십구수〉 중의 제15수 〈생 년불만백(生年不滿百)〉 같은 것은 《악부시집(樂府詩集)》 권37 상화 가사(相和歌辭)의 〈서문행〉 고사(古辭)와 내용이 같다.

고시(古詩)

일평생 백년도 못되는데
늘 천년의 시름 안고 있네.
낮은 짧고 밤은 길어 걱정인데
어찌하여 촛불 밝히고 놀지 않는가?
즐김은 제때에 해야 하는 것이니
어찌 다음날을 기다릴 수 있겠는가?
어리석은 자들은 비용을 아끼는데
다만 후세의 비웃음 살 뿐일세.
신선인 왕자교가 있다지만
그와 같이 오래 살 수는 없다네.
(生年不滿百, 常懷千歲憂. 晝短苦夜長, 何不秉燭游?
爲樂當及時, 何能待來茲? 愚者愛惜費, 但爲後世嗤.
仙人王子喬, 難可與等期.)

서문행(西門行)

서문을 나서서
걸으며 생각하노니,

오늘 즐기지 않고

또 어느 때를 기다린다는 건가?

할 수 있을 때 즐기게,

할 수 있을 때 즐기게,

제때를 놓치지 말아야지.

어찌 가슴 답답하도록 시름만 하며

또 내일이나 기다린단 말인가!

좋은 술 빚고

살진 쇠고기 굽고

마음으로 좋아하는 사람들 불러

걱정 근심 풀어 버리게.

사람은 나서 백 년도 못사는데

늘 천 년의 시름 품고 있네.

낮은 짧고 밤이 길어 걱정이라면

어찌하여 촛불 밝히고 놀지 않는가?

놀러다니기 이리저리 구름 가듯 하기 위하여

해진 수레 여윈 말이라도 스스로 장만해 두게나.

(出西門, 步念之, 今日不作樂, 當待何時?

逮爲樂, 逮爲樂, 當及時. 何能愁怫鬱, 當復待來茲?

釀美酒, 炙肥牛, 請呼心所懽, 可用解憂愁.

人生不滿百, 常懷千歲憂. 晝短苦夜長, 何不秉燭游?

游行去去如雲除, 弊車羸馬爲自儲.)

　　《악부시집》에는 이밖에 육해(六解)로 이루어진 '진악소주(晉樂所
奏)' 〈서문행〉 가사도 실려 있는데 역시 비슷한 내용을 더 부연(敷衍)
한 것이다. 《송서(宋書)》〈악지(樂志)〉에는 같은 가사를 싣고 대곡

(大曲)이라 기록하고 있다.

서문을 나서서
걸으며 생각하노니,
오늘 즐기지 않고
어느 때를 기다린다는 건가? 〈1해〉

즐기는 일은
제때 제때에 즐겨야지,
어찌 앉아서 가슴 답답하게 시름하며
또 내일이나 기다린단 말인가? 〈2해〉

좋은 술 마시고
살진 쇠고기 굽고
마음으로 좋아하는 사람들 불러
걱정 근심 풀어버리게. 〈3해〉

사람은 나서 백년도 못사는데
언제나 천 년의 시름 품고 있네.
낮은 짧은데 밤은 길거늘
어찌 촛불 밝히고 놀지 않는가? 〈4해〉

스스로가 신선 왕자교가 아니라면
수명 따져봐야 그처럼 오래 살 수 없네.
스스로가 신선 왕자교가 아니라면
수명 따져봐야 그처럼 오래 살 수 없네. 〈5해〉

사람의 수명은 쇠나 돌이 아니거늘
수명을 어찌 기약할 수 있겠는가?
재물 탐내어 비용 아낀다면
오직 후세의 비웃음이나 살 걸세. 〈6해〉
(出西門, 步念之, 今日不作樂, 當待何時? 〈一解〉
夫爲樂, 爲樂當及時. 何能坐愁怫鬱, 當復待來茲? 〈二解〉
飮醇酒, 炙肥牛, 請呼心所歡, 可用解憂愁. 〈三解〉
人生不滿百, 常懷千歲憂. 晝短而夜長, 何不秉燭遊? 〈四解〉
自非仙人王子喬, 計會壽命難與期. 自非仙人王子喬, 計會壽命難
與期. 〈五解〉
人壽非金石, 年命安可期? 貪財愛惜費, 但爲後世嗤. 〈六解〉)

이 세 수의 시를 놓고 보면 고시(古詩)와 〈서문행〉 어느 것이 빠른지 단언하기는 어렵지만, 가장 오랜 것으로 알려진 고시도 원작 그대로의 것은 아님이 분명하다. 고시의 첫 사구가 진악소주(晋樂所奏)〈서문행〉의 사해(四解)와 거의 같고, 다음 두 구는 이해(二解), 그 다음 두 구는 육해(六解), 끝의 두 구는 오해(五解)의 내용과 비슷한데, 〈고시십구수〉 중에서도 짧은 시임에도 불구하고 이 시가 환운(換韻)을 하고 있고(19수 중 그밖에 제1수가 환운), 매구의 표현이 〈서문행〉의 본사(本辭)나 진악소주(晋樂所奏)보다도 더욱 세련되어있기 때문이다.

고시는 아마도 서한대의 가사를 개작한 것일 것이며, 〈서문행〉 두 수는 그 가사가 그대로 가요로 개작되면서 전승된 것일 것이다. 악부고사(樂府古辭) 〈계명(鷄鳴)〉(《악부시집》 卷28 相和歌辭)도 그런 것을 증명해 준다.

계명 (鷄鳴)

닭이 높은 나무 위에서 울고
개가 깊은 골목 안에서 짖고 있네.
건달님은 어디를 갔는가?
천하는 지금 태평스러운데,
형벌과 법은 쓸 곳이 없고,
유화(柔和)함으로 부정을 바로잡네.

황금으로 임의 집 문 만들었고
벽옥으로 높은 대청 장식했네.
그 위에 두 개의 술통 벌여놓고
배우들 불러다 놀이판 벌이네.
유(劉)씨 왕궁처럼 파란 전(甎)으로 집 장식했고
후손들은 왕후(王后)가 되어있네.
집 뒤에는 네모난 연못 있는데
연못 안에는 쌍쌍의 원앙새 노네.
원앙새 일흔두 마리가
줄지어 놀면서 자연스런 행렬 이루네.
우는 소리 얼마나 시끄러운가!
우리 전각 동쪽 행랑까지 들려오네.
형제 네댓명이
모두 시중랑(侍中郎) 되었는데,
오일날 한꺼번에 몰려오자
구경꾼들 길가에 가득 모이네.
황금으로 말 머리띠 장식했는데,
번쩍번쩍 얼마나 찬란한가?

복숭아나무 우물가에 자랐는데
오얏나무 복숭아나무 곁에 자랐네.
벌레 생겨 복숭아나무 뿌리 갉아먹으니
오얏나무가 복숭아나무 대신 말라 죽었네.
나무들도 몸을 서로 대신해 주고 있거늘
형제들이 서로 잊는단 말인가?
(鷄鳴高樹巓, 狗吠深巷中. 蕩子何所之, 天下方太平.
刑法非有貸, 柔協正亂名.
黃金爲君門, 璧玉爲軒堂. 上有雙樽酒, 作使邯鄲倡.
劉王碧靑甍, 後出郭門王. 舍後有方池, 池中雙鴛鴦.
鴛鴦七十二, 羅列自成行. 鳴聲何啾啾, 聞我殿東廂.
兄弟四五人, 皆爲侍中郎. 五日一時來, 觀者滿路傍.
黃金絡馬頭, 頴頴何煌煌.
桃生露井上, 李樹生桃傍. 蟲來齧桃根, 李樹代桃殭.
樹木身相代, 兄弟還相忘?)

전체의 뜻이 난해하기도 하지만 중간의 일단은 전혀 딴소리이다. 《악부시집》 권34 상화가사(相和歌辭) 〈상봉행(相逢行)〉 고사(古辭)와 견주어 보자.

좁은 길 가다가 서로 맞닥뜨렸는데,
길 좁아 수레 비켜갈 수 없네.
알지 못하는 젊은 사람이
수레바퀴 맞대고 임의 집 어딘가 묻네.
임의 집은 정말 알기 쉬운 곳,
알기도 쉽거니와 잊기도 어려운 곳이네.

황금으로 임의 집 문 장식했고
백옥으로 임의 집 대청 꾸몄는데,
대청 위에 술통 벌여놓고
배우들 불러다 놀이판 벌이네.
마당 가운데 계수나무 자라있고
화사한 등불 얼마나 환한가!
형제 두서너 명 있는데
중간 아들 시랑(侍郞)되어,
닷새에 한 번씩 집에 돌아오는데
길 위에까지 자연히 빛이 나네.
황금으로 말 머리띠 장식했고,
구경꾼들 길가에 가득 찼네.
집 문 안으로 들어오며 왼편 돌아보니
쌍쌍의 원앙새 보이는데,
원앙새 일흔두 마리가
줄지어 놀면서 자연스런 행렬 이루네.
우는 소리 얼마나 시끄러운가!
동쪽 서쪽 행랑까지도 학 울음소리처럼 들리네.

큰 며느리 비단 짜고
중간 며느리 노란 명주 짜는데,
막내 며느리는 할 일 없어
금(琴) 끼고 고당(高堂)으로 올라가,
어른들 편안히 앉아 계신 앞에서
금줄을 골라 타고 있네.
(相逢狹路間, 道隘不容車. 不知何年少, 夾轂問君家.

君家誠易知, 易知復難忘.
黃金爲君門, 白玉爲君堂. 堂上置樽酒, 作使邯鄲倡.
中庭生桂樹, 華燈何煌煌. 兄弟兩三人, 中子爲侍郎.
五日一來歸, 道上自生光. 黃金絡馬頭, 觀者盈道傍.
入門時左顧, 但見雙鴛鴦. 鴛鴦七十二, 羅列自成行.
音聲何嘖嘖, 鶴鳴東西廂.
大婦織綺羅, 中婦織流黃, 小婦無所爲, 夾琴上高堂.
大人且安坐, 調絲方未央.)

　　이 시의 중간 대목이 앞 〈계명〉의 중간 대목과 비슷하다. 이것은 지금 전하는 고시나 악부고사(樂府古辭)들의 많은 작품들이 이전의 시나 가사를 본뜨거나, 이것저것 끌어모아 만든 것일 가능성이 많음을 시사하는 것이다.《악부시집》권41 상화가사(相和歌辭)의 〈백두음(白頭吟)〉을 보아도 오해(五解)로 이루어진 시들의 각 해(解) 사이에 뜻이 잘 연결되지 않으니, 이 시도 이전의 시나 가요의 구절들을 끌어모아 두드려 맞춘 것이라 보는 게 옳을 것이다.12)

　　이러한 의작 또는 개작은 건안(建安)시대에 이르기까지도 성행되었던 것 같다.《악부시집》권30 상화가사(相和歌辭)에 '선인기백록(仙人騎白鹿)'으로 시작되는 〈장가행(長歌行)〉 고사(古辭)가 있는데 '초초산상정(岧岧山上亭)'에서 '요관낙양성(遙觀洛陽城)'에 이르는 전혀 내용이 다른 여섯 구는《예문유취(藝文類聚)》권27에 보이는 위문제

---

12)《西京雜記》에는 '司馬相如將聘茂陵人女爲妾, 卓文君作白頭吟以自絶, 相如乃止'란 설명이 있으나, 믿기 어려운 일이다.《玉臺新詠》卷一에 실린 皚如山上雪은 훨씬 짧고 뜻이 잘 통하도록 간추려져 있지만, 역시《西京雜記》의 설명과 내용이 맞지 않고 어색한 곳이 많다. 아무래도 이것도 후세 사람이 가다듬은 것일 것이다.

(魏文帝)가 명진(明津)에서 지었다는 다음의 시와 거의 같다.

> 산 위의 정자 아득히 보이고
> 구름 사이의 별 반짝반짝하네.
> 멀리 바라보니 마음에 그리움 사무쳐
> 나그네는 고향집 그리워하네.
> 수레 몰아 북문을 나서니
> 멀리 낙양성이 바라보이네.
> (遙遙山上亭, 皎皎雲間星. 遠望使心懷, 遊子戀所生.
> 驅車出北門, 遙望河陽城.)

《악부시집》 권37 상화가사(相和歌辭)엔 위명제(魏明帝)의 〈보출하문행(步出夏門行)〉 이해(二解)가 실려있는데 이 속에는 위문제(魏文帝)의 〈단하폐일행(丹霞蔽日行)〉(《樂府詩集》上同) 10구가 앞 여섯 구 뒤 네 구를 잘라 중간과 끝머리 몇 자만을 바꾼 채 인용되고 있고, 다시 위문제(魏文帝)의 〈단가행(短歌行)〉 본사(本辭)(《樂府詩集》 卷30)의,

> 달 밝으니 별 희미하고
> 까막까치 남쪽으로 날아가다,
> 나무 둘레를 세바퀴나 돌면서
> 어느 가지에 깃들까 찾고 있네.
> (明月星稀, 烏鵲南飛, 繞樹三匝, 何枝可依.)

의 네 구가 약간 변형되어 인용되고 있다.

그밖에도 《악부시집》 권30 위무제(魏武帝)의 〈단가행(短歌行)〉 육

해(六解)(《宋書》樂志, 《樂府詩集》曰 : '晋樂所奏')는 같은 곳의 〈단
가행(短歌行)〉 본사(本辭)(《文選》 卷27)에서 몇 구절만을 생략한 형
태이고, 《악부시집》 권32 위문제(魏文帝)의 〈연가행(燕歌行)〉 '별일
하이회일난(別日何易會日難)' 육해(六解)(또는 七解, 《宋書》樂志)는
같은 곳의 〈연가행(燕歌行)〉 본사(本辭)(《玉臺新詠》 卷9)에 두 구절
을 더 늘였을(第五解의 後半 二句, 또는 第六解) 따름이며, 《악부시
집》 권39 조식(曹植)의 〈야전황작행(野田黃雀行)〉 사해(四解)(晋樂
所奏, 《宋書》樂志)는 같은 곳의 〈야전황작행(野田黃雀行)〉 '본사(本
辭)'(《文選》 卷27 作 〈箜篌引〉, 曹植 作)와 거의 같다.

　《악부시집》 권62의 고사(古辭) 〈상가행(傷歌行)〉(《文選》 卷27)은 《옥
대신영》 권2 소재 위문제(魏文帝)의 〈악부시이수(樂府詩二首)〉(《樂府
詩集》엔 不載) 중의 제1수와 비슷하고, 《악부시집》 권41 조식(曹植)
의 〈원시행(怨詩行)〉 칠해(七解)(晋樂所奏, 《宋書》樂志)는 같은 곳
의 〈원시행〉 본사(本辭)(《玉臺新詠》 卷2 曹植의 〈離詩五首〉의 第一
首)를 더 늘인 것이며, 《악부시집》 권37의 고사(古辭) 〈서문행(西門
行)〉 육해(六解)(晋樂所奏)와 〈동문행(東門行)〉 사해(四解)(晋樂所
奏, 並亦載於 〈宋書〉樂志)는 각각 같은 곳의 〈서문행〉 본사(本辭)
와 〈동문행〉 본사(本辭)를 약간 변형시킨 것이다.

　《악부시집》 권35 위무제(魏武帝)의 〈당상행(塘上行)〉 오해(五解)
(晋樂所奏, 《宋書》 〈樂志〉)는 같은 곳의 〈당상행〉 본사(本辭)(《玉臺
新詠》 卷2 〈爲甄皇后作〉)를 약간 부연(敷衍)시킨 것이며, 명(明) 매
정조(梅鼎祚)의 《고악원(古樂苑)》에 실린(楊愼 〈詩話補遺〉 所載) 견
후(甄后)의 〈당상행〉은 이것들과도 또 약간 다른(晋樂의 것을 整齊
한 五音으로 改作한 形式) 내용의 것이다.[13]

---

13) 紀容舒 《玉臺新詠考異》에서, 본시 '文帝作'으로 되어 있던 것인데 '甄皇后'란 석

이밖에도 《악부시집》 권33의 〈고한행(苦寒行) 본사(《文選》 卷27)
와 '진악소주(晋樂所奏)' 육해(六解)(魏文帝 作, 又 《宋書》 〈樂志〉), 《악
부시집》 권41의 〈백두음(白頭吟)〉 본사(《玉臺新詠》 卷1)와 '진악소주
(晋樂所奏)' 오해(五解)(古辭, 又 《宋書》 〈樂志〉)의 관계도 그러하
다. 《옥대신영》 권1의 고악부(古樂府) 〈쌍백곡(雙白鵠)〉(《樂府詩集》
엔 보이지 않음)은 《악부시집》 권39의 고사(古辭) 〈염가하상행(艶歌
何嘗行)〉 사해(四解)(《宋書》 〈樂志〉 〈白鵠〉)와 비슷하고, 《악부시집》
권35의 고사 〈장안유협사행(長安有狹斜行)〉은 같은 책 권34의 고사
〈상봉행(相逢行)〉(《玉臺新詠》 卷1 〈相逢狹路間〉)과 비슷한 구절이
많고, 《악부시집》 권37의 고사 〈보출하문행(步出夏門行)〉은 《옥대신
영》 권1의 고사 〈농서행(隴西行)〉[14]과 중복되는 구절이 있고, 또
매정조(梅鼎祚)의 《고악원(古樂苑)》 권19에는 고사 〈보출하문행(步
出夏門行)〉 2수가 실려있는데 위의 두 수를 모아 절충한 형식의 작
품이다.

　보기로 《옥대신영》 권1 고악부(古樂府)의 〈쌍백곡(雙白鵠)〉과 《악
부시집》 권39의 고사(古辭) 〈염가하상행(艶歌何嘗行)〉을 들어보겠다.

쌍백곡

쌍쌍의 흰 고니가

자는 後人이 덧붙인 것이라고 하였다. 또 《文選》 卷28 陸士衡 〈塘上行〉 題下의
李善 注에는 '〈五言歌錄〉 曰 ; 〈塘上行〉, 古辭. 或云甄皇后造, 或云魏文帝, 或
云武帝.'라 하였고, 《藝文類聚》 卷41엔 '魏文帝甄皇后 〈塘上行〉 曰 ; ……'하고
적고 있다. 古辭인 〈塘上行〉을 甄皇后 이외에도 여러 사람들이 擬作 또는 改作
을 하였기 때문에 이런 여러 가지 설이 생겨났을 것이다.

14) 《宋書》 樂志에서 明帝詞 〈步出夏門行〉 題下에 '一曰 〈隴西行〉'이라 注하고 있
　고, 《樂府詩集》 卷37 隴西行의 題解에선 '一曰 〈步出夏門行〉'이라 설명하고
　있다.

서북쪽으로부터 날아오는데,
열 쌍씩 또는 다섯 쌍씩 짝지어
가지런하지는 않으나 줄지어 오네.
문득 한 마리가 지치고 병이 나서
따라 날지 못하게 되었네.
5리(里) 날다가는 한 번 돌아보고
6리 날고는 우물쭈물하네.
내 너를 물고 날아가려니
입이 붙어 열 수가 없고,
내 너를 지고 날아가려니
깃털이 날로 부스러지고 있네.
새로 사귈 적에는 즐거웠는데
생이별은 시름 쌓이게 하네.
주저하며 같은 무리 둘러보니
눈물이 이리저리 흘러 떨어지네.
오늘 서로 함께 즐기면서
만 년토록 살아야만 할 터인데.
(飛來雙白鵠, 乃從西北來,
十十將五五, 羅列行不齊.
忽然卒疲病, 不能飛相隨.
五里一反顧, 六里一徘徊.
吾欲銜汝去, 口噤不能開.
吾欲負汝去, 羽毛日摧頹.
樂哉新相知, 憂來生別離.
峙躕顧群侶, 淚落縱橫垂.
今日樂相樂, 延年萬歲期.)

염가하상행 4해(解)

쌍쌍의 흰 고니가
서북쪽으로부터 날아오는데,
열 쌍씩 또는 다섯 쌍씩
나란히 줄지어 오네. 〈1해〉

아내가 문득 병이 나서
날다가 따라오지 못하게 되었네.
5리 날다가는 한 번 돌아보고
6리 날고는 우물쭈물하네. 〈2해〉

내 너를 물고 가려니
입이 붙어 열 수가 없고,
내 너를 지고 가려니
깃털이 얼마나 부서지겠는가! 〈3해〉

새로 사귈 적에는 즐거웠는데
생이별은 시름 쌓이게 하네.
우물쭈물하며 같은 무리 둘러보니
저도 모르게 눈물만 흐르네. 〈4해〉

임과의 이별 생각하니
기가 막혀 말도 할 수 없네.
각자 자신을 소중히 아낄 것이니,
길 멀어 돌아오기 어렵기 때문일세.
나는 빈방만 지키게 될 것이니

문 닫고 빗장 단단히 걸겠네.
만약 살아있게 되면 언제건 만날 것이고
죽게 되면 황천에서나 만나겠지.
오늘 서로 함께 즐기면서
만 년토록 살아야만 할 터인데.
(飛來雙白鵠, 乃從西北來.
十十五五, 羅列成行. 〈一解〉
妻卒被病, 行不能相隨.
五里一反顧, 六里一徘徊. 〈二解〉
吾欲銜汝去, 口噤不能開,
吾欲負汝去, 毛羽何摧頹. 〈三解〉
樂哉新相知, 憂來生別離,
躇躊顧群侶, 淚下不自知. 〈四解〉
念與君離別, 氣結不能言.
各各重自愛, 遠道歸還難.
妾當守空房, 閉門下重關.
若生當相見, 亡者會黃泉.
今日樂相樂, 延年萬歲期.)

이러한 고사(古辭)들의 '전자'와 '편자' 등에 의한 의작(擬作) 개작(改作)의 가능성은 그 시구를 검토해 보아도 알 수가 있다. 보기로 〈고시십구수〉의 제1수를 보자. 이 시는 '행행중행행, 여군생별리(行行重行行, 與君生別離)'로 시작되는데, 《문선(文選)》권24 조식(曹植)의 〈증서간시(贈徐幹詩)〉 이선주(李善注)에서 〈고보출동문행(古步出東門行)〉의 구절로서 '행행부행행, 백일박서산(行行復行行, 白日薄西山)'을 인용하고 있고, 《초사》 구가(九歌)의 〈소사명(少司

命)〉에는 ‘비막비혜생별리(悲莫悲兮生別離)’,《악부시집》권39 고사 〈염가하상행(艶歌何嘗行)〉에는 ‘낙재신상지, 우래생별리(樂哉新相知, 憂來生別離)’란 구절이 보인다.

또 ‘호마의북풍, 월조소남지(胡馬依北風, 越鳥巢南枝)’란 구절이 보이는데,《문선》의 이선주(李善注)에는《한시외전(韓詩外傳)》에 인용된 시구로서 ‘대마의북풍, 비조서고소(代馬依北風, 飛鳥棲古巢)’란 구절을 인용하고 있고,《오월춘추(吳越春秋)》권2에는 ‘호마망북풍이립, 월연향일이희(胡馬望北風而立, 越鷰向日而熙)’, 환관(桓寬)의《염철론(鹽鐵論)》미통(未通)편에는 ‘대마의북풍, 비조상고소(代馬依北風, 飛鳥翔故巢)’,《문선》권29 장협(張協)의 〈잡시십수(雜詩十首)〉의 제8수 이선주(李善注)에는 〈소무서(蘇武書)〉의 ‘월인의문사, 대마의북풍(越人衣文蛇, 代馬依北風)’, 또 같은《문선》권13 이형(禰衡)의 〈앵무부(鸚鵡賦)〉 이선주(李善注)에는 고시(古詩)라 하여 ‘대마의북풍, 월조소남지(代馬依北風, 越鳥巢南枝)’, 같은《문선》권18 성공수(成公綏)의 〈소부(嘯賦)〉 이선주(李善注)엔 고시(古詩)로서 ‘호마사북풍(胡馬思北風)’이란 구절을 인용하고 있다.

또 ‘상거일이원, 의대일이완(相去日已遠, 衣帶日已緩)’이란 구절이 있는데, 이 구절의《문선》이선주(李善注)엔 고악부가(古樂府歌)라 하여 ‘이가일추원, 의대일추완(離家日趨遠, 衣帶日趨緩)’이란 구절을 인용하고, 또 같은 시의 ‘부운폐백일, 유자불고반(浮雲蔽白日, 遊子不顧反)’의 이선주(李善注)에선 〈고양류행(古楊柳行)〉의 구절로서 ‘참사해공정, 부운폐백일(讒邪害公正, 浮雲蔽白日)’을 인용하고, 다시《문자(文子)》의 ‘일월욕명부운개지(日月欲明浮雲蓋之)’, 육가(陸賈)의《신어(新語)》의 ‘사신지폐현, 유부운지장일월(邪臣之蔽賢, 猶浮雲之障日月)’이란 말을 인용하고 있다.

끝으로 ‘기연물부도, 노력가찬반(弃捐勿復道, 努力加餐飯)’이란 구절이 있는데,《악부시집》권38 상화가사(相和歌辭)의 고사(古辭)〈부병행(婦病行)〉끝 구도 '기치물부도(弃置勿復道)'라 하였고,《옥대신영》권1 〈음마장성굴행(飮馬長城窟行)〉도 '상유가손식, 하유장상억(上有加飱食, 下有長相憶)'으로 끝맺고 있고, 같은 〈고시십구수〉의 제17수도 '상언장상사, 하언구별리(上言長相思, 下言久別離)'로 끝맺고 있다.

더 자세히 조사하면 한대의 고시(古詩)나 고사(古辭) 속에 유사한 구들이 더 있을 것이다. 어떻든 이토록 〈고시십구수〉의 모든 구절에 대하여 한대 가사(歌辭)나 시 속에 많은 유사한 표현들이 발견된다는 것은, 이 시가 원작자의 본사(本辭)가 아님은 물론 수많은 개작을 거친 것임을 말해준다.

이밖에도 한대의 시가들을 보면 제명(題名)이나 고인의 해제(解題)와 시의 내용이 다른 것들이 많다. 앞에서 든 〈음마장성굴행(飮馬長城窟行)〉을 비롯하여, 〈보출하문행(步出夏門行)〉과 〈농서행(隴西行)〉·〈절양류행사해(折楊柳行四解)〉(모두《樂府詩集》卷37 相和歌辭)·〈선재행육해(善哉行六解)〉(《樂府詩集》卷36 相和歌辭) 등은 그 제목과 시의 내용이 제대로 맞지 않는 것들이다.

또 〈맥상상(陌上桑)〉(《樂府詩集》卷28 相和歌辭)은 최표(崔豹)의 《고금주(古今注)》의 해제(解題)와 내용이 다르며,15) 〈평릉동(平陵東)〉(上同)도 오경(吳競)의 《악부해제(樂府解題)》 등의 설명과 내용이 다르고,16) 〈한요가십팔곡(漢饒歌十八曲)〉(《樂府詩集》卷16 鼓吹

---

15) 崔豹《古今注》; '陌上桑者, 出秦氏女子. 秦氏, 邯鄲人, 有女名羅敷, 爲邑人千乘王仁妻. 王仁後爲趙王家令, 羅敷出採桑於陌上, 趙王登臺見而悅之, 因置酒欲奪焉. 羅敷巧彈箏, 乃作陌上桑之歌以自明. 趙王乃止.'
　　唐 吳競《樂府解題》; '古辭言, 羅敷採桑爲使君所邀, 盛誇其夫爲侍中郎以拒之, 與前說不同.'(竝引《樂府詩集》《陌上桑》解題)
16) 崔豹《古今注》; '平陵東, 漢翟義門人所作也.'

曲辭)은 어디서나 군악(軍樂)이라고 해설되고 있는데, 실제로 가사들을 보면 연애시(戀愛詩 : 〈有所思〉·〈上邪〉), 반전시(反戰詩 : 〈戰城南〉) 등이 대부분이어서 비롯하여 오히려 군중에서 부르기엔 부적합한 시들이 대부분이다.

이들 이외에도 해제(解題)와 시의(詩義)의 조그만 차이 같은 것은 상당히 있다. 이것만으로도 지금 전하는 한대의 고시나 악부고사들이 모두 원작이 아님을 증명하기에 족할 것이다.

게다가 이러한 고시나 악부고사 같은 개성적인 시가들은 한대의 봉건 지배윤리에 어긋나는 것이었으므로, 많은 사람들이 시를 짓고 시를 즐기고 하였으면서도, 그들은 작자 및 전자(傳者) 또는 의작자(擬作者)로서의 자기 이름을 내세우지 못하였다. 동한의 양홍(梁鴻)이 〈오희가(五噫歌)〉란 시 한편을 짓고는 황제의 미움을 사 평생을 성과 이름을 바꾸고 숨어살지 않으면 안되었다는 것은[17] 이 시대의 문학풍토의 이러한 면을 잘 설명해 준다.

이처럼 한대의 시인들이 자기 이름을 내세우지 못하였던 사실은 한편 더욱 대담하게 의작(擬作)이나 개작(改作)을 할 수 있도록 만들어 주었을 것이다. 개성적인 시에 작자가 자기 이름을 내세우는 일은 동한 말엽에 이르러서야 눈에 띄기 시작하는 현상이다.

이상 몇 가지 한대 시들이 지닌 특징들은 작자보다도 그것들의 전자나 편자들의 의식과 행위에 의하여 이루어진 것임을 증명하는 것이다. 그리고 이에 대한 인식은 한대시가를 올바로 이해하고 평가하는 기초가 될 줄로 믿는다.

吳競 《樂府解題》‘義, 丞相方進之少子, 字文仲, 爲東郡太守. 以王莽方簒漢, 擧兵誅之, 不克見解, 門人作歌以怨之也.’

17) 제2장 주 139) 참조

제4절 오칠언시(五七言詩)의 형성과 유행

오·칠언시의 발생과 유행에 대하여는 고인들을 비롯하여 수많은 문학사와 논문에서 많은 논란과 고증이 이루어졌다. 그러나 아직도 학자에 따른 견해차는 과거보다 크게 좁혀지지 않은 채로 있다. 그것은 위에서 논한 한대인의 시의식이나 시가의 성격과 특징 같은 것을 충분히 고려치 않은 데서 오는 결과인 경우가 많다. 예를 들면 〈고시십구수〉를 비롯하여 매승시(枚乘詩)·이릉시(李陵詩) 등을 놓고, 그 중의 한두 구절의 표현의 고증을 통하여 그것 전체가 서한 시가 아니라는 것을 증명하려는 것 같은 것은, 한대 '전자'들의 역할을 통해볼 때 증명자료로서는 무의미할 경우가 많다.

따라서 고증에 고증을 거듭하다 보면 결국 〈고시십구수〉는 '절대로 일인일시지작이 아니다'라는 고층빙(古層冰)의 《한시연구(漢詩研究)》18)와 같은 결론이 나오는 수밖에 없는 것이다. 오·칠언시의 명확한 발생시기나 작자 같은 것은 지금 와서는 도저히 밝혀낼 수가 없는 것이 되어 있지만, 여기서는 앞에서 논한 여러 가지 한대 시가의 역사적인 발전 조류나 성격과 특징 등을 바탕으로 합리적인 추구를 해보려는 것이다.

1. 한대 이전의 오·칠언

한대 이전에도 오언(五言) 또는 칠언(七言)의 시구가 전혀 없었던

---

18) 古層冰 《漢詩研究》 辨證二 ; '古詩十九首爲兩漢之作.'
　　沈德潛 《說詩晬語》 ; '古詩十九首, 不必一人之辭, 一時之作.'

것은 아니다. 《시경》만 보더라도 용풍(鄘風)의 〈상중(桑中)〉, 소남(召南)의 〈행로(行露)〉, 정풍(鄭風)의 〈치의(緇衣)〉·〈장중자(將仲子)〉·〈봉(丰)〉·〈여왈계명(女曰鷄鳴)〉, 위풍(魏風)의 〈십묘지간(十畝之間)〉 등 조사를 합쳐 오언으로 구성된 시구가 많이 눈에 띄고, 칠언 구도 용풍(鄘風)의 〈상중(桑中)〉, 제풍(齊風)의 〈환(還)〉·〈저(著)〉, 위풍(魏風)의 〈벌단(伐檀)〉, 진풍(秦風)의 〈권여(權輿)〉, 빈풍(豳風)의 〈칠월(七月)〉, 소아(小雅)의 〈녹명(鹿鳴)〉·〈소민(小旻)〉, 주송(周頌)의 〈아장(我將)〉·〈경지(敬之)〉 등에 한두 구씩 보인다.

또 《맹자(孟子)》 이루상(離婁上)편의 〈유자가(孺子歌)〉 같은 것도 조사만 두자 빼면 완전히 오언시(五言詩)로 변한다. 그러나 이들은 글자의 수가 한 구에 다섯 자 또는 일곱 자가 들어있다 뿐이지 후세의 오언시나 칠언시와는 리듬도 다르고 내용이나 성격도 다르다.

〈여왈계명(女曰鷄鳴)〉의 '지자지내지, 이패이증지. 지자지순지, 이패이문지. 지자지호지, 이패이보지(知子之來之, 離佩以贈之. 知子之順之, 離佩以問之. 知子之好之, 離佩以報之.)'나 〈십묘지간(十畝之間)〉의 '십묘지간혜, 상자한한혜……(十畝之間兮, 桑者閑閑兮……)' 등이나, 〈상중(桑中)〉의 '송아호기지상의(送我乎淇之上矣),' 〈권여(權輿)〉의 '어아호하옥거거(於我乎夏屋渠渠)' 등의 구절이 후세의 오언·칠언과 글자 수가 같다는 이외의 유사점이란 거의 없음을 쉽사리 알 수 있을 것이다. 이 중에서도 〈행로(行露)〉의 '수위작무각, 하이천아옥? 수위여무가, 하이속아옥(誰謂雀無角, 何以穿我屋? 誰謂女無家, 何以速我獄.)' 같은 것은 리듬이 후세 오언시에 가까운 듯이 느껴지기도 하지만, 잘 음미해보면 오언시와 같은 경쾌한 맛 같은 것은 전혀 갖고 있지 않다.

《시경》보다도 《초사》는 구절의 변화가 많아 오·칠언시와 더욱 관계가 밀접한 듯하다. 특히 서한 초기에 크게 성행한 초가(楚歌)를 통하여 오언시나 칠언시 형성에 크게 영향 또는 자극을 주었을 것이다. 굴원(屈原)의 〈이소(離騷)〉 앞머리에 '명여왈정칙혜, 자여왈영균(名余曰正則兮, 字余曰靈均)'이란 구절이 보이고, 뒤에도 '굴심이억지혜, 인우이양구(屈心而抑志兮, 忍尤而攘詬)' 등 오언에 가까운 형식들이 보이거니와,《초사》의 대표적인 시형인 '석삼후지순수혜, 고중방지소재(昔三后之純粹兮, 固衆芳之所在)'(〈離騷〉)나 구가(九歌)에 많이 보이는 '영원상혜무파, 사강수혜안류(令沅湘兮無波, 使江水兮安流)'(〈湘君〉)에서 '지(之)'나 '혜(兮)' 같은 조사만 빼버리면 '오언'이 된다.

또 '골여약장불급혜, 공연세지불오여(汨余若將不及兮, 恐年歲之不吾與.)'(〈離騷〉)나 '산중인혜방두약, 음석천혜음송백(山中人兮芳杜若, 飮石泉兮蔭松柏.)'(〈山鬼〉) 같은 것은 칠언이며, 이밖에도 칠언에 가까운 구절들(助詞를 빼거나, 實字로 바꾸거나 하여)은 무수하다.

그러나 이것이 바로 칠언시라거나 이것이 직접 '칠언시'로 변하였다고는 볼 수 없다. 그러나《시경》의 경우나 마찬가지로 이미 옛날부터 중국의 시가가 '오언'이나 '칠언'으로 변할 수 있는 가능성을 지니고 있었음을 증명할 수는 있을 것이다.

2. 초가(楚歌)와 오·칠언

《초사》는 한대에 들어와 '부'로 발전하지만, 한편 간단한 개인적인 서정도 이 초사체의 표현을 빌어 읊게 된다. 그것은 서한의 제왕과 귀족들의 작품에서 흔히 발견되는 '초가'이다. '부'가 사물의 장황한 서술과 화려한 수사에 주력하고 있는 반면, 이러한 개인의 서정을 노래한 초가는 간결한 글과 리듬으로 이루어져 있다. 초가는 시가의 일종으로 서한 초기부터 성행하여 한대 시가 전반에 걸쳐 큰 영향을 끼쳤다.

초가의 리듬과 형식은 원칙에 있어 《초사》와 같다. 다만 눈에 띄게 다른 것은 고조(高祖) 유방(劉邦)의 〈대풍가(大風歌)〉의 '위세를 온 세상에 떨치고 고향으로 돌아왔는데 어찌하면 용맹스런 사람들을 구하여 천하를 지킬꼬?(威加海內兮歸故鄕, 安得猛士兮守四方.)'처럼 4자와 3자구가 중간의 혜(兮)자의 연결을 통하여 한 구를 이루는 형식이 늘어났고, 또 항우(項羽)의 〈해하가(垓下歌)〉(力拔山兮氣蓋世)처럼 3자 두 구가 혜(兮)자의 연결로써 한 구를 이루는 형식이 가장 많아졌다는 것이다.

어떻든 이 초가는 유방과 항우 이외에도 무제(武帝)와 소제(昭帝), 고조의 당산부인(唐山夫人)·조유왕우(趙幽王友)·연자왕단(燕剌王旦)·화용부인(華容夫人)·광릉여왕서(廣陵厲王胥)·이릉(李陵)·회남왕안(淮南王安)·오손공주(烏孫公主)·광천왕거(廣川王去) 등 많은 황제 귀족들이 작품을 남기고 있다. 이것은 사언(四言)이 기본이었던 중국의 종래 시가의 리듬에 한초에 일대변혁이 생겼음을 뜻한다.

고조 때의 〈안세방중가(安世房中歌)〉17장《漢書》禮樂志)을 보더라도 17장 중 제1장에서 5장까지와 제10장에서 17장까지의 13개 장이 정제한 사언(四言)이고, 제6·제7·제8·제9의 4개 장에만 구의 변화가 있다. 곧 제6장은 7. 7. 3. 3. 3. 3언(言)의 구들, 나머지는 모두 삼언(三言)의 구들로 이루어지고 있는 것이다.

또 무제 때의 〈교사가(郊祀歌)〉19장을(《漢書》禮樂志) 보더라도 제8 천지(天地)는 사언(四言) 12구, 칠언(七言) 13구, 삼언(三言) 2구가 뒤섞여져 있고, 제9 일출입(日出入)도 오언(五言) 2구, 육언(六言) 3구, 사언(四言) 7구, 칠언(七言) 1구가 뒤섞여져 있으며, 제11 천문(天門)도 삼언(三言)·사언(四言)·오언(五言)·육언(六言)·칠언(七言) 등이 뒤섞여 있고, 제12 경성(景星)도 사언(四言)과 칠언(七言)이 거의 반반씩 뒤섞여 있다.

여기에서 사언 이외의 구절의 리듬은 초가에서 온 것이라 생각할 때, 한초의 초가는 종래 시가의 리듬상에 많은 변화를 일으키어, 새로운 대표적인 중국 시가의 리듬을 추구하게 만들었다고 할 수 있다. 그리고 무제 때의 〈교사가(郊祀歌)〉에서 볼 수 있듯이, 이러한 리듬의 변화는 곧장 오언이나 칠언을 형성시키고 있는 것이다.

이미 지적했듯이 《초사》나 초가가 오언의 형성에 많은 영향을 주었음에는 틀림없다. 그러나 한대의 시가들을 놓고 볼 때 오언고시(五言古詩)나 악부고사(樂府古辭)들은 초가와는 전혀 다른 흐름의 리듬임을 알 수 있다. 그것은 초가와 오언이 한대를 통하여 제각기 다른 부류로 병행 발전을 하였고, 그 리듬뿐만 아니라 작품의 성격이나 내용에 있어서까지도 판연히 다른 경향을 각기 띠고 있기 때문이다. 따라서 오언의 형성은 초가의 영향을 받기는 하였지만 초가로부터 직접 발전한 것이라 볼 수는 없다.

한대의 초가와 칠언은 호칭에 있어 가끔 혼동되고 있다. 그것은 초가나 칠언의 리듬이 다 같이 무겁고 표현이 수식적이라는 비슷한 특징을 지닌 위에, 많은 경우 초가의 조사인 혜(兮)자만 빼면 바로 '칠언시'가 될 수 있기 때문이라는 점 때문일 것이다. 《한서》〈동방삭전(東方朔傳)〉에서,

동방삭의 문장은…… 〈평악관부렵〉과 팔언(八言)과 칠언(七言) 상·하 두 편 및 〈종공손홍차거〉가 있는데, 유향이 정리한 동방삭의 글이 전부이다.
(朔之文辭,…… 平樂觀賦獵, 八言七言上下, 從公孫弘借車, 凡劉向所錄朔書具是矣.)

라고 한 중의 팔언(八言)과 칠언은 초가임에 틀림없다. 《문선》 권22

위문제(魏文帝)의 〈부용지작(芙蓉池作)〉 시의 이선주(李善注)에서도 '동방삭 칠언왈, 절우익혜마창천(東方朔 七言曰, 折羽翼兮摩蒼天)'이라 하여 그의 초가를 칠언으로 부르고 있다. 또 《문선》 권28을 보면 잡가(雜歌)로서 형가(荊軻)의 가일수(歌一首)와 한고조(漢高祖)의 〈대풍가(大風歌)〉가 실려 있는데, 모두 제목 밑에 '칠언'이라 주를 붙이고 있다. 《문선》 권43 공치규(孔稚珪)의 〈북산이문(北山移文)〉의 이선주(李善注)에도 '동중서집, 칠언금가이수(董仲舒集, 七言琴歌二首)'라 적혀있는데, 모두 초가와 칠언의 혼용례이다.

그뿐만이 아니라 한대에는 '부'나 초가의 조사 '혜(兮)'를 빼버리는 관습도 생겨났다. 대부분이 '혜'를 빼버리면 칠언이 되는 경우로서, 이미 앞 제3절 '전자와 편자의 역할'에서 《사기》와 《한서》의 〈태일지가(太一之歌)〉·〈천마가(天馬歌)〉와 가의(賈誼)의 〈복조부(服鳥賦)〉의 수록(收錄)을 비교할 때 지적한 바 있다.

이밖에 《옥대신영(玉臺新詠)》 권9 사마상여(司馬相如)의 〈금가이수(琴歌二首)〉도 보통 판본은 '때를 제대로 만나지 못하여 갈 곳도 없었는데, 오늘 밤 이런 자리에 오르게 될 줄이야 어이 알았으리!(時未通遇無所將, 何悟今夕升斯堂)'식의 칠언이지만, 오조의(吳兆宜)의 주에서 지적하고 있듯이 '시미통우혜무소장, 하오금석혜승사당(時未通遇兮無所將, 何悟今夕兮升斯堂)'으로 되어 있는 판본도 있다. 이것은 본시 초가체였던 것을 뒤에 '혜'자를 빼버려 칠언시로 변한 것임이 분명하다.

앞에서 지적한 《문선》의 형가(荊軻)나 한고조(漢高祖)의 시의 경우 '장사일거혜불부환(壯士一去兮不復還)' 또는 '위가해내혜귀고향(威加海內兮歸故鄕)'에서 '혜'자를 빼면 칠언이 될 수 있는 것이다. 다시 왕일(王逸)에게는 〈금사초가(琴思楚歌)〉라 제한 작품이 전하는데(《古詩紀》·《古文苑》 등), 실은 정제한 칠언 15구로 이루어진 시이다.[19]

그리고 장형(張衡)의 〈사현부(思玄賦)〉와 마융(馬融)의 〈장적부(長笛賦)〉에서 뒤 '난(亂)'의 부분을 모두 칠언으로 쓰고 있는 것을 보면, 왕일(王逸)의 무렵에는 이미 자기자신의 '부'나 초가에서도 작자 스스로 '혜(兮)'자를 빼고 칠언으로 쓰는 습관이 유행하였음을 알 수 있다. 한대의 칠언시가 오언시와는 달리 구마다 압운(押韻)하고 있다는 것도 초가의 습성을 따른 것인 듯하다.

이렇게 따져보면 오언과는 달리 칠언은 직접 초가로부터 발전하였음이 분명한 일이다.

한대 최초의 본격적인 칠언시라고 할 수 있는 장형(張衡)의 〈사수시(四愁詩)〉 첫 구절이 '아소사혜재태산(我所思兮在太山)'으로 되이 있는 것은 칠언시가 초가로부터 왔음을 강력히 시사해 주는 것이다.

3. 이연년(李延年)의 '신성(新聲)'과 '호악(胡樂)'

한무제(漢武帝)시대의 악부(樂府) 설치와 함께 유행하기 시작했다고 보여지는 새로운 시가로서 이연년(李延年)의 '신성(新聲)'과 '호악(胡樂)'이 있다. 이 신성과 호악이 정확히 어떤 것이었는가를 알기는 어렵지만 적어도 한대에 새로 생겨났던 오·칠언 시체(詩體)와 무관하지는 않을 것 같다. 먼저 《한서》 영행전(佞幸傳)을 보면 '이연년은 노래를 잘하여 신변성(新變聲)을 지어냈다'고 하면서 이어 '무제가 마침 천지제사(天地諸祀)를 일으키려 하여, 사마상여(司馬相如) 등으로 하여금 시송(詩頌)을 짓게 하였는데, 이연년은 그 시를 현가(弦歌)하여 신성곡(新聲曲)으로 만들었다'는 내용의 설명이 뒤따르고 있다.[20]

---

19) 이 詩는 原載된 곳이 분명치 않아 후세 사람의 僞作으로 의심하는 이도 있다. 그러나 楚歌와 七言의 관계를 설명하는 자료로서는 漢人의 작품인 이상 무관한 일이다.

이것을 《한서》 예악지(禮樂志)의 악부 설립에 관한 기록에서 '이연년을 협률도위(協律都尉)로 삼고 사마상여 등 수십인을 다거(多擧)하여 시부(詩賦)를 짓게 하고, 율려(律呂)를 약론(略論)하여 팔음(八音)의 음조에 맞추어 십구장지가(十九章之歌)를 지었다.'[21]고 한 기록과 아울러 생각할 때 바로 《한서》 예악지에 실린 〈교사가십구장(郊祀歌十九章)〉을 '신변성(新變聲)' 또는 '신성곡(新聲曲)'이라 부르고 있음이 분명하다.

그러나 한편 《한서》 외척전(外戚傳)을 보면 '이연년은 본성이 음악을 잘 알고 가무(歌舞)를 잘하여 무제가 그를 사랑하였으며, 그가 신성변곡(新聲變曲)을 지을 때마다 듣는 이로서 감동하지 않는 이가 없었는데, 이연년이 임금을 모시고 있다 일어나 춤추며 노래하였다'하고는 〈가인가(佳人歌)〉라고도 부르는 이연년의 시를 인용하고 있다.[22] 여기의 '신성변곡'이란 앞의 '신변성' 또는 '신성곡'이나 같은 말일 터인데, 이연년의 가시는 〈교사가십구장〉과는 전혀 다른 오언에 가까운 새로운 형식의 시가이다.

〈교사가십구장〉은 이미 앞에서도 형식에 대하여 약간 언급한 일이 있지마는 19장 중 제1 연시일(練時日)·제10 천마(天馬)·제15 화엽엽(華燁燁)·제16 오신(五神)·제17 조농수(朝隴首)·제18 상재유(象載瑜), 제19 적교(赤蛟)의 7편은 정제한 삼언(三言), 제2 제림(帝臨)·제3 청양(靑陽)·제4 주명(朱明)·제5 서호(西顥)·제6 현명(玄冥)·제7 유원태(惟元泰)·제13 제방(齊房)·제14 후성(后星)의 8편

---

20) 제2장 주 111) 참조.

21) 제2장 주 104) 참조.

22) '孝武夫人, 本以倡進. 初夫人兄延年, 性知音, 善歌舞, 武帝愛之. 每爲新聲變曲, 聞者莫不感動. 延年侍上, 起歌舞曰 ; 北方有佳人, 絶世而獨立. 一顧傾人城, 再顧傾人國. 寧不知傾城與傾國, 佳人難再得.'

은 정제한 사언(四言)이며, 나머지 4편은 앞에서 지적한 바와 같이 삼언·사언·오언·육언·칠언 등이 두 가지 이상 섞여 이루어진 잡언체이다.

이것들은 종래의 《시경》형과 《초사》형을 조화시켜 새로 만들어 낸 것인 듯한 인상을 주는 시들이다. 어떻든 이에 의하면 '신성곡'이란 상당히 단정하고 전아한 음악이었던 것 같은 인상을 준다. 그러나 이미 여러 번 지적한 것처럼 《사기》만 보더라도 이곳의 제10 천마(天馬)가 〈태일지가(太一之歌)〉와 〈천마가(天馬歌)〉 두 편으로 나뉘어 '혜(兮)'자를 사용하여 삼언(三言) 두 구를 연결한 완전한 초가형(楚歌形)으로 기록되어 있고, 나머지 교사가(郊祀歌)들의 가사는 기록되어 있지 않으나 이에 대한 다음과 같은 기록이 있다.

금상(今上)이 즉위하시자 19장을 짓고 시중(侍中) 이연년(李延年)으로 하여금 그 음악을 작곡케 하면서 협률도위(協律都尉)에 임명하였는데, 일경(一經)에 통하는 선비로선 홀로 그 가사를 이해할 수가 없었다. 이에 오경가(五經家)를 모두 모아놓고 서로 함께 강습하며 그것을 해독케 하여 비로소 그 뜻을 이해할 수 있었는데 이아(爾雅)의 글이 많았다.23)

《한서》의 〈교사가십구장〉은 '통일경지사(通一經之士)'로서는 알아볼 수 없는 어려운 구절들도 없으려니와, 끝에 말한 '이아지문(爾雅之文)'도 들어 있지 않다. 이러한 사실들을 종합하면 《한서》의 〈교사가십구장〉은 무제 때의 가사가 아니라 동한시대의 개작품일 가능성이

---

23) 《史記》 樂書 ; '至今上卽位, 作十九章, 令侍中李延年次序其聲, 拜爲協律都尉. 通一經之士, 不能獨知其辭, 皆集會五經家, 相與共講習讀之, 乃能通知其意, 多爾雅之文.'

많다.

거기에다 《사기》의 기록에는 사마상여(司馬相如) 등의 작사(作詞)에 관한 기록이 보이지 않을 뿐만 아니라[24] 청(淸) 주수창(周壽昌)은 《한서주교보(漢書注校補)》 권15에서 교사지(郊祀志)의 '그 해 봄 남월(南越)을 멸망시키고 난 뒤에 총애를 받는 신하 이연년이 음악을 잘한다고 나서서 임금이 그를 좋아하였다(其春旣滅南越, 嬖臣李延年, 以好音見, 上善之.)'라 한 '그해 봄'은 원정(元鼎) 6년(B.C. 21) 봄이며, 이때 이연년이 처음 무제를 뵙고 있으나, 사마상여는 원수(元狩) 6년(B.C. 27)에 죽었다.

또 《한서》 사마상여전(司馬相如傳)에서도 '사마상여가 죽은 뒤 5년 만에 임금은 비로소 후토(后土)를 제사지내었다(相如旣卒五歲, 上始祭后土.)'고 하고 있고, 원정 4년(B.C. 23)에 후토를 처음 제사지냈다고 하였다. 사마상여가 죽은 지 7년만에 이연년은 무제를 처음으로 뵙고 있으니, 그때 사마상여를 작사케 할 수는 없었다. 따라서 '다거(多擧)'라 한 것은 사마상여 등 수십인을 기용했다는 뜻이 아니라 그들이 지은 시부(詩賦)를 '다거(多擧)'했다는 뜻이라고 논하고 있다.

그러나 지금 와서 보면 무제 때의 '신성곡'으로 된 이연년의 가사들을 둥한 때 개작하여 아화(雅化)시켜 놓고, 이 개작의 권위를 위하여 사마상여 등 수십인을 끌어다 댔을 가능성이 많다. 여하튼 지금 와서는 이연년의 '신성곡'의 하나인 〈교사가십구장〉의 본시 모습도 알 수가 없게 되어 있는 것이다. 우리는 막연히 종래의 노래 형식에 초가를 많이 가미한 것이 아니었을까 하고 상상하는 수밖에 없다.

한편 이연년의 또 하나의 '신성곡'인 오언에 가까운 〈가인가(佳人

---

24) 樂書뿐만 아니라 佞幸傳의 같은 내용의 기록에서도 《史記》는 '延年善歌, 爲變新聲, 而上方興天地祠, 欲造樂詩, 歌弦之. 延年善承意, 弦次初詩.'라 하여 司馬相如 등의 作詞記錄은 없다.

歌)〉에도 약간의 문제가 있다. 먼저 《옥대신영(玉臺新詠)》 권1에 실린 〈이연년시가 1수(李延年詩歌 一首)〉만 보더라도 《한서》의 '어찌 경성(傾城)과 경국(傾國)을 알지 못하는가?(寧不知傾城與傾國)'라는 구절이 '경성부경국(傾城復傾國)'으로 변하여 완전한 오언으로 되어 있다. 이밖에도 유서(類書)들에 인용된 이 시의 끝머리 두 구는 여러 가지 다른 것들이 있다.

《예문유취(藝文類聚)》 권18 미부인하(美婦人下) : '寧不知傾城
    國, 佳人不可再得.'
《태평어람(太平御覽)》 권136 효무이황후(孝武李皇后) : '寧知傾
    城傾國, 佳人不可再得.'
《태평어람》 권381 미부인(美婦人) : '豈不言傾城國, 佳人難再
    得.'
《태평어람》 권517 자매(姉妹) : '不惜傾城傾國, 佳人難再得.'
《문선(文選)》 권21 안연년(顏延年)〈추호시(秋胡詩)〉이선주(李
    善注) : '寧知傾城國, 佳人難再得.'

　이밖에도 《예문유취》 권43 무(舞)에는 '영부지경국이경성(寧不知傾國而傾城)', 《태평어람》 권144 부인(夫人)에는 '가인불가득(佳人不可得)'(同 卷380 美婦人 上에도 보임), 같은 책 권547 무(舞)에는 '영부지경성경국(寧不知傾城傾國)' 등으로 《한서》나 《옥대신영》과도 다르게 인용되어 있다. 이것은 '전자'들에 따른 의식 차이에서 이렇게 여러 가지로 변한 것이며, 적어도 이것은 이연년의 본래의 시가가 정제한 오언이 아니었다는 것을 증명하기에는 충분하다.

　그리고 《한서》 외척전(外戚傳)의 〈이연년가(李延年歌)〉의 기록에 따르면 무제가 이 노래를 듣고서 '세상에 어찌 그런 사람이 있겠느냐?'고 탄식하며, 그의 누이동생을 만나고 총애하게 되는 것으로 되어 있다. 그러나《사기》영행전(佞幸傳)에 의하면 이연년은 궁형(宮刑)을 받은 몸으로 구중(狗中)의 일을 보고 있었는데, 평양공주(平陽公主)가 이연년의 누이동생이 춤을 잘 춘다고 말하여 무제는 그를 불러보고 좋아하게 된다. 그리고 이연년은 반대로 자기 누이동생 덕분에 무제를 가까이 하게 되는 것으로 기술되어 있다.25)

그리고《사기》외척세가(外戚世家)의 기록도 이부인(李夫人)이 무제의 총애를 받는 것이 이연년보다 앞선 것 같은 말투이다.26) 그리고《한서》영행전(佞幸傳)에도 '이부인이 창읍왕(昌邑王)을 낳아 이연년도 이로 말미암아 귀해졌고 협률도위(協律都尉)가 되어 2천석(石)의 인수(印綬)를 찼다.'27)고 말하고 있어, 외척전(外戚傳)과는 반대로 이연년이 이부인 덕분에 출세한 듯하다.

이렇게 보면 이 〈이연년가〉도 후인의 의작일 가능성이 많으며, 설사 의작이 아니라 하더라도 이연년 작품 본래의 모습을 고스란히 간직하고 있는 것은 아니다.

이상 따져본 바와 같이, 이연년의 '신성'은 〈교사가십구장〉과 〈가인가〉 두 가지가 남아 있지만, 이미 그것은 신성의 정확한 면모를 알아볼 수 없도록 많이 변개된 것이다. 다만 '신변성'이니 '신성곡'이니 하는 '신성'의 또 다른 표현으로 보거나, 〈교사가십구장〉의 일부에 사언·삼언·육언 이외에도 오언과 칠언들이 섞여 있고, 〈가인가〉가 여

---

25) '李延年, 中山人也. 父母及身兄弟及女, 皆故倡也. 延年坐法腐, 給事狗中. 而平陽公主言延年女弟善舞, 上見, 心說之. 及入永巷, 而召貴延年. 延年善歌, 爲變新聲, ……其女弟亦幸. ……'

26) '中山李夫人有寵, 有男一人, 爲昌邑王. 李夫人蚤卒, 其兄李延年, 以音幸, 號協律. 協律者故倡也, 兄弟皆坐姦族……'

27) '李夫人産昌邑王, 延年縣是貴, 爲協律都尉, 佩二千石印綬.'

러 가지 기록상의 차이는 있다 하더라도 오언에 가까운 형식이었다는
것을 통하여 이연년의 신성은 적어도 종래의 가곡과는 다른 새로운
리듬의 노래였음을 알 수 있다.

그리고 무제의 '악부'에서는 '조(趙)·대(代)·진(秦)·초(楚) 지방
의 노래'들을 채집하였었으므로 이것은 여러 지방의 민요의 영향을
많이 받은 것이고, 한편 오언이나 칠언 시가의 발생에 많은 역할을
한 것일 거라고 추측하는 수밖에 없다.

한편 이연년의 신성은 호악(胡樂)과도 깊은 연관이 있다. 진(晉)
최표(崔豹)의 《고금주(古今注)》 권중 음악(音樂)조에는 다음과 같은
기록이 있다.

횡취(橫吹)는 호악(胡樂)이다. 장건(張騫)이 서역에 갔을 때 그
법(法)을 서경(西京)에 전하였는데, 오직 마가두륵(摩訶兜勒) 1곡
을 얻었을 뿐이었다. 이연년은 호곡(胡曲)을 근거로 하여 다시 신
성 28해(新聲二十八解)를 지었다. 무제 때엔 그것을 무악(武樂)으
로 썼고, 동한 때엔 변경의 장군들에게 주었고, 화제(和帝) 때엔 만
인장군(萬人將軍)이면 그것을 연주할 수 있었다. 위진(魏晉) 이래
로 28해는 다 남아있지 않고, 지금 쓰여지고 있는 것으로는 황혹
(黃鵠)·농두(隴頭)·출관(出關)·입관(入關)·출새(出塞)·입새
(入塞)·절양류(折楊柳)·황담자(黃覃子)·적지양(赤之陽)·망행
인(望行人)의 열곡이 있다.28)

---

28) 崔豹《古今注》; '橫吹, 胡樂也. 博望侯張騫入西域, 傳其法於西京, 唯得摩訶兜勒
一曲. 李延年因胡曲, 更進新聲二十八解, 乘輿以爲武樂. 後漢以給邊將軍, 和帝
時, 萬人將軍得用之. 魏晉以來, 二十八解不復具存, 見世用者, 黃鵠·隴頭·出
關·入關·出塞·入塞·折楊柳·黃覃子·赤之陽·望行人十曲.'

《진서(晉書)》악지(樂志)에도 비슷한 내용의 기록이 있는데, 아마도 그것은 《고금주(古今注)》의 기사를 베낀 것일 것이다. 이에 의하면 이연년은 호악을 본받아 '신성 28해'를 만들었는데, 이곳의 '해'란 지금의 '장(章)'이나 비슷한 뜻이다. 다만 그 신성이란 것이 어떤 가사와 음악이었는가를 알 길은 지금 없다. 위진(魏晉) 이후로 남았다는 10곡도 《서경잡기(西京雜記)》권1에,

> 고제(高帝)의 척부인(戚夫人)은 슬(瑟)과 축(筑)의 연주를 잘하였다.…… 부인은 요수절요지무(翹袖折腰之舞)를 잘하였고, 출새(出塞)·입새(入塞)·망귀(望歸)의 곡을 노래하였다. 시부(侍婦) 수백 명도 모두 이것을 배워 후궁(後宮)에선 소리를 모아 고창(高唱)하여 노래가 널리 퍼졌다.[29)

하였다. '망귀(望歸)'가 '망행인(望行人)'에 해당하는 것이라면 이미 한초에도 열 곡 중 곡명이 같은 3곡이 있었다는 것이 된다.《서경잡기》의 기록은 신빙성이 적은 것이기는 하지만, 이 열 곡이 이연년의 신성을 대표할 수 있는 것은 아니라는 생각을 더 강조해 준다.

한편 채옹(蔡邕)의 《예악지(禮樂志)》(《後漢書》禮樂志 劉昭 注 引用)에는 '한악사품(漢樂四品)'으로서 '일왈대여악(一曰大予樂), ……이왈주송아악(二曰周頌雅樂), ……삼왈황문고취(三曰黃門鼓吹)……사왈단소뇨가(四曰短簫鐃歌)……'의 네 가지를 들고 있다. 말할 것도 없이 앞의 두 가지는 아악(雅樂)이고, 뒤의 두 가지는 속악(俗樂)이다. 그리고 《악부시집》권21 횡취곡사(橫吹曲辭) 해제(解題)에 '횡취곡

---

29) 《西京雜記》卷1 ; '高帝戚夫人, 善鼓瑟擊筑. 帝常擁夫人, 倚瑟而絃歌, 畢, 每泣下流連. 夫人善爲翹袖折腰之舞, 歌出塞·入塞·望歸之曲. 侍婦數百, 皆習之, 後宮齊首高唱, 聲入雲霄.'

(橫吹曲)은 처음에는 고취(鼓吹)라고도 하였다'고 말하고 있듯이, 횡취곡은 물론 이연년의 '신성 28해'도 '삼왈황문고취'에 속하였다. 그리고 '조(趙)·대(代)·진(秦)·초(楚)'의 민가들도 이 셋째 번 종류에 속하는 수밖에 없다. 이렇게 보면 '황문고취'의 음악은 민간의 음악이 주이고, 그 중에는 간혹 호악의 색채를 띤 것들도 섞여 있었을 것이다.

다만 이들을 다같이 황문고취악인(黃門鼓吹樂人)들이 연창하였기 때문에 '황문고취'라 통틀어 부르고 있는 것이다. 따라서 이연년의 '신성이십팔해'도 호악을 근거로 하였다고는 하지만 민간음악의 성격을 띤 것이었을 것이다.

곽무천(郭茂倩)은《악부시집》권21 횡취곡사(橫吹曲辭)의 제해(題解) 첫머리에서 다음과 같이 설명하고 있다.

횡취곡(橫吹曲)도 처음에는 역시 고취(鼓吹)라 불렀고 마상(馬上)에서 그것을 연주하였으며, 군중의 음악이다. 북적(北狄) 여러 나라들은 모두 마상에서 음악을 연주한다. 그래서 한대 이래로 북적악(北狄樂)은 모두 고취서(鼓吹署)에 소속되었었는데, 그 뒤에 2부로 나뉘어졌다. 소가(簫笳)가 있는 것은 고취로서 조회와 도로에서 사용하였으며 또 그것을 급사(給賜)하기도 하였다.……고각(鼓角)이 있는 것은 횡취(橫吹)로서 군중에서 그것을 사용하였으며, 마상에서 연주한 것이 바로 그것이다.30)

30)《樂府詩集》橫吹曲辭 解題 ; '橫吹曲, 其始亦謂之鼓吹, 馬上奏之, 蓋軍中之樂也. 北狄諸國皆馬上作樂, 故自漢已來, 北狄樂摠歸鼓吹署. 其後分爲二部. 有簫笳者 爲鼓吹, 用之朝會道路, 亦以給賜. 漢武帝時, 南越七部皆給鼓吹是也. 有鼓角者 爲橫吹, 用之軍中, 馬上所奏者是也.'

이에 의하면 한대의 〈단소뇨가(短簫鐃歌)〉도 횡취곡이나 마찬가지로 본시 군악이었고 호악으로부터 온 것임을 알 수 있다. 그리고 여기의 주요 악기인 가(笳)와 각(角)은 오랑캐의 악기이며31) 이들은 모두 소리가 슬픈 것으로 알려졌었으니,32) 한대 고시(古詩)나 고가(古歌)에 전체적으로 흐르고 있는 비애의 감정과도 통하는 것이다.

지금 전하는 한단소뇨가십팔곡(漢短簫鐃歌十八曲)을 보면 〈전성남(戰城南)〉 하나만이 전쟁과 관계되는 내용이나 그것도 전쟁의 비정(非情)함을 노래한 것이어서 군중에서 쓰기에는 부적합하고, 〈주로(朱鷺)〉·〈상릉(上陵)〉·〈장진주(將進酒)〉·〈원여기(遠如期)〉 4곡은 조회(朝會)와 관계 있는 듯한 내용이며, 〈상지회(上之回)〉·〈성인출(聖人出)〉·〈군마황(君馬黃)〉의 3곡은 도로(道路)와 유관한 듯하고, 〈애여장(艾如張)〉·〈치자반(雉子班)〉·〈임고대(臨高臺)〉 3곡은 사냥과 관계 있는 듯한 내용인데 도로에서 연주되었을 가능성이 많으며, 〈사비옹(思悲翁)〉·〈옹리(翁離)〉·〈방수(芳樹)〉·〈석류(石榴)〉의 4곡은 정확한 가사 내용을 알기 어렵고, 〈무산고(巫山高)〉·〈유소사(有所思)〉·〈상사(上邪)〉 3곡은 임 그리움과 사랑을 노래하고 있는 민가풍의 내용이다.

그리고 그 가사의 형식은 무척 자유로운 잡언(雜言) 형식으로 이루어져 있다. 지금 우리는 가사가 전해지는 한단소뇨가(漢短簫鐃歌)의

---

31) 《太平御覽》卷581 笳條 引《晉先蠶儀》注曰 ; ‘胡笳, 漢舊錄有其曲, 不記所出本末. 笳者 胡人卷蘆葉吹之以作樂也, 故謂曰胡笳.’
沈約《宋書》樂志 1 ; ‘角, 書記所不載, 或云出羌胡, 以驚中國馬, 或云出吳越.’
《晉書》樂志 下 ; ‘胡角者, 本以應胡笳之聲, 後漸用之橫吹, 有雙角, 即胡樂也.’

32) 《太平御覽》卷581 笳條 引曹嘉之《晉書》曰 ; ‘劉疇曾避亂塢壁, 賈胡數百欲害之. 疇無懼色, 援笳而吹之, 爲入塞出塞之聲, 動其遊客之思, 於是群胡皆泣而去.’
上同 卷584 角條 引《通禮義纂》曰 ; ‘長鳴, 角也……魏武帝征烏桓, 軍士思歸, 乃減角爲中鳴, 其聲尤悲, 以應胡笳.’

정확한 성격조차 판단하기 어려운 정도이니, 고취(鼓吹)나 횡취곡(橫吹曲)의 전체 면모를 밝히려는 것은 무리일 것이다.

어떻든 군가에서 출발한 고취곡사(鼓吹曲辭)에 이처럼 민가풍의 시가들이 섞여 있고, 그 가사들의 형식이 종래의 시가에선 찾아보기 어려울 만큼 자유스럽다는 것은, 이들 호악이 새로운 성격의 시가 발생에 큰 자극이 되었고, 한편 이들의 독특한 리듬이 갖는 자유로운 형식은 일단 종래의 시가들이 지니는 정제한 리듬을 파괴하고 새로운 리듬을 바탕으로 오·칠언을 형성케 하는 중요한 계기가 되었을 것이다.

이연년의 '신성'이란, 이상을 종합해 보건대 민간 속악과 호악을 바탕으로 종래의 음악도 조화시켜 만들어 낸 새로운 내용과 형식의 가요였으며, 그것은 이미 '오언'에 접근한 형식의 가사였을 것으로 추정된다.

4. 고시(古詩)와 고악부(古樂府)

대체로 '고시'와 '악부고사' 또는 '고악부'의 구분은 음악과의 관계에 의한 듯하다. 《문선(文選)》이나 《옥대신영(玉臺新詠)》의 경우처럼 한대의 노래 가사였다고 생각되는 것을 고악부라 하고, 이미 노래와는 관계없게 된 한대의 시들을 고시라고 부르는 게 보통이다. 진(晋) 육기(陸機)의 〈의고시(擬古詩)〉 12수(《文選》卷30, 《陸士衡集》)도 《문선》의 〈고시십구수〉의 작품과 《옥대신영》의 매승(枚乘)의 〈잡시(雜詩)〉 같은 고시를 본뜬 것이다.

그러나 그 내용이나 형식으로 보아 고시는 고악부에서부터 발전한 것이어서, 이 두 가지는 많은 경우 혼동되기도 하였다. 그것은 적지 않은 작품들이 고시라고도 할 수 있고 고악부라고도 할 수 있는 것이었음을 뜻한다. 보기를 들면 《문선》 권29 〈고시십구수〉의 제8 〈염염고생죽(冉冉孤生竹)〉과 제13 〈구거상동문(驅車上東門)〉 두 수가 《악부시집》에는 권74와 권61에 각각 고사로서 잡곡가사(雜曲歌辭) 속에 들어있다. 이미 앞에서도 얘기한 《문선》 권27 및 《악부시집》 권38에서 악부고사로 다룬 〈음마장성굴행(飮馬長城窟行)〉이 《옥대신영》 권1에는 채옹(蔡邕)의 시로 수록되어 있다.

이밖에도 《악부시집》 권30의 고사(古辭) 〈장가행(長歌行)〉 중에서 '초초산상정(峱峱山上亭)' 이하 여섯 구를 《예문유취(藝文類聚)》 권27에선 '위문제어명진작시(魏文帝於明津作詩)'라 하였고, 《악부시집》 권36의 고사 〈선재행(善哉行)〉을 《예문유취》 권41에선 조식(曹植)의 작품으로 인용하고 있으며, 《악부시집》 권54 불무가시(拂舞歌詩)의 고사 〈회남왕편(淮南王篇)〉이 풍유눌(馮惟訥)의 《고시기(古詩紀)》에선 '한시(漢詩)' 속에 들어 있고, 《악부시집》 권26의 고사 〈강남(江南)〉을 《예문유취》 권82와 《태평어람(太平御覽)》 권999 부거(芙渠)조에선 고시로 인용하고 있다.

또 《옥대신영》 권1의 고악부 〈염가나부행(豔歌羅敷行)〉을 《태평어람》 권344 검하(劍下), 같은 책 권688 삼두(幓頭), 같은 책 권695 유(襦), 같은 책 권764 농(籠), 같은 책 권816 기(綺) 등에서는 '고시왈(古詩曰)'이라 인용하고 있고, 《옥대신영》 권1 고시(古詩) 〈상산채미무(上山採蘼蕪)〉를 《태평어람》 521에서는 '고악부시왈(古樂府詩曰)' 하고 첫머리 4구가 인용되고 있다. 《옥대신영》 권1 매승(枚乘) 잡시(雜詩) '난약생춘양(蘭若生春陽)' 중의 구절을 《문선》 권27 사현휘(謝玄暉) 〈휴목중환도중(休沐重還道中)〉 시 이선주(李善注)에선 '매승악부시왈(枚乘樂府詩曰) ; 미인재운단(美人在雲端), 천로격무기(天路隔無期)'로 인용하고 있다.

이밖에도 유서(類書)들에 인용된 고시나 고악부의 같은 구절들이

혹처에선 '고시왈(古詩曰)' 혹처에선 '고악부왈(古樂府曰)'로 인용된 예는 무척 많다.

고시와 고악부는 실상 형식이나 내용에 별 차이가 없어서 〈십오종군정(十五從軍征)〉(《樂府詩集》 卷25 〈紫騮馬歌辭〉)이나 〈초초산상정(岧岧山上亭)〉(《樂府詩集》 卷30 〈長歌行〉) 같은 시들처럼 그것을 악부 속에 끼워 놓아도 조금도 어색하지 않은 것들도 많다. 곽무천(郭茂倩)의 《악부시집》에는 제사(題辭)에 인용된 것까지를 합치면 '악부고사'가 50여 수 실려 있다.

이밖에 풍유눌(馮惟訥)의 《고시기(古詩紀)》에 10여수, 기타 유서(類書)들에 이것들과는 다른 작품이라고 생각되는 고악부의 구설들이 20여수 인용되어 있다. 그런데 이들의 형식을 보면 《악부시집》의 경우 그 중 30여수가 오언이고 나머지 20여수가 잡언(雜言)이다. 다른 곳에 인용된 고악부의 체제도 이런 정도라고 생각하면 틀림없을 것이다.

잡언의 경우에도 오언구가 가장 많고 이밖에 3 · 4 · 6 · 7언 등이 가장 눈에 많이 뜨이는데, 이러한 형식으로 볼 때 고악부에서는 초가의 리듬이나 그 영향이 그다지 심하지 않았다고 생각된다. 간혹 척구(隻句)의 인용에 칠언구가 발견되기는 하지만, 완전한 고악부들로 미루어 볼 때 한대의 고악부에는 순전한 칠언은 없었다고 여겨진다.

고시는 《문선》 권29의 〈고시십구수〉가 대표적인 것이며, 《옥대신영》 권1의 〈고시팔수(古詩八首)〉와 매승(枚乘)의 〈잡시구수(雜詩九首)〉에는 또 〈고시십구수〉와 다른 시들이 각각 4수와 1수씩 들어 있어, 도합 24수의 고시가 된다. 이밖에 《문선》 권29의 이릉(李陵)의 〈여소무시 3수(與蘇武詩三首)〉와 소무(蘇武)의 〈시 4수(詩四首)〉 및 《고문원(古文苑)》 권8의 이릉(李陵)의 〈녹별시 8수(錄別詩八首)〉와 소무(蘇武)의 〈시 2수(詩二首)〉가 고시의 범위에 들어간다.

이중 소무와 이릉의 시들은 이미 풍유눌(馮惟訥)이 《고시기(古詩紀)》에서 《문선》에 실려 있는 것들만을 그들의 작품으로 뽑아 싣고 《고문원》의 시들은 〈의소리시 10수(擬蘇李詩十首)〉로 따로 다루고 있다. 그러나 이것들뿐만이 아니라 매승(枚乘)이나 소무(蘇武)·이릉(李陵)의 시 전체를 두고, 그들의 창작을 이미 많은 학자들이 부정하고 있으나, 그래도 그것들은 적어도 한대의 의작(擬作)일 가능성만은 많은 것이다.

이밖에도 《문선》의 이선주(李善注)를 비롯하여 유서(類書)들 가운데에는 고시와 이릉시(李陵詩)의 단구를 인용한 예가(蘇武의 경우는 앞에 든 詩六首를 벗어나는 例가 거의 없음) 많이 있다. 다만 《태평어람(太平御覽)》 같은 유서(類書)에 인용된 고시라는 시구는 문제가 많으므로 주의를 요한다.

그 예를 들면 《태평어람》 권37 진(塵)조에 고시왈(古詩曰) 하고 '낙양엔 바람과 먼지 많아 흰옷이 검어진다네(京洛多風塵, 素衣化爲緇.)'라 하는 시구를 인용한 것은 진(晉) 육기(陸機)의 〈위고언선증부시(爲顧彦先贈婦詩)〉의 구절이며, 같은 책 권344 검하(劍下)의 고가왈(古歌曰) 하고 '어이 알았으랴! 백 번 단련한 강철이 손가락으로 굽혀지도록 부드럽게 될 줄이야!(何意百鍊鋼, 化爲繞指柔.)'라고 인용한 것은 진(晉) 유곤(劉琨)의 〈중증로심시(重贈盧諶詩)〉의 구절이며, 같은 책 권473 유협(遊俠)의 고시왈(古詩曰) '술잔 드는 사이에 뜻 어긋나면, 시퍼런 칼 들고 원수되어 싸우게 되네(失意杯酒間, 白刃起相讎.)'라 인용한 것은 포조(鮑照)의 〈결객소년장행(結客少年場行)〉의 구절이다.

또한 같은 책 권702 선(扇)의 고시왈(古詩曰) '비단 부채 둥근 달 같은데, 본시 베틀에선 흰 명주였던 것을! 거기에 진녀(秦女) 모습 그리어, 난(鸞)새 타고 안개 속으로 날아가게 된 걸세(綾扇如團月, 出

自機中素, 畫作秦女形, 乘鸞入煙霧.)’라 인용한 것은 양(梁) 강엄(江淹)의 〈반첩여(班婕妤)〉의 구절이며, 같은 책 권766 승(繩)에서 고시왈(古詩曰) ‘곧기가 붉은 먹줄 같고, 맑기가 옥호(玉壺)의 물 같네(直如朱絃繩, 淸如玉壺水.)’라 인용한 것은 포조(鮑照)의 〈대백두음(代白頭吟)〉의 구이며, 같은 책 권800 총서북적하(摠叙北狄下)의 고시왈(古詩曰) ‘계북문으로 나가서, 멀리 오랑캐 땅 뽕나무 바라보네(出自薊北門, 遙望胡地桑.)’하고 인용한 것은《예문유취》권88에선 위진왕(魏陳王) 조식(曹植) 〈염가(豔歌)〉로 인용하고 있으며, 같은 책 권926 응(鷹)의 고악부왈(古樂府曰) ‘표범은 호랑이의 아우뻘이고, 독수리는 매의 형뻘이라네(豹則虎之弟, 鷹則鶹之兄.)’하고 인용한 것은 삼국(三國) 촉인(蜀人) 진복(秦宓)의 〈원유(遠遊)〉의 구절이며, 같은 책 권980 궐(蕨)의 고시왈(古詩曰) : ‘산 복숭아 붉은 꽃 피우고, 들판 고사리는 자줏빛 새싹 돋우네(山桃發紅蕚, 野蕨漸紫苞.)’라 인용한 것은 사령운(謝靈運)의 〈수종제혜련시(酬從弟惠連詩)〉의 구절과 같은 것이다.

그러나 위에서 얘기한 포조(鮑照)의 〈대백두음(代白頭吟)〉의 시구가 ‘곧기 붉은 실줄 같고, 맑기 옥호의 얼음 같네(直如朱絲繩, 淸如玉壺冰)’로 되어 있어, ‘사(絲)’와 ‘빙(冰)’의 두 글자가《태평어람》인용의 고시의 구절과 다른 것을 보면, 고시의 의작(擬作) 때문에 일어난 혼동의 경우도 있는 것 같다.

어떻든 이들 고시는 예외없이 정연한 오언시들이다. 그것은 척구(隻句)의 인용에서조차도 마찬가지이다. 이러한 현상은 고시가 고악부의 좀더 정제화된 형식이며, 칠언과는 전혀 다른 계통의 시가로부터 발전한 것임을 의미한다. 곧 한초의 민가의 유행이나 무제 때의 민가의 수집 및 호악의 도입 등은 새로운 리듬의 시 형식 발전에 다 같이 자극제가 되었지만, 오언과 칠언은 제각기 다른 계통의 시가에서 제각기 다른 리듬과 성격을 지니고 발전하였다는 것이다.

대체로 한 초부터 성행한 초가와 부는 쓸데없는 조사를 생략하고 문장의 형식을 정제화하는 경향이 생기면서부터 칠언을 형성케 하였고, 일반 민가와 이연년(李延年)의 신성(新聲)은 그러한 시대조류를 타고 오언으로 발전했던 것 같다. 한대 초기 이전의 중국 시가나 요언(謠言) 등에 보이는 오언이나 칠언은 중국 시가의 본래의 리듬이 오언이나 칠언으로 발전할 수 있는 가능성을 지녔음을 증명해 줄 뿐이지, 그것이 이미 오언이나 칠언의 형성을 의미한다고 볼 수는 없다.

그러면 고악부와 고시 및 칠언은 언제 형성되고 언제부터 유행하게 된 것인가? 이미 많은 학자들이 이에 대해 논하고 있지마는 여기서는 전장에서 논한 중국인의 시의식, 한대 시의 성격 등을 바탕으로 하고, 여기에서 논한 오·칠언의 특징을 이용하여 그 시기를 밝히는 데 최선을 다해보려 한다.

5. 오언시(五言詩)의 형성과 유행 시기

한대의 오언고시는 앞에서 든 〈고시십구수〉를 필두로 하여 매승시(枚乘詩), 소무(蘇武)와 이릉(李陵)의 시 등이 그 대표적인 것이다. 소리시(蘇李詩) 중 《고문원(古文苑)》에 실려 있는 10수는 풍유눌(馮惟訥)의 《고시기(古詩紀)》에서 〈의소리시 10수(擬蘇李詩十首)〉라 하고 있거니와, 《문선(文選)》에 실려 있는 〈소리시(蘇李詩)〉도 이미 옛부터 많은 학자들의 의심을 받았다. 유협(劉勰)도 《문심조룡(文心雕龍)》 명시(明詩)편에서,

무제 때에 이르러 품록(品錄)한 3백여편(劉向이 經傳諸子詩賦를 校錄한 것을 가리킴)은 조정에 전하는 문장과 시가가 완비된 것이

라 할 수 있는데, 사인(辭人)들의 유한(遺翰) 속에 오언(五言)이
보이지 않으니, 그래서 이릉(李陵)과 반첩여(班婕妤)가 후대에 의
심을 받게 된 것이다.33)

라고 의심스럽다는 논조를 펴고 있고, 소식(蘇軾)에서 시작하여 홍매
(洪邁)·고염무(顧炎武)·옹방강(翁方綱)·전대흔(錢大昕)을 이어 양
계초(梁啓超) 이후 근래의 대부분의 학자들이 이를 위진(魏晋) 이후
의 의작(擬作)이라 주장하고 있다.34) 그리고《옥대신영》의 〈매승시

---

33)《文心雕龍》明詩 ; '至成帝品錄, 二百餘篇, 朝章國采, 亦云周備, 而辭人遺翰, 莫
   見五言, 所以李陵班婕妤, 見疑於後代也.'
34) 蘇軾《東坡全集》答劉沔都曹書 ; '李陵蘇武贈別長安, 而詩有江漢之語. 及陵與武
   書, 詞句儇淺, 正齊梁間小兒所擬作, 決非西漢文.'
   洪邁《容齋隨筆》卷14 李陵詩 ; '李陵蘇武詩……東坡云, 皆後人所擬也. 予觀李
   詩云, 獨有盈觴酒, 與子結綢繆. 盈字正惠帝諱, 漢法觸諱者有罪, 不應陵敢用之.'
   顧炎武《日知錄》卷23 已祧不諱 ; '若李陵詩, 獨有盈觴酒, 與子結綢繆. 枚乘柳
   賦, 盈玉縹之淸酒(載古文苑), 盈盈一水間(載玉臺新詠), 二人皆在武昭之世而不
   避諱, 又可知其爲後人之擬作, 而不出於西京矣.'
   梁章鉅《文選旁證》卷25 ; '翁方綱曰 ; 自昔相傳蘇李河梁贈別之詩……今卽以此
   三詩(李陵與蘇武詩三首)論之, 皆與蘇李當日情事不切. 史載陵與武別, 陵起舞作
   歌, '徑萬里兮'五句, 此當日眞詩也. 何當有 '攜手上河梁'之事? 卽以河梁一首言
   之, 其曰 '安知非日月, 弦望自有時', 此謂離別之後, 或尙可冀其會合耳. 不思武
   旣南歸, 卽無再北之理. 而陵云'丈夫不能再辱', 亦自知決無還漢之期. ……又云,
   '嘉會難再遇, 三載爲千秋', 蘇李二子之留匈奴, ……二子同居者十八九年之久矣.
   安得謹云三載嘉會乎? ……而蘇李在異域, 尤動文人感激之懷, 故魏晋以後遂有擬
   作. 李陵答蘇武書者, 若準本傳歲月證之, 皆有所不合……'
   錢大昕《十駕齋養新錄》卷16 七言在五言之前 ; '觀漢書李陵傳置酒起舞作歌, 初
   非四言, 則知河梁唱和, 出于後人依託. ……枚叔又在蘇李之前, 班史不言有五言
   之詩, 其爲臆說, 毋庸置辨矣.'
   梁啓超《中國之美文及其歷史》; '我是絶對不承認這幾首詩爲李陵蘇武作的. 我
   所持的理由,

(枚乘詩)〉도 이미 《문심조룡》 명시(明詩)편에서,

　　고시의 가려(佳麗)한 작품들을 간혹 매승(枚乘)이 지은 것이라
　　하고, 염염고생죽(冉冉孤生竹) 1편은 곧 부의(傅毅)의 시라고 한
　　다. 그러나 문채(文采)를 견주어 미루어보면, 양한(兩漢) 때에 지은
　　것일 것이다.[35)]

라고 역시 의심을 지닌 듯한 논술을 하고, 《문선》에선 그것들을 고시
로 다루고 있으며, 《문선》 권29 〈고시십구수〉의 이선주(李善注)에선,

　　다같이 고시(古詩)라 한 것은 작자를 모르기 때문이다. 혹 매승
　　(枚乘)이 지은 것이라고도 하나 아마도 밝힐 수 없는 것일 것이다.
　　시 속에 구마상동문(驅馬上東門)이라 했고, 또 유희완여락(遊戱宛
　　與洛)이라 했으니, 이 표현은 동도(東都)에 관한 일이어서 모두 매
　　승이 지은 것이 아님은 분명하다.[36)]

　　第一，　則漢武帝時決無此種詩體．……此諸詩與十九首體格略同，而諧協尤過
　　　　之．如‘良時不再至，離別在須臾’，如‘長當從此別，且復立斯須’，如‘骨肉
　　　　緣枝葉’，如‘努力崇明德’……其平仄幾全拘齊梁聲病．故其時代當在十
　　　　九首之後．
　　第二，　贈答詩起於建安七子，兩漢詞翰，除秦嘉贈婦外，……自寫性情，……蘇
　　　　李之世，絶對的不容有此
　　第三，　蘇武……別無他詩……至於李陵，　則漢書……其辭云，　‘徑萬里兮渡沙
　　　　漠……’，純是武人質直粗笨口吻，……勿然會寫出‘風波一失所，各在天
　　　　一隅’……；斷不能相信．……
　　《文心雕龍》只言‘李陵……’，不提蘇武．詩品也只有李陵，竝無蘇武．因此我頗疑
　　李陵的幾首，是早已流行，……擬蘇武的那幾首，或者是較晚的時代續擬．……但
　　最遲的也不過魏晉間作品罷了．’
　35)　《文心雕龍》明詩篇；‘古詩佳麗，或稱枚叔；其孤竹一篇，則傅毅之詞．比采而推，
　　　兩漢之作乎．’

라고 설명하고 있다. 따라서 이들 고시가 매승이 지은 것이 아니라는 것도 지금 와서는 거의 공통된 학자들의 견해이다.

그밖에 나머지 〈고시십구수〉들에 대하여도 이미 《문심조룡》·《시품(詩品)》 등에서 서한 때 사람이 지었다는 것은 의심스럽다는 투의 서술을 하고 있고,37) 이후로도 많은 학자들이 고증과 검토를 통해서 서한 때 사람의 작품임을 부정하여38) 지금은 그것이 거의 정설이 되어가고 있다.

그럼에도 불구하고 적지 않은 학자들이 〈고시십구수〉가 지니는 동한의 풍조와는 다른 분위기 때문에 그것들이 전부 동한 이후에 이루어진 것이라는 주장에는 동조하려들지 않고 있다.39) 〈고시십구수〉에

---

36) 《文選》 卷29 古詩十九首 李善注 ; '竝云古詩, 蓋不知作者. 或云枚乘, 疑不能明 也. 詩云, 驅車上東門, 又云, 遊戲宛與洛, 此則辭兼東都, 非盡是乘明矣.'

37) 註 35) 引《文心雕龍》 참조.
   《詩品》 ; '其外 '去者日以疎' 四十五首, 雖多哀怨, 頗爲總雜. 舊疑是建安中曹王 所製.'

38) 註 36) 引《文選》 李善 注.
   梁啓超《中國之美文及其歷史》.
   馬茂元《古詩十九首探索》(1957) 前言.
   劉大杰《中國文學發展史》 등.

39) 隋樹森《古詩十九首集釋》(1955).
   吉川幸次郎〈推移の悲哀〉下(1961, 中國文學報 第十四).
   《文選》 卷29 古詩十九首 ; '玉衡指孟冬'句 李善 注 ; '上云促織, 下云秋蟬, 明是 漢之孟冬, 非夏之孟冬矣. 漢書曰 ; 高祖十月至灞上, 故以十月爲歲首. 漢之孟冬, 今之七月矣.'라고 한 말은 〈古詩十九首〉가 前漢 때(太初 104~101 改曆 以前) 지은 것이라는 가장 유력한 증거로 인정되고 있다. 그러나 이에 대하여도 근래에 는 학자들의 논의가 많다.
   逯欽立《漢詩別錄》(中央硏究院 歷史語言硏究所集刊 第十三本 民國37年).
   兪平伯〈古詩明月皎夜光辨〉(淸華學報 第十一卷 三期).
   徐仁甫〈古詩明月皎夜光解〉(志學月刊 第一卷 第三期).
   金克木〈古詩玉衡指孟冬試解〉(開明 國文月刊 第六十三期) 등등 참고.

대하여는 이미 더 이상의 여지가 없을 정도로 충분히 고증되고 토론
되었음에도 불구하고 아직도 이처럼 그 제작 연대가 기원전 백 수십
년대로부터 기원후 백 수십년대로 왔다갔다하고 있는 것은 앞에서
논한 한대의 시가들이 지니는 특징들을 충분히 파악하지 못했기 때
문이다.

앞에서 이미 논한 것처럼 오언고시가 고악부로부터 발전한 것임에
는 의심의 여지가 없다. 주이존(朱彝尊)이 《포서정집(曝書亭集)》 권
52 서옥대신영후(書玉臺新詠後)란 글에서 〈구거상동문(驅車上東門)〉
과 〈생년불만백(生年不滿百)〉 두 시의 예를 들며 악부고사(樂府古辭)
를 정연한 오언으로 개작한 것이 고시라고 주장하고 있는 것도, 고시
와 고악부의 관계에 있어 있었을 법한 일이다.40) 주씨(朱氏)는 〈서문
행(西門行)〉 고사(古辭)의,

　　부위락, 위락당급시, 하능좌수불울, 당부래자(夫爲樂, 爲樂當及
　時, 何能坐愁怫鬱, 當復來茲.)

를 고시에서는,

　　위락당급시, 하능대래자(爲樂當及時, 何能待來茲.)

로 개작했고, 고사(古辭)의

　　탐재애석비, 단위후세치(貪財愛惜費, 但爲後世嗤.)

---

40) 다만 朱彝尊이 그것을 '文選樓中諸學士之手'에 의한 改作이라고 결론짓고 있는
　　데에는 찬동할 수 없다. 그 잘못에 대하여는 古直이 《漢詩硏究》 古詩十九首辨證
　　六에서 이미 논증하고 있다.

를 고시에서는,

> 우자애석비, 단위후세치(愚者愛惜費, 但爲後世嗤.)

로 개작하고 있고, 고사(古辭)의

> 자비선인왕자교, 계회수명난여기(自非仙人王子喬, 計會壽命難與期.)

를 고시에서는,

> 선인왕자교, 난가여등기(仙人王子喬, 難可與等期.)

란 정연한 오언으로 개작하고 있다고도 지적하고 있다. 이것은 오언의 리듬이 위주이면서도 구절이 완전히 정제하지는 않았던 악부고사로부터 완전한 오언고시로 발전한 구체적인 예라고 할 수 있는 것이다. 따라서 우리는 오언고시에 앞서 악부고사가 어느 때 이루어졌고 또 유행되었는가를 먼저 따지고, 다음에 악부고사가 언제 어떻게 고시로 발전하였는가를 논해야만 할 것이다.

이미 앞에서 논한 것처럼 서한의 창업기(創業期 : 高祖~景帝, B.C. 206~B.C. 141)에는 민가(民歌)가 성행하였지만, 이때에 유행한 것은 초가이고, 초가는 오언이 바탕을 이루는 악부고사나 고시와는 리듬이 전혀 다른 것이었다. 이 시기나 이 시기 이전의 중국 시가에도 간혹 오언으로 된 시가나 시구들이 눈에 뜨이기는 하지만, 그것은 중국 시가가 오언을 기저로 한 리듬의 시가로 발전할 수 있는 가능성을 얘기해줄 뿐이지, 그것들이 바로 오언시의 발생을 뜻한다고 말할 수는 없다.

　악부고사들은 무제가 설립한 악부에서 각 지방의 민요를 수집 정리
함으로써 비롯되었다. 특히 민가 형식을 기저로 한 이연년(李延年)의
신성(新聲)이나 서역지방으로부터 들어온 호악은 중국시가의 리듬을
변화시키는 중요한 계기가 된 듯하다.

　이 무렵부터 오언의 성향이 강한 악부고사들이 유행하기 시작하였
지만, 그것은 더욱 정연하고 더욱 형식화한 오언고시와는 다른 성격
의 것이었다. 그것은 앞에서 논한 서한의 일통기(一統期 : B.C. 140~
B.C. 49)뿐만 아니라 혼란기(混亂期 : B.C. 48~A.D. 22)에 이르기
까지도 그러했을 것이다.

　이미 사마천(司馬遷)의 《사기》에도 정연한 오언으로 된 요언(謠言)
들의 인용이 보이는 것은 사실이다. 《사기》의 진세가(陳世家)에는 '비
어유지(鄙語有之)'하고 초대부(楚大夫) 신숙시(申叔時)의 말 중에,

　　소를 끌고 남의 밭을 지나가면, 밭주인이 소를 뺏는다.
　　(牽牛徑人田, 田主奪之牛.)

란 말을 인용하고 있고, 〈골계전(滑稽傳)〉에는 저선생(褚先生)의 말
중에 '언왈(諺曰)'하고,

　　말 관상 볼 적에는 야윈 것 때문에 그릇 판단하기 쉽고,
　　선비의 관상을 볼 적에는 가난 때문에 잘못 보기 쉽다.
　　(相馬失之瘦, 相士失之貧.)

라고 한 말을 인용하고 있고, 같은 책의 〈화식전(貨殖傳)〉엔 '언왈(諺
曰)'하고,

백리 길을 땔나무 팔러 가지 않고,
천리 길을 곡식 팔러 가지 않는다.
(百里不販樵, 千里不販糴.)

라고 한 첫머리 두 구가 오언으로 된 요언(謠諺)을 인용하고 있다.
더구나 《한서》 오행지(五行志)를 보면 다음과 같은 완전한 오언으로
된 성제(成帝)때의 가요를 인용하고 있다.

지름길은 좋은 밭을 망치고, 모함하는 말은 착한 사람을 어지럽
히다.
계수나무에 꽃만 피고 열매 맺지 않으면, 황작(黃爵)이 그 위에
둥지를 튼다.
옛날 남이 부러워하던 대상이, 지금은 남이 가련히 여기는 대상
이 되어 있다.
(邪徑敗良田, 讒口亂善人.
桂樹華不實, 黃爵巢其顚.
故爲人所美, 今爲人所憐.)

같은 책의 〈공우전(貢禹傳)〉에도 무제 말엽의 속어(俗語)로서 이
런 오언으로 된 말을 인용하고 있다.

어찌하여 효도를 다하고 우애를 지키는가? 재물이 많아지고 영
광되게 되기 때문이네.
어찌하여 예의와 의리를 지키는가? 역사에 기록되고 직책 잘 수
행하게 되기 때문이네.
어찌하여 삼가고 신중히 하는가? 용기가 치솟고 벼슬 제대로 하

게 되기 때문이네.
　(何以孝弟爲, 財多而光榮.
　何以禮義爲, 史書而仕宦,
　何以謹愼爲, 勇猛而臨官.)

　같은 책의 〈윤상전(尹賞傳)〉에는 성제(成帝) 때 장안(長安)의 노래로서,

그대 시체 어디에서 찾을 건가?
문밖 화표(華表) 동쪽 젊은이들 노는 곳이지.
살았을 적에 진실로 삼가지 않는다면
마른 뼈를 뒤에 어디에 묻을 건가?
(安所求子死, 桓東少年場, 生時諒不謹, 枯骨後何葬.)

라고 하는 오언을 인용하고 있다. 따라서 이런 것을 근거로 무제나 성제 때에 이미 오언고시가 존재하였다고 주장하는 사람들도 있다.
　그러나 이러한 오언들을 읽어보면 한 구절의 글자 수가 같을 따름이지 고시들이 지니는 경쾌한 리듬을 느낄 수 없고, 글에는 뜻이 응축(凝縮)되어 있지 않으며, 그 위에 비애를 기저로 하는 서정의 내용도 전혀 찾아볼 수가 없다.
　더구나 《사기》의 '소를 끌고 남의 밭 가운데를 지나가면, 밭주인이 소를 뺏는다(牽牛徑人田, 田主奪之牛.)'고 한 요언(謠言)이 《좌전(左傳)》 선공(宣公) 11년에 인용된 신숙시(申叔時)의 말에 보이는 '소를 끌고 남의 밭을 밟고 질러가면 소를 뺏긴다(牽牛以蹊人之田, 而奪之牛.)'를 오언으로 고쳐 쓴 것이고, 같은 〈유후세가(留侯世家)〉의 여후(呂后)의 말에 인용된 '사람이 나서 한평생 사는 것이 흰 망아지가 틈

사이를 지나가는 것 같네(人生一世間, 如白駒過隙.)'라는 말은 《장자(莊子)》 지북유(知北遊)의 '사람이 이 세상에 사는 것이 흰 말이 틈 사이를 지나가는 듯하네(人生天地之間, 若白駱之過郤.)'라고 한 말을 고쳐 쓴 것이라는 점 등과, 이미 앞에서 지적한 것처럼 같은 시가의 기록에 있어서도 《한서》에서는 후인에 의하여 《사기》의 것들보다도 조사 등이 생략되고 구절들이 더욱 정제화되고 있다는 것을 생각할 때, 이처럼 산견되는 오언의 요언(謠言)들이 고시 발생의 증거가 되기에는 박약한 것임을 알 수 있다.

서한 후기에 고악부가 존재하였다 하더라도 그것은 〈맥상상(陌上桑)〉이나 〈음마장성굴행(飲馬長城窟行)〉 같은 고시에 가까운 형식의 것들이 아니라, 〈한뇨가십팔수(漢鐃歌十八首)〉나 〈동광(東光)〉·〈오생(烏生)〉·〈평릉동(平陵東)〉·〈동문행(東門行)〉·〈부병행(婦病行)〉·〈고아행(孤兒行)〉 같은 잡언(雜言)에 가까운 형식의 것들이었다고 생각된다. 〈고시십구수〉의 모체가 된, 예를 들면 〈서문행(西門行)〉 고사나 또는 그보다 더 조잡한 형식의 고악부가 이 시기에 존재하였을 것이다.

그러나 그것들은 내용에 있어서도 조잡하고 천박함을 면치 못하는 것이어서, 사대부를 비롯한 상류계급에서는 그것을 오락으로 연회 같은 데서 즐겼을 뿐 별로 거들떠보지 않고 천시하였다. 또 무제 이후 예교적인 방향으로 일통된 사회윤리에서 보더라도 이러한 개인적인 서정을 노래한 악부들은 용납될 수가 없는 것이었다.

서한 말엽에 와서 고시에 가까운 뛰어난 악부고사들이 존재하였다면 동한의 문필가들이 그것을 본받아 시작을 하거나 본격적인 모작(摸作)을 하여 새로운 시풍을 조작했을 것이다. 적어도 서한의 고악부에는 한대 사람들로 하여금 예교적인 시의식을 타파케 할만큼 뛰어난 작품이 별로 없었다고 여겨진다.

앞에서 논한 한대시의 전자(傳者)의 성격에서 볼 때, 고악부나 고시의 한 구절을 통한 고증으로 그와 유사한 시들이나 그 시의 창작 연대를 증명하려는 노력은 완전한 결과를 얻기 어렵다. 양계초(梁啓超)가 《중국지미문급기역사(中國之美文及其歷史)》에서,

> 〈고시십구수〉란 것은 비록 일 개인이 지은 것은 아니지만 한 시대의, 곧 선후 수십 년간을 넘지 않는 동안의 작품이라고 생각한다. 절대로 서한 초 사람이 몇 수 짓고 동한 초 사람이 몇 수, 동한 말 사람이 또 몇 수 지은 것은 아니다.[41]

라고 한 주장이나, 고충빙(古層冰)이 《한시연구(漢詩研究)》에서 〈고시십구수〉의 계절과 사물의 표현을 근거로 그 중 제7수·제12수·제16수는 서한 태초(太初) 개력(改曆) 이전의 작품이고, 제17수·제3수는 동한의 작품이라고 적극적으로 주장하고 있는 것도[42] 모두 전자(傳者)의 역할을 소홀히 한 데서 나온 결론들인 것이다.

이미 앞에서 논한 것처럼 《한서》에도 기재된 간단한 이연년(李延年)의 '북방유가인(北方有佳人)'이란 노래도 《옥대신영》·《예문류취》·《태평어람》 등에 끝머리 두 구가 여러 가지 다른 형식으로 기재되고 있다는 것만을 상기하더라도, 한 귀절의 사물이나 계절 표현의 고증을 근거로 그것 전체를 서한이나 동한의 일정한 시기의 작품 그대로라고 보는 것이 얼마나 위험한 판단인가를 알 수 있을 것이다.

서한 무제 이후로는 분명히 고악부들이 존재하였지만, 그것은 바로

---

41) 梁啓超 《中國之美文及其歷史》 ; ‘我以爲……卽古詩十九首這票東西, 雖不是一箇人所作, 卻是一箇時代, 先後不過數十年間所作. 斷不會西漢初人有幾首, 東漢末人又有幾首.’

42) 隋樹森의 《古詩十九首集釋》에서도 대체로 같은 말을 부연하고 있음.

지금 우리가 보는 악부고사들이었음을 의미하지 않는다. 서한의 고악부들은 현존하는 고악부 중에서도 가장 조잡하고 세련되지 못한 형식과 내용의 작품들에 가까운 것이었을 것이다. 그것들이 황실이나 귀족들 사이에 문사들의 손을 통해 전해지면서 전자들의 의식에 의하여 다듬어지고 개작되고 한 것이 지금 우리가 보는 고악부일 것이다. 그리고 그 중의 세련되고 고시에 가까워진 더 많은 작품들은 숫제 동한 말엽에 지어진 것들이라 여겨진다.

고시의 발생은 적어도 동한 중엽 이후(앞의 시대 구분에 있어 中興期 : A.D. 23~88 말엽)일 것이다. 이미 앞에서 논한 것처럼 광무(光武)의 중흥(中興) 이후 동한의 문학은 더욱 형시적인 방향으로 흘러 산문조차도 구법이 서한에 비하여 더욱 사언(四言) · 육언(六言)으로 정제해지는 경향을 띤다. 따라서 고악부의 전승은 그 구절들이 더욱 정제화되고 내용이 아화(雅化)해지는 방향으로 진행되었을 것이다. 그것은 반고(班固)의 《한서》에 보이는 〈태일천마가(太一天馬歌)〉 등의 기록을 《사기》의 기록과 비교해 보아도 알 수 있는 경향이다.

한편 이때부터 모의의 풍조가 유행하여, 쇠망기(衰亡期 : 89~219)로 들어서면서 더욱 성행하였음은 이미 논한 바 있다. 이에 오언의 리듬을 지닌 고악부들의 형식을 본떠 본격적인 오언시가 반고(班固 : 〈詠史〉 · 〈竹扇詩〉), 장형(張衡 : 〈同聲歌〉) 등에 의하여 지어지고, 이들을 이어 채옹(蔡邕 : 〈翠鳥〉), 역염(酈炎 : 〈見志詩二首〉), 진가(秦嘉 : 〈留郡贈婦詩三首〉), 조일(趙壹 : 〈疾邪詩〉) 등이 작품을 남기게 되었던 것이다.

다시 쇠망기로 들어서면서 노골화한 동한의 정치적 · 사회적 모순은 사인들로 하여금 맹목적인 일통정치의 추종에서 벗어나 개인적인 자각을 이룩하게 한다. 이 사인들의 자각이 본격적인 봉건의식에의 반항으로까지 발전하지는 못했다 하더라도, 적어도 문학활동에 있어서의 개인적인 서정을 되찾을 기회는 주었다. 이에 고악부나 고시에 대하여 사인들이 문학적인 관심을 기울이기 시작하였던 것이다.

그러나 실제로 앞에서 든 이 시기의 사대부들의 오언시를 읽어보면, 형식은 완전한 오언고시라 하더라도, 오언고시의 본격적인 청신한 리듬이나 비애를 기저로 한 개성적인 서정의 내용을 지닌 작품은 없다. 반고(班固)의 무렵부터 이들이 본격적으로 자기 이름을 내걸고 새로운 오언형식의 개성적인 시의 창작을 시도하기는 하였지만, 그들은 끝내 상류사회의 봉건적인 문학의식을 완전히 벗어나지는 못하였다. 이들은 모두 예교적 유희적 성격을 벗어나지 못했다는 것이다.

그러나 한말의 사람으로 이름만이 전하는 작가로서 신연년(辛延年)의 〈우림랑(羽林郎)〉이나 송자후(宋子侯)의 〈동교요(董嬌饒)〉 같은 작품들을 보면 그 형식뿐만 아니라 내용에 있어서까지도 완전히 우수한 악부고사나 고시와 합치하게 된다. 그리고 앞에 든 오언시의 작가들인 채옹(蔡邕)·역염(酈炎)·진가(秦嘉)·조일(趙壹) 등도 건안(建安)에서 그리 멀지 않은 시기의 인물들이지만, 특히 건안칠자(建安七子) 중에서 완전한 한대 사람이라 할 수 있는 공융(孔融)의 시(〈雜詩二首〉·〈臨終詩〉)도 이미 우리가 논하고 있는 고시의 형식과 내용을 다 갖추고 있다.

이상의 사실들을 종합해보면 완전한 오언고시가 생겨난 것은 한말 건안(建安) 연간에 가까운 시기의 신연년(辛延年)·송자후(宋子侯) 같은 무명 사인들의 손에 의한 것이라 하겠다. 그러나 지금 전하여지는 대부분의 작품들은 이 시기 무명 문인들의 창작이 아니라 서한 또는 동한의 고악부들의 개작이라고 생각된다.

따라서 〈고시십구수〉 같은 작품은 서한 또는 동한에서부터 전승되는 사이에 여러 사람들의 손에 의하여 깎여지고 다듬어진 작품들인

것이다. 〈고시십구수〉의 내용이 개성적인 서정을 위주로 하고 있으면
서도 개인의 절박한 처경을 노래한 것은 하나도 없는 것도 그 때문일
것이다. 보기로 그 중 제2수를 읽어보기로 하자.

> 황하 가의 풀 푸르르고
> 뜰 안의 버드나무 무성하네.
> 아리따운 누각 위의 여인,
> 환한 창가에 앉아서
> 아름답게 화장을 하는데
> 흰 손이 곱게 돋보이네.
> 옛날에는 기생집 여자였는데
> 지금은 건달 마누라 되어,
> 건달 남편 집 나가 돌아오지 않으니
> 외로운 침상 홀로 지키기 겨워하네.
> (靑靑河畔草, 鬱鬱園中柳.
> 盈盈樓上女, 皎皎當窗牖 ;
> 娥娥紅粉妝, 纖纖出素手.
> 昔爲倡家女, 今爲蕩子婦 ;
> 蕩子行不歸, 空床難獨守.)

이 시의 주제는 본시 기녀였던 여자가 지금은 건달의 마누라가 되
어 있는데, 건달 남편이 집을 떠나 오래도록 돌아오지 않아 쓸쓸히
빈 침대만 지키고 있는 여인의 외로움을 노래한 것이다. 다만 이 시
는 그 외로운 여자의 주변과 외로운 여자의 아름다운 모습을 화려하
게 묘사하는 데 시의 큰 비중을 두고 있다. 여인의 주변과 여인의 모
습을 묘사한 글만을 보면, 이 여자는 기녀 출신의 건달 마누라가 아

니라 귀족 집안의 화사한 생활을 하는 주인공인 듯하다.

끝머리 4구절을 이용하여 건달 마누라의 외로움을 읊고 있지만 귀족 부인의 규정(閨情)을 읊은 일반적인 규정시(閨情詩)와 다를 것이 하나도 없다. 그러니 이 시를 그 시대 한 여인의 개인적인 서정을 노래한 작품이라 보기는 어렵다. 곧 이를 개성적인 서정시라 볼 수는 없다는 것이다. 고시에 가까운 형태와 내용의 세련된 고악부들도 역시 이 시기에 와서야 형성된 것이 대부분일 것이다.

앞에서도 지적한 것처럼 〈고시십구수〉 중에서도 특히 제7수 〈명월교야광(明月皎夜光)〉의 '옥형지맹동(玉衡指孟冬)'이란 구절을 역법(曆法)에 따라 고증하고, 이 시는 물론 이와 유사한 계절의 표현을 하고 있는 제12수·제16수 같은 시들을 적극적으로 서한대의 작품으로 주장하는 이들이 있다(古層冰·隋樹森 등).

그러나 이 제7수를 한 번 자세히 읽어보자. 이 시는 계절과 계절의 사물을 특징짓는 것들을 노래한 전단(前段)과, 출세한 뒤로 우정을 저버린 옛친구를 노래한 후단(後段)으로 크게 나뉘어진다.

밝은 달이 환하게 비치는 밤,
귀뚜라미 동쪽 벽에서 울고
북두칠성 자루 방향은 초겨울임을 가리키는데
뭇 별들은 얼마나 반짝이는가?
흰 이슬 들풀을 적시고
시절은 문득 다시 바뀌어,
가을 매미 나무 사이에서 울고
제비는 어디론가 날아가고 있네. 〈전단〉

옛날 나와 함께 공부한 친구가

새가 높이 날아오르듯 출세했는데,
손잡고 잘 지내던 때는 생각지 않고
나를 지나온 발자국 내버려두듯 하네.
공연히 남쪽엔 기성(箕星), 북쪽엔 북두(北斗)가 있고
견우성(牽牛星)이 있다지만 멍에도 지지 않네.
진실로 반석 같은 굳은 마음 없다면
헛된 명성 무슨 소용 있겠는가? 〈후단〉

明月皎夜光, 促織鳴東壁, 玉衡指孟冬, 衆星何歷歷?
白露沾野草, 時節忽復易, 秋蟬鳴樹間, 玄鳥逝安適? 〈前段〉
昔我同門友, 高擧振六翮, 不念攜手好, 棄我如遺跡.
南箕北有斗, 牽牛不負軛, 良無盤石固, 虛名復何益? 〈後段〉

이 시의 전단과 후단의 정서상(情緒上)의 관계를 전혀 인정할 수 없는 것은 아니지만, 주제인 옛날의 친구가 '손잡고 잘 지내던 때는 생각지 않고, 나를 지나온 발자국 내버려두듯 하네(不念攜手好, 棄我如遺跡.)'라고 하는 사실에 대한 수식치고는 너무나 길다. 오히려 문장을 논할 때는 주제와는 직접 관계없는 전단이 후단보다도 아름답고 애절하여, 문장의 중점은 전단에 놓여있다고 볼 수조차 있다.

출세한 뒤 자기를 저버린 친구를 원망하는 개인의 감정에서 볼 때, 전단의 아름다운 문장들은 오히려 주제가 되는 감정의 절실성을 흐리게 하고 있다고 볼 수 있다. 옛날의 '함께 공부한 친구'라 하더라도 신분이 달라진 뒤에는 자주 만나거나 옛날처럼 지낼 수 없게 되는 것은 당연한 일이다. 이런 주제를 '진실로 반석 같은 굳은 마음 없다면 헛된 명성 무슨 소용있겠는가?(良無盤石固, 虛名復何益?)'로 끝맺은 이 시의 허두치고는 전단은 너무나 길고 화사하다.

이것은 분명히 서한으로부터 동한 말까지 전해오는 사이 고악부에서 고시로 변모하면서, 여러 사람들의 손에 의하여 거듭 개작되고 미화된 결과일 것이다. 혹은 전혀 별개의 두 노래를 동한 말 어떤 사람이 합쳐 하나의 고시로 만들은 것인지도 모른다. '옥형지맹동(玉衡指孟冬)'구가 이 시의 서한 태초개력(太初改曆) 이전의 시임을 증명한다지만, 맨 끝의 '허명부하익(虛名復何益)' 같은 구의 시상은 아무래도 동한 말엽의 분위기를 지니고 있는 것 같다.

한편 전단의 명월(明月)·촉직(促織)·옥형(玉衡)·중성(衆星)·백로(白露)·추선(秋蟬)·현조(玄鳥) 등 자연 사물을 이용한 계절 의식은, 같은 〈고시십구수〉 제17수의 전단에서도 쓰여지고 있다.

초겨울 찬 기운 닥치니
북풍 그 얼마나 쌀쌀한가?
시름 많으니 밤만 길게 느껴지고
우러러보니 뭇 별 늘어서 있네.
대보름엔 밝은 달 둥글더니
스무날 되자 달 이지러지네.
(孟冬寒氣至, 北風何慘慄? 愁多知夜長, 仰觀衆星列.
三五明月滿, 四五詹兔缺.)

그리고 명월(明月)이나 북풍(北風) 같은 것을 통한 계절의식은 고악부에서도 가끔 척구(隻句)가 발견되지만, 특히 건안(建安) 시기에 이르러는 그것이 더욱 일반화하였다.

아득히 가을밤은 긴데
쌩쌩 북풍 싸늘하네.……

서성이기를 오래 하다 보니
흰 이슬 내 치마를 적시네.
몸 굽혀 맑은 물결 바라보고
몸 젖혀 밝은 달빛 우러르네.
은하수 돌아 서쪽으로 기울고
별들이 하늘 가득히 반짝이네.
풀벌레 얼마나 슬프게 우는가?
외로운 기러기 남쪽으로 홀로 날아가네.
(漫漫秋夜長, 烈烈北風凉.……
彷徨忽已久, 白露沾我裳. 俯視淸水波, 仰看明月光.
天漢回西流, 三五正縱橫. 草蟲鳴何悲? 孤雁獨南翔.)
　　　　　　　　　　　　　　　— 曹丕〈雜詩二首〉之其一

가을바람 으스스하고 날씨 싸늘해지니
풀과 나무 시들어 낙엽지고 이슬은 서리로 변하네.
제비들 강남으로 돌아가고 기러기도 남쪽으로 날아가니
떠난 임 생각으로 그리움 사무치네.……
짧은 노래 나직히 읊지만 오래가지는 못하고
밝은 달 환하게 내 침상을 비치네.
은하수 서편으로 기울고 밤은 샐 줄 모르는데
견우와 직녀는 멀리 서로 바라보고만 있네.
(秋風蕭瑟天氣凉, 草木搖落露爲霜.
群燕辭歸雁南翔, 念君客遊多思腸.……
短歌微吟不能長, 明月皎皎照我牀.
星漢西流夜未央, 牽牛織女遙相望.)　　　　　　　— 曹丕〈燕歌行〉

가을바람 선들선들해지고
쓰르라미 내 곁에서 울고 있네.
들판은 얼마나 쓸쓸한가?
해는 어느덧 서쪽으로 숨었네.
깃드는 새들 높은 숲으로 날아가면서
파닥파닥 나래짓하네.
(秋風發微涼, 寒蟬鳴我側. 原野何蕭條? 白日忽西匿.
歸鳥赴喬林, 翩翩厲羽翼.)   —— 曹植〈贈白馬王彪〉

초가을 싸늘한 기운이니
뜰의 나무 낙엽지기 시작하네.
된서리 옥섬돌에 내리고
맑은 바람 높은 누각에 부네.
아침 구름 산으로 돌아가지 않고
장마비는 냇물과 연못 이루네.
(初秋涼氣發, 庭樹微鎖落. 凝霜依玉除, 淸風飄飛閣.
朝雲不歸山, 霖雨成川澤.)   —— 曹植〈贈丁儀〉

귀뚜라미 양 언덕에서 울고,
외로운 새 펄펄 날아가네.
(蟋蟀夾岸鳴, 孤鳥翩翩飛.)   —— 王粲〈從軍詩〉

맑은 바람 어느덧 쌀쌀해지고,
흰 이슬 앞뜰을 적시네.
(淸風淒已寒, 白露塗前庭.)   —— 劉楨〈贈五官中郞將〉其三

이밖에도 이상과 같은 예는 무수하다. 지금 보는 이른바 고시들은 건안(建安) 시기에 와서도 더욱 다듬어지고 개작되었을 가능성이 많다.

이 오언고시가 건안 이전에 형성되었음에는 틀림없지만, 적어도 그러한 형식과 내용의 시가 본격적인 문학의 새 유형으로 받아들여져서 중국문학사상 새로운 시의 세계를 연 것은 건안 시기에 있어서의 일이다. 따라서 고시나 고가(古歌)들이 광범위한 대중적 유포를 바탕으로 하여 건안 시인들로 하여금 새로운 고시의 세계로 중국시를 승화시키게 하였다면, 그 고시나 고가의 형성도 건안과 시대적으로 직접 연결되는 시기일 것이다.

앞에서도 말한 것처럼 서한 무제 때부터 고악부가 있었겠지만, 본격적인 고시와 함께 적어도 〈맥상상(陌上桑)〉·〈음마장성굴행(飮馬長城窟行)〉·〈원가행(怨歌行)〉·〈백두음(白頭吟)〉 등의 고시에 가까운 고악부들은 동한 말엽 사인들의 자각이 이루어진 뒤 건안에 가까운 시기 ── 곧 앞에서 지적한 건안 이전의 쇠망기(衰亡期 : 89~195) 약 100년간에 이룩된 것으로 보아야 할 것이다.

물론 이들 고시나 고악부 중에는 서한의 작품들을 전승하면서 개작한 것들도 있을 것이다. 그리고 건안 시인들이 또 이것들을 애송하고 전하면서 그들의 의식에 따라 이것들을 적지 않게 개작하였을 것이다.

어떻든 건안으로부터 위진(魏晉)에 이르는 시기는 오언시의 시대이며, 그 이전의 작품이라 여겨지는 것들도 실상은 이 시기에 지금 우리가 보는 형태로 고정이 되었을 것이다.

6. 칠언시(七言詩)의 형성과 유행 시기

이미 앞에서(2. 楚歌와 五七言) 지적한 바와 같이 '칠언'은 '오언'과는 전혀 다른 리듬의 초가로부터 발전한 것이다. 한 초의 초가들이 많은 경우 칠언이란 말로 호칭되어 초가와 칠언이 흔히 혼동되었다는 것부터가 그 내원을 시사한다. 따라서 후세의 많은 학자들이 의심하는43) 한무제(漢武帝) 때의 백량대시(柏梁臺詩) 같은 군신(君臣)들의 연구(聯句)는 실제로 얼마든지 제작될 수 있을 만한 것이다.

그리고 동한에 들어와 문장의 구법들이 정제화하는 경향을 띠면서, 초가에서 '혜(兮)'자를 생략함으로써 완전한 칠언시를 이루는 일이 잦아졌다. '부'에 있어서는 장형(張衡)의 〈사현부(思玄賦)〉, 마융(馬融)의 〈장적부(長笛賦)〉 등의 '난(亂)'처럼 숫제 '혜(兮)'자를 빼버리고 작자가 직접 칠언으로 부를 짓는 경향조차 생겨났다. 따라서 《한서》만 보더라도 서한 때의 요언(謠言)으로 칠언구를 인용한 예들이 보인다. 〈노온서전(路溫舒傳)〉에는 온서(溫舒)가 선제(宣帝)에게 상서(上書)한 말 가운데 '속어왈(俗語曰)'하고,

땅에 금을 긋고 감옥이라 해도 들어가지 않고, 나무를 깎아 관리를 삼아도 함부로 대하지 않는다.
(畫地爲獄議不入, 刻木爲吏不期對.)

를 인용하고 있고, 〈유보전(劉輔傳)〉에는 보(輔)가 성제(成帝)에게 상서(上書)한 말 가운데 '이어왈(里語曰)'하고,

썩은 나무로는 기둥을 삼을 수 없고, 천한 사람은 주인이 될 수가 없다.
(腐木不可以爲柱, 卑人不可以爲主.)

---

43) 顧炎武《日知錄》卷21.

란 말을 인용하고 있고, 〈누호전(樓護傳)〉에는 호(護)의 모상(母喪)
에 '여리가지왈(閭里歌之曰)'하고,

　　다섯 제후(諸侯)들이 누승상(樓丞相)의 상을 치르어 주네.
　　(五侯治喪樓君卿.)

란 구절을 인용하고 있는 것 등이다. 동한으로 들어가서는 칠언으로
된 요언(謠言)들이 더 흔해진다.

　초가는 서한 초부터 성행했기 때문에 칠언의 발생은 오히려 오언
보다도 빨랐을 것이다. 그러나 서한의 백량대시(柏梁臺詩)를 비롯하
여 《한서》의 요언 등을 칠언의 형식을 갖추고 있다고 해서 본격적인
칠언고시라 하기는 어렵다. 형식과 내용 모두 칠언고시의 성격을 갖
춘 작품들은 동한의 장형(張衡 : 〈四愁詩〉), 이우(李尤 : 〈九曲歌〉),
왕일(王逸 : 〈琴思楚歌〉) 등에 이르러 비로소 발견된다. 따라서 본격
적인 칠언의 형식은 오언의 형식과 거의 시기를 같이하고 있다고 보
아야 할 것이다.

　칠언이 오언과 같은 시기에 고시로 이루어지기는 하였지만 그 유행
은 오언보다도 더 늦어, 위진(魏晋)을 지나 남북조(南北朝)에 이르러
서야 본격적인 새로운 형식으로 받아들여진다. 동한의 경우 민간의
요언으로는 《후한서(後漢書)》만 보더라도 〈진번전(陳蕃傳)〉에 보이
는 환제(桓帝) 때의 삼부언(三府諺), 〈당고전(黨錮傳)〉에 보이는 여
남(汝南)·남양(南陽) 2군(郡)의 요언 등이 있고, 《속한서(續漢書)》
와 유서(類書)에 인용된 《후한서(後漢書)》 일문(逸文) 속에 적지 않
은 칠언으로 된 민간의 요언이 보이는 것은 사실이다.

　그러나 칠언은 리듬이 무거우면서도 길어 문사를 포장(鋪張)하던
'부'나 비슷한 형식과 내용을 지니게 되는 것이므로, 한대 '부'를 중심

으로 한 형식주의적인 귀족문학의 냄새를 담기에 쉬운 것이다. 따라서 동한 말엽 그러한 형식주의 또는 수사주의(修辭主義)에 대한 반발로서 민가로부터 새로운 형식의 시를 개발하던 문인들에게 있어 칠언은 별로 구미에 당길 수가 없는 형식의 것이었다.

민간의 요언 중에 칠언이 그래도 많이 눈에 띄는 것은 민간에 남아 있을 초가의 영향과 두어 구절의 간단한 표현 속에 일정한 개념을 담으려는 요언의 성격 때문일 것이다.

예를 들면 《한서》 형법지(刑法志)에 '언왈(諺曰)'하고 '관(棺) 파는 사람은 역병(疫病)이 유행하기를 바란다(鬻棺者欲歲之疫)'라는 칠언으로 된 속담을 인용하고 있는데, 이 속담의 말을 간단히 운(韻)을 살려가며 압축하다보니 칠언이 된 것이다. 따라서 칠언은 동한 위진(魏晉)을 통하여 계속 존재는 하면서도 크게 유행하거나 본격적인 시형으로 받아들여지지 않는다. 남북조(南北朝)에 들어가 시의 수사를 통한 유미주의적(唯美主義的)인 풍조가 성행하면서, 칠언은 오언보다도 수사의 기교를 더 살리기 좋은 형식이므로 비로소 본격적인 시형으로 받아들여지게 되는 것이다.

다시 말하면 서한부터 지배자의 정치적·사상적인 일통정책에 따라 문학도 봉건적인 윤리에 지배를 받아왔다. 그러나 동한 중엽부터 봉건전제(封建專制)의 질서가 무너져감에 따라 사인들 사이에는 새로운 자기 의식이 생겨나게 된다. 독자적인 자기 입장에서 사회를 바라보고 자기 생활을 영위하려는 경향이다. 이들은 이때 민간에 유행하던 가요의 형식을 응용하여 새로운 개성적인 시를 짓기 시작하였다.

그 중요한 것은 오언고시이지만 간혹 칠언들도 섞여 있었다. 다만 이들 사인들은 자기를 새로이 의식하고 비판적인 눈으로 사회를 보면서도, 그들의 눈에 비친 사회와 개인생활의 여러 가지 모순의 원인이 된 예교사상을 근본적으로 반대하고 나서지는 못한다. 이들은 예교가 잘못된 게 아니라 예교의 적용이 그릇된 것이란 생각 정도에서 머물고 만 것 같다.

따라서 이들은 봉건윤리에 위배되는 새로운 개성적인 시를 발굴해 놓고는, 한편 봉건윤리와 개성의 융화를 모색하였다. 그 모색이 의식적인 것은 아니었는지 모르지만 봉건윤리의 테두리 안에서 개성을 살려보자니 결국 그렇게 되고 만 것이다. 따라서 이들이 새로운 형식의 시로서 노래한 내용들이란 봉건사회에 있어서 보편적이고 일반적인 서정에 국한되게 된다.

위진(魏晉)시대로 들어서면서 이 새로운 민간에서 태어난 시들이 쉽사리 귀족문학으로 격상되고만 것도, 이미 한대에 이들을 형성시키면서 한대 사람들에 의하여 가해진 봉건윤리에의 융화를 위한 노력의 여택(餘澤)이 있었기 때문이라 할 것이다.

▪ 참고서목(參考書目) ▪

毛詩正義(十三經注疏本)		臺灣 藝文印書舘
詩集傳	宋 朱熹	臺灣 藝文印書舘
詩經釋義	屈萬里	臺灣 中華文物供應社
詩經(譯註)	金學主	韓國 明文堂
尙書	十三經注疏本 等	臺灣 藝文印書舘
春秋(三傳)	十三經注疏本 等	臺灣 藝文印書舘
禮記	十三經注疏本 等	臺灣 藝文印書舘
儀禮	十三經注疏本 等	臺灣 藝文印書舘
論語	十三經注疏本 等	臺灣 藝文印書舘
孟子	十三經注疏本 等	臺灣 藝文印書舘
荀子	周 荀卿	臺灣 世界書局
楚辭章句補註	漢 王逸, 宋 洪興祖	臺灣 世界書局
史記	漢 司馬遷	臺灣 藝文印書舘
漢書	漢 班固	臺灣 藝文印書舘
後漢書	劉宋 范曄	臺灣 藝文印書舘
宋書	齊 沈約	臺灣 藝文印書舘
隋書	唐 長孫無忌	臺灣 藝文印書舘
舊唐書	石晋 劉昫 等	臺灣 藝文印書舘
新唐書	宋 歐陽修 等	臺灣 藝文印書舘
通典	唐 杜佑	臺灣 新興書局
通志	宋 鄭樵	臺灣 新興書局
文選	梁 蕭統	朝鮮刊本・上海 世界書局

玉臺新詠	梁　徐陵	臺灣　廣文書局
樂府詩集	宋　郭茂倩	臺灣　世界書局
古詩源	淸　沈德潛	香港　中華書局
全漢三國晋南北朝詩	淸　丁福保	臺灣　藝文印書舘
漢魏六朝百三家集	明　張溥	明刊本
全漢文	淸　嚴可均	臺灣　世界書局
古謠言	淸　杜文瀾	北京　中華書局
詩三家義集疏	淸　王先謙	臺灣　世界書局
春秋繁露	漢　董仲舒	臺灣　世界書局
新序	漢　劉向	臺灣　世界書局
法言	漢　揚雄	臺灣　世界書局
論衡	漢　王充	臺灣　世界書局
新論	漢　桓譚	臺灣　新興書局
潛夫論	漢　王符	臺灣　新興書局
白虎通義	漢　班固	臺灣　新興書局
西京雜記	晋　葛洪	臺灣　新興書局
日知錄	淸　顧炎武	臺灣　商務印書舘
玉函山房輯佚書	淸　馬國翰	淸刊本
文心雕龍	梁　劉勰	臺灣　開明書店
詩品	梁　鐘嶸	臺灣　藝文印書舘
詩體明辯	明　徐師曾	臺灣　廣文書局
滄浪詩話	宋　嚴羽	臺灣　啓明書局
樂府古題要解	唐　吳競	臺灣　藝文印書舘
經學歷史	淸　皮錫瑞	北京　中華書局
經學通論	淸　皮錫瑞	臺灣　世界書局
兩漢三國學案	淸　唐晏	臺灣　世界書局
兩漢學術考	日本　狩野直喜	日本　筑摩書房

太平御覽　　　　　　宋 李昉　　　　　　　臺灣 新興書局
古文苑　　　　　　　宋 韓元吉　　　　　　清刊本
藝文類聚　　　　　　唐 歐陽詢　　　　　　臺灣 新興書局
初學記　　　　　　　唐 徐堅　　　　　　　北京 中華書局
北堂書鈔　　　　　　唐 虞世南　　　　　　臺灣 新興書局
古今注　　　　　　　晋 崔豹　　　　　　　臺灣 新興書局
中國文學發展史　　　劉大杰　　　　　　　上海 中華書局
中國文學史　　　　　中國科學院　　　　　北京 人民文學出版社
中國文學史　　　　　詹安泰·容庚·吳重翰　北京 高等敎育出版社
中國文學批評史　　　郭紹虞　　　　　　　香港 宏智書局
中國文學史　　　　　金學主　　　　　　　韓國 新雅社
中國古代文學史　　　金學主　　　　　　　韓國 明文堂
周秦兩漢文學批評史　羅根澤　　　　　　　上海 商務印書舘
中國古代思想史　　　楊榮國　　　　　　　北京 人民出版社
中國通史簡編　　　　范文瀾　　　　　　　北京 人民出版社
中國政治思想史　　　陶希聖　　　　　　　臺灣 開明書店
樂府詩選　　　　　　余冠英　　　　　　　香港 世界出版社
樂府詩紀　　　　　　汪中　　　　　　　　臺灣 學生書局
兩漢文學史參考資料　北京大 中國文學敎育硏室　北京 中華書局
楚辭硏究論文集　　　游國恩　　　　　　　北京 作家出版社
楚辭作於漢代考　　　何天行　　　　　　　北京 中華書局
漢詩硏究　　　　　　古層冰　　　　　　　上海 啓智書局
中國之美文及其歷史　清 梁啓超　　　　　臺灣 中華書局
古詩十九首集釋　　　隋樹森　　　　　　　北京 中華書局
樂府詩硏究論文集　　王瑤　　　　　　　　北京 作家出版社
樂府詩硏究論文集 第二集 中國語文學社編　北京 作家出版社
漢代樂府與樂府民歌 張壽平　　　　　　　臺灣 廣文書局

漢魏六朝詩論叢　　　余冠英　　　　上海　棠棣出版社

漢詩別錄　　　　　　逯欽立　　　　中央研究院 歷史語言研究
　　　　　　　　　　　　　　　　　所集刊 第13本

Two Chine s Poets　E. R. Hughs　Princeton Univ. Press

색　인(索引)

[ㅂ]

[ㅅ]

[ㅈ]

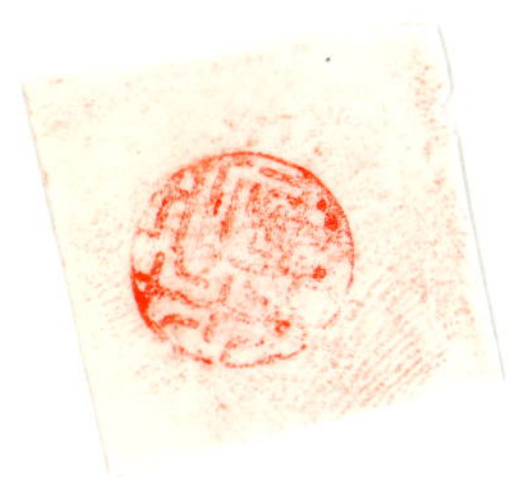

漢代의 文人과 詩

修訂 新版 印刷 ●2002年	4月	6日
修訂 新版 發行 ●2002年	4月	10日

著　者 ● 金　學　主

發行者 ● 金　東　求

發行處 ● 明　文　堂

서울특별시 종로구 안국동 17~8
대체　010041-31-001194
전화　（영）733-3039, 734-4798
　　　（편）733-4748
F A X　734-9209
Homepage　www.myungmundang.net
E-mail　　om@myungmundang.net
등록　1977. 11. 19. 제1~148호

● 낙장 및 파본은 교환해 드립니다.
● 불허복제.

값　15,000원
ISBN 89-7270-675-2　93820

中國學 東洋思想文學 代表選集

공자의 생애와 사상 金學主 著 신국판
공자와 맹자의 철학사상 安吉煥 編著 신국판
老子와 道家思想 金學主 著 신국판

[신간] 改訂增補版 新完譯 論語 張基槿 譯著 신국판
[신간] 中國古典漢詩人選❶ 改訂增補版 新譯 李太白 張基槿 譯著 신국판
[신간] 개정증보판 中國 古代의 歌舞戲 金學主 著 신국판 양장
[신간] 중국고전희곡선 元雜劇選 (사)한국출판인회의 이달의 책 선정도서(2002.1·2월호) 金學主 編譯 신국판 양장
[신간] 修訂增補 樂府詩選 金學主 著 신국판 양장
[신간] 漢代의 文學과 賦 金學主 著 신국판 양장
[신간] 改訂增補 陶淵明 金學主 譯 신국판 양장

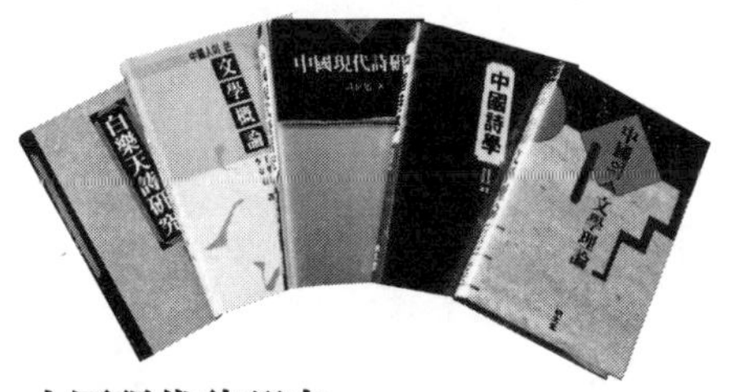

中國現代詩硏究 許世旭 著 신국판 양장
白樂天詩硏究 金在乘 著 신국판
中國人이 쓴 文學槪論 王夢鷗 著 李章佑 譯
中國詩學 劉若愚 著 李章佑 譯 신국판 양장
中國의 文學理論 劉若愚 著 李章佑 譯
梁啓超 毛以亨 著 宋恒龍 譯 신국판
동양인의 哲學的 思考와 그 삶의 세계 宋恒龍 著
東西洋의 사상과 종교를 찾아서 林語堂 著·金學主 譯
中國의 茶道 金明培 譯著 신국판
老莊의 哲學思想 金星元 編著 신국판
原文對譯 史記列傳精解 司馬遷 著 成元慶 編譯
新譯 史記講讀 司馬遷 著 진기환 譯 신국판
新完譯 淮南子(上.中.下) 劉安 編著 安吉煥 編譯 신국판
論語新講義 金星元 譯著 신국판 양장
自然의 흐름에 거역하지 말라 莊子 安吉煥 編譯 신국판

仁과 中庸이 멀리에만 있는 것이드냐 孔子傳 김전원 編著
백성을 섬기기가 그토록 어렵더냐 孟子傳 安吉煥 編著
영원한 신선들의 이야기 神仙傳 葛洪稚川 著 李民樹 譯
戰國策 김전원 編著 신국판
宋名臣言行錄 鄭鉉祐 編著
人間孔子 李長之 著 김전원 譯
基礎漢文讀解法 제33회 문화관광부 추천도서(2000.11.17.) 최수도 엮음 4·6배판
漢文讀解法 崔完植·金榮九·李永朱 共著 신국판
基本生活漢字 제34회 문화관광부 추천도서(2001.11.6.) 崔完植·金榮九·李永朱·閔正基 共著
東洋古典41選 安吉煥 編著 신국판
東洋古典解說 李民樹 著 신국판 양장